एम ऑर हूम साहब

एम और हम साहब

जेरी पिंटो

अनुवाद

प्रभात मिलिंद

वाणी प्रकाशन

वाणी प्रकाशन

4695, 21-ए, दरियागंज, नयी दिल्ली 110 002

फ़ोन : +91 11 23273167 फ़ैक्स : +91 11 23275710

शाखाएँ

अशोक राजपथ, पटना 800 004, बिहार

कॉफ़ी हाउस कैम्पस, महात्मा गाँधी मार्ग, इलाहाबाद 211 001, उत्तर प्रदेश

महात्मा गाँधी अन्तरराष्ट्रीय हिन्दी विश्वविद्यालय, वर्धा 442 001, महाराष्ट्र

www.vaniprakashan.com
marketing@vaniprakashan.in
sales@vaniprakashan.in

Em Aur Hoom Sahab
by Jerry Pinto
Hindi Translation *Em and the big Hoom*
Originally Published in English by Aleph Book Company
Translated by Prabhat Milind

ISBN : 978-93-5518-214-2
Fiction

पेपरबैक प्रथम संस्करण 2022

मूल्य : ₹ 325

आर. टेक ऑफ़सेट प्रिंटर्स, दिल्ली-110 094 में मुद्रित

वाणी प्रकाशन का लोगो मक़बूल फ़िदा हुसेन की कूची से

समर्पण

एक दिन मैं जब घर लौटा तो मेरी माँ
अपनी किसी दोस्त से फ़ोन पर बातें कर रही थीं
उन्होंने शायद पूछा था कि मैं क्या कर रहा हूँ
क्योंकि माँ उन्हें बतला रही थी, 'बाबा?
अच्छा, वह कुछ लिखने की कोशिश कर रहा है।'
मैं आज भी कोशिश ही कर रहा हूँ, माँ।
और इसलिए यह किताब मेरी माँ के लिए है।

अनुक्रम

1. 'किसी ने नलका खुला छोड़ दिया'

प्यारे एंजल इयर्स,

खिड़की के बाहर से किसी मराठी मानुष के ज़ोर–ज़ोर से हाँक लगाने की आवाज़ें सुनाई पड़ रही हैं। वह घूम–घूमकर नमक बेच रहा है। 'मी...ई...ट..., मी...ई...ट', वह हाँक लगाकर लोगों से नमक ख़रीदने की गुज़ारिश कर रहा है। उसकी आवाज़ में कोई उत्साह नहीं है, और वह थकी हुई मालूम दे रही है। उन कोलाहलों में एक ढीठ गौरैये की चहचहाहट भी शामिल है जिसकी नज़रें शायद मेरे टोस्ट के बचे हुए टुकड़े पर हैं। मुझे तुम्हारी बहुत याद आ रही है। लेकिन अगर तुम मुझे कोई मामूली–सा पोस्टकार्ड लिखकर बहलाने की कोशिश करोगे तो मैं बहलने वाली नहीं हूँ। मेरे ख़याल से पोस्टकार्ड सिर्फ़ औपचारिक जान–पहचान वालों तक के लिए ही ठीक है, और चूँकि अब हम दोस्त बन चुके हैं तो तुम्हें अब मुझे ख़त लिखने के लिए अच्छे लिफ़ाफ़े और सुन्दर कागज़ों पर थोड़ा ख़र्च करना चाहिए। सिर्फ़ परिचितों के किये इस्तेमाल किये जाने वाले ये चालू नुस्ख़े अब काम नहीं आने वाले। एक तितली कॉरिडोर में खुलने वाली खिड़की के शीशों से बार–बार टकरा रही है और मुझे शायद खिड़की के पल्लों को खोल देना चाहिए ताकि वह बाहर निकल सके। अगर तुम्हारा अगला ख़त मुझे गर्मजोशी और ख़ूबसूरती में लिपटा हुआ नहीं मिला तो मैं यह मान लूँगी कि तुम मेरे किसी काम के नहीं हो और तुमको शेरों के सामने फेंक दूँगी। बहुत प्यार।

मैं।

पुनश्च : आख़िरकार ग़ौरैया जीत गयी।

इमेल्डा : नील, ग़ौरैया : एक।

अपने ख़तों में वह उसे 'एंजल इयर्स' कहक़र बुलाती थी।

'एंजल इयर्स क्यों?' मैंने उससे यह सवाल सर जे। जे। हॉस्पिटल में मनोरोगियों के वार्ड नम्बर 33 में पूछा था।

वह अपनी शान्त हरी आँखों से मुझे देखती हुई मुस्कुरायी। कुछ पल के लिए अपने ऊपर पड़ी बदरंग चादर से खेलती हुई उसकी उँगलियाँ ठिठक गयीं।

'तुमने कभी शायद ग़ौर नहीं किया? उसके कान उसके चेहरे के सबसे प्यारे हिस्से हैं। उन्हें देखकर मन में उन बेकनों का ख़याल आता है जिन्हें कुछ ज़्यादा ही तल दिया गया हो।'

मैंने सचमुच अपने पिता के कानों पर कभी ध्यान नहीं दिया था। लेकिन उस शाम जब वे किचन में आये तो मैंने इस बात
10 पर ग़ौर किया।

प्रेम मुझे हमेशा एक दिलचस्प शब्द लगता है। ख़ासतौर पर अपने माँ–बाप का प्रेम, जो अजीबोग़रीब संकेतों और दस्तूरों से भरा हुआ प्रेम था। ज़्यादातर संकेत और दस्तूर मेरी माँ के बनाये हुए हैं। माँ मेरे पिता को माम्बो और ऑगी मार्च जैसे नामों से भी बुलाती थी। वह शायद ही उन्हें कभी उनके असली नाम से पुकारती थी, जो कि अगस्टिन था।

लेकिन मेरे पिता मेरी माँ को उसके असली नाम 'इमेल्डा' ही से बुलाते थे, और कभी–कभार उसे 'प्रिये' भी कहते थे।

वह उन्हें एक दूसरे नाम से भी पुकारती थी–शैतान का बच्चा। एक बार देर रात गये मैंने इस नाम का रहस्य जानने की कोशिश की। ऊँचे–ऊँचे अपार्टमेंट्स से बसे एक शहर के अपने दड़बेनुमा फ़्लैट की बालकनी में वह बीड़ी पी रही थी। हमारे पीछे हमारे फ़्लैट की ख़ामोशी पसरी थी। सड़क के उस पार और हमारे ऐन

सामने एक चॉल की इमारत किसी खड़े चट्टान–सी दिख रही थी। हमारे अपार्टमेंट और चॉल की बीच में दो पेड़ किसी दरबान की तरह खड़े थे और उनकी पत्तियों पर लैम्पपोस्ट की रौशनी कोई तिलस्म–सा रच रही मालूम देती थी।

मेरी बात सुनकर वह ठठाकर बेतहाशा हँसी थी।

'क्योंकि वह हमेशा मुझे पाप करने के लिए उकसाता था।'

'कौन?' मेरी बहन सुज़न अभी तक जागी हुई थी। वह धुएँ के छल्लों को छाँटने के लिए हाथ लहराती हुई बालकनी में आ धमकी।

'तुम्हारा बाप, और कौन!'

'अगर तुमने बाक़ायदा शादी कर ली थी तो फिर यह पाप कैसे हुआ?'

'चर्च के मुताबिक़ सेक्स हमेशा से पाप ही रहा है।'

'यह सच नहीं हो सकता है।'

'क्यों नहीं हो सकता? मेरे ख़याल से तुम्हें सेक्स करने की इजाज़त तभी है जब तुम्हें बच्चे चाहिए। मुझे चार बच्चे चाहिए थे लेकिन 'हुज़ूरे–आला' का फ़रमान था, "ज़्यादा बच्चों के लिए तुम्हें उनकी क़ीमत चुकानी होगी।" इस नज़रिये से देखा जाये तो यह पाप ही है। और इस तरह मुझे अपने छब्बीस बच्चों को गँवा देना पड़ा।'

'क्या!' सुज़न और मैं एक–दूसरे को देखकर हक्के–बक्के थे। हम अपने सगे भाई–बहनों के बारे में कुछ नहीं जानते?

'मैंने उन्हें अपनी कोख से ही सीधा रुख़्सत कर दिया,' उसने खुलासा करते हुए कहा। 'मुझे इस बात का पहले से अन्दाज़ा हो जाता था कि मेरे पेट में फिर से बच्चा ठहर गया है। लिहाज़ा मैं मरियम से प्रार्थना करती थी कि वह उस मासूम को मुझसे लेकर उन्हें सौंप दूँ जिन्हें उसकी ज़रूरत थी। उनमें से किसी ऐसी औरत को जो माहिम में मरियम की मूर्ति चढ़ावे के रूप में देने के लिए मोम के पुतले ख़रीदती थी।'

'इसका मतलब तुमने...' मैंने उसे बीच में ही टोकना चाहा।

'गर्भपात? नहीं, तुमने मुझे क्या समझ रखा है? मैं बस जीने से नीचे आती हुई पाँच सीढ़ियाँ चढ़ती थी और वहाँ से सीधे नीचे कूद जाती थी।

'क्या, तुम सीढ़ियाँ कूद जाती थीं?'

'हाँ, छह सीढ़ियाँ एक साथ। मैं ऐसा छह बार करती थी ताकि वे अभी–अभी रोपे गये बीज अपनी जड़ें छोड़ दें।'

फिर वह सुज़न की ओर घूम गयी।

'लेकिन अगर तुम कभी किसी के साथ सोयीं तो बेख़ौफ़ होकर मुझे बता देना। मैं तुम्हें अपने साथ डॉक्टर के पास लिए चलूँगी और तुम्हारा डी एंड सी करा दूँगी।

'यह डी एंड सी क्या है?'

'डाइलेशन एंड क्युरीटेज। मुझे भी इसके बारे में ज़्यादा नहीं पता है। बहरहाल जो भी हो, लेकिन यह काम कोई डॉक्टर ही करता है। इसलिए ध्यान रखना जब भी तुम किसी लड़के के साथ यह मस्ती करना, एक सही डॉक्टर को इस बारे में ज़रूर बतला देना। सुन रही हो न? किसी झोला टाइप नुस्ख़े को हरगिज़ मत आज़माना।'

'बच्चे को तो गोद भी लिया जा सकता है,' सुज़न ने पूछा।

'कैसा ख़याल?'

'मदर टेरेसा मेरे कॉलेज में आयी थीं और उन्होंने–'

'वे तुम्हारे कॉलेज आयी थीं!'

'हाँ।'

'तुमने यह बात मुझे बतायी नही...'

'मैंने नहीं बतायी?'

'नही... किसी ने यह बात मुझे नहीं बतायी। उन्होंने क्या कहा?'

'उन्होंने हमें कहा कि प्रेगनेंट होने के बाद हमें बच्चे को लेकर उनके पास जाना चाहिए और उनके हवाले कर देना चाहिए।'

'उन्होंने यह बात कही! हे ईश्वर!'

सुज़न की बात सुनकर उसकी त्योरियाँ चढ़ गयीं और वह थोड़ी देर ख़ामोश रही।

'पादरी लोगों की ज़िन्दगियाँ हमसे बिल्कुल अलग होती हैं, वे हमारी परेशानियाँ किस तरह समझ सकते हैं? इसमें मदर टेरेसा की कोई ग़लती नहीं क्योंकि वे एक कॉन्वेंट में रही हैं। इसके बावजूद अगर मैं गर्भवती हो जाती हूँ और मान लो मेरी उभरे हुए पेट को देखकर हर कोई यह जानना चाहे, "बच्चा कब पैदा होगा?" या "तुम्हारे पेट को देखकर लगता है कि कोख में एक लड़का है," या फिर "तुम्हें क्या चाहिए? बेटा या बेटी?"—और फिर ऐसे सवालों और अहसासों के बाद मेरे कोई बच्चा नहीं हो। यह सोचकर कि लोगबाग क्या सोचेंगे, तुमने यह कभी सोचा है? मैं उनके सवालों के क्या जवाब दूँगी? "कि मैंने उसे मदर टेरेसा के हवाले कर दिया? मैंने उनको वचन दिया था, क्योंकि मैं अपने बच्चे की परवरिश नहीं कर सकती थी और मैं गर्भपात भी नहीं कराना चाहती थी... ।?"

'तुम किसी अजनबी जगह छुप कर रह सकती थीं,' मैंने कहा।

'ओह, सही कहा। इसके लिए मुझे छह—सात महीने की छुट्टी लेकर कहीं चला जाना होता। लेकिन कहाँ?'

'गोवा?'

'गोवा!' उसने नाटकीय अन्दाज़ में कहा। "नाजायज़ गर्भ छुपाने के लिहाज़ से तो वह बम्बई से भी बेकार जगह है। बल्कि वहाँ तो *ओ हेराल्डो* में सुर्ख़ियों में ख़बर छप जाती—'लम्पटों की छेड़खानी और भद्दी फ़ब्तियों के लिए एक कुलटा औरत हाज़िर है। जगह—होली फ़ैमिली गिरजाघर का इलाक़ा। इस कहानी के बारे में अधिक ब्यौरा जानने के लिए इतवार की सुबह में फादर अमुक से निजी तौर पर सम्पर्क करें।'"

वह अपना सिर हिलाने लगी।

'कुँवारेपन के झमेलों के यही नतीजे हैं। हम अपनी मजबूरियाँ उन मर्दों को बतलाते हैं जिनका अपना घर बसाने का कोई इरादा नहीं होता।

ज़ाहिरन वे इस मामले में बेहद लापरवाह होते हैं और हम अबॉर्शन जैसा पाप करने को मज़बूर हो जाते हैं।'

'वे इस तकलीफ़ को क्या समझेंगे? उनके लिए तो यह महज़ एक गरती से भरा खेल है। उनको इसका मज़ा लेने दो। मुझे वह बेचारी गर्टी याद आती है जिस पर एक बार यह वाक़या गुज़र चुका है।'

'गर्भपात?'

'नहीं, बेवकूफ़। बच्चा ठहरने का। हालाँकि उसे थोड़ी देर से पता चला लेकिन फिर भी उसने इसकी फ़िक्र नहीं की। दफ़्तर से निकलने के बाद वह मुझे लेकर चौपाटी बीच के क़रीब एक सड़क पर ले गयी और एक के बाद एक, लगातार तीन प्लेट पपीते खा गयी। पहले तो मुझे लगा कि शायद उसे क़ब्जियत है। लेकिन उसके बाद हम दोनों बोम्बेलीज जा पहुँचे। वहाँ वह तीन जिन ऐसे गटक गयी जैसे कफ़ सिरप पी रही हो। उसके बाद उसने मुझे इसकी मंशा बतलायी, "मैं किसी तरह से परेशानी को अपनी कोख से बाहर निकालना चाह रही हूँ," उसने बताया। "गर्मी मिलते ही मेरी कोख सिकुड़कर छोटी हो जायेगी और बच्चा वहाँ से बाहर निकल आयेगा। मुझे पूरा यक़ीन है।" अगले दिन जब वह दफ़्तर आयी तो उसके चेहरे पर एक मुरझाई हुई शान्ति थी। मैं समझ गयी थी कि उसे अपनी मुश्किलों से निजात मिल चुकी थी।

'अगर तुम्हारे सामने कभी ऐसी परेशानी आयी, मेरे बच्चे, तो 'डी एंड सी' से हिचकना मत। बाक़ी दूसरे सारे नुस्ख़े उतने बेहतर नही... मैं यह बात सिर्फ़ सुज़न से ही नहीं बल्कि तुमसे भी कह रही हूँ...' उसने मुझे देखते हुए कहा।

'मैं?'

'हाँ, तुम। मैं यह नहीं कह रही कि तुम अभी के अभी किसी लड़की को प्रेगनेंट करने जा रहे हो। लेकिन मान लो कि कभी

तुम्हें किसी लड़की के साथ रात रंगीन करने का मौक़ा मिला तो तुम उसके बाद उसे सीधे किसी सरकारी अस्पताल लेकर जाओगे और डॉक्टर को यह बताने की हिमाकत करोगे कि तुम दोनों मिस्टर और मिसेज डिसूजा हो।'

'डिसूजा क्यों?'

'मुझे कोई और नाम नहीं सूझा। कोई भी नाम लेकिन उस लड़की का नाम नही... और जब तुम दोनों वहाँ से निकलो तो तुम उसे लेकर किसी ऐसी जगह चले जाना जहाँ वह आराम कर सके, सहज महसूस कर सके और रो सके। तुम उस वक़्त तक उस लड़की के साथ ही रहना जब तक वह वापस अपने घर लौटने के क़ाबिल न हो जाये।'

'मैं समझ गया। मैं उसे छह सीढ़ियों से छटाँग लगाने या फिर अपना बच्चा मरियम को सौंप देने के लिए नहीं कहूँगा?'

'तुम एक बूढ़ी औरत के अतीत का मखौल उड़ाने वाले एक बदमाश लड़के हो।' एम ने कहा। लेकिन यह कहते हुए ख़ुद उसके होठों पर एक शरारती मुस्कुराहट तैर रही थी।

वह हमेशा से हमारे लिए एम ही थी।

शायद हम कभी उसे मम्मी या माँ कहते होंगे, लेकिन अब मुझे इसकी याद नही... वह एम थी और हमारे पिता हमारे लिए अक्सर 'हूम साहब' हुआ करते थे। सुज़न और मुझे छोड़कर किसी और को उनके नामकरण से जुड़े रहस्यों को जानने की कोई ज़रूरत भी नहीं थी। हम दोनों ने बहुत कोशिशें कीं लेकिन आख़िरकार इसी नतीजे पर पहुँचे कि 'एम का मतलब M; 'मदर' शब्द का पहला अक्षर है' और पिता के इस नाम के पीछे शायद यह कारण था कि 'जब भी हम में से कोई उनसे कुछ पूछता था तब वे जवाब में एक लम्बा 'हूँ' कहा करते थे।' हम एम को कभी–कभी डूगल्स, या हर वक़्त अपनी थूथन चलाता रहने वाला घोड़ा भी

कहा करते थे। इन नामों के पीछे कोई छोटी–मोटी वजह हुआ करती थी और जितनी तेज़ी से वह यादों में आती थी, उतनी ही तेज़ी से ग़ायब भी हो जाती थी। उन अपवादों को छोड़ दें तो वह एम ही थी–एक विस्मयाबोधी चिह्न वाली एम!

एक बार ग़लती से मैंने उसे 'मेटर' कहक़र पुकार लिया था। माँ के लिए यह सम्बोधन मैंने रिची रिच कॉमिक को पढ़ते हुए सीखा था। कॉमिक में अमीर और घमण्डी 'मेड ए मनी' अपनी माँ को इसी नाम से बुलाया करती थी। हालाँकि मैं यह जानता था कि मुझे अपनी माँ से कोई क़ीमती तोहफ़ा नहीं मिलने वाला था, बल्कि नौ–दस साल की उस छोटी उम्र में तो मुझे क़ीमती क्या होता है यह भी पता नहीं था। बहरहाल, एम ने बीड़ी का एक ज़ोरदार सुट्टा मारते हुए मुझे एक पल के लिए देखा। (एम बीड़ी ही पीती थी क्योंकि उसके मुताबिक़ वह सस्ती पड़ती थी और एक बार बीड़ी की लत लग जाने से दोबारा सिगरेट का हल्का स्वाद पसन्द आना मुश्किल था। हूम साहब भले ही हमारे बचपन के दिनों में शायद ही कभी मिठाई का डिब्बा लेकर घर लौटे हों लेकिन गणेश छाप बीड़ी के दो मुट्ठे लाना वह कभी नहीं भूले।)

'मेटर', एम ने कहा। उसकी आँखें धुएँ के छल्लों की धुन्ध में भी चमकने लगीं। 'हाँ, सही। मैं तो 'मेट' कर चुकी हूँ। मैंने ऐसा काम भी किया। है कि नहीं? तभी तो एक जीती–जागती मिसाल के रूप में तुम मेरे सामने खड़े हो।'

उसकी बात सुनकर मेरा चेहरा शर्म से तमतमाने लगा था। लेकिन एम एक सनकी औरत की तरह ज़ोर के ठहाके लगा रही थी।

'मुझे लगता था कि तुम लड़के सेक्स के बारे में सब कुछ जानते हो!'

'बेशक हम जानते हैं।' मैंने सकुचाते हुए जवाब दिया। बातचीत का रुख़ दूसरी दिशा की तरफ़ घूम रहा था और यह बात मुझे असहज कर रही थी।

'तुम्हें क्या लगता है कि तुम दोनों की पैदाइश 'इम्मेकुलेट कन्सेप्शन' (पवित्र गर्भाधान) के ज़रिये हुई है? बाप रे, शादी के शुरुआती साल में तो हम बिस्तर से बाहर निकलते ही नहीं थे।'

'एम!'

'कहो? क्या जब तुम छोटे थे तब तुम्हें भी इडीपल–श्मीडीपल जैसी कोई फीलिंग होती थी?'

'यह इडीपल क्या बला है?'

इडीपस की कहानी सुनाते हुए एम थोड़ी उदास दिख रही थी।

जब मैंने आँखों से रिसते ख़ून के साथ इडीपस के आवारा भटकने और फिर अपनी बेटी जो इत्तेफ़ाकन उसकी बहन भी थी, के साथ रहने का क़िस्सा सुना तो मेरे मुँह से बेसाख़्ता नफ़रत में डूबी आवाज़ निकल पड़ी, 'छी–छी।'

'बेशक तुम "छी–छी" कह सकते हो,' एम ने कहा। 'लेकिन अपनी माँ के लिए ऐसी सोच रखने वाले सभी लड़के फ्रायड की नज़र में यही थे। मैं भी फ्रायड को नापसन्द करती हूँ। एक ऑस्ट्रियन होने के बावजूद वह एक बेवकूफ़ और बेतुका आदमी था। ऐसा नहीं कि मैं नस्लवादी हूँ लेकिन मेरी समझ में यह नहीं आया कि चारों तरफ़ से ज़मीन से घिरे हुए मुल्क को नेवी की क्या ज़रूरत थी?'

'मिस्टर फ्रायड नेवी में थे?' मैंने कौतुक भरे लहजे में पूछा।

'नहीं, बुद्धू कहीं के! मैं *दी साउंड ऑफ़ म्यूज़िक* की बात कर रही हूँ।'

इस बीच हूम साहब भी बेडरूम में आ चुके थे।

'तुम इस लड़के से क्या कह रही हो?'

'मैं इसे साइको–एनालिटिकल मूवमेंट के बारे में बता रही थी,' एम ने कहा। उसकी आवाज़ में एक दृढ़ता थी।

'क्या तुम इसे इड, ईगो और सुपर ईगो के बारे में बतला चुकी हो?' उसने ख़ुशमिज़ाजी के साथ पूछा।

'नहीं, मैंने सोचा कि मुझे आख़िर से शुरू करना चाहिए। मैंने कुछ ग़लत तो नहीं किया न?'

'तुमने आख़िर से क्या शुरू किया?'

'मैं उसे इडिपस कॉमप्लेक्स के बारे में बता रही थी।'

हूम साहब ने कोई जवाब नहीं दिया। वह ख़ामोशी से एम को देख रहा था। एम धीरे–धीरे अपनी घबराहट और बचैनी की स्थिति में दिखने लगी थी।

'यह जानकारी है, और जानकारी बहुत ज़रूरी है। यह हमारे काम आता है। यह *हमेशा* हमारे काम आता है,' उसने कहा। वह अपनी बातों के पक्ष में तर्क देने की कोशिशें कर रही थी। लेकिन उसकी हालत लगातार ख़राब होती जा रही थी। हालाँकि एम ने कभी यह बात नहीं कुबूल की और न ही ज़ाहिर होने दिया कि वह पागल है। उसने अपनी दिमाग़ी हालत को अपनी ग़लतियों के लिए ज़िम्मेदार कभी नहीं माना। उसकी नज़र में यह एक गुनाह था। वह अपने भीतर के ईमानदार भरोसे को बचाये रखना चाहती थी। हूम साहब कभी–कभार अपना सिर हिलाते हुए उसकी बड़बड़ाहट सुनते रहे, फिर उन्होंने *द हैमलिन चिल्ड्रेंस इन्साइक्लोपीडिया* के पन्ने पलटना शुरू कर दिया। चूँकि वह सुज़न को जन्मदिन के मौक़े पर मिला तोहफ़ा था और उस किताब में ज़िन्दगी की ज़रूरी बुनियादी जानकारियाँ थीं, इसलिए मैं शुरू में उसे पढ़ने से इन्कार करता रहा लेकिन बाद के सालों में उस किताब से मेरा परिचय हूम साहब ने कराया।

आज के लिए इतनी बात काफ़ी थी, फिर भी एम ने जो कुछ मुझसे कहा था वे बातें मेरे ज़ेहन से नहीं निकल पा रही थीं।

'लड़के अपनी माँ के साथ ऐसा क्यों करना चाहते है?' मैंने पूछा।

हूम साहेब की जगह कोई साधारण इन्सान होता तो मेरे इस बेतुके सवाल पर हत्थे से उखड़ जाता और मुझे ख़ामोश रहने के लिए डाँट देता। लेकिन उन्होंने न मुझे सिर्फ़ फ्रायड के बारे

में सामान्य तरीक़े से समझाते हुए मेरे दिमाग़ के जालों को दूर करने की कोशिश की, बल्कि मुझे 'हाइपोथिसिस' जैसे शब्द से भी वाकिफ़ कराया। आख़िर में उन्होंने हाइपोथिसिस की तर्ज़ पर नयी कल्पनाएँ करने के लिए मेरा हौसला बढ़ाया और बीस शब्दों के ऊपर हर एक नये शब्द गढ़ने के एवज़ में दस पैसे बतौर इनाम देने का वायदा किया।

मुझे हाइपोथिसिस जैसे शब्द अच्छे लगते थे। मुझे वे शब्द अपनी तरफ़ खींचते थे जिनके बारे में मैं यह सोचता था कि उन्हें ज़्यादातर जवान लड़के इस्तेमाल करते थे। उसके पहले मैं ऐसी किसी चीज़ के बारे में सुना तक नहीं था। मैं ज़्यादा–से–ज़्यादा ऐसे शब्द गढ़ना चाहता था। मुझे हमेशा यही लगता था कि मेरे पास ऐसे और शब्द होते तो मेरे लिए दुनिया इतनी मुश्किल नहीं होती। मुझे यह दुनिया हमेशा बहुत बड़ी और अपने मतलब में डूबी हुई लगी। सबसे बड़ी बात थी यहाँ कामयाब होने के लिए कोई तय रास्ता नहीं था।

बतौर एक परिवार हम सब कैसे लोग थे, मैं तो ठीक–ठीक यह भी नहीं जानता था। मैं सचमुच नहीं जानता था कि हम कैसे लोग थे और हमारा परिवार कैसा था। मैं बस इतना भर जानता था कि हम सब के साथ सब कुछ ठीक–ठाक नहीं था, और ठीक–ठाक नहीं होने का मसला सीधे–सीधे मेरी माँ और उसके दिमाग़ की शिराओं से जुड़ा हुआ था।

'ये शिराएँ क्या होती हैं?' एक बार मैंने यह सवाल हूम साहब से किया था। इस सवाल का जवाब जानने की मेरी सचमुच कोई मंशा नहीं थी। मैं तो बस उनका ध्यान अपनी तरफ़ बँटाना चाहता था। उन्होंने अख़बार समेट कर रख दिया और मुझे लेकर बाहर गलियारे में आ गये। हमारी हाउसिंग कॉलोनी के बाहर बिजली के उलझे हुए तारों का बेतरतीब जाल था। उन्होंने उन तारों की तरफ़ इशारे से दिखाते हुए पूछा।

'वे क्या हैं?'

सवाल मैंने किया था लेकिन मुझसे जवाब देने को कहा गया। मुझे यह स्थिति बहुत नापसन्द थी।

'बिजली के तार,' मैंने जवाब दिया।

'इन तारों का क्या काम है?'

'बिजली का करण्ट देना!'

'बिल्कुल सही, क्योंकि इनमें बिजली का करण्ट है,' उन्होंने कहा। 'हमारे शरीर की नसें भी ठीक यही काम करती हैं।'

बिजली के करण्ट की तरह ही मेरी माँ के दिमाग़ की नसों में ख़याल दौड़ते थे, लेकिन उन ख़यालों पर उसका कोई क़ाबू नहीं था। उनमें एक तरह का ताप और उन्माद था। मेरा पूरा बचपन यही सोचते हुए गुज़रा क्योंकि मुझे बिजली के झटके की याद थी।

लेकिन एम का मामला दूसरा था। आख़िरकार वह कौन–सी वजह थी जिसने उसे एक मनोरोगी बना दिया और जिसके लिए उसे हर कुछेक महीनों के अन्तराल पर बार–बार अस्पताल ले जाना पड़ता था। हर एक बार जब वह वापिस लौटती तो वह बहुत कमज़ोर हो चुकी होती थी।

आज एक बार दोबारा वह वार्ड नम्बर 33 के हरे रंग की चादर वाले अपने बिस्तर पर पड़ी थी। खिड़की से बाहर का नज़ारा बिल्कुल साफ़–साफ़ दिखता था। हमने टैक्सी से एक आदमी और एक औरत को उतरते हुए देखा। दोनों जवान थे और टैक्सी से निकलने के बाद थोड़ी देर तक अस्पताल की इमारत के बाहर ठिठके हुए खड़े रहे। फिर आदमी ने औरत का हाथ अपने हाथ में ले लिया और अस्पताल में दाख़िल होते हुए दोनों हमारी आँखों से ओझल हो गये।

'हिन्दुस्तानी औरतें इसीलिए बीमार पड़ती हैं,' एम ने कहा। 'ताकि उनके पति उनके हाथों को अपने हाथों में ले सकें।'

'क्या तुम भी इसी वजह से एडमिट हुईं?'

मैं अपनी ज़ुबान पर क़ाबू नहीं रख पाया। मुझे लगा कि काश कोई ऐसा उपाय होता कि मैं अपनी बात को वापिस ले पाता! लेकिन एम तो एम थी। उसने छूटते ही जवाब दिया।

'बाबा, इसकी सही वजह सच पूछो तो मैं भी नहीं जानती। कहीं कोई नलका ज़रूर है जो तुम्हारी पैदाइश के वक़्त से ही खुला रह गया।'

उसके जवाब से मैं एक दर्दनाक टीस से भर गया जो मुझे अपनी तेज़ और नुकीली धार से छेद रही थी।

'मैं तुम्हें बहुत प्यार करती थी। और, तुम्हारे जन्म से पहले मैं सुज़न से बहुत प्यार करती थी। उसकी नन्ही–नन्ही उँगलियाँ और प्यारी मुस्कान...मुझे देखते ही उसका चेहरा खिल उठता था। मैं बड़े जतन से उसकी परवरिश कर रही थी। लेकिन इसी बीच तुम भी आ गये...'

वह फिर से खिड़की के पार देखने लगी। एक एम्बुलेंस अहाते में घुस रही थी। शहर के दूसरे एम्बुलेंसों की तरह वह भी सुस्त–रफ़्तार चल रही थी, मानो ड्राइवर को मरीज़ की बीमारी की गम्भीरता या उसकी मौत से कोई लेना–देना न हो। गेट खोल कर बाहर आने से पहले उसने बैठे–बैठे ही एक बीड़ी सुलगायी। हम दोनों ने देखा, पीछे का गेट भीतर से खोलते हुए दो जवान बाहर निकले और भीतर रखे स्ट्रेचर को बाहर निकालने लगे।

'मैं भी इसी तरह लायी गयी थी?' उसने पूछा। उसे शायद यह भी याद नहीं था कि उसे अस्पताल कैसे लाया गया था।

'नहीं, तुम एक टैक्सी में आयी थीं।' मैंने जवाब दिया।

'मैंने क्या पहना हुआ था?'

'जेबों वाली हरी ड्रेस।'

वह ज़रा अचम्भे में थी गोया कुछ याद करने की कोशिश कर रही थी।

मैंने उसके बिस्तर की बग़ल में पड़ा लॉकर देखा जिस पर पेंट से 'रोगी का सामान' लिखा हुआ था। फिर मैंने ज़रा झुकते हुए उसे खोला और उस ड्रेस को बाहर निकाला।

'ओह, यह वाली ड्रेस!' वह बुदबुदायी। 'इसे मुझे देना।'

वह अपने कपड़ों को सहलाती हुई फिर से कुछ याद करने की कोशिश करने लगी।

'और वह नलका?' मैंने पूछा।

'सॉरी। ज़रूर मैं पागल हो रही हूँ।'

हम दोनों एक–दूसरे को देखकर मुस्कुराने लगे। यह हमारे बीच की एक औपचारिकता सी थी–एक हल्का–फुल्का मज़ाक़... मामूली सी...और, थोड़ी–सी हँसी–ठिठोली।

'तुम्हारे पैदा होने के बाद किसी ने जैसे कहीं कोई नलका खुला छोड़ दिया था। शुरू–शुरू में उससे बस कुछ बूँदें टपकीं–काली–गाढ़ी बूँदें। मैंने अपने भीतर एक उदासी–सी महसूस की। मैं पहले भी उदास हुई थी...और ऐसा कौन इन्सान है जो कभी उदास नहीं हुआ होगा? इसलिए मैं इस अहसास को समझ सकती थी। लेकिन मैं यह नहीं जानती थी इस उदासी की क्या वजह

थी। बहरहाल मैं हफ़्तों इसकी गिरफ़्त में रही।'

'क्यों, क्या वहाँ उन बूँदों के बहने के लिए कोई निकासी नहीं थी?'

'नहीं, वहाँ कोई भी निकासी नहीं थी। आज भी नहीं है।'

वह कुछ पल के लिए ख़ामोश हो गयी।

'वह किसी तेल जैसा था। शीरे की तरह गाढ़ा। शुरू–शुरू में बहुत धीमा और हल्का। फिर जब एक सुबह मैं जगी तो यह उदासी बहुत घनी और गहरी हो चुकी थी। मुझे लगा कि मैं उसमें डूब जाऊँगी। मेरे साथ मेरे दोनों छोटे बच्चे–तुम और सुज़न भी उसमें डूब जायेंगे। इसलिए मैंने हड़बड़ी में अपने कपड़े बदले, सड़क पर पहुँची और एक बस के सामने कूद पड़ी। मुझे लगा कि एक झटके में मुझे सभी झमेलों से मुक्ति मिल जायेगी। लेकिन ऐसा कुछ नहीं हो सका।'

उसने बेचैनी से अपनी चादर को हथेली में दबोच लिया था।

'जानता हूँ।'

'तुम अभी भी उन ज़ख्मों के निशान देख सकते हो।'

हमारे बीच एक चुप्पी छा गयी। मैं ये बातें नहीं सुनना चाहता था, और सुनना चाहता भी था।

'बस रुक गयी थी और कण्डक्टर मुझे टैक्सी में अस्पताल लिए जा रहा था। वह ख़ुद आगे की सीट पर पालथी जमा कर बैठा हुआ था।'

'पालथी जमा कर?'

'टैक्सी का फ़्लोर मेरे ख़ून से तर–बतर था, और इत्तेफ़ाकन वहाँ भी कोई निकासी नहीं थी। मुझे सब कुछ याद आ रहा था जैसे बारिश में सब कुछ साफ़–साफ़ दिखने लगता है। तुमने कभी ग़ौर किया है कि बारिश के बाद चीज़ें कितनी साफ़ दिखने लगती हैं? दूर की चीज़ें भी बिल्कुल क़रीब और स्पष्ट...जैसे उनके ऊपर की धूल धुल गयी हो। मुझे महसूस हुआ।...'

उसकी हथेली फिर से चादर को बेचैनी से दबोच रही थी। अचानक वह अपना हाथ अपने पैर की तरफ़ ले गयी। मैंने देखा उसके बड़े से अँगूठे से लेकर एड़ी तक ज़ख्म पर सूख चुके टाँकों के निशान थे।

'महीनों तक इस घाव की मरहम–पट्टी होती रही थी। इसके लिए डॉ. साहा रोज़ाना आते थे।,

'बात मत बदलो' मैंने एम को बीच में ही टोका।

'मैं कहाँ थी?'

'टैक्सी में, और तुम बाहर की दुनिया को बिल्कुल साफ़–साफ़ देख रही थीं।'

वह फिर से किसी दुविधा में घिरी हुई दिख रही थी।

'तुमने कहा कि दुनिया बिल्कुल साफ़ नज़र आ रही थी।'

'ओह, दुनिया नहीं, बल्कि मुझे सब कुछ साफ़ याद आ रहा था।'

हर बार जब भी उसने ख़ुद को ख़त्म करने की कोशिश की थी, उसने अपने–आपको ज़ख़्मी कर डाला था और ख़ून को

बेतहाशा बहने दिया था। क्या उसके लिए उसकी उदासी की निकासी यही थी? मैं सोच रहा था, क्या इस तरह खुद को ही चोट पहुँचाकर उसे कोई राहत महसूस होती थी?

'और इस बार तुम्हें कैसा महसूस हुआ?' मैंने पूछा। 'क्या अब सब कुछ साफ़–साफ़ है?'

'इस बार होश खोने से पहले मैंने अपने भीतर से एक धीमी आवाज़ आती हुई सुनी। मैंने सुना, कोई कह रहा था, "प्लीज़ मुझे बचा लो"।'

'यह तुम्हारी ख़ुद की आवाज़ थी।'

'नहीं, मैंने किसी को कहते हुए सुना था।'

'वह ख़ुद तुम थीं,' मैंने दोबारा कहा।

'हो सकता है, है न? मगर मुझे लगा था कि मुझे कोई और आवाज़ दे रहा है। उसके बाद ही तुम पहुँच गये। और, सुज़न भी। हालाँकि मैं नहीं चाहती थी कि तुम दोनों मुझे इस हालत में देखो। मैं तो बल्कि यह भी नहीं चाहती थी कि तुम दोनों ऐसे दृश्य अपनी ज़िन्दगी में कभी देखो।

उस दोपहर मैं और सुज़न दोनों एक साथ बाहर निकले हुए थे। हूम साहब भी अपने काम पर निकले हुए थे। शेयर बाज़ार में अचानक उछाल आया था और हूम साहब ने अपने कुछ शेयर बेच कर बढ़िया मुनाफ़ा कमाया था। एम की देखभाल के लिए एक नर्स रख ली गयी थी, और उस दोपहर एम उसी की ज़िम्मेदारी पर घर में निपट अकेली थी।

हम दोनों ही कच्ची उम्र के थे और वे हमारे रोमांच से भरे हुए दिन थे। 1983 की बात है। हम उस साल अमिताभ बच्चन की सुपरहिट फ़िल्म *कुली* देखने के इरादे से निकले थे। हूम साहब घर पर होते तो वे हमें हरगिज़ इसकी इजाज़त नहीं देते और शायद एम भी हमारा मज़ाक़ उड़ाते हुए टाल जाती। लेकिन दोनों को इसकी भनक तक नहीं थी। हम अपनी इस चालाकी पर बहुत ख़ुश थे क्योंकि हमें अपनी उम्र के दूसरे बच्चों की तरह

खुल कर मौज–मस्ती करने का मौक़ा मिला था। हमारी ख़ुशियों की तरह ही वह एक गुनगुनी दोपहर थी। फ़िल्म देखने के बाद जब हम घर लौटे तो नर्स हमें सोयी हुयी मिली और एम कहीं नहीं दिख रही थी। बल्कि नर्स को तो इसका अन्दाज़ा तक नहीं था कि एक बेडरूम, एक ड्राइंगरूम, एक छोटे–से किचन, दो सँकरे से कॉरिडोर और एक दो बाई चार फ़ीट वाली बालकनी के इतने छोटे–से घर में एम कहाँ थी। सुज़न को शायद कुछ शक हुआ था, इसलिए वह सीधे बाथरूम की तरफ़ दौड़ पड़ी। उसने आवाज़ दी, 'एम,... एम...।!' उसकी आवाज़ एक ख़ौफ़ में डूबी हुई थी। लेकिन भीतर से कोई जवाब नहीं आया। मैंने भी दरवाज़े को पीटते हुए आवाज़ लगायी। आख़िरकार भीतर किसी गीली चीज़ के रेंगने–सी आवाज़ आयी और दरवाज़ा खुला।

'मैंने एक बार फिर से कोशिश की,' एम ने हारी हुई सी आवाज़ में कहा। वह ख़ून से लथपथ थी। उसके बालों से, उसके हाथों से और यहाँ तक कि उसके कपड़ों तक से ख़ून टपक रहा था।

उसकी हालत देखते ही मैंने फ़ौरन पानी गरम करने के लिए इमर्सन रॉड निकाला। सुज़न नर्स को बुलाने के लिए मुड़ी लेकिन वह चालाक औरत माज़रा देखते ही उस गर्म दोपहरी में ही चम्पत हो चुकी थी। सुज़न ने हूम साहब को फ़ोन लगाया। उसने क्या कहा, यह मैं नहीं सुन पाया। लेकिन उसकी आवाज़ बहुत थरथराती हुई और कमज़ोर होने के बावजूद साफ़ थी। आज भी कोशिश करने पर मैं अन्दाज़ा लगा सकता हूँ कि उस दोपहर उसने हूम साहब से फ़ोन पर क्या कहा होगा। लेकिन मैं यह कोशिश नहीं करना चाहता। एम बाथरूम के दरवाज़े के बग़ल में दीवार के सहारे टिकी हुई थी और बेतरह काँप रही थी। मैंने सहारा दे कर उसे उठाया और स्टील की बनी स्टूल पर बिठा दिया। उसके दोनों हाथ घुटनों के बीच बेजान से लटक रहे थे। मैंने उसकी एक कलाई को उठाकर उसका ज़ख़्म देखा।

उसकी कलाइयों पर गाढ़े लाल रंग के लम्बे चीरे नज़र आ रहे थे। मैंने उस वक़्त चुप रहना ही बेहतर समझा।

'एम ने फिर से ख़ुद को ख़त्म करने की कोशिश की है,' मैंने सुज़न को कहते हुए सुना।

फिर वह हमारे पास लौट आयी थी।

'उन्होंने क्या कहा?' मैंने पूछा।

'नहीं जानते?' उसने नाराज़गी के साथ कहा। 'उन्होंने कहा है कि वह पहुँच रहे हैं।'

मैंने गुनगुना पानी एम के माथे के ऊपर उड़ेल दिया। बदन से टपका पानी पूरा का पूरा लाल हो गया। सुज़न एम के कपड़े उतारने के लिए झुकी और उसके पेटीकोटनुमा कपड़े को खोलने लगी। मेरी माँ के कपड़े मेरे ही सामने उतारे जाने वाले थे, यह दृश्य देखने के लिए मैंने अपने आप से माफ़ी माँगी।

अपनी नानी को। वह एक हिम्मत वाली औरत थीं।

'मैं तुरन्त पहुँच रही हूँ,' नानी ने कहा।

'बेहतर होगा कि आप टैक्सी ले लें,' मैंने बेसब्री से कहा।

'वही करूँगी।'

मैं थोड़ी देर तक बालकनी में चुपचाप खड़ा रहा। बाहर सड़क पर ट्रैफ़िक अपनी रफ़्तार में बदस्तूर चल रहा था। बालकनी की मुँडेर पर एक गौरैया आ बैठी। उसके पीछे–पीछे एक कौवा भी उड़ता हुआ चला आया। गौरैया फड़फड़ाकर दूर जा बैठी और कौवा ढीठपन के साथ अपनी चोंच से ख़ुद को खुजलाने लगा। एक ठेले वाला चिल्लाता हुआ चीकू बेच रहा था और कह रहा था कि उसका माल सीधे घोलवड़ से आया था। फिर मैं किचन में दाख़िल हो गया और ढेर सारी शक्कर डाल कर चाय बनाने लगा। मैंने कहीं पढ़ रखा था कि सदमे की हालत में शक्कर खानी चाहिए। लेकिन सवाल यह था कि सदमे में कौन था?

एम और सुज़न के बाथरूम से बाहर निकलते ही मैंने उनकी तरफ़ चाय बढ़ा दी। सुज़न ने एम को बिस्तर पर बिठाया और

चाय की प्याली उसके होठों तक ले गयी। मैंने बाथरूम जाकर भीतर के सारे नलके एक साथ खोल दिये। कोने में पड़ा घिसा हुआ झाड़ू ख़ून के छींटों से भरा हुआ था। धीरे–धीरे बाथरूम में पानी इकट्ठा होने लगा। मुझे ठीक से याद नहीं लेकिन बालों के गुच्छों की शक्ल में वे शायद ख़ून के थक्के थे जो नाली की जाली पर जमा होकर पानी की निकासी को रोक रहे थे। मैंने पाँव का इस्तेमाल करते हुए उन थक्कों को एक कोने में कर दिया ताकि पानी और उसमें मिला ख़ून आसानी से बह सके। अचानक मुझे एक तीखी गन्ध महसूस हुई। यह लोहे की गन्ध थी। मेरे दिमाग़ के किसी अदृश्य कोने से मुझे ख़ून और एनीमिया के सम्बन्धों के संकेत मिले। मुझे याद आया कि ख़ून और हिमोग्लोबिन का गहरा रिश्ता है। मैं लपकते हुए नीचे की तरफ़ भागा और फार्मेसी से आयरन टॉनिक की एक बोतल ख़रीदी।

मेरे लौटने तक नानी और हूम साहब भी घर पहुँच चुके थे। हूम साहब आते ही बाथरूम की सफ़ाई में लग गये थे। नानी बेडरूम में एम के क़रीब बैठी चाय पीती हुई उससे बातें कर रही थीं।

मुझे ठीक–ठीक याद नहीं उस शाम हमने क्या किया। मैं सोने के लिए कब बिस्तर पर गया और सुबह कब मेरी नींद खुली, मुझे यह भी याद नही... मुझे डॉ. साहा के आने की बात ज़रूर याद है। वे हमारे फैमिली डॉक्टर थे। उन्होंने हल्का अफ़सोस जताया और एम की कलाई पर पट्टी बाँध दी। हूम साहब को बैंडेज बाँधना बिल्कुल नापसन्द था। उनका मानना था कि ज़ख़्म अगर साफ़ रखे जायें तो खुली धूप और ताज़ा हवा में जल्दी भरते हैं, लेकिन उस वक़्त उन्होंने कोई एतराज़ नहीं किया।

'क्या इसे अस्पताल ले जाने की ज़रूरत है?' उन्होंने डॉक्टर से पूछा।

'देखो, उसे कैसी नींद आती है। फिर समझ में आयेगा।' डॉ. साहा ने कहा।

उस रात हम भाई–बहन सिर्फ़ इसलिए सो सके क्योंकि नानी और हूम साहब एम पर नज़र रखने के लिए रात भर जगे रहे। फिर उस रात न जाने क्या हुआ, सुबह हम जब उठे तो एम अपने बिस्तर पर नहीं थी। अस्पताल में हमारे आने–जाने का सिलसिला शुरू हो चुका था–एक दिन मैं और दूसरे दिन सुज़न। लेकिन हूम साहब रोज़ ही जाते थे। उन्हीं दिनों कभी एम ने मुझे मुझसे किसी नलके के खुले छूट जाने का ज़िक्र किया था जिससे टपकता हुआ कोई स्याह–गाढ़ापन उसके भीतर लगातार जमा होता जा रहा था। यह सिलसिला मेरे पैदा होने के बाद लगातार बढ़ता रहा। उसकी बातों ने मेरे दिलो–दिमाग़ में एक गहरी सूराख़ कर दी। हम सोच रहे थे कि अगर उसके कहे इस एक वाक्य से हमारे ऊपर यह असर पड़ा था तो पिछले तीस सालों में हूम साहब पर क्या गुज़री होगी?

2. 'हेल्लो सूर्यफूल!'

इमेल्डा अगस्टीन से दफ़्तर में मिली थी। उसकी डायरी में लिखा है :

'आख़िरकार मैंने उस बुलन्द आवाज़ वाले आदमी की तरफ़ देखा। मैंने अन्द्रादे से पूछा कि दफ़्तर का यह दिलफेंक बन्दा कौन है। जवाब में उसने कहा, 'ओह, वह AGM है।' मैं थोड़ी हैरत में थी, और थोड़ी हैरत उसे भी हुई।

'यह कैसा नाम है!' मैंने पूछा।

'मुझे उसका नाम नहीं पता। लेकिन उसके नाम के शुरुआती अक्षर AGM हैं और हम सब उसे इसी नाम से पुकारते हैं।'

'क्या यह आदमी तुम्हें पसन्द नहीं है?' मैंने पूछा।

'ओह, मैंने यह कब कहा!'

'वह बढ़िया आदमी है। तुम्हें भी वह ज़रूर पसन्द आयेगा।'

'इसके बावजूद तुम्हें उसका नाम नहीं पता?'

'हाँ, मुझे पता है, वह AGM है,' उसका जवाब यही था।

अब इस जवाब पर भला और क्या कहा जा सकता है?

'मुझे लगता है कि अगर वे मुझसे कम–से–कम नम्बर्स टाइप करने को कहेंगे, तब मुझे यहाँ काम करने में कोई दिक़्क़त नहीं है।'

हमें एम की डायरी और चिट्ठियों को पढ़ने की पूरी आज़ादी मिली हुई थी। कई बार तो वह ख़ुद अपने ख़तों को पढ़कर हमें सुनाती थी। उसकी नाक के बिल्कुल ऊपर उसका चश्मा टिका

होता था जिसके काले फ्रेम के कारण हम उसकी घनी भवों को नहीं देख पाते थे। हमने उसे काग़ज़ का एक पुर्ज़ा भी कभी फाड़ कर फेंकते हुए नहीं देखा था। अपने नाम लिखे गये सारे ख़त, पुर्ज़े और नोट को वह सिलसिलेवार तरीक़े से कपड़े के एक मनी बैग में सहेजकर रखती थी। कभी–कभी वह उन काग़ज़ातों से छाँट कर कोई ख़त या पुर्ज़ा बाहर निकालकर उन्हें सरसरी नज़र से देखती थी, या फिर उसे शुरू से आख़िर तक पढ़ती थी और फिर ख़यालों में खो जाती थी।

बेशक एम की चिट्ठियाँ हमारे परिवार के लिए खुली दस्तावेज़ थीं लेकिन सुज़न और मुझमें किसी को भी उसकी डायरी के पन्ने पढ़ पाने का मौक़ा नहीं मिला। मेरा ख़याल है, सुज़न आज भी उस डायरी को नहीं पढ़ना चाहेगी। यह बात भी हम दोनों शुरू में ही समझ चुके थे कि काग़ज़ के उन टुकड़ों से हमें एम की बीमारी और मानसिक दुश्वारियों की वजह का कोई सुराग नहीं मिलने वाला था। या...शायद यह कहना ज़्यादा मुनासिब होगा कि हम उन कारणों को जानने से कुछ हद तक बचना चाहते थे क्योंकि हमारे पास उनके उपाय भी नहीं थे। आज भी जब मैं एम की नोटबुक्स के पन्ने पलटता हूँ तो मैं उन हर्फ़ों को अपनी माँ का लिखा न मान कर अगस्टीन की प्रेमिका का लिखा मानकर पढ़ता हूँ।

मुझे तो यक़ीन भी नहीं होता कि अगस्टीन उर्फ़ AGM ने कभी दफ़्तर में एक नयी आयी लड़की पर नज़र भी डाली होगी। दोनों एएसएल ऐंपरसेंड स्मिथ लिमिटेड–में नौकरी करते थे जो इन्जीनियरिंग कल–पुर्ज़े बनाने वाली एक कम्पनी थी। इमेल्डा ने वहाँ एक नयी स्टेनो–टाइपिस्ट के तौर पर जॉइन किया था जहाँ अगस्टीन पहले से ही बतौर जूनियर सेल्समैनेजर काम कर रहा था। दो दिनों के बाद ही उसने इमेल्डा से बात की।

बुलन्द आवाज़ वाले उस शख़्स ने मुझसे बातें कीं। उसकी आवाज़ में कितनी खनक थी! वह मेरी डेस्क पर आया और मुझे

अपनी चमकती नीली नज़रों से देखते हुए बोला, 'हेल्लो सूर्यफूल!' और फिर किसी और काम के लिए दीवार की टेबल की तरफ़ बढ़ गया।

उनकी हड़बड़ी को पचा पाना मेरे लिए आज भी थोड़ा मुश्किल था। मेरी नज़र में हमेशा से एक मेहनती और सब्र रखने वाले इन्सान रहे। दफ़्तर में बेचैनी से चहलक़दमी करने वाले एक इन्सान के रूप में उनकी कल्पना कर पाना मेरे लिए सहज नहीं था। मैं अक्सर सोचता था कि अपनी सफ़ेद कमीज़, काली पतलून, जुराबों और काले जूतों में वे उन दिनों कैसे दिखते होंगे। उनके ज़माने में आम दफ़्तरों में काम करने वाले नौजवानों की पोशाक अमूमन यही हुआ करती थी। ज़रूर उनके पास वैसी और भी कमीज़ें और टेलकम पाउडर का एक डिब्बा भी रहा होगा ताकि उमस वाले दिनों में वे पसीने से चिपचिपी हो चुकी अपनी दाग़दार कमीज़ को बदल सकें। वे दफ़्तर में अपनी महिला सहकर्मियों के बीच ख़ासे लोकप्रिय थे। जब उन्होंने *द इलूस्ट्रेटेड वीकली ऑफ़ इंडिया* का क्रॉसवर्ड कॉन्टैस्ट जीता था तब उन्होंने दफ़्तर की सभी औरतों को तोहफ़े में सफ़ेद टिश्यू में लिपटा पीले गुलाब का फूल दिया था जिसकी डण्ठल पर नर्म पत्तियों के साथ साटन का रिबन बँधा था। जैसा कि बाद में गर्टरूड ने इमेल्डा को बताया था, उस रोज़ पूरा दफ़्तर गुलाब के किसी बगीचे की तरह नज़र आ रहा था और उन गुलाबों की ख़ुशबू ऐंपरसेंड स्मिथ लिमिटेड में काम करने वाली औरतों के ख़यालों में लम्बे समय तक वैसी ही बनी रही थी। कई दिनों के बाद गर्टरूड ने अपना हैंडबैग खोल कर इमेल्डा को दिखाया था जिसमें साटन का रिबन अभी भी सहेजकर रखा हुआ था।

'यह रिबन मुझे यह बार–बार याद दिलाता है कि सभी मर्द एक जैसे नहीं होते हैं,' उसने इमेल्डा से कहा था। गर्टरूड प्यार के खेल की एक माहिर खिलाड़ी के तौर पर जानी जाती थी।

पहले तो उसने एक शादीशुदा मर्द के साथ कई सालों तक प्यार किया। 'वह एक मुसलमान है,' उसने आगे कहा।

उस वक़्त इमेल्डा इतनी कमसिन और मासूम थी कि वह प्यार के बदले मिले ज़ख़्मों का भी मतलब नहीं समझती थी। उसे तो यह बात भी समझ में नहीं आयी थी कि मोतासिम के मज़हब का इस ज़ख़्म से क्या लेना–देना था।

अभी तो वह इतनी भोली थी कि यह भी नहीं समझ सकी थी कि 'हेल्लो सूर्यफूल' के जवाब में क्या कहना चाहिए। लिहाज़ा उसने कुछ कहा भी नहीं था।

'तुमने कोई जवाब क्यों नहीं दिया?' गर्टरूड ने हैरान होते हुए पूछा।

'मैं समझ नहीं पायी कि मुझे क्या कहना चाहिए।'

'कम–से–कम "हेल्लो" तो बोल सकती थी?'

इमेल्डा ने जो फ़िल्में देखी थीं, उनमें अमूमन ऐसा ही होता था। एक जवान और ख़ूबसूरत इसी तरह से हिरोइन से 'हेल्लो सूर्यफूल' कहता था लेकिन जवाब में वह हीरो को ऐसे बेरुख़ी से देखती थी कि बेचारा हीरो हक्का–बक्का रह जाता था।

उस रोज़ 'हेल्लो सूर्यफूल' के जवाब में इमेल्डा ने कुछ नहीं कहा और बस अगस्टीन को एक नज़र देख भर लिया था। उस नज़र में भी एना मगनानी वाली दिलफ़रेब अदा नहीं बल्कि एक संकोच का भाव था। गर्टरूड ने इस बात पर कोई ग़ौर नहीं किया। उसने अनुभव किया कि जैसे वह किसी ऐसी दुनिया में रहती है जिसमें मर्द शिकार करने के लिए निकलते थे और औरतें शिकार बनने का इन्तज़ार करती रहती थीं। लेकिन मर्द जब घेरेबन्दी करने की कोशिश करते तो यह औरतों पर निर्भर था कि वे मर्दों का शिकार कब बनें।

'जब तक तुम प्यार में बेवकूफ़ हो जानू।'

बोम्बेलीज में कोका कोला की घूँट भरते हुए उसने कहा था, 'जब तक तुम प्यार में जोख़िम उठाने का पागलपन नहीं करती।'

ऐंपरसेंड स्मिथ लिमिटेड में गर्टरूड इमेल्डा की सबसे क़रीबी दोस्त होने के साथ–साथ प्यार–मोहब्बत के मामलों में उसकी इकलौती हमराज़ भी थी, यह और बात थी कि उसकी ख़ुद की निजी ज़िन्दगी प्रेम के मामलों में अनगिनत समझौतों की एक लम्बी दास्तान थी। शुरू–शुरू में मोतासिम से जुड़े अपने अनकहे दुखों को लेकर गर्टरूड के भ्रमों से इमेल्डा भी गहरी पीड़ा महसूस करती थी। लेकिन कुछ ही हफ़्तों के बाद इमेल्डा को इस बात का अहसास हो गया कि गर्टरूड के लिए ऐसे रिश्तों का कोई ख़ास मतलब नहीं था क्योंकि उन रिश्तों में निजी अहसासों के लिए शायद ही कोई जगह थी। उसने धीरे–धीरे ख़ुद को एक ऐसी सुविधाजनक स्थिति में ढाल लिया था जहाँ उसके लिए प्रेम और प्रेम के दुख का एक बराबर महत्त्व था। उसके लिए एक मर्द की बस इतनी ही अहमियत थी कि वह उसे लेकर पहाड़ों के सुन्दर डाकबंगले पर छुट्टियाँ बिता सके और उसके बिस्तर को गर्म कर सके। लेकिन अपने ख़ुद के फ़ैसलों में गर्टरूड ने किसी को दख़ल देने की छूट कभी नहीं दी।

'अपना ख़ुद का मकान ख़रीद लो, यह बात मैं सभी लड़कियों को कहती हूँ। वे मुझे उज़बक की तरह देखती हैं, "यह कुलटा कौन होती है मुझे मशविरा देने वाली?" लेकिन मैं दिल की बुरी नहीं, और अच्छे–बुरे का फ़र्क़ समझती हूँ। मेरा इन्साफ़ ईश्वर करेगा। अगर तुम्हारा अपना घर होगा तो तुम अपनी मर्ज़ी की मालकिन रहोगी। अगर तुम्हें खड़े रहने का मन है तो तुम्हारे घर में कोई तुम्हें ज़बरन बिठा नहीं सकता।'

'मोतासिम भी नहीं?' इमेल्डा ने पूछा था।

'हाँ, मोतासिम भी नहीं,' गर्टरूड ने जवाब दिया था। 'तुम्हें पता है, जब हम मिले थे तब वह शादीशुदा नहीं था? और, तब बिल्कुल यही हालत थी।' वह अपनी उँगलियों को चटकाने लगी थी।

'पहली नज़र का प्यार!' इमेल्डा ने चहकते हुए पूछा था। उसे इस तरह के क़िस्से बहुत अच्छे लगते थे। सिर्फ़ अपने ही नहीं

बल्कि दूसरों के भी। वह उन क़िस्सों को देखना–सुनना चाहती तो थी लेकिन एक सुरक्षित दूरी को बरकरार रखते हुए।

'बस उसकी तरह से, यह कहना ज़्यादा मुनासिब होगा। उसने मुझे अन्द्रादे के घर पर एक नज़र देखा था। हम सब दफ़्तर के कुछ लोग वहाँ इकट्ठा हुए थे। उस एक नज़र से उसने मेरे दिल को पढ़ लिया था। उसकी आँखें मानो यही कह रही थीं, "मुझे बस तुम चाहिए...।। सिर्फ़ तुम ही चाहिए।" उन दिनों मैं बहुत मासूम हुआ करती थी और बहुत छोटी भी। मुझे प्यार जैसी शै पर यक़ीन था।'

बहुत–सी दूसरी औरतों की तरह गर्टरूड को भी प्रेम ने एक ईर्ष्यालु औरत बना डाला था। इसकी पहली वजह तो यह थी कि जिससे वह प्यार करती थी वह उससे शादी नहीं करने वाला था, और दूसरी वजह यह थी कि उसके पास दो सिगरेट होल्डर्स थे–एक गोमेद का बना था और दूसरा सीप का बना हुआ। वह उनको कभी–कभार अपने बड़े से हैंडबैग से निकालकर हसरत भरी नज़रों से देखती रहती गोया उनके सही–सलामत होने की तसल्ली कर लिया करती थी। और, आख़िरी वजह शायद यह थी कि कभी उसे एक ख़ूबसूरत जवान मेडिकल रिप्रेज़ेंटेटिव से प्यार हो गया था और वह उसे सब कुछ छोड़कर अपने साथ भगा ले जाना चाहता था।

'मैं हमेशा उसके भले में कहती–सोचती हूँ,' एक बार उसने हमारे एम और अपनी पुरानी दोस्त इमेल्डा के बारे में कहा था। वह एम को देखने कई बार हमारे घर भी आ चुकी थी लेकिन अपने आने के चुनाव को लेकर वह बहुत सतर्क रहती थी। एम जब कभी गर्टरूड को मिलने बुलाती थी तब वह कभी नहीं आती थी। वह अक्सर तभी आती थी जब एम को अवसाद के दौरे पड़ते थे और वह अपने आप में ही खोयी हुई रहने लगती थी। तब मैं और सुज़न गर्टरूड को कम–से–कम पौन घण्टे झेलने के लिए मज़बूरन तैयार रहते थे क्योंकि उसके मुताबिक़ किसी बीमार दोस्त

के साथ कम–से–कम इतना वक़्त तो बिताया ही जाना चाहिए था। शायद उसकी बीमारी के बहाने आकर वह यह जतलाना चाहती थी कि वह मुश्किल में मौजूद रहने वाली दोस्त है। यह बात भी मैंने उसी से सीखी थी कि ऐसी तरक़ीबें दरअसल लोग ख़ुद को ही फ़रेब देने के लिए आज़माते है। इन्हीं वजहों से गर्टरूड से बातें करना मुझे बहुत पसन्द नहीं था। इसके बावजूद मैं उसकी बातें बड़े ग़ौर से सिर्फ़ इसीलिए सुनता था कि वह एम को उन दिनों से जानती थी जब वह बिल्कुल भली–चंगी थी। उससे बोलते–बतियाते हुए मुझे इस बात का भी अहसास होता था कि मैं एक सामान्य दुनिया के सामान्य आदमी से बातचीत कर रहा हूँ जिसके पास पैसा, सेक्स, पाप, जायदाद वग़ैरह जैसे मामूली द्वन्द्व और चिन्ताएँ थीं। उसका ताल्लुक उस दुनिया से था जहाँ लोग अपनी माँओं के परिचय के बारे में अस्पष्ट थे और अपनी ख़ुद की सामाजिक स्वीकृति को लेकर सशंकित रहा करते थे।

'मैंने तुम्हारे पापा को इमेल्डा के बारे में आगाह कर दिया था,' गर्टरूड ने एक बार कहा था। 'मैंने उसे इशारा कर दिया था कि अगर तुम्हें उससे बात करनी है तो थोड़ा संजीदा रहना सीखे। ज़्यादा बेतकल्लुफ़ होने की कोशिश कभी मत करना।'

'बेतकल्लुफ़?'

'हाँ, तुमको उसकी तरफ़ सम्भल कर आगे बढ़ना होगा, यह बात मैंने उसे पहले ही कह दी थी। वह हम जैसी लड़कियों में नहीं है कि किसी को प्यार करे और फिर उसे छोड़ दे। ऐसा सोचोगे तो तुम उसे हमेशा के लिए खो दोगे।'

गर्टरूड ने बिल्कुल सही कहा था। एम भी उस दफ़्तर में ख़ुद को बहुत सहज नहीं महसूस कर रही थी। सुबह उठकर उसे पहले मॉर्निंग मास (प्रार्थना) में जाना होता था। उसे यही सिखाया गया था। फिर वह ट्राम से दफ़्तर जाती थी। वहाँ उसे वह सब करना होता था जो वह अपनी नींद में भी कर सकती थी: वही डिक्टेशन लेना, वही टाइप करना, वही काग़ज़ातों को फ़ाइलों में अरेंज करना

और वही टेलीफ़ोन कॉल्स अटैंड करना। एम पहले एक टीचर थी और मैं भी उसे एक टीचर के रूप में ही देखना पसन्द करता। एक स्टेनो के तौर पर उसे काम करता देखना मुझे अच्छा नहीं लगता था। एक टीचर के तौर पर शायद वह बेहतर काम कर सकती थी। हालाँकि यह मेरा अपना नज़रिया था।

'नहीं, नौकरी बुरी नहीं थी, लेकिन इतने बड़े दफ़्तर में एक साथ इतने सारे बालिग़ औरतों और मर्दों के साथ काम करना मुझे बहुत सहज नहीं लगता था,' उसने हमसे कहा था।

'बालिग़? क्या तुम बालिग़ नहीं थीं?'

'क़ानूनन तो मैं बालिग़ थी। लेकिन ज़ेहनी तौर पर मैं ख़ुद को एक बालिग़ लड़की के तौर पर नहीं देखती थी। मैंने कार्टूनों में बॉस और सहकर्मियों को अक्सर स्टेनो पर बुरी नज़र रखते हुए देखा था, और यह डर मुझे बहुत सताता था। बल्कि सच तो यह था कि ख़ुद को एक ऑफ़िस–गर्ल के रूप में देखना मुझे कतई पसन्द नहीं था।'

सोलह साल की उम्र में अपना सीनियर कैम्ब्रिज़ करने के बाद एम ने भी कॉलेज में दाख़िला लेने का सपना देखा था। उसने भी सोचा था कि कॉलेज जाने के लिए वह अपनी सहेलियों के ग्रुप के साथ बस स्टॉप पर खड़ी गप्पें लड़ायेगी और जब लड़के उसे देखें तो वह उनको इग्नोर करेगी, यह सुनने में यह थोड़ा अजीब लग सकता है लेकिन एम ने वाक़ई सोचा था कि वह़ कॉलेज में बैठी मिल्टन और काव्यशास्त्र पर लेक्चर सुनेगी। उसने तो फ्रेंच साहित्य पढ़ने के बारे में भी सोचा था। अपने दिमाग़ में यह जद्दोजहद हमेशा चलती रहती थी कि उसे *भयखाला* में रहने वाले दूसरे ईसाई या एंग्लो–इंडियन लड़कियों जैसे कपड़े पहनने चाहिए या फिर *कोएलो* बहनों की तरह सामान्य और सुन्दर लेकिन नफ़ीस दिखने वाली खादी की साड़ियाँ और कोल्हापुरी चप्पलें पहननी चाहिए, और उनकी तरह ही कभी–कभी बालों में फूल भी लगाने चाहिए।

लेकिन उसके सभी सपने तब अधूरे रह गये जब वह अपने सर्टिफिकेट और साथ काम करने वाले टीचर्स की शुभकामनाओं के साथ घर लौटी।

'डैडी तुमसे पूछेंगे,' नानी ने कहा था। 'लेकिन तुम उनसे इस बात को साफ़ छुपा लेना।'

एम की माँ संकेतों में बातें किया करती थी और इस कोशिश में वह अपने सभी वाक्यों में सबसे ज़रूरी लफ़्ज भूल जाती थी। उसकी बातों में गोवा की कोंकणी, रंगून की बर्मीज, युद्धकाल के कलकत्ते का बांग्ला और अब उसकी बेटी द्वारा बोली जानी वाली अंग्रेज़ी के शब्दों का अजीबोग़रीब घालमेल होता था। उसे कोई भी भाषा मुकम्मल तौर पर नहीं आती थी और इस कमी को पूरा करने के लिए वह इशारों और चेहरे के भावों का सहारा लेती थी और अपनी बात समझाने में कामयाब भी रहती थी। एम को भी अपनी माँ की बात समझ में आ चुकी थी। दरअसल नानी उसे कॉलेज नहीं भेजना चाहती थी। कारण एम को नहीं पता था। उसे नानी ने कॉलेज जाने से मना कर दिया था, और एम के लिए यही आख़िरी बात थी।

'हमारे पास पैसे कहाँ हैं? तुम्हें ख़ुद पता है...मैं नहीं कर सकूँगी...और कितने दिन तक?'

एम को अब पूरी बात समझ में आ चुकी थी। परिवार उसकी पढ़ाई का ख़र्च उठा पाने में बेबस था। एम को नौकरी करने की ज़रूरत थी। नाना एक मामूली मैथमेटिक्स टीचर थे, और उनकी बहुत मामूली–सी तनख़्वाह से नानी किसी तरह से घर चला रही थी। इसके अलावा कॉलेज में इतना वक़्त बर्बाद करने का नानी की नज़रों में कोई मतलब नहीं था।

'उसने बिल्कुल सही कहा था। डैडी ने मुझसे कॉलेज में दाख़िला लेने के बारे में पूछा,' एम ने कहा, 'लेकिन मैं इनकार नहीं कर पायी क्योंकि मैं सचमुच कॉलेज जाना चाहती थी और मैं झूठ भी नहीं बोलना चाहती थी। मैंने पूछा, "पैसे कहाँ से आयेंगे?"

मैं उनसे किसी ठोस जवाब की उम्मीद कर रही थी। उनके पास एक सोने की घड़ी और बर्मा से चोरी–छिपे लायी गयी एक रूबी थी जिन्हें वे चाहते तो बेच सकते थे। वे और भी कोई रास्ता निकाल सकते थे। लेकिन उन्होंने इतना भर कहा, "उसकी व्यवस्था की जा सकती है।" मैं समझ गयी कि या तो वे किसी के सामने हाथ फैलाते या शायद हमारा घर बेच देते। उसके बाद मैंने इस बारे में उनसे कुछ नहीं कहा, उन्होंने भी अपनी तरफ़ से कुछ नहीं पूछा।'

'बल्कि नानी ने ननों द्वारा चलाये जाने वाले एक स्कूल में मेरे लिए नौकरी का इन्तज़ाम किया।'

'स्कूल में तुम्हें रख लिया गया?' मैंने पूछा।

'वे मुझे कैसे रख सकते थे? उस समय मैं सोलह साल की ही थी। इसलिए ननों ने माँ को कहा कि मेरे बदले वे एस्ट्रिड को रख लेंगी। एस्ट्रिड उर्फ़ ओस्ट्रिच को तुम जानते हो?'

'नहीं, मैं नहीं जानता।'

'तुम एस्ट्रिड द ओस्ट्रिच को नहीं जानते? शायद तुम्हारे जन्म से भी पहले की बात है। बेचारी एस्ट्रिड डीसा! अब तो उसकी मौत भी हो चुकी है। मैंने सुना था, मेरी जगह जॉइन करने के कुछ समय बात ही वह मर गयी। ब्लैकबोर्ड पर लिखते हुए उसे ज़ोर की खाँसी उठी थी। उसका टिफिन छिटक कर ब्लैकबोर्ड से जा टकराया और वह लड़खड़ा कर गिर पड़ी। लोग कहते हैं, खाने के धब्बे अभी भी दीवार पर दिखाई देते हैं। जब तक दूसरे टीचर्स उसकी मदद के लिए आते तब तक वह दम तोड़ चुकी थी।'

'शी डायड विद हर बूट्स ऑन।'

'तुम्हारा मतलब है उसने राजी–ख़ुशी प्राण त्याग दिये। क्या सचमुच?'

'मुझे नहीं पता। किसी को भी कैसे पता हो? मैं भी अपने बूट्स पहने ही मरना चाहती हूँ। लेकिन इसका क्या मतलब हुआ? मेरे पास तो बूट्स हैं भी नही...'

एम के साथ बातें करते हुए मुझे हमेशा यह महसूस होता था कि मैं एक ऐसे शहर की सड़कों पर भटक रहा होऊँ जहाँ मैं पहले कभी नहीं आया था, ऐसी सड़कें जो जिनमें से बीच–बीच से कई और रास्ते फुटते हों, जो मुझे किसी ऐसे रस्ते पर ले जाते थे जिनसे होकर गुज़रना पहले से तय नहीं था। वे रास्ते अक्सर मुझे भटका देते थे और सही रास्ते पर दोबारा लौट पाना ख़ासा मुश्किल काम था।

'बहरहाल एस्ट्रिड डीसा का तुम्हारी नौकरी से क्या लेना–देना था?' मैंने एम को याद दिलाया।

'ओह अच्छा, उसके पास टीचिंग सर्टिफ़िकेट भी था। लेकिन वह काम नहीं कर सकती थी क्योंकि उसके जुड़वाँ बच्चे थे।... इसलिए ननों ने कागज़ पर उसी का नाम दर्ज कर लिया लेकिन उसके बदले पढ़ाने का काम मैं करती थी।'

'और एस्ट्रिड इसके लिए मान गयी?'

'हाँ, उसे बीस टाका मिलते थे।'

'तुम्हारी तनख़्वाह से?'

'हाँ, मेरी तनख़्वाह से। मुझे साठ टाका मिलते थे।'

'और बाक़ी?'

'बाक़ी के बीस परसेंट यीशु की सेवा में दान में चले जाते थे।'

'उसे नन अपने पास रख लेती थी?'

'ऐसा सोचना मुनासिब नही... आख़िर यह सब वे तुम्हारी नानी को मदद करने की नीयत से करती थीं। वे चाहतीं तो सीधे–सीधे उसे मना भी कर सकती थीं।'

'वे ऐसा करतीं तो शायद तुम्हें कॉलेज जाने का मौक़ा मिल जाता।'

'सचमुच?' उसने हैरत से मुझे देखा। 'तुम ठीक कहते हो लेकिन इसके लिए मुझे डैडी की इजाज़त लेनी पड़ती। और डैडी को मुझे पढ़ाने के लिए क़र्ज़ लेना पड़ता। और, उसके लिए शायद हमें अपना घर गिरवी रखना पड़ता।'

'सच में? सिर्फ़ एक आदमी को कॉलेज भेजने में?'

मैं कोशिश करता था कि एम की बातों का भरोसा कर सकूँ। यह उसके प्रति मेरा प्यार था क्योंकि मैं यह अक्सर देखता था कि उसकी बातों को दुनिया बहुत गम्भीरता से नहीं लेती थी और उसके कहे को अविश्वास से देखती थी। लेकिन उस पर विश्वास करने के क्रम में मैं शायद कुछ निष्ठुर भी हो जाता था। मैं उन बातों को तर्क की कसौटी पर कस कर देखने की कोशिश करता था और उनकी प्रामाणिकता के सबूत भी ढूँढ़ने की कोशिशें करता था। लेकिन एम को इससे कोई शिकायत नहीं थी।

'मैं समझती हूँ। मेरी बातें बेतुकी लगती होंगी। हुज़ूरे–आला भी कहते हैं कि इन बातों का अब कोई मतलब नहीं है। मैं जानती हूँ कि सुज़न ने जब कॉलेज जाना शुरू किया था तो हमने कितनी मुश्किलों का सामना किया था। मैंने उसे भरोसा दिलाया था कि हम दाल और रोटी पर भी गुज़ारा कर सकते हैं लेकिन उसने हँसते हुए मेरी बात टाल दी थी, "नहीं ऐसी कोई बात नहीं, फ़ीस की कोई मुश्किल नहीं है।"'

वह फिर से अपनी बातों से भटकने लगी थी।

'तुम नहीं समझोगे, मुझे लगा था कि उस नन्ही–सी जान को कॉलेज भेज कर वह कुछ ज़्यादा ही दिलेरी और उदारता दिखाने की कोशिश कर रहा था क्योंकि उन दिनों स्टूडेंट्स हड़ताल पर थे और गुस्से में उन्होंने एक बस को आग से फूँकने की कोशिश भी की थी। वे बेचारे किसी तरह वहाँ से बच निकले थे, हालाँकि अगली सुबह अख़बारों में बस के जलाये जाने की ख़बरों को ग़लत बताया गया था। हाँ, उसकी सीटें फाड़ कर बस को नुक़सान पहुँचाने की कोशिश ज़रूर की गयी थी। गुस्साये हुए स्टूडेंट्स को कलकत्ते के किसी एक्सपर्ट से मशविरा लेना चाहिए था। वहाँ के लोग बस वग़ैरह फूँकने में माहिर होते हैं। है न?'

'एम, हम तुम्हारे कॉलेज जाने की बातें कर रहे थे।'

'ओह, अच्छा! मैं कॉलेज नहीं जा पायी। और, अब जाना भी नहीं है। एक बार मैंने किसी फ़िल्म में एक उम्रदराज़ औरत के

कॉलेज में जाने के बारे में पढ़ा था। हालाँकि सब लोगों ने उनकी बहुत तारीफ़ की थी लेकिन मुझे नहीं लगता कि मेरे मामले में भी यही होता। मुझे भी यही लगता कि क्लास में मेरी हालत भेड़ों पर नज़र रखने वाले कुत्ते के जैसी होती। दो बच्चों की माँ होने की वजह से मैं एक मज़ाक़ का मुद्दा बन जाती और ईश्वर जानता है कि मैं इन पचड़ों में पड़ना भी नहीं चाहती थी।'

'ओह! जाने भी दो।'

'तुम बहुत प्यारे बच्चे हो। अगर तुम थोड़ा बिगड़ैल नहीं होते तो मैं कितनी अच्छी माँ थी! तुम चाहते तो इस बात पर एक लम्बा भाषण सुना सकते थे। लेकिन तुम ऐसा नहीं कर सकोगे, इसलिए राजश्री पिक्चर्स के हिसाब से देखें तो हम सभी बिगड़ैल हैं। हम दिवाली पर रिलीज़ होने वाली एक प्यारी कहानी कभी नहीं बन सकते हैं।'

'एम, तुम मेरी बात नहीं सुन रही हो। क्या तुम्हारे ज़माने में कॉलेज जाना सचमुच इतना महँगा था?'

'ठीक–ठीक मैं भी नहीं जानती कि उस वक़्त कितन ख़र्च होता होगा? तुम्हारी उम्र क्या होगी?'

'तुम्हें तो पता होना चाहिए?'

'क्यों, तुम्हें पता नहीं होना चाहिए?'

'सत्रह।'

'हे भगवान, सत्रह की उम्र और इतने सारे सवाल! इतनी छोटी उम्र में मैं ऐसे सवाल नहीं पूछ सकती थी। मैं नहीं कह सकती थी कि मुझे बैंक–बुक्स दिखाओ। मैं बस इतना जानती थी कि मेरा पैसा कमाना ज़रूरी था। इसलिए, बिना कुछ कहे, मैंने अपनी लेसों वाली नीली ड्रेस पहन ली और ऑफ़िस के लिए निकल गयी।' उसने थोड़ा ठहरकर कहा।

एम हमें अक्सर कहती थी कि वह एक स्कूल टीचर बनना चाहती थी। मुझे याद है, वह कई बार अपने वार्ड में किसी जवान मरीज़

के बालों में कंघी करती या किसी बूढ़ी औरत को बच्चों की तरह चम्मच से खाना खिलाती हुई दिखती थी। ज़ाहिर–सी बात थी कि उसके मन में एक दयालु टीचर बनने की ख़्वाहिश रही होगी। लेकिन टीचर के तौर पर उसका पहला तजुर्बा बहुत अच्छा साबित नहीं हुआ था। स्कूल के बच्चे एक बदहवास टीचर को बख़ूबी पहचानते हैं। क्लास में दाख़िल होने और बच्चों से सख़्ती दिखाने का उसका लहजा उसकी पोल खोल देता है। अपनी बात कहने से पहले बार–बार अपना गला साफ़ करने की कोशिश उनके नये होने का ज़िन्दा सबूत होती हैं। वह पूरी क्लास पर नज़र रखने के इरादे से बनाये गये थोड़े ऊँचे चबूतरे पर रखी हुई टेबल–कुर्सी को ऐसी नज़रों से देखती है गोया ख़ुद को उन पर बैठने के क़ाबिल नहीं समझती हो। जब वे बच्चों की डेस्क के बीच से गुज़रती हैं तो बच्चे उनको मज़ाकिया नज़रों से देखते हैं। वे इतने शातिर होते हैं कि अपनी शैतानियों से किसी भी पल उसे सकते में डाल सकते हैं। चूँकि बच्चे जानते हैं कि सज़ा से बचना है तो अकेले की बजाय एक साथ मिलकर टीचर का मज़ाक़ बनाना ठीक होगा।

'मैं समझती थी कि मदर सुपीरियर इन बातों को अच्छी तरह से जानती होंगी,' एम ने उस दिन को याद करते हुए कहा। 'लेकिन उन्होंने उस दिन भयानक चूक कर दी। मेरे साथ वे भी क्लास में आयीं और मुझे बच्चों से मुखातिब कराते हुए कहा कि। मैं नयी–नयी टीचर हूँ। और वह मेरी पहली क्लास थी। उन्होंने कहा कि वे जानती हैं, क्लास के बच्चे कितने शिष्ट हैं इसलिए वे पहले दिन से ही पूरी मदद करेंगे। उनके जाने के कुछ समय बाद तक बच्चों ने किसी तरह से मुझे बर्दाश्त किया, या अपने आपको क़ाबू में किये रखा। दूसरी टीचर्स ने मुझे क्या नसीहतें दी थीं, मैंने उन्हें याद करने की कोशिश की। मुझे तो बल्कि यह भी याद नहीं आ रहा था कि मुझे क्या पढ़ाने के लिए कहा गया था। मैंने बच्चों से ही पूछ लिया कि वह किस विषय का पीरियड था, बच्चों ने ज़ोर से एक साथ जवाब दिया, "मैथमेटिक्स।"

मुझे भीतर ही भीतर रुलाई छूट पड़ी। मुझे मैथ्स बिल्कुल पसन्द नहीं था और अब मुझे वही पढ़ाना था। अगले पाँच मिनटों में बच्चे मुझसे निबटने की पूरी तैयारी कर चुके थे। सबने अपने जूतों के नीचे काग़ज़ के पन्ने दबा रखे थे और अब उन्होंने उन टुकड़ों को एक साथ ज़मीन पर रगड़ना शुरू कर दिया। पूरी क्लास में खर्र... खर्र...खर्र की आवाज़ें गूँजने लगीं। मैंने उनको ऐसा करने से मना भी किया। लेकिन ऐसा करके मैंने और बड़ी चूक कर दी थी।'

'उफ़,' मैंने कहा, मुझे भीतर से बुरा महसूस हो रहा था। बाद में उसके ख़ुद के बेटे ने भी तो यही बदमाशियाँ की थीं। मुझे याद आने लगा, मैंने भी अनेक बार अपनी नयी टीचर को तंग करने में कोई कसर कहाँ उठा रखी थी!

'उन्होंने एक साथ कहा, "सॉ–री टी–च–र।' मैंने कहा, "अच्छा कोई बात नही..." वे दोबारा ज़ोर से बोले। "थैंक–यू–टीचर..."'

लेकिन मेरे कानों में उनकी खुसफुसाहट अभी भी सुनाई पड़ रही थी। हालाँकि बाद के दिनों में मुझे वह खुसफुसाहट प्यारी लगने लगी थी। लेकिन उस रोज़ उनकी बकवास रुकी नही... और उन्होंने एक साथ गाना शुरू कर दिया–

"हैप्पी बर्थडे टू यू"

'फिर तुमने क्या किया?'

'मैं रुआँसी–सी क्लास से बाहर निकल गयी।'

'क्या?'

'मैं बुरी तरह से परेशान हो चुकी थी। मैं सबसे मुँह छुपाना चाहती थी और ख़ुद को छुपाने के लिए टॉयलेट की तरफ़ भागी। वहाँ सिर्फ़ लड़कों का टॉयलेट था और संयोग से वह ख़ाली था।'

'हे प्रभु!'

'थोड़ी देर बाद जब मैं स्टाफरूम में घुसी तो वहाँ पहले से ही वर्कबुक्स और दूसरे काग़ज़ातों को चैक करती हुई मदर सुपीरियर बैठी हुई मिलीं। उन्होंने मुझे अपना चेहरा ठीक से धोने की हिदायत दी और दोबारा मुझे क्लास में ले गयीं। उन्होंने क्लास के सभी

बच्चों को अपनी डेस्क पर घुटनों पर बैठा दिया और उनसे अपनी बदमाशी के लिए ईश्वर से माफ़ी माँगने का हुक्म दिया क्योंकि ईश्वर ने ही उनको ऐसे परिवार में जन्म देने की मेहरबानी की जिसने उन बच्चों को पढ़ने के लिए स्कूल भेजा था!'

'हिन्दू और मुसलमान बच्चों को भी?'

'सबको। फिर उन सबसे अपने–अपने माँ–बाप के नाम एक माफ़ीनामा लिखने के लिए कहा गया। वह एक कड़क और तेज़तर्रार औरत थी ...मेरा मतलब मदर सुपीरियर से है।'

'तुम किन बच्चों को पढ़ाती थीं?'

'सातवीं क्लास के बच्चों को। उन्हें पता था कि मैं उन बच्चों का ज़्यादा नुक़सान नहीं करूँगी। मैं एक ख़राब टीचर थी। मैं बच्चों को क्या पढ़ाती थी, उसकी बहुत जानकारी मुझे भी नहीं थी। हर दिन मैं डैडी से इन्टिजर या फ्रैक्शन या रेशो और प्रपोर्शन के बारे में पूछ कर जाती थी और क्लास में उसी को सावधानी के साथ दोहरा देती थी। उसके बाद मैं चालाकी से किसी होशियार बच्चे का नाम लेकर उसे ब्लैकबोर्ड पर कोई सम बनाने को कहती और राहत की साँस लेती थी।'

'वाह,' मैंने कहा।

'तुम्हारी इस शाबाशी का क्या मतलब हुआ? ख़ैर, यह कहने की कोई ज़रूरत नहीं थी। मैं और क्या कर सकती थी? मुझे रेशो और प्रपोर्शन समझ में नहीं आते थे। अंकों का खेल मेरी समझ से परे था। कभी बढ़ जाता था तो कभी घट जाता था। मैंने अपने जानते भर बहुत कोशिश की लेकिन यह मेरे वश की बात नहीं थी। एक साल के बाद उन्होंने मुझे अंग्रेज़ी और इतिहास पढ़ाने का काम सौंप दिया। मैं मन–ही–मन इतनी ख़ुश थी कि झूम उठी।'

लेकिन छह महीने के बाद ही एक दिन नानी मदर सुपीरियर के ऑफ़िस में जा धमकी। उसकी बेटी अब अट्ठारह साल की हो गयी थी और उसका स्कूल जाना बन्द कर दिया गया था। नानी ने कहा कि अब वह पढ़ाने की बजाय ख़ुद कुछ सीखेगी। वह स्टैंडर्ड शॉर्टहैंड एंड टाइपराइटिंग इंस्टीट्यूट जॉइन करने वाली थी।

'उनका साफ़ मतलब था, "तुम्हारे बारे में फ़ैसले हम करेंगे।" माँ ने कहा कि मेरे लिए यही काम ठीक है। ज़ाहिरन किसी ने उसको ऐसा कोई मशविरा दिया था कि सेक्रेटरी अधिक पैसे कमाती हैं। इसलिए उसने तय किया कि मुझे अब सेक्रेटरी बनना है।'

'क्या उसने तुमसे इस बारे में पूछा था?'

एम ने भौंचक आँखों से मुझे एक बार देखा था।

'इस वाक़ये के बाद भी मैं कई दिनों तक रोती रही थी। जब सड़क से गुज़रते हुए मेरे कुछ स्टूडेंट्स मुझे देखकर "गुड मॉर्निंग, मिस" कहते तो मेरी रुलाई बेसाख़्ता छूट पड़ती थी। मैंने सपने में भी नहीं सोचा था कि टाइपराइटर्स का रिबन बदलते हुए मुझे अपनी उँगलियाँ गन्दी करनी पड़ेंगी। मैं इसलिए भी रोती थी कि मुझे टैब्स समझ में नहीं आते थे, और जब मैंने जैसे–तैसे टाइपराइटर्स सीखी तो मेरे माथे शॉर्टहैंड मढ़ दिया गया। टाइपिंग का मतलब मशीन से कुछ अंग्रेज़ी शब्दों को निकालना भर था। शॉर्टहैंड बिल्कुल अलग तरह की चीज़ थी जो इशारों की एक अजीबोग़रीब भाषा पर आधारित थी। मैं तुम्हें बता नहीं सकती कि मैं कितना रोती थी।'

उन आँसुओं को समझ पाना मेरे लिए बहुत मुश्किल था। किसी दूसरे आदमी की नज़रों में यह सिर्फ़ एक अट्ठारह साल की एक ऐसी लड़की के मन का बोझ था जिसे अपनी पसन्द की दुनिया से ज़बरन बाहर निकालकर एक ऐसी दुनिया में बेबस छोड़ दिया गया था जो उसे पसन्द नहीं थी। लेकिन एम जब कभी अपनी ज़िन्दगी से जुड़ी बातें मुझे बताती, तब उन बातों में अक्सर मैं उन वजहों को तलाशने की कोशिश करता था जो उसके 'नर्वस ब्रेकडाउन' के शुरुआती लक्षण से जुड़े हो सकते थे। यह शायद एक तरह का जुनून था या उसकी ज़िन्दगी को गहराई से समझने की मेरी जिज्ञासा थी। उसका जन्म रंगून में हुआ था और जिस समय जापान ने बर्मा पर हमला किया था उसी समय वह एक जहाज़ के ज़रिये बंगाल की खाड़ी को पार कर भारत

आयी थी। मैं यह बात जानता था। उसके पिता रंगून से पैदल चलते हुए असम आये थे। उनके बारे में लोग कहते थे कि जब वे रंगून से चले थे तब उनके माथे के बाल काले थे और जब वे कलकत्ते में दोबारा दिखलायी पड़े तब उनके सारे बाल पक चुके थे। यह कैसा अन्तराल था? क्या यह अलगाव था? उस सफ़र की बहुत कम बातें उसे याद थीं सिवा इसके कि मिचली को क़ाबू में रखने के लिए वह नारंगी रंग की कोई गोली चूसा करती थी और जहाज़ पर ही उसे पहली माहवारी शुरू हुई थी। क्या यह टुकड़ों में बण्टी हुई यादें थीं जो आमतौर पर किसी–न–किसी बहाने हमारे मन में कौंध जाती हैं, या फिर यह किसी पीड़ादायक स्मृतियों को ज़बरन दबाये रखने का नतीजा?

रास्ते में जहाज़ के बोझ को हल्का करने के लिए उनके पियानो को समुन्दर में फेंक दिया गया। जब मैंने यह बात पहली बार सुनी तो मुझे लगा था कि एम के ब्रेकडाउन की सुराग तलाशने का सिरा इस वाकये से मिल सकता है। मैंने कल्पना की कि जब पियानो पहली बार पानी की सतह से टकराया होगा तो एक कराह निकली होगी। मेरे ख़यालों में बंगाल की खाड़ी में गहरे डूबते हुए पियानो से उठते हुए बुलबुलों में एम के रोने की आवाज़ गूँजती थी। मेरी आँखों के सामने उसके आँसुओं से तरबतर चेहरे की तरफ़ नानी का बढ़ाया हुआ सफ़ेद रुमाल झिलमिलाने लगता था।... समन्दर की तलहटी से उभरा गुब्बार और उस गुब्बार से चौंक पड़ी एक निरीह मछली।...

उसके बाद ही मैंने एक रोमन कैथोलिक गोअन परिवार से उनके पियानो के बारे में सुना। और फिर एक और कहानी सुनी। और इस तरह चार कहानियाँ सुनीं। तब मैं इस नतीजे पर पहुँचा कि पियानो दरअसल एक रूपक... किसी ऐसे नुक़सान को बयान करता एक आदिम माध्यम जिसकी अभिव्यक्ति किसी दूसरी तरह से नामुमकिन थी। इस बात का कोई मतलब नहीं था कि पियानो सच में था या नही... यह दरअसल रंगून से उन सबकी विदाई

की कहानी त्रासदी से भरी हुई थी। साथ–साथ यह उनके पूर्वजों के घर से निर्वासन और गोवा में उनकी तंगहाल ज़िन्दगी का भी बयान थी। अतीत की गाथा बार–बार की जा सकती थी। एम का अतीत बर्मीज रेशम और कोयले के खदान और रूबी, जेड और पन्ने जैसे महँगे रत्नों की यादों से भरापूरा था जिन्होंने बर्मा छोड़ दिया था। उसके अतीत में वे तमाम ऐशोआराम थे जिनके सपने इन्सान देखता है, और जहाज़ के ऊपर से पानी में फेंक दिया जाने वाला पियानो शायद उन ऐशोआराम से मरहूम हो जाने और सूद पर क़र्ज़ लेकर एक नये शहर में गुज़र–बसर करने की जद्दोजहद का दुखदायी प्रतीक था। यह उस दर्द को ज़ाहिर करता था कि कैसे एक स्कूल टीचर की सैलरी में बमुश्किल गुज़ारा करने के लिए उसकी बेटी को अंग्रेज़ी पढ़ाने की ज़रूरत पड़ती थी।

एम का परिवार बर्मा से पहले गोवा पहुँचा और उसके बाद बॉम्बे आ गया। उनको एक छोटे–से कमरे में रहना पड़ा था जो बाद में एक लांड्री में तब्दील कर दिया गया। जल्दी ही एम के पिता को एक गणित के शिक्षक की नौकरी मिल गयी। अभाव के ये मुश्किलों से भरे साल ही क्या उसकी इस दिमाग़ी हालत के लिए ज़िम्मेदार थे? लेकिन ऐसी न जाने कितनी जवान औरतें थीं जिन्होंने ज़िन्दगी में उससे भी ज़्यादा ग़रीबी झेली थी। तो, क्या अपनी पढ़ाने की नौकरी को छोड़ देने की मज़बूरी ने उसे आघात पहुँचाया था? अगर यह बात थी तो सैकड़ों दूसरी लड़कियों के साथ भी यह वाकया ज़िन्दगी में गुज़र चुका था। सभी बातों और छोटी–से–छोटी जानकारी की गहरी पड़ताल की जाने की ज़रूरत थी। कई बार तो उसकी बातों से मुझे एक थकान–सी महसूस होने लगती थी क्योंकि वह उनमें इतने बारीक़ और तेज़ी से गुज़रते सुरागों के छिपे होने का अहसास होता था, जिन्हें पकड़ पाना मेरे लिए बहुत मुश्किल काम था।

ख़ैर, आख़िरकार एम डिक्टेशन लेना और हर मिनट साठ शब्दों की रफ़्तार से टाइप करना सीख गयी। स्टैंडर्ड शॉर्टहैंड एंड

टाइपराइटिंग इंस्टीट्यूट ने उसे जो सर्टिफ़िकेट दिया था उसमें उसके शॉर्टहैंड में निपुणता का विशेष उल्लेख किया गया था।

'मुझे खुद अपने शॉर्टहैंड के अच्छे होने का पता था। ज़्यादातर दूसरी लड़कियाँ डिक्टेशन लेने के एक घण्टे बाद ही अपना ही शॉर्टहैंड नहीं पढ़ पाती थीं। मैं आज तीस सालों के बाद भी अपने नोट्स बिना किसी दिक़्क़त के पढ़ सकती हूँ।'

अगले दो महीने तक एम ने मेहता मैकेनिकल इलेक्ट्रिकल एंड इंजीनियरिंग कारपोरेशन नाम की एक छोटी–सी फ़र्म में काम किया।

अपने भारी–भरकम नाम के बावजूद 'मेमेकोर्प' नौकरी करने के लिए बेहतर जगह नहीं थी।

'वे लोग मुझे दिहाड़ी के मुताबिक़ भुगतान करते थे। जिस दिन मैं दफ़्तर जाती थी उस दिन के पैसे मिलते थे और किसी वजह से जिस दिन नहीं जा पाती थी उस दिन के पैसे काट लिए जाते थे। दो–तीन दफा तो यह भी हुआ कि मैं गयी और वहाँ मुझे कह दिया गया कि आज मेरे लायक कोई काम नहीं है और मैं जा सकती हूँ। ट्राम से दफ़्तर जाने–आने के पैसे मुझे अपनी जेब से भरने पड़े।'

'किसी दिहाड़ी मज़दूर की तरह!'

'मुझे भी यही महसूस होता था। इसलिए मैं दूसरी नौकरी की तलाश में थी। एक दिन मैंने अख़बार में देखा कि ऐंपरसेंड स्मिथ लिमिटेड में एक स्टेनो की ज़रूरत थी और मैंने एप्लाई कर दिया। रिसेप्शन डेस्क पर एक एंग्लो–इंडियन औरत बैठी हुई थी। उसने मुझे ग़ौर से देखते हुए पूछा, "प्यारी मुन्नी, तुम क्या पहले कहीं पढ़ाने का काम करती थी?" मैंने जवाब दिया, "हाँ।" फिर उसने मुस्कुराते हुए कहा, "तुम्हें देखकर मुझे यह लगा था।" उस वक़्त मैं इतनी भोली थी कि यह भी नहीं समझ पायी कि उसने मेरी खिल्ली उड़ाई थी। मैंने कहा, "हाँ, मैं लौटकर फिर से पढ़ाना चाहती हूँ लेकिन मेरे परिवार को पैसों की ज़रूरत है।"

उसने कहा, "भोली लड़की, अगर तुम एक टीचर की तरह दिखोगी तब तुम्हें एक स्टेनो की नौकरी कभी नहीं मिल पायेगी" फिर उसने मुझे एक कार्ड देते हुए एक ख़ास आदमी से मिलने की सलाह दी। "वह नये स्टाइल के मुताबिक़ कपड़े पहनने और आधुनिक दिखने में तुम्हारी मदद करेगा।" मैंने पूछा, "और इंटरव्यू का क्या होगा?" "तुम्हें यह जॉब नहीं मिलेगी," उसने कहा," अब तुम जाओ।" उस वक़्त मुझे थोड़ा गुस्सा भी आया, "नहीं, मैं अपनी क़िस्मत आज़माना चाहती हूँ।" और मैं बैठकर अपनी बारी का इन्तज़ार करने लगी।'

'और तुम्हें नौकरी मिल गयी?'

आज की तरह मैं तब भी एक कहानी का ख़ुशहाल अन्त पसन्द करता था। और आख़िरकार एम की ज़िन्दगी में कोई तो ऐसा वाक़या हुआ जिसका अन्त सुखद था।

'बिल्कुल। मुझे नौकरी मिल गयी।' उसने गर्व के साथ कहा। 'मैं बढ़िया अंग्रेज़ी लिखती थी और सही वक़्त पर शब्दकोश पलटना जानती थी। मेरा व्याकरण भी अच्छा था। उन्होंने मेरा एक छोटा टैस्ट लिया और मैंने अपनी क़ाबिलियत के मुताबिक़ अच्छा परफॉर्मेंस किया था। उन्होंने मुझसे बैंक के नाम एक ओवरड्राफ्ट की मंजूरी के लिए एक एप्लीकेशन भी लिखवाया। मुझे ओवरड्राफ्ट के बारे में कोई जानकारी नहीं थी इसलिए मैंने एक सामान्य एप्लीकेशन लिखा। लेकिन उसी एप्लीकेशन ने जॉब दिलाने में मेरी मदद की। ऐसा बाद में आन्द्रादे ने मुझे बताया था।'

टैस्ट और छोटे–से इंटरव्यू के बाद जब एम बाहर निकली तो रिसेप्शनिस्ट अपनी जगह से ग़ायब थी। वह इमारत के बाहर खड़ी सिगरेट पी रही थी और आसपास से गुज़रते हुए लोग उसे घूर कर देख रहे थे। लेकिन उसे इसकी जैसे कोई परवाह नहीं थी।

'मैंने थोड़े अभिमान के साथ रिसेप्शनिस्ट को जॉब की पेशकश की ख़बर सुनाई। 'क्या तुम राजी हो गयीं?' उसने मुझसे पूछा। पता नहीं क्यों, मुझे लगा कि उस औरत की ज़रूर कोई बहन रही होगी जिसके लिए उसने इस जॉब पर अपनी आँखें गड़ाई हुई थीं।

इसलिए मैंने कहा, "हाँ, और मैंने उन्हें यह बता भी दिया है।" फिर मुझे लगा कि मुझे उसके बारे में थोड़ी हमदर्दी रखनी चाहिए। लिहाज़ा मैंने कहा, "लेकिन मुझे बेशक कुछ कपड़ों की ज़रूरत है और मैं आपके सुझाये हुए उस आदमी से पक्का मिलने जाऊँगी।" लेकिन मेरी बात से उसे कोई ख़ास ख़ुशी नहीं हुई। उल्टे उसने मुझे कहा कि यह एक बुरा फ़ैसला था क्योंकि मैं पहले से ही एक नौकरी कर रही थी। तो मुझे इस झमेले में पड़ने की क्या ज़रूरत थी? पता नहीं क्यों लेकिन उसकी बेरुख़ी से मुझे भी थोड़ी कोफ्त हुई। "मैं ज़िन्दगी भर एक टीचर की तरह नहीं दिखना चाहती," मैंने उसे कहा। "एक टीचर बनने में क्या ख़राबी है?" उसने पलटकर पूछा। "नहीं, कोई ख़राबी नहीं है। लेकिन अब मैं एक बड़ी कम्पनी में स्टेनो हूँ और मैं वैसी ही दिखना चाहती हूँ।" मैं नहीं जानती, मैं उसे यह सब क्यों कह रही थी। मेरी नज़र में मेरे कपड़े भी ठीक–ठाक थे लेकिन ब्रिजीट की कोई बात मुझे चुभ गयी थी जिसकी वजह से शायद मैं यह सब उससे कह गयी। मुझे लगा था मानो उसने मुझे एक चुनौती दी थी। तुम्हें वह फ़िल्म याद है जिसमें एक बंगाली औरत ने एक ऐसी ही चुनौती कुबूल की थी?'

'*महानगर*।'

हमने साथ–साथ यह फ़िल्म देखी थी। शायद वह शनिवार की शाम थी और हमने दूरदर्शन पर आने वाली प्रादेशिक फ़िल्मों के स्लॉट में उसे देखा था। हम पड़ोसियों के घर एम को साथ लेकर टेलीविज़न देखने नहीं जा सकते थे। इसलिए यह शायद उसके बाद की बात है जब हमारे घर भी टेलीविज़न आ चुका था। पुरानी यादों में गोते लगाते हुए मेरे होठों पर एक मुस्कान आ गयी–मुँह में बीड़ी दबाये एम मेरे और सुज़न के साथ शनिवार किसी शाम सत्यजित रे की फ़िल्म देख रही थी। हूम साहब या तो ओवरटाइम कर रहे थे या शायद किचन में थे।

'क्या वही वह फ़िल्म थी?' एम ने पूछा। 'वही न जिसमें काम करने वाली उस एंग्लो–इंडियन लड़की को तुम एक बुरी एक्ट्रेस मानते थे?'

'हाँ, वही फ़िल्म।'

'ब्रिजीट कुछ–कुछ वैसी ही थी। वह उस तरह की लड़की थी जो यह समझती थी कि लिपस्टिक लगाने का हक़ सिर्फ़ उसी को था। वह ऐसी किसी भी लड़की का मज़ाक़ बनाने के लिए हमेशा तैयार रहती थी जिसने नये फ़ैशन के कपड़े उससे पहले पहनने की गुस्ताख़ी की होती। मैंने उसके साथ दस मिनट भी नहीं गुज़ारे थे लेकिन मुझे उसकी मंशा का पता चल गया था। मुझे यह लगा था कि अगर मैं उससे फ़ैशन के बारे कोई मशविरा लूँगी तो उसे शायद अच्छा लगेगा। लेकिन उसने मेरी बाँह को ज़ोर से पकड़ कर झिड़कते हुए मुझसे कहा, "अब तू कौन सा खेल रचना चाहती है चुड़ैल कहीं की?" मैं हैरत में पड़ गयी और मुझसे कुछ भी कहते नहीं बन पा रहा था। "मुझे वह कार्ड वापस लौटा दो," उसने मुझसे बेहद तल्खी से कहा। उस आवाज़ में गर्मी और ठण्डापन, बेरुख़ी और गुस्सा सब एक साथ था। उसकी आँखें नफ़रत से भरी हुई थीं जिनसे मैं बचना चाहती हूँ। मैंने अपना हैंडबैग खोला और बेचैनी से उसे खँगालने लगी। उसी समय अन्द्रादे हमारे क़रीब से गुज़रा और हँसते हुए बोला, "अच्छा, नयी दोस्तियाँ बनायी जा रही हैं लड़कियों?" उसने मेरी बाँह पर अपनी पकड़ ढीली कर दी और मुझे निकल भागने का मौक़ा मिल गया। घर लौटने के बाद तक मेरे हाथ काँप रहे थे। माँ ने मेरे चेहरे को देखते हुए कहा, "कोई बात नहीं, तुम्हें कोई दूसरी नौकरी मिल जायेगी। मुझे भरोसा है।" उसे लगा था कि मैंने इंटरव्यू में कोई गड़बड़ी कर दी थी और मुझे नौकरी नहीं मिली थी। अब भला मैं उसे कैसे बताती कि मैं एक रिसेप्शनिस्ट से डरी हुई थी?'

'क्या तुम्हें मेरी पढ़ाई छोड़ देने का कोई अफ़सोस हुआ?'

'नहीं, सच कहूँ तो मुझे एक राहत महसूस हुई थी।'

उसका जवाब सुनकर हैरत से मेरी आँखें फटी रह गयीं।

'तुम नहीं समझ सकोगे, एक दफ़्तर में नौकरी करने का मतलब है कि तुम अपने घर में पूरी तरह आज़ाद हो।' मुझे कुछ भी घर लाने की ज़रूरत नहीं थी। ख़ैर मुझे बस अपना काम निबटाना था और छुट्टी के बाद घर लौट जाना था। मुझे कुछ भी याद रखने की ज़रूरत नहीं थी। मुझे सेलेस्टीन के बाप के बारे में सोचने की कोई दरकार नहीं थी जो पी कर बेक़ाबू हो जाता था और अपने बेटे की पढ़ाई में ख़लल डालता था। मुझे फ़ातिमा की भी फ़िक्र नहीं करनी थी जिसकी माँ ने बीमारी के बहाने उसका स्कूल छुड़वा दिया था जबकि मुझे यह सच पता था कि उसकी शादी तय कर दी गयी है। न पेपर्स करेक्शन करने का दबाव और न पेपर्स सेट करने की ज़रूरत। मेरी मुट्ठी में किसी की भी क़िस्मत अब क़ैद नहीं थी। बस मुझे कुछ चिट्ठियाँ टाइप करने और कुछ नयी स्पेलिंग्स सीखने की ज़रूरत थी।'

'स्पेलिंग्स क्यों?'

'मशीनों के नाम। हमारी कम्पनी इलेक्ट्रोस्टैटिक पर्सिपिटेटर्स बनाने का काम करती थी। मुझे तो इसकी भी जानकारी नहीं थी कि वे कहाँ पर बनायी जाती थीं या फिर वहीं पर बनती भी थीं।

'इस तरह से मुझे मत देखो।'

'किस तरह?'

'बिल्कुल बुरे दिखते बेबी–मार्क्सिस्ट की शक्ल में।'

मैंने फ़ैसला किया था कि मैं एक सोशलिस्ट बनूँगा। कोई साल भर पहले एक दोपहर मैं स्कूल के क़रीब से गुज़रते हुए मिल–मज़दूरों के एक विरोधमार्च में भी शामिल हो चुका था। मैं ने तक़रीबन पन्द्रह मिनट तक इनके साथ चलते हुए नारे लगाये थे। मैं भीतर से बहुत हल्का अनुभव कर रहा था और घर लौटने के बाद मैंने यह बात एम और सुज़न को भी बतायी।

मुझे अपनी इस उपलब्धि पर ग़ौरव महसूस हो रहा था। एम ज़ोर से हँसी थी, 'भटकाव का बहाना। अगली बार, तुम अपना ब्रह्मचर्य खो दोगे–और उसमें भी तुम्हें अद्‌भुत शान्ति महसूस होगी।'

'मैं कोई ऐसा तो नहीं दिखता हूँ,' मैंने एम से एतराज़ जताया। 'वैसे तुम मुझे इलेक्ट्रोस्टैटिक पर्सिपिटेटर्स के बारे में बतला रही थी।'

'तुम दिखते हो। तुम वैसा ही दिखते हो जो हमेशा कुछ सोचता रहता है। तुम मुझे इस तरह देख रहे हो जैसे कि मैं एक मामूली कामगार थी जिसे अपनी कम्पनी के बारे में कुछ ख़ास पता नहीं था, और इसलिए एलिनेटेड लेबरर थी इसलिए, तुम मुझे शर्मसार मत करना। बहरहाल, मैं नोट्‌स लेने और उन्हें टाइप करने, सैंडविच खाने और शनिवार को नियमित रूप से फ़िल्में देखने की अपनी दुनिया में खुश थी। मुझे इसकी कोई फ़िक्र नहीं थी कि कम्पनी घाटे में चल रही थी या मुनाफ़ा कमा रही थी। मुझे इस बात की फ़िक्र इसलिए नहीं थी क्योंकि मुझे हर हाल में मेरा बोनस और मेरी तनख़्वाह मिल रही थी जिन्हें मैं अपनी माँ को सौंप देती थी।'

'और इस तरह तुम अपनी मेहनत के साथ–साथ अपने मेहनताने से भी मरहूम की जा रही थीं।'

'मुझे इस बारे में पता नहीं है। मैं अपनी माँ के घर में एक अच्छी ज़िन्दगी जी रही थी। मुझे याद नहीं कि कभी मुझे बाज़ार से खाने का सामान लाने और खाना पकाने की चिन्ता करनी पड़ी हो। खाने की प्लेट टेबल पर आ जाती थी, मैं उन्हें जैसे–तैसे कुतरती और चबाती थी और प्लेट मेरे सामने से धोने के लिए हटा ली जाती थी। इन सभी कामों से मेरा कोई मतलब नहीं था।'

'जैसे किसी दिहाड़ी मज़दूर को नहीं होता है?'

मेरी बात सुनकर एम थोड़ी सोच में पड़ गयी थी।

'ओह, क्या सचमुच ऐसा था? मुझे यही लगता था कि यह माँ का अपना तरीक़ा था।'

'ऐसा मुमकिन है। लेकिन, आख़िर दूसरी औरतें भी तो पैसे कमाती हैं पर वे घर का कामकाज़ भी करती हैं।'

'मुझे याद है, एक बार उसने मुझे खाना पकाना सिखाने की भी कोशिश की थी। उन दिनों हम गोवा में ही रहते थे। पास की नदी से कुछ छोटी मछलियाँ लायी गयी थीं। उनमें से कुछ अभी भी ज़िन्दा थीं और तड़प रही थीं। उनकी ऐसी हालत देखकर मैंने सोचा कि उन्हें दोबारा पानी में छोड़कर उनको उनकी तकलीफ़ से मुक्ति दे दूँ।'

'यह सुनने में किसी दक़ियानूसी परिवार की पुरानी कहानी जैसी लगती है।'

'क्या सचमुच?' लेकिन अगर तुमने 'दक़ियानूसी' शब्द का इस्तेमाल किया है तो इसके पीछे कोई–न–कोई वजह ज़रूर रही होगी। लेकिन इस कहानी का एक दूसरा पहलू भी है'।

'इसी बीच वहाँ माँ आ गयी और मछलियों को इस तरह से छटपटाता देखकर घबरा गयी। वह उन्हें दोबारा नदी तक ले गयी और उन्हें पानी में फिर से छोड़ आयी। ऐसा ही कुछ हुआ था।'

कमा कर पैसा घर लाने वाले को घर की ज़िम्मेदारियाँ सम्भालने के काम से मुक्त कर दिया गया था। लेकिन पैसों का बँटवारा कुछ इस तरह से होता था। इमेल्डा पैसे कमा कर लाती थी और माँ उनमें से एक छोटा–सा हिस्सा ख़र्च के नाम पर उसे ख़ैरात की तरह देती थी।'

'ऐसा कई बार हुआ कि वापसी में मैं घर तक पैदल आ जाती थी और ट्राम के पैसे बचा लेती थी। फोर्ट से भायखाला पहुँचने में मुझे कोई घण्टा भर लग जाता था, मैं टहलती हुई निकल पड़ती थी और अपने पैसे बचा लेती थी...'

'ताकि तुम उनका खजूर ख़रीद कर खा सको,' मैंने कहा।

'हाँ, ठीक कहा...खजूर। तुम्हें तो सब याद है, होशियार कहीं के! क्या दुनिया में कोई दूसरा फल है जो खजूर का मुक़ाबला कर सके? कई सेब क्रंची नहीं होते और मुझे ऐसे नाशपाती भी

मिले हैं जो बहुत सख़्त होते हैं। अंगूर भी कई बार बेतहाशा खट्टे होते है...।'

'ठीक है। समझ गया कि सभी खजूर मीठे होते हैं।'

'मैं कुछ भटकने लगती हूँ तो तुम मुझे हमेशा पटरी पर वापस ले आते हो!'

बीड़ी के टुकड़े को हवा में उछालते हुए एम ने ख़ुश होने का नाटक किया। 'मैं खजूर ख़रीद लेती थी और उनको खाते हुए पैदल ही घर की तरफ़ निकल पड़ती थी।'

'ऐसा करने से तुम्हें खुद को भी छरहरी बनाये रखने में मदद मिलती होगी।'

'तुम ऐसा भी समझ सकते हो। ...दरअसल मेरे घर की आमदनी शायद बहुत कम थी और मुझे याद नहीं कि मैंने ख़ुद को स्लिम बनाये रखने के बारे में कभी सोचा होगा। मैं जानती थी कि मेरी शक्ल–सूरत और काया ठीक–ठाक थी। इसलिए मैंने इसके लिए अलग से कोई मेहनत की थी...नही... मैंने सचमुच कभी नहीं सोचा–क्या यह सचमुच मेरे फिगर के लिए अच्छा था? मैंने इस नज़रिये से कभी नहीं सोचा। और अगर कोई मेरे पास आकर अपनी गाड़ी रोकता और मुझे घर तक लिफ्ट देने की पेशकश करता तो मैं उछलकर भीतर जा बैठती। बशर्ते गाड़ी कोई भले दिखते आदमी की होती। हमें हमेशा ग़लत लोगों की गाड़ी में बैठने पर जवान औरतों के साथ होने वाली कारस्तानियों के बारे में बताया जाता था। लेकिन शुक्र था कि मुझे अभी तक ऐसा कोई ग़लत आदमी नहीं मिला था और मैं थोड़ा संकोच के साथ अपने खजूर खाती हुई चहलक़दमियाँ करती फोर्ट से बिक्स की तरफ़ चल पड़ती थी, क्योंकि यही समझती थी कि एक औरत को अजनबियों के सामने नहीं खाना चाहिए।'

...और एक दिन एक कार उसकी बग़ल में धीमे–से आ रुकी।

3. 'मान लो वह तुम्हारा रेप करने की कोशिश करता'

'यह कोई और नहीं तुम्हारा हूम साब था। उसने मेरे बैठने के लिए कार का दरवाज़ा खोला, लेकिन इससे पहले कि मैं बैठ पाती, बस स्टॉप पर खड़ी तीन जवान लड़कियाँ मुझसे पहले ही कार की सीटों पर क़ब्ज़ा कर चुकी थीं। लिहाज़ा उसने वही किया जो उसकी जगह कोई और करता।'

वह पल भर के लिए रुकी और मुझे उम्मीद भरी नज़रों से देखा।

'क्या?'

'वह बाहर निकल आया।'

'यह देखकर तो टैक्सी ड्राइवर बहुत ख़ुश हुआ होगा?'

'वह चीख़ने लगा लेकिन तुम्हारे हूम साहब ने उसकी ज़्यादा परवाह नहीं की और मुझसे पूछा, "क्या तुम घर की तरफ़ जा रही हो?" "हाँ," मैंने जवाब दिया। "तब मैं तुम्हारे साथ चलता हूँ।" और, हम दोनों साथ–साथ चलने लगे।'

'उस टैक्सी का क्या हुआ?'

'तुम्हें उस टैक्सी से लगाव हो गया लगता है। लेकिन हैरत की बात थी क्योंकि हम चलते हुए एक बुकशॉप में दाख़िल हो गये। उसे किसी किताब के बारे में पूछना था। जब हम बाहर निकले तो टैक्सी हमारा इन्तज़ार कर रही थी।'

'वही टैक्सी?'

'हूम साब ने टैक्सी वाले के साथ कोई सौदा कर रखा था जिससे दोनों का फ़ायदा हो सके। मैं नहीं जान पायी कि दोनों के बीच क्या समझौता था लेकिन उसके साथ एक टैक्सी हमेशा होती थी और उसका ड्राइवर भी वही होता था।'

'फिर उन लड़कियों का क्या हुआ जो टैक्सी में घुस गयी थीं? वे लड़कियाँ जो बस स्टॉप पर सवार हो गयी थीं।'

'तुम्हारे पिता ने उनको चकलाघरों में बेच दिया,' एम ने खीज कर कहा। 'मुझे पता नहीं वे कहाँ गयीं। मुझे लगता है जब उनको आभास हुआ कि उन्हें मुफ़्त की सवारी नहीं मिलने वाली है तो वे चुपचाप से वहाँ से खिसक गयीं। लेकिन तुम यह क्यों जानना चाहते हो?'

'क्यों', इसका जवाब मेरे पास भी नहीं था। आज भी नहीं है। मुझे किसी भी बात को पूरी तफ़सील से जानना पसन्द है। बल्कि उसे तफ़सील से जाने बिना मुझे सन्तोष नहीं होता। मेरा कोई दोस्त शिकागो जाते हुए प्लेन में कौन–सी किताब पढ़ रहा था? कोई आदमी अपनी डिग्री लेने के लिए कितनी बार एक्ज़ाम्स में बैठा? या जब कोई दोस्त अपने दादाजी के साथ रहता था तो उनके कुत्तों के नाम क्या थे? मुझे इन तमाम सवालों में दिलचस्पी थी। लोगों ने मुझे कई बार यह कहा था कि मैं अपने सवालों से दूसरों को थका डालता हूँ। एक बार तो किसी ने मुझे यहाँ तक कह दिया कि मेरे साथ का मतलब किसी जाल में फँसा होना है, और फिर दम घुटने से मर जाना है। मेरी इस आदत के लिए क्या एम ज़िम्मेदार थी? या अगर वह बिल्कुल ठीक होती तब भी क्या मैं ऐसा ही होता, और तब क्या उसके मन की थाह तक पहुँच पाना अधिक सम्भव होता?

ख़ैर, मिसाल के तौर पर फ़िलहाल वह बुकशॉप थी। एम ने मुझे उस शॉप का नाम नहीं बताया था। वह याद भी नहीं कर पा रही थी, लेकिन फिर भी मैं उस बुकशॉप का नाम जानने की कोशिश अभी भी कर रहा था।

परिवार के इतिहास को जानने के लिए शायद यह मुझे ज़रूरी लगता था, कि अपने कोर्टशिप के दिनों में अगस्टीन और इमेल्डा अमुक–अमुक बुकस्टोर्स गये थे, या कि अगर उनका वश चलता तो अभी तक दोनों बुकशॉप्स के चक्कर ही काटते रहते।

इस बारे में मैंने एक बार हूम साहब से पूछा भी था। एक पल के लिए उनके चेहरे पर एक मुस्कुराहट तैर गयी लेकिन दूसरे पल ही उस मुस्कुराहट की जगह एक खीज ने ले ली।

'ऐसी कोई बात नहीं थी,' उन्होंने कहा था। लेकिन उसके जवाब से यह प्रतिध्वनित होता था मानो ऐसी कोई बात होना सम्भव भी नहीं था। लेकिन उन्होंने मुझे यह कभी नहीं कहा कि उन दोनों के सम्बन्धों की सच्चाई तब क्या थी। उन्होंने कभी यह बात ख़ारिज नहीं की कि दोनों में से कोई भी एक–दूसरे से शादी नहीं करना चाहता था; कि दोनों अपनी कोर्टशिप से ही सन्तुष्ट थे–उन रोमांटिक किशोरों के उस रिश्ते का अन्त होने से डरते थे।

हालाँकि उन्होंने मुझे एम से अपनी पहली मुलाक़ात के बारे में बताया था।

'मैंने उसे दफ़्तर में देखा था। वह बहुत सहमी हुई दिख रही थी। मुझे लगता है, जब वह ऐंपरसेंड स्मिथ लिमिटेड में आयी थी उस वक़्त वह अट्ठारह से थोड़ी ही ज़्यादा की रही होगी। और उस उम्र में उसे ब्रिजीट से निपटना था।'

ब्रिजीट के बारे में मेरे मन में तब से ही कौतुक था जब एम ने मुझे ऐंपरसेंड स्मिथ लिमिटेड में अपने इंटरव्यू के दौरान उसका ज़िक्र किया था।

'हम सब यह बात जानते थे कि कहीं कोई गड़बड़ ज़रूर थी,' हूम साहब ने कहा था। 'लेकिन गड़बड़ यह थी कि इस बारे में किसी को भी पता नही... इसका भाँडा बाद में फुटा जब एक दिन पुलिस आयी और उसे अपने साथ ले गयी। मुझे यह तो ठीक से याद नहीं कि यह रैकेट कैसे काम करता था, लेकिन वे भयानक बेकारी के दिन थे। नौकरी की तलाश में अनेक जवान

औरतें ऑफ़िस आया करती थीं। कुछ तो खानदानी परिवारों से आती थीं। ब्रिजीट उन्हें बहला–फुसला कर किसी चकले में भेज दिया करती थी।'

इसीलिए एम को भी उस ड्रेसमेकरके पास जाने की सलाह दी गयी थी। और इसीलिए बाद में ब्रिजीट ने एम को उसका पता–ठिकाना बताने के लिए मना कर दिया था। मैंने यह वाकया अपने ज़ेहन में दर्ज कर लिया ताकि इस बारे में एम को बाद में कुछ बता सकूँ। मैं जानता था, यह सुनकर वह ख़ुश हो जायेगी। शायद मैं उसे हमेशा एक लेखक की नज़र से देखता था जो अपनी कहानियों को ज़्यादा–से–ज़्यादा दिलचस्प बनाना चाहता हो।

शब्द और काग़ज़ हमारे घर में जहाँ–तहाँ बिखरे हुए थे–कई–कई गड्डरों में बँधे हुए। हरेक ख़ाली जगह पर कुछ–न–कुछ लिखा था। एम को लिखने का शौक़ था, यह बात हम तब से जानते थे जब उसके बारे में बहुत सारी बातें हम नहीं भी जानते थे। वह तब भी लिखती थी जब हम उसके साथ होते थे। वह तब भी लिखती थी जब उसके आसपास कोई नहीं होता था। वह पोस्टकार्ड्स पर लिखती थी, वह किताब के पन्नों पर ख़त लिखती थी, वह दूसरे लोगों की डायरी में, टेलीफ़ोन डायरी में और यहाँ तक कि कहीं और से उठाकर लाये हुए मेनू पर भी लिखती थी। क्या वह सचमुच एक टीचर ही बनना चाहती थी? यह सवाल मैं अपने आप से करता था। या, वह एक लेखिका बनना चाहती थी? अगस्टीन को लिखे गये कुछ ख़तों में उसने लिखा भी था कि उसे लिखने की अपनी क़ाबिलियत पर थोड़ा घमण्ड भी था। शायद अपनी इसी क़ाबिलियत, इसी सहजता और हुनर को वह दिखाना चाहती थी। वह दुनिया को अपने लेखिका होने का सबूत पेश करना चाहती थी। लेकिन दुनिया को यह कुबूल नहीं था। मुझे ख़ुद भी यह कुबूल नहीं था क्योंकि मेरे पास यह मानने की कोई ठोस वजह नहीं थी। मेरा सोचना था कि वह जैसी बातें करती थी वैसा ही लिखती भी थी, बिना किसी अतिरिक्त कोशिश के और बिना ठीक से सोचे–समझे।

हालाँकि मुझे यह भी महसूस होता कि इतने अनायास और सहज तरीक़े से लिख पाना बहुत आसान नहीं था। लेकिन वह अपना ड्राफ्ट दूसरों से छुपा कर लिखा करती और फिर नष्ट कर दिया करती थी, इस इकलौती बात के सिवाये उसकी सहज कल्पनाशीलता की और कोई झलक मुझे कभी नहीं दिखी। और, इस नज़रिये से देखूँ तो उसकी इस ग़लतफ़हमी का सचमुच कोई तुक नहीं था। हमारे सिवा उसकी बातें सुनने वाला कोई था भी नही...

हम उसे एक लेखिका क्यों नहीं मानते थे? उसके माँ–बाप के पास एक बहाना था कि उनको पैसों की सख़्त ज़रूरत थी। लेकिन हमारे साथ तो यह मज़बूरी नहीं थी?

इस बाबत दो मुख़्तलिफ़ बातें एक साथ सच थीं। हमें इसका पता कैसे चलता जब ख़ुद एम को ही इसका ठीक–ठीक पता नहीं था? और दूसरी बात कि जिन दिनों लेखन की तरफ़ उसका झुकाव हुआ था, उन दिनों क्या उसके हालात उसे लेखन के लिए ज़रूरी वजह और एकाग्रता मुहैया कराने में मददगार थे?

या, उसका लेखन उसकी इसी मनोदशा की घोषणा था? यह बात बहुत हद तक सच भी थी क्योंकि उसके लिखे ख़त धीरे–धीरे आकार में बड़े होते गये जबकि उन पर पढ़े जा सकने वाले शब्द बमुश्किल एक–दो ही लिखे होते थे। अगर हमने ठीक से ध्यान दिया होता तो उन शब्दकारों से हमें उसकी सनक को समझ पाने का कोई ज़रिया मिल सकता था।

एम के ख़तों और बिखरे हुए नोट्स में इसका कोई ज़िक्र नहीं था कि पहला दफा वह हूम साहब के साथ कहीं बाहर कब गयी थी। उसने हमें इस बारे में सब कुछ बिना किसी झिझक के बता दिया था, इसलिए मुझे उसकी बातों पर पूरा यक़ीन नहीं था। या शायद मैं इस बात को बेवजह तूल दे रहा था–उसने उस मुलाक़ात के बारे में दस, बीस या तीस साल बाद ही कुछ–न–कुछ ज़रूर लिखा होगा जो कहीं गुम हो गया होगा, मुझे यही लगता था।

या फिर वह पुर्ज़ा अभी भी उसके उस झोले में कहीं–न–कहीं दबा होगा और अगर मैं ध्यान से खोजता तो उसे अभी भी ढूँढ़ लेता।

दूसरी तरफ़ अगर हूम साहब की बातों का यक़ीन करें तो वे सीधे एम के सामने गये थे और उससे साफ़–साफ़ पूछ लिया था। उन्होंने बताया, उसका प्रस्ताव सुनकर वह सहम गयी थी। और मुझे हमेशा से यही लगता था कि एम के भोलेपन ने हूम साहब का ध्यान उसकी तरफ़ खींचा था।

'परंजोती क्वायर कल अमेरिकन कांसुलेट में क्रिसमस कैरोल्स गायेगी। क्या तुम जाओगी?'

'हाँ, जाना चाहूँगी,' एम ने जवाब दिया था। उसने हालाँकि यह नहीं कहा था कि जाने का मतलब हूम साहब के साथ जाना था। लेकिन उसने बताया कि तब तक देर हो चुकी थी, 'मैं ठीक से समझ पाती उससे पहले ही वह बोला, "कल हम पाँच बजे ऑफ़िस से निकल जायेंगे। तुम तैयार होकर आना।" '

जब कभी एम से उसकी पहली डेट के बारे में पूछा जाता था तो वह घूम–फिर कर अपनी घबराहट की बातें करने लगती। 'तैयार होकर आने' की बात से वह बहुत परेशान हो गयी थी। उसके पास कुल जमा चार ही पोशाकें थीं। सब की सब सूती थीं। और, इतवार के रोज़ पहनी जाने वाली एक ख़ास ड्रेस थी–एक कोट और सफ़ेद लेस वाली शर्ट के साथ एक स्कर्ट।

'तब तो तुमने ज़रूर वही इतवार वाली ड्रेस ही पहनी होगी?' सुज़न ने चहक़ते हुए कहा था।

मुझे वह दोपहर आज भी अच्छी तरह से याद है। सुज़न की वजह से घर में अच्छा–ख़ासा तमाशा खड़ा हो गया था। फर्स्ट इयर में पढ़ने वाली सुज़न ने घर लौटने के बाद ऐलान कर दिया था कि एक लड़के ने उसे अपने साथ कॉफ़ी पीने के लिए बाहर चलने की दावत दी थी जिसे उसने कुबूल कर लिया था। यह सुनते ही एम बेतरह भड़क उठी थी और वह सुज़न पर चिल्लाती

हुई पूछ रही थी कि वह लड़का कौन था और सुज़न को 'हाँ' कहने की क्या ज़रूरत थी। कुछ देर के लिए तो मैं डर गया था कि सुज़न की इस करतूत के कारण एम जल्दी ही अपने उन्माद की गिरफ़्त में जा पहुँचेगी। लेकिन अवसाद की स्थिति में पहुँचने से ऐन पहले एम ख़ुद को वापिस खींचने में कामयाब रही। जब तक सुज़न ने कपड़े बदले थे, तब तक एम पूरी तरह से शान्त हो चुकी थी। सुज़न ने भी घर से निकलने से पहले सही वक़्त का इन्तज़ार किया। एम ने बालकनी में पड़ी बेंत की कुर्सी पर बैठते हुए बीड़ी जला ली।

'मैं भी तब शायद तुम्हारी उम्र की ही रही होऊँगी,' उसने कहा, और अपनी पहली डेट के बारे में बताने लगी। माहौल का भारीपन धीरे–धीरे छँटने लगा। वह अपनी घबराहट के बारे में बताने लगी कि उसने कोई ग़लत ड्रेस तो नहीं चुन ली थी। और, सुज़न ने उसी वक़्त उससे इतवार वाली ड्रेस की बात पूछ ली थी।

'हाँ, लेकिन वे कपड़े चर्च जाने के लिए ही ज़्यादा मुफ़ीद थे। मैं उन्हें नापसन्द करती थी लेकिन इससे कोई फ़र्क़ नहीं पड़ता था क्योंकि ज़्यादातर लड़कियाँ ऐसे ही कपड़े पहनकर आती थीं। उनके बीच वह खप जाता था लेकिन मुझे पता था कि उन्हें पहनकर मैं अमेरिकन कांसुलेट नहीं जा सकती थी।'

'वे हँसने लगते?'

'नहीं,' एम ने जवाब दिया। जिन अमेरिकियों से मैं मिली थी वे सब स्वभाव से बहुत विनम्र थे। वे किसी भी बात का मज़ाक़ नहीं बनाते थे। लेकिन मान लो कि अगर वे विनम्र नहीं होते तो मुझ पर हँस भी सकते थे। दरअसल हम अपने आप पर शर्मिन्दा होते हैं। यह हमारे भीतर की भावनाएँ हैं।

आख़िरकार एम ने गर्टरूड से पूछना मुनासिब समझा। उसने सिर्फ़ एक शब्द में एम के भीतर के भय को निकाल बाहर किया। 'सा–ड़ी,' उसने जवाब में कहा था। 'सिर्फ़ दो अल्फ़ाज़ में उसने मेरे मन के धुन्ध को साफ़ कर दिया था।'

'कितनी राहत मिली थी,' एम ने कहा था। 'सचमुच, एक साड़ी।'

यह और बात थी कि उसे साडी पहनना नहीं आता था लेकिन यह कोई बड़ी परेशानी नहीं थी।

'मैं कमरे के बीचोबीच खड़ी होकर अपनी बाँहें फैला देती थी और कोई मुझे साड़ी पहना देता था।'

लेकिन एक और मुसीबत थी।

'मैं बाथरूम नहीं जा सकती थी। मैं अब तक यह नहीं सीख पायी थी कि साड़ी पहनकर पिशाब कैसे किया जाता था। मेरा मतलब है, साड़ी और घाघरा, चुन्नट और पैंटीज...और सीट! एक साथ इतने झमेलों को सम्भालना कितना मुश्किल था!'

उसका हल? पूरा उपवास।

'गर्टरूड ने भी इस हल के लिए मेरी तारीफ़ की। 'शुरू में ही थोड़ी तकलीफ़ बर्दाश्त कर लेना ज़्यादा बेहतर है,' उसने कहा था, 'शुरू में हँस कर बाद में रोना बेकार है। उससे बेहतर है, शुरू में रोना और आख़िर में हँसना।'

'उसे लगा कि मुझे बहुत उकताहट हो रही थी क्योंकि मैं लगातार उबासी ले रही थी। लेकिन मैं उबासियाँ नहीं ले रही थी बल्कि डकार आने से बचने की कोशिश कर रही थी। उपवास हमेशा मुझे डकार लेने के लिए मज़बूर करता है। और वहाँ तो मैं दफ़्तर के सबसे छबीले नौजवान की बग़ल में बैठी हुई थी।'

'हूम साहब?' सुज़न ने अपना शक ख़त्म करने की गरज से कहा।

'तुम सब पता नहीं क्या समझते हो? तुम्हें तो शायद यह भी नहीं लगता कि मैं भी सुन्दर दिखती हूँ। लेकिन मैं सुन्दर हूँ—अभी भी। तुम लोगों के लिए तो घर की मुर्ग़ी दाल बराबर है। उन दिनों मैं वाक़ई देखने लायक थी। पतली कमर, बड़ी और दर्द भरी आँखें और सिर से लेकर पाँव तक फैली हुई मासूमियत। और हुज़ूरे—आला भी अपने सूट में तो कमाल ही दिख रहे थे।

गहरा काला सूट, और सफ़ेद शर्ट और चमकती हुई नीली टाई जो उसकी आँखों के रंग से मेल खाती थी।'

'तुम्हें याद है कि उन्होंने क्या पहन रखा था?'

'उसने वह टाई नहीं पहनी थी। नीली टाई तो बाद में मैंने उसे तोहफ़े में दी थी। उस शाम उसने लाल टाई पहन रखी थी। लेकिन जब भी मैं उसे एक छबीले नौजवान की तरह याद करती हूँ तो मेरे मन में उसकी नीली टाई पहने तस्वीर ही उभरती है।'

कन्सर्ट समाप्त होने के बाद हूम साहब ने डिनर का प्रस्ताव रखा। लेकिन गर्टरूड ने इमेल्डा को अच्छी तरह से समझा दिया था कि जवाब में उसे मना कर देना है। 'वह शर्तिया पूछेगा और तुम्हें हर हाल में इन्कार करना है। पहली डेट पर तुम्हें हर बात पर इनकार कर देना है, नहीं तो वह तुम्हें बहुत संजीदगी से नहीं लेगा। इसलिए हर बात पर बस 'ना', 'ना' और सिर्फ़ 'ना' ही करना। लेकिन ख़ुद को उसके साथ कॉफ़ी पीने से मना मत करना। कॉफ़ी के बहाने ही वह डिनर के लिए ऑर्डर कर देगा।'

'मैंने बिल्कुल यही किया,' एम ने बताया।

'तुमने नानी से जाने के बारे में नहीं पूछा था?' सुज़न के सवाल में एक मामूली सी बेबसी थी।

'माँ? हाँ, ठीक माँ। उसका इससे क्या मतलब था,' एम ने थोड़ा रहस्यात्मक लहजे में कहा और चुप हो गयी। फिर उसने एक नज़र सुज़न को देखा गोया उसे पहली बार पूरी नज़रों से देख रही हो। सुज़न ने मिडनाइट ब्लू रंग के कपड़े पहन रखे थे।

'यह तुम हो? तुम सचमुच ख़ूबसूरत हो,' एम ने मुँह से बीड़ी निकालते हुए कहा।

सुज़न थोड़ी हैरत में थी। एम तारीफ़ करने के मामले में बहुत कंजूस थी। लेकिन गाहे–बगाहे उसकी बातों से फूल भी झरते थे।

'आओ, मेरे पास बैठो,' एम ने अपना दुलार जताया।

मैंने भी मन–ही–मन कहा, 'जाओ, जाओ।' लेकिन सुज़न की तारीफ़ करनी होगी कि वह बिल्कुल भी नहीं हिचकी। एम ने पिछले तीन दिनों से न तो नहाया था और न कपड़े ही बदले थे।

लगातार बीड़ी पीने की वजह से उसकी देह से एक असहनीय बदबू आ रही थी।

'मेरा बस एक मशविरा है,' एम ने कहा। 'वह सब कुछ करो जो तुम्हारा दिल कहता है। इससे कोई फ़र्क़ नहीं पड़ता कि तुमसे कोई ग़लती हो गयी हो। हमारी ज़िन्दगी का सबसे बड़ा अफ़सोस यही होता है कि जो हम करना चाहते थे वह करने से चूक गये।'

सुज़न की हँसी छूट गयी।

'तुम्हारा मतलब है, मुझे उसके साथ बिना किसी परेशानी के सोना भी चाहिए?'

एम ने भी फ़ौरन जवाब दिया।

'अगर तुम उसे प्यार करती हो। और अगर तुम्हारी भी मर्ज़ी हो, तो ज़रूर।'

'यह मेरी पहली डेट है,' सुज़न अपने द्वन्द्वों के बीच खड़ी लड़खड़ा रही थी।

'मैं कैसे समझ सकूँगी?' एम ने कहा, 'अगर तुम अभी भी नहीं जानतीं, तो तुम शायद उसे प्यार नहीं करतीं।... ये प्यार का चक्कर बहुत टेढ़ा होता है। एक दिन तुम बनियान के भीतर उसके सीने के बारे में अनायास सोचने लगती हो और फिर दूसरे ही दिन किसी और के ख़यालों में उसके सीने को देखकर जल–भुन जाती हो। गोया तुम दूसरों की सोच पर भी बन्दिशें लगा सकती हो।'

सब कुछ असाधारण तरीक़े से ठीक–ठाक चल रहा था। तभी एम ने कहा, 'लेकिन अगर कुछ ग़लत हो गया तो...'

'जैसे क्या?'

'जैसे वह कोशिश करे और तुम्हारा रेप कर दे...'

'एम!'

'हम सब जानते हैं कि ऐसा भी होता है,' एम ने कहा। 'ऐसी हालत में उसके उत्तेजित अंग को थपथपाने का नाटक करो और मौक़ा मिलते ही उसके अंडकोष को ज़ोर से उमेठ दो। और, वहाँ से फ़ौरन भाग निकलो।'

सुज़न यह सुनकर उठ खड़ी हुई।

'तुम्हारा मशविरा मैं याद रखूँगी।'

एम भी अब थक चुकी थी।

'तुम पक्का ऐसा ही करना,' उसने कहा और दूसरी बीड़ी जला ली।

'मुझे इस तरह घूर कर मत देखो,' सुज़न के जाने के बाद उसने मुझसे कहा। 'एक माँ होने के नाते उसे यह बताना मेरा फर्ज़ था।'

उसने यह बात अपने भीतर के पूरे गुस्से और तिरस्कार के साथ कही थी। उसकी ज़ुबान से माँ का शब्द ज़हरीला–सा सुनाई पड़ रहा था।

एम ने दूसरी बीड़ी सुलगा ली। वह फ़र्श की तरफ़ देखती हुई किसी गहरी सोच में डूबी हुई थी।

'अब वह बड़ी हो गयी है। मैं उससे बहस कर सकती हूँ और उसे उस नज़र से देख सकती हूँ जैसे कोई मर्द देखता होगा। लेकिन मैं यह कैसे कर सकती हूँ? मैं इन बातों की एक्सपर्ट तो नही... मैं तो अच्छी तरह से सिर्फ़ तीन मर्दों को ही जान पायी थी–अपने पिता को, तुम्हारे पिता को और तुमको। और, चूँकि उनमें से दो मर्दों के साथ मैं सोयीं नहीं थी इसलिए सिर्फ़ एक बचा–तुम्हारे हूम साहब। मुझे उसके बारे में दुनिया में किसी भी आदमी से ज़्यादा पता है लेकिन इस बात से क्या फ़र्क़ पड़ता है?'

'मुझे पड़ता है।'

'हाँ, तुम्हें फ़र्क़ पड़ सकता है, या पड़ता होगा। लेकिन तुम्हें जानकारी चाहिए और मैं तुम्हें सलाह देना चाहती हूँ। सलाह के लिए एक्सपर्ट्स की ज़रूरत है और उसे सलाह भला कौन दे सकता है? शायद उसकी कोई प्रेमिका, लेकिन मुझे नहीं लगता कि उसकी कोई प्रेमिका भी रही होगी।'

'एक पल के लिए मान लो।... 'मैंने कहना चाहा लेकिन चुप हो गया।

'बेवकूफ़ाना बातें मत करो,' एम ने ज़रा तैश में कहा। 'हालाँकि मैंने यह बात एक बार उससे कही थी। पागलों की सेक्स में दिलचस्पी नहीं होती। उनके भीतर सेक्स की इच्छाएँ दवाओं से मर जाती हैं। बल्कि, दवाएँ खाने से पहले ही मर जाती हैं। उनके दिमाग़ में साथ–साथ इतना कुछ उमड़ता–घुमड़ता रहता है कि वे उनसे बाहर निकल ही नहीं पाते। वे अपनी तरफ़ से सभी बातों का ख़याल रखने की कोशिश करते हैं, नहीं तो उनके भीतर एक दिन सब फट पड़ेगा। यह कमोबेश एक सपने–सी हालत होती है जहाँ वे कुछ–न–कुछ करते रहते हैं और जो कुछ भी करते है उसमें पूरी सावधानी बरतने की कोशिश करते हैं। फिर अचानक उनका ध्यान कहीं और बँट जाता है और उनको सब कुछ फिर नये सिरे से करना पड़ता है। ऐसा कई दफा हुआ कि मैं महीनों सेक्स नहीं करना चाहती थी। लिहाज़ा मैंने उसे कह दिया, "किसी काम वाली को रख लो। कोई सुन्दर और सुडौल–सी लड़की जो तुम्हारी भूख मिटाने के अलावा तुम्हारे बेटे को भी यह सब सिखा सके।"'

'मुझे?' मैं चौंक पड़ा।

वह हँसने लगी। एक शरारती हँसी।

'सही कह रही हो। काम वाली के साथ मौज–मस्ती मिडिल–क्लास परिवारों के मर्दों का पसन्दीदा खेल है। ज़्यादा–से–ज़्यादा यही सज़ा मिलेगी कि सुबह पेशाब में ख़ून निकलेगा, बस। मेरा बेटा इस सुख से क्यों दूर रहे? लेकिन उसने कहा, "मुझे लगता है, किसी की मज़बूरी का फ़ायदा उठाने की बजाय वह अपने लिए कोई बेहतर उपाय ढूँढ़ लेगा।" मैंने इस नज़रिये से सोचा भी नहीं था। शायद मेरी परवरिश ही ऐसी हुई थी कि मैं यही सोचती थी, सभी मर्द हमेशा यही सब सोचते रहते हैं। कोई रखैल रख लो, मैंने उसे यह भी कहा।'

'तुम ऐसा बेशक नहीं चाहती होगी। तुमने कभी सोचा भी नहीं होगा कि वह किसी दूसरी औरत में दिलचस्पी ले।'

'मैंने यह नहीं सोचा था? मैं नहीं जानती। यह जानना बाद गें बहुत मुश्किल है कि मेरे कहने का क्या मतलब था और क्या मतलब नहीं था। कहे जाने के वक़्त मैं भले जानती हूँ।'

'तब हमसे ऐसी उम्मीद कैसे कर सकती हो?'

'सम्बन्धों की निकटता की वजह से?'

'और वे कैसे समझ पायेंगे?'

'तुम सही कह रहे हो। कैसे? किसी गधे की दुलत्ती से?'

'लेकिन उसने मुझे साफ़ मना कर दिया, "नहीं, अगर तुम्हें कोई दिक़्क़त नहीं है तो मैं तुम्हारे लिए वफ़ादार बना रहूँगा।" ऐसे आदमी के बारे में भला क्या कहा जा सकता है?'

मुझे याद है, उस वक़्त मुझे भी अचरज हुआ कि हूम साहब ने उसकी पेशकश क्यों ठुकरा दी थी। मेरी उम्र इतनी कम थी कि मैं इस पेशकश के बहाने एम के खेल को समझ भी नहीं पाया। आज के दिन उसकी बात का असल मतलब मैं समझ सकता हूँ: दरअसल वह अपनी असुरक्षाओं को लेकर हूम साहब की तरफ़ से बेफ़िक्र होना चाहती थी। उसकी 'हालत' ने उसे उस पेशकश की सुविधा दी थी। वह ऐसी सभी बातें कह सकती थी जिसे 'सामान्य' औरतें नहीं कह सकती थीं।

एक पल के लिए मेरे दिमाग़ में यह बात आयी कि मैं उसे फिर से उकसाऊँ–क्या उसने कभी उस पेशकश को फिर से दोहराया था? वह यह दावा कैसे कर सकती थी कि हूम साहब के भीतर यह भूख दोबारा नहीं जगी होगी? लेकिन फिर हम दोनों को ही लगा कि हम अपनी–अपनी सीमाओं को लाँघ रहे थे और हम अपनी पुरानी हदों में फिर से लौट आये–उसके अनुसार उसकी पहली डेट की कहानी की तरफ़।

'तुमने क्या खाया था?' मैंने पूछा।

'पहले एक चिकन सलाद। लेकिन जब मेरी भूख ख़त्म नहीं हुई तो उसके बाद एक हैम स्टेक। मैं बहुत अच्छा महसूस कर रही थी और इससे भी बेहतर बात यह थी कि बिल चुकाने की ज़िम्मेदारी उसकी थी। मैं तो एक और डिश ऑर्डर करना चाहती थी लेकिन मुझे बुरा लग रहा था, लिहाज़ा मैंने उसका मैश्ड पोटैटो भी चखा। आख़िर में मैंने एक कोक फ्लोट लिया।'

'कोक फ्लोट क्या बला है?'

'वे कोकाकोला को जमा देते थे फिर उसे एक डिश में डाल कर उसे वनिला आइसक्रीम की टॉपिंग के साथ सर्व करते थे।'

'सुनने में ही अजीबोग़रीब लगता है।'

'चखने से पहले किसी चीज़ को फ़ालतू मत कहा करो दोस्त।'

'क्या उन्होंने तुम्हारे घर की दहलीज़ पर तुम्हें चूमा था?

एम ने गुर्राते हुए मुझे देखा, 'मैं उसे ऐसा करने की कोशिश करते हुए देखना पसन्द करती। लेकिन क्लेयर रोड, भायखाला, बॉम्बे के डिसूजा विला के दरवाज़े पर सीढ़ियाँ नहीं थीं। दरवाज़ा पूरा खुला हुआ था। बिल्डिंग की बूढ़ी औरतें खुली हवा में बैठकर गपशप कर रही थीं या रात की प्रार्थनाएँ बुदबुदा रही थीं और बार–बार बाहर की तरफ़ झाँक रही थीं। दरवाज़े पर बच्चे 'माउंटेन–लैंड–ब्रिज–गटर–सी' खेल रहे थे।'

'मतलब कोई गुडनाइट किस नही...'

'हम टैक्सी में थे और हमें किस करने के लिए किसी दूसरी जगह जाना पड़ता।'

'कितने अफ़सोस की बात है!'

'वजह मैं ख़ुद भी नहीं जानती, बहरहाल मुझे नहीं लगता कि गुडनाइट किस कोई इतना सनसनीखेज वाक़या है। मेरा मतलब है, अलग होने के वक़्त क्योंकिसी भले आदमी के भीतर की भूख जगाई जाये? बल्कि यह एक तरह से दुष्टता से भरा काम है।'

बातचीत का टॉपिक बदलने का यह बिल्कुल सही समय था।

'हूम साहब के पास उसकी ख़ुद की कार नहीं थी?'

'उस ज़माने में सिर्फ़ बॉसनुमा लोगों के पास ही कारें हुआ करती थीं। या, फिर पारसियों के पास...या अंग्रेजों के पास। बाक़ी ज़्यादातर दूसरे सभी लोग बसों और ट्रामों से आते–जाते थे। लेकिन चूँकि हम अपनी पहली डेट पर बाहर निकले थे, इसलिए हम टैक्सी में घर लौटे थे।'

'उन्होंने तुम्हें चूमने की ज़रा भी कोशिश नहीं की?'

'वह मुझे चूमने की कोशिश करेगा या नहीं, मैं इसी दुविधा और डर से मरी जा रही थी। लेकिन उसके बाद उसने जो कुछ किया वह सचमुच मेरे दिल को छू गया।'

'क्या? बताओ।'

'जब हम मरीन ड्राइव पहुँचे, उसने हल्के से मेरा हाथ थाम लिया।'

'ओह्हो! क्या बात है!'

'बेशक तुम 'ओह्हो' कह सकते हो क्योंकि यही ठीक है। उसकी छुअन कह रही थी, "मुझे तुम चाहिए," लेकिन वह छुअन साथ में यह भी कह रही थी, "मैं जानता हूँ तुम यह सोचकर परेशान हो रही हो इसलिए मैं तुम्हारा इन्तज़ार करने के लिए तैयार हूँ।"'

'इसका मतलब...'

'मतलब मैं यह सोच रही हूँ कि मेरा हाथ थामते हुए उसने यही सोचा होगा? मुझे लगता है हम सभी यही सोचते हैं। मेरी जैसी सभी औरतें। अगर मैं उसका नाक चूमूँगी, वह जान जायेगा कि मैं उसे प्यार करती हूँ। इसलिए मैं उसका नाक ही चूमूँगी। हम उम्मीद करते हैं कि वह समझ जायेगा, हम डरते हैं कि वह नहीं समझेगा। लेकिन अगर वह थोड़ा–सा भी ख़ुश दिखा, तो हम जान जाते हैं कि हमें इसी की तलाश थी।'

'यह तरकीब काम आयी?'

'यह तरकीब किस मायने में काम आनी चाहिए?'

'मेरा मतलब "इसी की तलाश" जैसी तरकीब?'

'मर्दों के बारे में मैं कितना जानती हूँ? मैंने सिर्फ़...'

'हाँ, हाँ, तुमने तो सिर्फ़ एक मर्द को ही देखा है अपनी ज़िन्दगी में।'

'मैं समझ गयी, अब तुम बेकार की बातें करोगे। मेरे कहने का मतलब था कि मैंने तो सिर्फ़ एक को अच्छी तरह से जाना है।'

हमारी पगडण्डी आगे कहीं खो चुकी थी और कहानी ख़त्म हो चुकी थी। कम–से–कम उस वक़्त के लिए।

4. 'पागलों की प्रार्थनाएँ'

मेरे बड़े होने के साथ–साथ जो अकेली चीज़ मुझे सबसे ज़्यादा डराती थी, वह...हालाँकि नहीं, ...ऐसा कहना भी एक बेवक़ूफ़ी थी। सच यही है कि मेरे भीतर अनेक डर थे...मसलन अँधेरा, मेरे पिता की मौत, मेरी माँ की मौत पर मेरे ख़ुश होने की बात, वर्निएर कैलीपर्स से जुड़े हुए मैथ्स, बेकार और आवारा घूमते हुए स्कूली लड़कों के झुण्ड, डूबकर मरना...वग़ैरह–वग़ैरह।

लेकिन इन तमाम बातों से सबसे ज़्यादा मुझे यह डर सताता था कि एक दिन मैं भी पागल हो जाऊँगा। अगर ऐसा हुआ तो मैं अपनी ज़िन्दगी की अकेली पूँजी भी गँवा बैठूँगा। बड़े होने के साथ–साथ मैं समझने लगा था कि मेरे पास बहुत कम सुविधाएँ हैं। मेरे पास कोई हुनर नहीं था। मेरे संगी–साथी भी नहीं के बराबर थे। मेरा कोई घर नहीं था–कोई ऐसा घर जहाँ मैं राहत महसूस कर पाता। मैं दुनियादारी के हर मामले में अनाड़ी था। मेरी इकलौती दौलत सिर्फ़ मेरा दिमाग़ था, और वह दिमाग़ मेरे जींस की वजह से कभी भी ख़तरे में पड़ सकता था।

एम का पागलपन ख़ौफ़नाक था। जब उस पर भयानक दौरे पड़ते थे तब वह उजड्ड और बेक़ाबू हो जाती थी, और उस उन्माद की हालत में हमारे लिए एक बड़ी चुनौती बन सकती थी।

वह एक दूसरी एम थी जिसका ज़ेहन में ख़याल आते ही मैं डर से सिहर उठता था। मैं उसके अवसाद से बहुत भयभीत रहता था। मेरे लिए यह बयान कर पाना सचमुच मुश्किल था कि

अपनी माँ को अपने मस्तिष्क की अदृश्य गहराइयों में डूबते हुए देखकर मैं कैसा महसूस करता था। आमतौर पर अवसाद एक ऐसी मनःस्थिति समझी जाती थी जिससे टीवी पर कोई कॉमेडी शो देखकर या शॉपिंग के बहाने कुछ ज़्यादा पैसे उड़ा कर निजात पाया जा सकता था। यह मन की उदासियों में एक छोटी सी डुबकी मानी जाती थी जिसमें हम पल भर के लिए ज़रूर बह जाते हैं लेकिन आख़िरकार खुद को सम्भाल लेने में कामयाब होते हैं। एक अदद बेख़याली की हालत में कुछ छोटी–मोटी चूकें जिनकी वजह से हम शर्मिन्दा महसूस कर सकते हैं। वर्ना यह आमतौर पर नुक़सान नहीं पहुँचाती है।

पर एम का अवसाद ऐसा नहीं था।

फ़र्ज़ कीजिए कि आप किसी हरे–भरे ख़ूबसूरत मैदान में अपनी माँ के साथ टहल रहे हों। गर्मियों के दिन हों और बाहर की खुली और ताज़ा हवा आपको एक ठण्डी राहत दे रही हो। हवाओं में मिट्टी के सोंधेपन, हरे घास के कच्चेपन और कई दूसरे पेड़–पत्तों की मिली–जुली गन्ध आ रही है। स्मृतियों में शानदार लंच का ज़ायक़ा अभी बरकरार है और तीन कोर्स वाला डिनर आपका इन्तज़ार कर रहा है–और तीनों ही आपकी पसन्द की रेसिपीज हैं। चारों तरफ़ सुनहरी–नीली रौशनी फैली हुई है जैसे धूप में आसमान का रंग टपक रहा हो। फिर अचानक आपकी माँ के पाँव एक रेत के कुएँ पर पड़ जाते हैं। आपके आसपास की दुनिया अब भी ख़ूबसूरत है और आपको अपनी तरफ़ लुभा रही है लेकिन आपकी माँ पृथ्वी के बीचोबीच धँसी जा रही है। डूबती हुई वह आपको देखकर मुस्कुरा रही है गोया कह रही हो, 'मुझे छोड़ दो। तुम आगे निकल जाओ।' मुझे आर्कटिक मिशन पर गये उस टूटे–पैर वाले आदमी की याद आती है जो कहता है, 'मेरे लिए वापस लौट जाओ। यह मेरे लिए सबसे बेहतर मौक़ा है।' वह ऐसा शायद इसलिए कहता है ताकि इस झूठ से साथियों को

इस बात का यक़ीन हो जाये कि उसे मरने के लिए अकेला नहीं छोड़ दिया गया था।

हमारे मन के कुछ हिस्से हमेशा समय के साथ–साथ आगे बढ़ते रहते हैं और कुछ हिस्से हमेशा–हमेशा के लिए स्थिर बने रहते हैं। वे बस सब कुछ घटता हुआ देखते रहते हैं। ऐसा नहीं कि हम रुकना नहीं चाहते लेकिन चलता रहना हमारी विवशता है। दुनिया की परमसत्ता और नियति हमें बस कुछ ही देर के लिए ठिठकने की इजाज़त देती है। अगर हम थोड़ी भी देर कर दें तो समय की रफ़्तार से पक्का निकाल बाहर किये जायेंगे। भले ही ठहरने की वजह सिर्फ़ एक भ्रूण के गोले में तब्दील हो चुकी हमारी माँ हो जो अपनी पीड़ा में कराहती रहती है और सिर्फ़ इसलिए साँस लेती है क्योंकि उसका शरीर इसके लिए उसे मज़बूर करता है।

इस तकलीफ़ की एक ही दवा है कि इसे ज़ब्त कर लिया जाये। मेरी माँ अब उस हालत में पहुँच चुकी है जहाँ उसका दिमाग़ ही उस पर जुल्म ढाने लगा है। यह हालत उसे बेपरवाही की मनोदशा में भी नहीं रहने देगी। कई बार उसकी देह एक अकथ पीड़ा में ऐंठती हुई दिखायी पड़ती है। कई बार मैं ग़ौर करता हूँ कि वह अपने आपको स्थिर रखने की ज़बरन कोशिश करती रहती है। उसका दिमाग़ निरन्तर किन सवालों से जूझता रहता है, यह जान पाना दुश्वार है।

इस अँधेरे से लड़ने के लिए बस दवाएँ ही इकलौता सहारा हैं। वे भी कई बार काम नहीं करतीं। ख़ासकर तब जब उसे दौरे पड़ते हैं। मेरी माँ की ज़िन्दगी दिमाग़ की इसी अन्धी और लम्बी सुरंग में भटक रही है। इसीलिए वह ख़ुद को ख़त्म कर देना चाहती है। वह हमसे अक्सर पूछती रहती है कि क्या हम उसे मौत दे सकते हैं।

'मुझे मार डालो,' अपने दर्द की दुनिया में अकेली भटकती हुई वह हमसे अक्सर कहती है। उसकी कराहें हमें परेशान कर देती हैं, 'मुझे मर जाने दो।'

मैं नहीं जानता कि जवाब में मुझे क्या कहना या क्या करना चाहिए। मैं उसे मार डालना चाहता हूँ। मैं यह भी जानता हूँ कि इस काम को मैं कैसे अंजाम दे सकता हूं। सबसे पहले बाज़ार में बिकने वाली नशे की कोई कड़ी गोली, और उसके बाद जब वह गहरी नींद में डूब जाये तो तकिये से उसकी साँस घोंट दी जाये। बस खेल ख़त्म। मैं जानता हूँ कि मैं बस कल्पना में ही यह सोच सकता हूँ जैसे मैं कभी–कभार अपने पिता की मौत के बारे में सोचकर दहल उठता हूँ। मैं नहीं जानता कि अगर वह मुझसे उलझ पड़ी तो मैं उसे कैसे सम्भाल पाऊँगा, इसलिए मैं शायद तब तक इन्तज़ार करूँगा जब तक वह पूरी तरह नींद से बेसुध न हो जाये।

लेकिन मैं जानता हूँ कि मेरे लिए ऐसा करना मुश्किल है। बल्कि मुझे तो लगता है कि वह मेरी इच्छा को जानती है और इसीलिए मुझसे बार–बार मार डालने की गुज़ारिश करती है। मैं ऐसा इसलिए भी नहीं कर सकता क्योंकि मैं जानता हूँ कि धीरे–धीरे वह ठीक हो रही है। फ़िलहाल वह बदतर हालत में है लेकिन कुछेक दिनों में वह इससे बाहर निकल आयेगी। ये वे दिन हैं जब हूम साहब उसके बिस्तर के बग़ल में अख़बार के पन्ने पलटते हुए बैठे रहेंगे। वह अकस्मात उनकी बाँह पकड़ लेगी और बोलेगी, 'माम्बो।' और वे अख़बार को समेटते हुए उसकी तरफ़ देखेंगे।

'नहीं, कुछ नहीं,' वह बोलेगी।

और वे दोबारा अख़बार पढ़ने लगेंगे।

हम जानते हैं कि आने वाले दो–तीन दिन हम सभी हवाएँ पियेंगे, सिसकियाँ चबायेंगे और उस तकलीफ़ से होकर गुज़रेंगे जो कभी ख़त्म नहीं होगी। हम सबको अपनी ज़िन्दगियों को दोबारा तरतीब देना होगा ताकि उसके पास कोई–न–कोई हर वक़्त मौजूद रह सके। इस सुबह उसके साथ सिर्फ़ मैं हूँ। मैंने उसे डेप्सोनिल की पाँच छोटी–छोटी और नारंगी गोलियाँ दे दी हैं जबकि उसकी पर्ची में सिर्फ़ एक लिखी है।

क्या यह काम करेगी? मुझे ऐसा नहीं लगता है।

उसकी इस हालत में जो चीज़ सबसे कारगर होती है, वह निकोटिन है लेकिन ऐसे घुटन और पीड़ा से भरे दौरे पड़ने पर वह बीड़ी के कुछेक सुट्टे ही ले पाती है। मानो कश लेने में उसके भीतर कुछ दुखता है और हार–पछताकर वह बीड़ी के अधजले टुकड़े को हवा में उछाल देती है। इतनी तकलीफ़ में भी उसकी आँखें ख़ुश्क रहती हैं। उसका दर्द इतना गहरा है कि आँसुओं की बूँदें उनका अनुवाद नहीं कर सकतीं। वह वापस अपने बिस्तर पर लौट जाती है और ख़ुद को अपनी ही कवच में बन्द कर लेती है।

मैं इन हालात से निपटना नहीं जानता हूँ।

बहरहाल जबकि मैं अपने ही ख़ौफ़ से जूझ रहा हूँ, कि ऐसी बातें मेरे ज़ेहन में क्यों आ रही हैं? मेरे मन में कोई निराशा नहीं है, कभी ऐसी गहरी निराशा रही भी नहीं–इसलिए एक बार उसकी मदद करने के इरादे से उसके पास बैठते हुए मैंने उसका हाथ अपने हाथों में ले लिया। मेरी मंशा पूरी तरह से स्पष्ट नहीं थी। मैं उसकी मदद करना चाहता था लेकिन इसके लिए मैंने अपना स्क्रिप्ट पहले ही लिख रखा था: 'रंगमंच की बायीं तरफ़ से बेटा दाख़िल होता है। पल भर के लिए वह उसे देखता है फिर उसकी बग़ल में बैठ जाता है। वह माँ का हाथ अपने हाथों में ले लेता है और उसे आश्वस्त करने की कोशिश करता है।'

थोड़ी देर तक उसका शिथिल हाथ मेरे हाथों में पड़ा रहा और उसकी बेचैनी थोड़ी कम हो गयी। उसने हाँफना बन्द कर दिया और अपने चेहरे के भावों को सहज बनाने की कोशिश करती हुई मुस्कुराने की कोशिश की।

लेकिन वह एम थी–मेरी संवेदनशील और सुसभ्य माँ जो अपने आपको मेरे स्क्रिप्ट का हिस्सा बनने की इजाज़त दे रही थी। और हम दोनों ही इस स्थिति में देर तक नहीं बैठ सके क्योंकि मेरे हाव–भाव से उसे आभास हो चुका था कि सहज दिखने के पीछे दरअसल सहज दिखने का दिखावा था। मेरी कोशिश में कोई

कसर नहीं थी लेकिन थोड़ी देर बाद ही उसने अपना हाथ खींचते हुए कहा, 'जाओ बाबा, जाओ अपना काम करो।' यह कहते हुए उसने राहत की साँस ली थी।

राहत की साँस मैंने भी ली थी।

मैं नहीं जानता हूँ कि उसके अवसाद का बयान कैसे करूँ लेकिन मैं यह ज़रुर कह सकता हूँ कि अवसाद उसे तेज़ी से निगलता जा रहा था। ऐसा दिखता था कि उसके पास इससे बचे रहने के विकल्प थे लेकिन सच यह था कि उसके पास कोई विकल्प नहीं था। अवसाद उसे कुतर–कुतर कर खा रहा था। प्रेम और घृणा या थकान और भूख जैसे अहसासों के लिए उसके पास वक़्त ही नहीं था। वह जानवरों की तरह सोती रहती थी लेकिन यह दवाओं में डूबी हुई नींद थी। ऐसी नींद जिसमें सपने नहीं दिखते थे। ऐसी नींद जिससे उसे कुछ भी हासिल नहीं हो रहा था।

वह अवसाद में चली जाती और फिर उससे निकल भी आती थी। इस बार वह फिर से इस स्थिति में चली गयी थी। वह हमें बस दो अवसादों के बीच के अन्तराल में ही मिल पाती थी। यह अन्दाज़ा लगा पाना भी नामुमकिन था कि वह कब उसके ज़द में चली जायेगी और फिर कब उसकी गिरफ़्त से आज़ाद होगी। एक बार सुज़न ने चाँद के आकार के बढ़ने–घटने के मुताबिक़ उसके मूड का अन्दाज़ा लगाने की तरकीब आज़मायी थी लेकिन पाँच सालों की कोशिश के बाद भी वह किसी ठोस नतीजे पर नहीं पहुँच सकी। फिर उसने एम के अवसाद को उसकी मासिक माहवारी से जोड़कर किसी नतीजे पर पहुँचना चाहा लेकिन इस कोशिश में भी उसे कुछ हासिल नहीं हो सका। इस पूरी क़वायद में हम एक बात समझ गये थे कि सितम्बर हमारे लिए एक बुरा महीना था। पूरा सितम्बर वह पागलपन की ज़द में रहती थी; ऐसा पागलपन कि मुझे हैरत होती थी कि हम उसके अवसाद की पीड़ा को कभी महसूस ही नहीं कर पाते थे।

एम के अवसाद के दो दौरों के बीच में हमें एक सामान्य जीवन जीने का मौक़ा मिलता था। उस समय में कितने दिन का होगा, यह हमारे अनुमान से बाहर की बात थी।

'एक दिन का या फिर कुछेक हफ़्ते का,' सुज़न मुझे याद दिलाती है।

'कुछेक हफ़्ते पिछली बार कब गुज़रे थे?'

'लिथोसन की शुरुआत के वक़्त?'

'लिथोसन...,' मैं यह नाम कैसे भूल गया था? यह दवा अभी कुछ वक़्त पहले ही ईजाद ही हुई थी। पहले तो हूम साहब को भी एक दुविधा हुई लेकिन चूँकि कड़ी निगरानी और एहतियात में इसे चलाया जाना था, इसलिए वह राजी हो गये और उसके बाद ही डॉक्टर ने दवाइयों की पहली पर्ची लिखी थी।

लिथियम सच में एक अचूक दवा थी। पहले दो सालों तक एम अवसाद की घुटन भरी तकलीफ़ से मुक्त रही और न ही उसके भीतर उन्माद के कोई लक्षण ही नज़र आये। लेकिन एम ने ख़ुद को एक सामान्य माँ कभी नहीं बनने दिया। वह किचन के किसी भी कामकाज़ से इनकार करती थी। वह नहाने को एक फ़ालतू काम समझती थी और अमरीकी कार्टून के सैकड़ों लड़कों की तरह भरसक इस काम से बचना चाहती थी। अख़बारों में पेड़ों के अन्धाधुन्ध काटे जाने की ख़बरें पढ़कर वह बेहद उदास हो जाया करती थी क्योंकि बालकनी के बाहर लगे सुबबूल के पेड़ से छनकर आती धूप उसे बहुत पसन्द थी। लेकिन हम सब अपनी ज़िन्दगियाँ उसकी शर्तों पर जीने के लिए मज़बूर थे, और एक नीरस जीवन को भी ख़ुश होकर कुबूल कर लिया था। हम अपनी ख़ुशियों के लिए किसी भी हालत को कुबूल करने को तैयार थे। हर महीने मैं या सुज़न उसे लेकर ब्लड टैस्ट कराने जाते थे क्योंकि लिथियम कार्बोनेट एक मीठा ज़हर था और उसकी लत से उसे बचाये रखना ज़रूरी था। बहुत से दूसरे मेडिकल टैस्ट की तरह ही इस टैस्ट को भी ख़ाली पेट करना होता था।

इसलिए सुबह–सुबह अपने साथ चाय का फ्लास्क और कुछ सैंडविच लेकर हम तीनों ब्रीच कैंडी हॉस्पिटल के लिए निकल जाते थे।

हॉस्पिटल की ऐसी क्या ख़ास बात थी जिसकी वजह से एम वहाँ इतनी शान्त रहती थी? यह बात हम अक्सर सोचते थे क्योंकि वह डॉक्टरों और नर्सों के साथ बड़े सलीके से पेश आती थी और इस दौरान उसके भीतर अवसाद और पागलपन का कोई लक्षण बमुश्किल दिखता था। अपने अवसाद के दिनों में वह किसी अच्छे बच्चे की तरह इतनी विनम्र हो जाती थी कि किसी अनजान आदमी से भी बात–बेबात माफ़ी माँगने लगती थी। आसपास के दूसरे लोग हैरत से देखते हुए उसे दुआएँ देते और आगे बढ़ जाते थे।

लेकिन लिथोसन की शुरुआत के बाद वह किसी से भी बड़ी सहजता से बातचीत करती थी, ख़ास कर वेटिंग रूम में ख़ामोश बैठी औरतों के साथ।

'इनको क्या परेशानी है?' ख़ामोशी के कवच में बन्द किसी दूसरी औरत के पति से एम सवाल कर बैठती थी।

'नर्व्स की प्रॉब्लम है,' पति एक छोटा–सा जवाब देता था।

'दफ़्तर से घर लौटने पर इनको रोज़ गले लगाया कीजिए,' मेरी माँ कहा करती थी। 'इन्हें अपने साथ फ़िल्में दिखाइए और इनका हाथ थाम कर घूमने ले जाया कीजिए।'

ज़्यादातर मर्द उसकी सलाहों को अपनी सुविधानुसार लेते थे। कुछ उसकी बात को सुनकर करुणा से मुस्कुराने लगते थे और कुछ लोग उसके सवाल और सलाह से असहज महसूस करने लगते थे। मनोरोग से ग्रस्त रोगी और उनके साथ आये रिश्तेदार दोनों ही धीरे–धीरे ऐसे निजी सवालों के आदी हो जाते हैं। क्या इससे चीज़ें थोड़ी आसान हो जाती हैं? सबके लिए? मैं यह बात पक्के तौर पर नहीं कह सकता। मुझे इस बात पर आश्चर्य होता था। एक लोअर मिडिल–क्लास की औरत के लिए किसी अपरिचित आदमी को अपने सेक्स अनुभवों

और यौन कल्पनाओं के बारे में बताना कितना मुश्किल होता होगा? और, फिर इसकी ज़रूरत ही क्या है? कई बार उसे ओपन सेक्स के बारे में अपने विचार बतलाने को कहा जाता था। तब हमें यह सोचकर हैरत होती कि क्या वे इसका मतलब भी जानती हैं? या फिर मनोविज्ञान के क्षेत्र में काम करने वाले सामाजिक कार्यकर्ता उनके बचपन के बारे में उनसे इतनी पूछताछ क्यों करते हैं?

दिन के वक़्त ब्रीच कैंडी हॉस्पिटल में आने वाले ज़्यादातर लोग खाते–पीते घरों के होते थे लेकिन सुबह–सुबह वह बिल्कुल दूसरी जगह होती थी। उस वक़्त वहाँ अलग तबकों के लोग अलग–अलग परेशानियों की वजहों से जाते थे। कई लोग इसलिए अपना टैस्ट कराने जाते थे ताकि उनके पहले के टैस्ट में निकली गड़बड़ियाँ ग़लत साबित हो जायें या कम–से–कम पहले से बेहतर रिपोर्ट्स आयें। एम को हॉस्पिटल की यह आपाधापी और अनिश्चितता अच्छी लगती थी।

'तुम यहाँ क्यों आये हो?' एक बार उसने बग़ल में बैठे एक जवान लड़के से पूछा। वह अपनी पतली–सी फ़ाइल को उँगलियों से थपथपा रहा था और थोड़े तनाव में दिख रहा था।

'आंटी, मैं एनडीए में जाना चाहता हूँ।'

'तो तुम क्यों नहीं जा रहे हो?' एम ने लड़के से पूछा।

'वहाँ लोगों ने कहा कि मेरे पेशाब में एल्ब्यूमिन है।'

'क्या वह अंडे की सफ़ेदी की तरह होता है?'

'मुझे नहीं पता है, आंटी। लेकिन वे मुझे दाख़िले की इजाज़त नहीं दे रहे हैं।'

'क्या तुमने प्रार्थना की है?' एम ने पूछा। यह एक बेतुका सवाल था क्योंकि लड़के की ललाट पर चन्दन और हल्दी का लेप साफ़ दिख रहा था और ठीक बीच में लाल रोली के साथ चावल के कुछ दाने भी चिपके हुए थे।

'हाँ, आंटी। मैंने मन्नत रखी है कि अगर मुझे एनडीए में दाख़िला मिल जाता है तो मैं एक लाख बार ईश्वर का नाम लिखूँगा।'

'यह एनडीए क्या है?'

वह लड़का सकते में पड़ गया। 'आंटी! आपको एनडीए का मतलब नहीं पता? एनडीए का मतलब नेशनल डिफेन्स अकेडमी!'

'ओह!' एम का लहजा ऐसा था मानो अभी भी उसके जवाब से आश्वस्त नहीं थी लेकिन उसने फिर भी कहा, 'मैं प्रार्थना करूँगी कि तुम्हारे लिए जो बेहतर हो वह तुम्हें मिल जाये।'

'और, आपको क्या हुआ है, आंटी?'

'मुझे नर्वस ब्रेकडाउन हुआ था और मैंने...'

मैंने उसे चुप रहने का इशारा किया। मुझे एक अजनबी लड़के से यह सब बताने का कोई तुक समझ में नहीं आ रहा था।

'मेरे बेटे का बुरा मत मानना। वह थोड़ा संकोची स्वभाव का है। दरअसल मैंने ख़ुदकुशी की कोशिश की थी, इसीलिए मुझे दवाइयाँ खानी पड़ती हैं। अभी मेरा ब्लड टैस्ट होना है।'

'आप पागल हैं, आंटी?'

मुझे भीतर से गुस्सा आ रहा था लेकिन मेरी माँ को इस बात की कोई फ़िक्र नहीं थी।

'हाँ, ठीक कहा तुमने।'

'हे भगवान! मेरी बुआजी कहती हैं कि ऊपर वाला मेंटल लोगों की प्रार्थनाएँ ज़रूर सुनता है क्योंकि उन्हें सीधे भगवान का आशीर्वाद मिला होता है।'

'कितनी अच्छी बात कही उन्होंने! तुमने सुना, बाबा? सचमुच मेरे माथे पर प्रभु का हाथ है। और, इस लड़के के कहे मुताबिक़ मेरी उससे सीधी बात होती है। मैं अभी प्रार्थना करूँगी।'

'मैं कहना चाह...'

वह लड़का हिचकिचा रहा था। वह शायद हमारे मन के भावों को पढ़ने की कोशिश कर रहा था।

'मेरी बुआ जी मुस्लिम हैं।' उसके बाद हिम्मत करके उसने कहा, '।...और मैं इसाइ हूँ। और, तुम हिन्दू हो। इससे क्या फ़र्क़ पड़ता है?'

'मैं समझा नहीं...'

'वह सोच रहा है तुम किससे प्रार्थना करोगी,' मैंने एम से कहा। उसने पहले मुझे देखा फिर उस लड़के को देखा।

'फिर मैं तुम्हारी बुआजी के भगवान से प्रार्थना करूँगी। मैं अल्लाह से दुआ माँगूँगी,' उसने कहा।

उसने दुआ माँगी थी? मैं होता तो किसी भी भगवान से प्रार्थना करता, चाहे वह किसी भी मज़हब से ताल्लुक रखता हो। मेरे वश में होता तो मैं ईश्वर से अपने लिए एक पूरी माँ माँगता ताकि हम सब अपनी बुरी यादों से मुक्त होकर एक ख़ुशगवार ज़िन्दगी जी सकें।

लेकिन जिस तरह से रेतघड़ी से धीरे–धीरे रेत फिसल कर गिरती है उसी तरह धीरे–धीरे मेरे मन की आस्था भी फिसलती जा रही थी। यह स्थिति कब से आयी, यह मैं पक्के तौर पर नहीं कह सकता लेकिन एक दिन गॉस्पेल पढ़ते हुए मैंने महसूस किया कि मेरे भीतर किसी तरह का कोई आवेग नहीं था। मुझे गॉस्पेल कभी भी पसन्द नहीं थे क्योंकि उनका अन्त बहुत दुखद होता था–चारों के चारों गॉस्पेल्स का। मेरे लिए वे पहले से सुनी जा चुकी कहानियों की तरह थे। यीशु जन्म लेता है। वह बड़ा होता है। वह लोगों को धर्म की राह बतलाता है। वह बीमारों को अपने चमत्कारों से ठीक कर देता है। वह सबकी रक्षा करता है। सभी अध्यायों का यही सार है। और फिर वह गुरुवार और शुक्रवार का दिन! ...जब उसका पूर्वज्ञान ही उसके लिए अभिशाप बन जाता है। अग्नि परीक्षा से उसे बख़्श दिये जाने की उसकी नाकाम दलील, उसको छोड़कर चले जाने वाले उसके सभी अपने–पराये, भीड़ में उसे नंगे कर दिये जाने का अपमान, कोड़े से पीटे जाने का असह्य दर्द और काँटों का ताज, मखौल उड़ाती भीड़, रोती–बिलखती औरतें, सलीब पर उसका टाँगा जाना, यहाँ तक कि उसकी आख़िरी गुज़ारिश–'मुझे प्यास लगी है'–

और उस गुज़ारिश को भी ठुकरा दिया जाना। यह सब पढ़ते हुए मैंने हमेशा उस पीड़ा का अनुभव किया था। यह सब सुनते हुए मैं इतना उद्वेलित हो जाता था कि न तो उसे पढ़ पाता था, और न ही पढ़ने से खुद को रोक पाता था। यह करुणा की पीड़ा थी, एक ऐसा दुख जो किसी के साथ भी घट सकता था।

...और एक दिन वह दुख ग़ायब हो गया जब मैंने परखने की नीयत से उन सबको दोबारा पढ़ा। मैंने एक–दूसरे प्रचारक का लिखा हुआ एक दूसरा संस्करण भी पढ़ा लेकिन फिर भी कोई असर नहीं हुआ। मुझे याद है, मैं थोड़ी राहत और थोड़ा अपराध–बोध–दोनों ही महसूस कर रहा था। उस समय मुझे यह महसूस भी नहीं हुआ था कि ईश्वर से मेरा विश्वास उठ चुका है। मैं एक भ्रामक आत्म–प्रशंसा और चाशनी–सी मीठी भावुकता की मनोःस्थिति में था। मुझे सिर्फ़ एस्थेटिक चीज़ों से लगाव था... मसलन ग्रेगोरियन गीतों से, या फिर उपवास करते हुए बुद्ध की मूर्तियों से। नवअनीश्वरवादियों का यह सबसे सामान्य नुस्खा है–दूसरों को अपनी आस्था के अनुसार चलने देना लेकिन उनको ईश्वर की अस्तित्वहीनता की अपनी निजी स्थापना में दख़ल देने की इजाज़त नहीं देना।

अपनी माँ को इस हालत से गुज़रते देखना मेरे लिए कितना यातनादायी था, इसको व्यक्त कर पाना किसी के लिए भी सम्भव नहीं था। मैंने ऐसा कुछ भी पढ़ा या सुना नहीं था जो मेरे दुख को ईश्वर की कृपा या कृपालु ईश्वर के साथ पूरी सहजता और स्पष्टता से जोड़ सके। धर्म के सभी प्रचारकों और मार्गदर्शकों के पास सिर्फ़ सर्वमान्य और घिसी–पिटी अवधारणा ही थी–वे पूर्व जन्म में किये गये अपराधों, इच्छाओं से आसक्ति और ईश्वरीय सत्ता के सामने पूर्ण समर्पण की कमी की बातें करते थे। मेरे भीतर इन थोपे हुए विचारों के कारण यह सोच मज़बूत होती गयी कि अन्ततः ईश्वर स्वेच्छाचारी है। जो स्वयं अपूर्ण है वह किसी से पूर्ण समर्पण की अपेक्षा कैसे कर सकता है? और, ईश्वर अगर

स्वेच्छाचारी है तो वह अपूर्ण है। अगर ईश्वर स्वयं अपूर्ण है तो ईश्वर के ईश्वर होने में सन्देह है।

लेकिन अनीश्वरवादी होने की अपनी समस्याएँ भी हैं। फिर इसके बाद यह मानने का कोई आधार नहीं रह जाता कि दुनिया ने हमारे साथ ग़लत किया है, और बदले में हमने किसी को आहत किया है। ईश्वर की सत्ता को नकारने से पहले मुझे लम्बे समय तक अपने आप से जूझना पड़ा था।

कुछ समय के लिए मैंने चर्च जाना बन्द कर दिया लेकिन जब किसी की ग़मी या ख़ुशी का कोई अवसर होता तो ईश्वर के प्रति पूरी तटस्थता का भाव रखते हुए मैं वहाँ ज़रूर मौजूद रहता था। बस मेरी प्रार्थना से मैंने इन गिनेचुने शब्दों को निष्कासित कर दिया कि 'मैं प्रभु यीशु पर विश्वास रखता हूँ' क्योंकि, मैं सचमुच विश्वास नहीं रखता था। मैं जिस तरह बुद्ध और कृष्ण और अल्लाह पर विश्वास रखता था ठीक उसी तरह प्रभु यीशु पर भी विश्वास करता था। अगर हम सीधे–सीधे उनके सन्देशों को देखेंगे तो हमें सब पर विश्वास करना ही होगा।

एक–दूसरे से प्रेम करो–ईश्वर ने कहा है।

ख़ुद को अनासक्त रखो–ईश्वर ने कहा है।

अपने कर्तव्यों को निभाओ–ईश्वर ने कहा है।

ईश्वर की इच्छा के सामने समर्पण कर दो और उसकी मर्ज़ी पर ख़ुद को छोड़ दो–यह भी ईश्वर ने कहा है।

एक सम्पूर्ण दुनिया को हासिल करने की जद्दोजहद में हम इन सभी सन्देशों को क्रमचय और संचय (परमुटेशंस और कॉम्बिनेशंस) के सूत्रों को सुविधानुसार आज़माते हैं।

हम ईश्वर की इच्छा के सामने समर्पण कर दें क्योंकि वह चाहता है कि हम सबसे प्रेम करें और अपने कर्तव्यों का पालन करें।

दूसरा विकल्प यह है कि ईश्वर की मर्ज़ी को स्वीकार करते हुए हम स्वयं को सबसे अनासक्त कर लें ताकि हम सबसे सम्पूर्ण और समान प्रेम की अपेक्षा कर सकें।

यह स्वीकार कर पाना कठिन है क्योंकि अनासक्ति और प्रेम को एक ही खाँचे में कैसे रखा जा सकता है। लेकिन यूनानियों ने इस आश्चर्यजनक विरोधाभास को अपनी आस्था में शायद सैद्धान्तिक रूप से शामिलकर लिया है। हालाँकि वे ख़ुद इस रास्ते पर अधिक नहीं चलते, और इसकी ज़िम्मेदारी उन्होंने दूसरों पर डाल दी है कि वे अनासक्त होकर प्रेम करने के परिणामों से ख़ुद निबटें। बहरहाल मेरे लिए भी यह दर्शन किसी काम का नहीं था। मैं अनासक्ति की बजाय प्रेम को जीवन में अधिक ज़रूरी समझता हूँ। मैं इस अपूर्ण दुनिया में रहने वाला एक अपूर्ण मनुष्य हूँ। मेरे पास एक सम्पूर्ण दुनिया में समाधानों को समग्रता से खोजने पर आधारित दृष्टिकोणों वाले सम्पूर्ण मनुष्यों के लिए कोई समाधान नहीं था।

मेरे विचार से धार्मिक आस्था में मेरी कमी से मेरे किसी दोस्त को कोई हैरत नहीं हुई होगी। उनमें से ज़्यादातर मार्क्स या फ्रायड और दूसरे अज्ञेयवादियों के प्रभाव में पहले से नास्तिक थे। गिनेचुने दोस्त जो किसी धार्मिक आस्था में विश्वास करते थे उन्होंने भी 'अर्थ, तलाश और अध्यात्म' जैसे शब्दों के बाड़े में क़ैद करके ख़ुद को जैसे 'डिस्क्लेमर' घोषित कर दिया था। कोई भी उन्हें अपनी आस्था के कारणों को स्पष्ट करने के लिए बाध्य नहीं कर सकता था। विक्टोरियनों ने सेक्स को जिस सामाजिक संकोच के साथ परिभाषित किया था, कमोबेश ईश्वर के सन्दर्भ में भी उनमें ऐसी ही असहजता दिखती थी। यह सनक उस मानसिक संकीर्णता की याद दिलाती थी जब विक्टोरियन बुर्जुआ के ज़माने में पियानो को भी ढँक कर रखे जाने का दुराग्रह होता था। आस्था का भ्रम और अनास्था का आनन्द दोनों के ऊपर घालमेल की एक धुँधली परत चढ़ी हुई थी।

शायद सब का सब ग़ैर–ज़रूरी है। जल्दी ही रेशम में लिपटे सभी शब्द एक दिन अनावृत हो जायेंगे और उनका खुरदरापन हमें साफ़–साफ़ दिखने लगेगा। तब कुछेक शब्दों का पुनराविष्कार

होगा और शेष बचे शब्दों के मायने व्यक्तिगत निष्कर्षों के अनुसार दोबारा तलाशे जायेंगे। प्रेम तब तक गीतों के बोल या ग्रीटिंग कार्ड्स पर लिखे हर्फ़ों की तरह बेमानी और खोखला शब्द है। यह स्थिति तब तक बनी रहती है जब तक हम ख़ुद किसी से प्रेम नहीं करते होते हैं और जब तक प्रेम हमारे जीवन को पूरी तरह से अव्यवस्थित नहीं कर देता है। उसी तरह अवसाद भी तब तक एक मामूली मायूसी, उकताहट और सुविधा सम्पन्न लोगों की ग़ैर–ज़रूरी चिन्ताएँ प्रतीत होती हैं जब तक यह हमारी माँ के सीने पर रखा हुआ भारी बोझ नहीं बन जाता है–जिसके नीचे दब कर उसकी साँस घुटने लगे, जब तक वह उसके साथ–साथ हमारी ज़िन्दगी में भी ख़ून पीते हुए केंचुए की तरह नहीं चिपक जाये और जब तक वह आपकी रातों और दिनों के बुनियादी रंगों को बुरी तरह बदरंग नहीं कर दे।

लेकिन लिथियम कार्बोनेट के असर से स्थितियाँ बिल्कुल बदल जाती थीं। एम और हूम साहब एक साथ दोबारा डिनर करने बाहर जाने लगते। वे साथ–साथ शिवाजी पार्क में टहलने जाते। एम की दिमाग़ी हालत जैसी होती उन दोनों की सैरें भी उतनी ही छोटी या लम्बी होतीं। जब वे लौटकर आते तो खाने के लिए कुछ साथ लेते आते–कभी फल या कभी सेव–घांटियाँ–मानो हम अभी बच्चे ही हों। हम केले या कुरकुरे नमकीन खाते हुए आपस में हँसी–ठट्‌ठा करते। वे हमारे जीवन के ख़ुशियों के पल होते थे।

फिर एक रोज़ ये दिन भी गुज़र गये।

एक दिन जब सुज़न घर लौटी तो एम दरवाज़े पर ही खड़ी मिल गयी। उसकी साँसों में एक हल्की गुर्राहट थी।

'भीतर आओ,' उसने सुज़न से कहा। 'भीतर आओ और मेरे साथ चलो।'

'क्या बात है?'

'कुछ नहीं,' एम ने कहा। 'अब तो मेरी बात सुनो हरामज़ादी कहीं की! तुम अब जो कुछ भी करना चाहती होकरो लेकिन मेरी मर्ज़ी के बिना तुम उसके साथ नहीं जा सकती हो।'

'यह क्या ऊलजलूल बक रही हो? सुज़न ने पूछा। इत्तेफ़ाकन उसने एम के गुस्से को भाँप लिया था।

'चाय पियोगी?' एम ने पूछा।

'हाँ,' सुज़न ने जवाब दिया और एम को चाय का पानी रखता हुआ देखने लगी।

'आओ, मेरे क़रीब बैठकर यह समोसा खाओ,' सुज़न ने कहा।

एम ने झपटते हुए समोसा लिया और उसे डस्टबिन में फेंक दिया।

'कोई ऐसी चीज़ नहीं खानी है जो घर में नहीं बनी हो,' उसने कहा। 'उसमें ज़हर भी हो सकता है।'

ज़ाहिर था, वह फिर से अपनी पुरानी हालत में लौट चुकी थी और हम साइकेट्रिस्ट के पास किसी दूसरी दवा की उम्मीद में दोबारा गये। लेकिन अब कोई दवा नहीं बची थी। फार्माकोपिया की सभी दवाइयाँ उस पर आज़माई जा चुकी थीं। आख़िर हमें पुरानी दवाओं की शरण में ही जाना पड़ा—उसकी आक्रामकता को क़ाबू करने के लिए लार्गाक्टिल, इस्पाजाइन, पेसिटेन जैसी गोलियाँ और उसके अवसाद से उसे बाहर लाने के लिए डेप्सोनिल। लेकिन इस समय तो सबसे गहरे अवसाद में हम सब थे।

नानी ने हमें हिम्मत रखने की ख़ूब सारी नसीहतें दीं। उसने हमें उस बादशाह की कहानी भी सुनाई जो अपने अच्छे और बुरे दोनों दिनों में सिर्फ़ अपनी अँगूठी को देखकर हौसला बनाये रखता था। उसकी अँगूठी पर लिखा था, 'यह भी गुज़र जायेगा।' लेकिन जब कई लोगों ने मुझे इस मवाद से बजबजाते हुए क्लीशे का अर्थ समझाने की कोशिश की तब मेरे मन में आता कि कहूँ, 'अपनी इस बकवास और चूतिया क्लीशे और 'किंग–विथ–रिंग्स' के साथ भाड़ में जाओ। बहरहाल ग्लानि, हताशा और लाचारी के

भावों में डूबे अपनी नानी के प्यारे चेहरे को देखते हुए मैंने कहा, 'मैं चाय बनाता हूँ।'

'एक कप मुझे भी चाहिए, हरामी कहीं के!' मेरी माँ ने टोकते हुए कहा। 'तुम तो पैदा भी नहीं होते अगर उसने अपना डण्डा मेरे भीतर नहीं घुसेड़ डाला होता। तीन साल बाद तुम एक धमाके की तरह मेरी ज़िन्दगी में आ गये। तुम्हें पता है, सुज़न, उस प्यारे से शैतान ने मेरी ज़िन्दगी के दस साल कम कर दिये थे। जब वह बाहर आ रही थी तो मेरी चीख़ें सुनकर उसका चेहरा सफ़ेद पड़ गया था। तुम तो बस आराम से जैसे बाहर कूद पड़े थे। डॉक्टर और नर्स के मुँह से ज़ोर की आवाज़ें आयीं थीं–"यह रहा माथा"–और तुम बाहर निकल आये थे। तुम तो हर वक़्त मेरी छातियों से ही चिपके रहते थे–मेरे निप्पल को खोज कर किसी केंचुए की तरह उसे चूसने लगते थे। सुज़न को बल्कि मेरे दूध से कोई ख़ास लगाव नहीं था। उसे ख़ुद महसूस हो गया था कि कोई यह वक़्त–बेवक़्त चाय की तरह पी जाने वाली चीज़ नहीं है। औरतें दूसरी औरत की तकलीफ़ बिना बताये ही समझ जाती हैं। तुम्हें भी सबक सिखाने के लिए सुन्दर लड़कियाँ ही आयेंगी।'

'क्या इमेल्डा, तुम भी...?' नानी ने उसकी बकवास को रोकने की कोशिश की।

'तुम नहीं जानती हो माँ। तुम्हें बिल्कुल पता नहीं है कि वे अपना काम किस तरह से कर गुज़रती हैं।'

'कौन?'

'पहले तो वे जवान लड़कों को अपना निशाना बनाती है...। अपनी सेक्स इंस्टिक्ट के ज़रिये उनका शिकार करती हैं। जवान लड़कों में सेक्स की भावना बहुत तेज़ होती है, तुम्हें तो पता है माँ। मैंने कहीं पढ़ा था कि लड़कों अट्ठारह साल की उम्र में सेक्स के उफ़ान पर होते हैं जबकि लड़कियों के भीतर यह थोड़ी देर से आता है। जब वह अट्ठारह का रहा होगा तब वह कैसा रहा होगा, तुमने कभी सोचा है?'

'अँगूठो वाला बादशाह?' मैंने पूछा। यह सवाल एम को उस मुद्दे से भटकाने के लिए काफ़ी था जिससे मैं सबसे ज़्यादा नफ़रत करता था। मैं एम के मुंह से हूम साहब और उसकी सेक्स लाइफ के बारे में सुनकर बहुत असहज महसूस करता था। एम बेपरवाही के साथ हँसते हुए दूसरी बीड़ी माँगी और मुझसे कहा कि चाय बनाने के लिए क्या मैं बादशाह की बेगम की तरफ़ से किसी न्योते का इन्तज़ार कर रहा हूँ।

किचन में चाय बनाते हुए भी मैं नानी की आवाज़ सुन सकता था। वह एम को समझाने की कोशिश कर रही थी कि सुज़न के पीछे कोई नहीं पड़ा है। मेरे भीतर का गुस्सा फिर से उबलने लगा था। सालों नहीं बल्कि कई दशकों से नानी को एक छोटा सच समझ में क्यों नहीं आ पाया था कि मेरी माँ के दिमाग़ की अन्तहीन गहराई तक पहुँचने वाला कोई उपाय नहीं है। कम–से–कम फ़िलहाल तो बिल्कुल ही नही...जब एम की एक सामान्य दिमाग़ी हालत में होती थी तो उससे बातचीत करना और समझा–बुझा कर उससे कोई बात मनवा लेना सम्भव था। लेकिन जब वह अपने उन्माद या अवसाद की पराकाष्ठा पर होती थी तो उस तक पहुँच पाना तक़रीबन असम्भव था।

'आज तुम्हारी तबियत कैसी रही?' एक बार सुज़न ने उससे पूछ लिया था। उन दिनों एम अवसाद के दौर से गुज़र रही थी।

एम उठी और बिस्तर पर तन कर बैठ गयी, फिर अगले ही पल उसने अपने कन्धों को ढीला छोड़ दिया। वह किसी छोटी बच्ची की तरह रुआँसी हो गयी और अपनी उँगलियों को चटकाने लगी।

'क्या मैं कोई लाल पेन हूँ?' उसने अजीब लहजे में पूछा।

जब एम की बीमारी की वजह से हमारी बातें उस तक नहीं पहुँच पाती थीं तो स्थिति बहुत अजीबोग़रीब हो जाती थी। निरपेक्ष होकर सोचने पर उसके ऊटपटाँग जवाब सतही या मज़ेदार लगते थे लेकिन जब हमें उसकी कातरता दिखती थी तब उसके जवाब का यह बेतुकापन हमें सिहरा देता था।

उसकी आवाज़ मानो किसी सुरंग से आ रही थी। उसकी आँखों की विवशता सड़क के उस आवारा कुत्ते की याद दिलाती थी जो किसी गाड़ी से कुचले जाने के बाद अपनी मौत की प्रतीक्षा करता है।

'नहीं, ऐसा किसने कहा?' सुज़न ने दृढ़ता से कहा।

'ओह थैंक गॉड, ऊपर वाले का शुक्र है,' एम ने राहत की साँस ली और फिर से लेट गयी।

सुज़न ने लाल क़लम को तलाशने की कोशिश में एक बार पूरे कमरे में अपनी नज़रें दौड़ायी। बाद में लाल क़लम को उसने पूरे घर में खोजा। 'मैंने लाल क़लम की खोज में घर का चप्पा–चप्पा छान मारा।' मुझे लगा कि उसके इस सवाल के पीछे क्या कोई रहस्य है? वह एक टीचर रह चुकी थी, तो क्या लाल क़लम का उसके अतीत से कोई सम्बन्ध था? करेक्शन? सही या ग़लत? मेरी समझ में कुछ नहीं आ रहा था।

एम के दिमाग़ में क्या चल रहा होता था, कई बार इसके संकेत दिखायी पड़ जाते थे। उसके लिखे किसी नोट के ज़रिये या किसी किताब के नाम और अख़बारों की सुर्ख़ियों के ज़रिये। लेकिन इस बार ऐसा कोई संकेत भी नहीं मिल पाया था। पूरे घर में लाल रोशनाई वाली कोई क़लम नहीं थी। इसलिए सुज़न ने एम से पूछ लिया कि उसे लाल क़लम का ख़याल कैसे आया।

'मुझे पता नहीं,' एम ने अपने ज़ेहन पर ज़ोर डाला। 'मुझे सचमुच पता नही...काश, मैं ख़ुद जान पाती, लेकिन मैं नहीं जानती हूँ।'

ऐसी मानसिक हालत में एम को यह समझा पाना नामुकिन था कि उसकी चाय में किसी को ज़हर मिलाने की फ़ुर्सत नहीं थी। मैं नानी से कहना चाहता था, 'वो सोचने लगेगी कि तुम उन लोगों से मिली हुई हो जो हम सबको ज़हर देना चाहते हैं।

लेकिन इसकी ज़रूरत नहीं पड़ी। जब मैं सबके लिए चाय लेकर वहाँ पहुँचा तब तक एम पहले से ही इस नतीजे पर पहुँची मिली।

'ओह, तो उन लोगों ने तुमको भी बहक़ाकर मेरे ख़िलाफ़ कर दिया?'

फिर उसने मुझसे कहा : 'रॉजर, इसे सम्भालो।'

फिर उसने नानी को हिक़ारत से देखा।

'क्या तुम चाहती हो कि मैं यहाँ से चली जाऊँ?' नानी ने पूछा। उसके लहजे से साफ़ लग रहा था कि एम की बात उसे नागवार गुज़री थी।

एम ने ज़ोर का ठहाका लगाया।

'नहीं, ये लड़का अभी का अभी बाहर ले जाकर तुम्हारी खोपड़ी में गोली मार देगा।'

नानी का चेहरा पूरी तरह उतर गया।

'इसकी बात का बुरा मत मानो,' मैंने नानी से कहा। 'तुम बस उस बादशाह और उसकी अँगूठी के बारे में सोचो।'

एम भी हँस पड़ी और उसके मुँह में भरी चाय के छींटे हम दोनों पर सीधे पड़े।

'उसने तुम्हारी चाल भाँप ली है, टुन–टुन।'

मुझे नानी से हमदर्दी भी हुई लेकिन मेरे मन का गुबार मानो बाहर निकल रहा था। वह एम से बहुत प्यार करती थी और वह समझती थी कि एम के लिए यही काफ़ी था। ऐसी बात नहीं थी। प्रेम कभी भी पर्याप्त नहीं होता। पागलपन ज़रूर पर्याप्त होता है, यह अपने आप में पूरा होता है। इस पागलपन के भीतर ठीक वैसे ही दाख़िल नहीं हो सकते हैं जैसे एक औरत जेल के सीखचों में क़ैद अपने प्रेमी से सिर्फ़ बाहर से मिल पाती है। कभी–कभार उस उन्माद के भीतर से एक प्यारा–मासूम सा चेहरा नज़र आता है फिर भीतर अगले ही पल वह कहीं दुबक जाता है। एक पल के लिए रेशम का कोई टुकड़ा हवा में लहराता है और फिर ओझल हो जाता है–हम अपने मुताबिक़ उससे कोई संकेत या सन्देश को समझने की कोशिश करते हैं। ये इशारे हमें अँधेरे के टापू पर अकेला छोड़कर फिर ग़ायब हो जाते हैं। जब मैं छोटा था तो

कभी–कभार इस मीनार में दाख़िल होकर उसे भीतर से देखना चाहता था। लेकिन मैं जानता था कि उस वक़्त भी मैं उस मीनार का वाशिन्दा नहीं होना चाहता था। मैं उसे बस घूमकर देखना चाहता था और घूमकर देखने का मतलब यह था कि मैं उसे छोड़कर कभी भी बाहर निकल सकता था। ठीक उसी तरह मैं एक टूरिस्ट था, और एम उस मीनार की वाशिन्दा थी।

बहरहाल जैसा कि अक्सर होता रहा है, इस भ्रम को भी एक दिन टूट जाना था। हम कभी भी उसके दिलोदिमाग़ की मीनार में घुस पाने में नाकाम रहे। हाँ, हम वैसी ही दिखती दूसरी मीनार में ज़रूर दाख़िल हो सकते थे–दिखने में वैसी ही लेकिन उससे बिल्कुल अलग। वैसे भी दो मीनार एक जैसी कभी नहीं हो सकती थीं और न तो उन्हें देखने वाले दो लोग एक जैसे हो सकते थे। इस बात का अहसास मुझे बार–बार एम की जाँच कराने, डॉक्टर्स से मिलने और उसके लिए दवाइयाँ लिखवाने के दौरान हुआ था।

'कोई समझ भी नहीं सकता कि मैं किन हालातों से गुज़र रही हूँ।'

'......... ।'

'मेरी तकलीफ़ सिर्फ़ मैं ही समझ सकती हूँ।'

इस तरह की बातें।

इसी तरह एक दिन मेरी बग़ल में पोलीकाट के कपड़ों में दो औरतें आपस में बातें कर रही थीं। दोनों अपने बच्चों की परेशानियों पर बात कर रही थीं।

'मैं ही जानती हूँ कि मैं इन झंझटों से कब बाहर निकलूँगी।' एक ने कहा।

'लेकिन ब्रायन ने ज़रूर कुछ अच्छे दिन गुज़ारे, है न? लेकिन टेरी का आख़िरकार क्या होगा, यह मैं भी नहीं जानती। यही चिन्ता मुझे सताती रहती है। एक दिन डॉक्टर मेनेज़ेस मेरी छोटी लड़की

मौली को देखने आये थे। उसे सर्दी–जुकाम और तेज़ बुख़ार था और वह क्लिनिक नहीं जा सकती थी। वह बिस्तर पर पड़ी कराह रही थी, इसलिए मैंने डॉक्टर मेनेज़ेस को घर पर ही बुला लिया...'

'अब तो दो सौ रुपये लेते होंगे?'

'नींद में हो क्या? तीन सौ और वह भी दवाओं के बग़ैर। मुँह खुलवाया। आँ...आँ... आँ...आँ... पुतलियाँ उलटकर देखीं। छाती को बजाया और खाँसने के लिए कहा। साथ–साथ पैड पर लिखते गये। लिखना ख़त्म हुआ तो पर्ची मुझे थमाते हुए बोले, "अगली बार इसे क्लिनिक भेज देना" उसने तीन सौ रुपये अपनी जेब के हवाले किये। मैंने उन्हें कहा, "डॉक्टर सब कुछ मुझे अकेला करना पड़ता है, मेरे पास वक़्त कहाँ है?" तब उसने कहा, "तुम बड़ी मुसीबत में पड़ जाओगी किसी दिन। उसके बाद मैं क्लिनिक में भी कुछ नहीं कर सकूँगा।" मैंने जवाब दिया, "डॉक्टर, जब टेरी ठीक हो जायेगा तब मैं आपसे मिलूँगी। उसे इस हाल में छोड़कर मेरे पास बीमार पड़ने का भी वक़्त नहीं है।"'

'ब्रायन भी कुछ कम नहीं है, मैं तुम्हें बता रही हूँ। एक दिन मैं माहिम चर्च गयी हुई थी।'

'तुम खुशक़िस्मत हो कि इतनी फुर्सत निकाल लेती हो। मैं सुबह खाना बनाते हुए ही नौ बार प्रार्थना दोहरा लेती हूँ।'

'ख़ैर, मैंने मन्नत माँगी थी और मुझे हर हाल में जाना ही था। जब मैं लौटी तो उसे नंगे बदन बालकनी पर खड़ा देखा। वह सूरज की तरफ़ मुँह किये ज़ोर–ज़ोर से गा रहा था। क्या कहूँ? जब दूसरों के यहाँ मौत होती है, बीमारी होती है, या शादी होती है, तो मैं हाथ उनका हाथ बँटाती हूँ लेकिन जब मेरी बारी आती है तो कोई कुछ नहीं करता है।'

इस पूरी बातचीत में मैंने कोई सच्ची पीड़ा नहीं देखी। बस बर्दाश्त करने और माँ के रूप में हिम्मत दिखाने का दिखावा ज़रूर नज़र आया। उस बातचीत में एक–दूसरे के लिए कोई हमदर्दी नहीं थी, अलबत्ता अपने–अपने दुखों को बड़ा बताने की कोशिशें

ज़रूर थीं। ब्रायन ने ऐसे–ऐसे किया। और उसका जवाब। टेरी ने ऐसे–ऐसे किया। तुम पूरी रात जगी रहीं? मैं एक हफ़्ते से पल भर के लिए भी नहीं सोयी हूँ। अब मुझे यह मान लेना चाहिए कि उस वक़्त मैं शायद ग़लत था। मैं भी तो अपने दुखों की मेहमाननवाज़ी करने का अपराधी था : मैं स्थितियों से उनसे बेहतर तरीक़े से निबटा था। मैंने ज़्यादा संजीदगी के साथ सब कुछ सहा था, मैंने अपना दुख किसी को कभी नहीं दिखाया। लेकिन फ़िलहाल उन औरतों की बातें सुनकर मेरे भीतर एक गुस्सा और तिरस्कार जैसा भाव पनप रहा था।

एक बार मेरे मन में उन लोगों के लिए एक सपोर्ट ग्रुप बनाने का विचार आया था जो लोग दिमाग़ी तौर पर बीमार लोगों के साथ रहते थे। लेकिन इस तरह की बातचीत सुनकर मैं हैरान रह गया। वह इंटरनेट का ज़माना नहीं था लिहाज़ा मैंने अख़बारों में विज्ञापन निकाला। मुझे उतने जवाब नहीं मिले जितने की मैंने उम्मीद की थी। एक औरत यह सोचकर आयी कि यह यूनियन लोगों के लिए है। दूसरी ने सोचा कि यह कोई ऐसी जगह है जहाँ वह वक़्त–बेवक़्त अपने भाई को छोड़कर जा सकती है। एक तीसरी औरत आयी जो मुझसे यह दरख़्वास्त लिखवाना चाहती थी कि सरकार को और भी मेंटल हॉस्पिटल खोलना चाहिए। एक और का कहना था कि ग्रुप का नाम शराबियों के ग्रुप की तरह गुप्त रखा जाना चाहिए। समय, तारीख़ और जगह को लेकर भी मतभेद थे। आख़िरकार जब रज़ामंदी बनी तो हमारे पास बस कुल जमा तीन लोग थे। वे मुझसे उन संस्थाओं के नाम और फ़ोन नम्बर चाहते थे जहाँ वे अपने रिश्तेदारों को पहुँचा सकें।

'मुझे अपने सौतेले भाई को रखने की कोई जगह चाहिए। मैं उसकी ज़िन्दगी भर देखभाल नहीं कर सकती हूँ। हमारा कोई ख़ून का रिश्ता भी नहीं है।' अपनी नीली साड़ी से मैच करता बैग लिए एक औरत ने मुझसे पूछा।

'मुझे हमेशा लगता है एक दिन मैं पागल हो जाऊँगा, फिर उसका क्या होगा?' एक रिटायर्ड बैंक क्लर्क को अपनी बीवी की फ़िक्र थी।

'आपको अपने इस ख़याल से लड़ना चाहिए,' साड़ी पहने उस औरत ने कहा था।

'अपने खुद के जींस से लड़ो,' एक बार हूम साहब ने मुझे और सुज़न से कहा था। इससे ज़्यादा उन्होंने कुछ नहीं बताया था। शायद इससे ज़्यादा उनको पता भी नहीं था। लेकिन हम उनकी बात का मतलब समझ गये थे। इसका मतलब था कि हम चुपचाप हॉल में चले जायें और अपने स्कूल की किताबें खोल कर सूक्ष्म जीवाणुओं के बारे में पढ़ें जो अनुभूतियों से मुक्त होने के बाद भी प्रजनन की अद्‌भुत क्षमता से भरपूर होते हैं, कागज़ को फाड़े बिना एक षट्कोण को वृत्त बनाना सीख सकें, पानीपत की लड़ाई के कारण और परिणामों की तुलना करें–बेशक यह पढ़ते हुए हम खुद अपने दुश्मनों को नहीं पहचान सकें, क्योंकि अपने दुश्मन को पहचानने का मतलब अपने आपको पहचानना था।

'अपने खुद के जींस से लड़ो।' उसपर ध्यान दो। मेहनती बनो। मन लगाओ। यही करना है।

हूम साहब और एम इतिहास में हुई लड़ाइयों के बारे में बातचीत कर रहे थे। वजह क्या थी, यह मुझे भी याद नही...मैं खुद को अलग–थलग महसूस कर रहा था इसलिए मैंने भी उस बातचीत का हिस्सा बनने का फ़ैसला किया। तभी उसने कहा।

'मुझे सिर्फ़ दो लड़ाइयों का पता है और उन दोनों में किसी–न–किसी कारण से 'पानी' ही मुद्दा था, 'वाटरलू और पानीपत।'

एम अपनी ही धुन में कह रही थी। लेकिन हमेशा की तरह वह बात–बात पर 'ओह गॉड, ओह गॉड' नहीं कह रही थी।

'मैं मरना चाहती हूँ। मुझे मर जाने दो' जैसी बातें भी नहीं रट रही थी। वह शायद अपने अवसाद से निकल रही थी। उसका शरीर एक सर्द सी तकलीफ़ से मुक्त हो रहा था और वह रेत के उस कुएँ से बाहर निकलने की जी–जान से कोशिश कर रही थी। ख़ुशनुमा गर्मी के दिन फिर से लौट आये थे।

5. 'ABC का व्यापार'

सालों से मेरे दिमाग़ में एक याद दर्ज है। तब मैं सोलह साल का था। मैं क्रिसमस की प्रार्थना में उपस्थित था और पादरी सन्त जोसेफ के बारे में बता रहे थे। मुझे पादरी की धुँधली–सी याद है जो होली फैमिली की पवित्रता और पुण्य–कर्मों की चर्चा करते हुए प्रभु के उस मूर्त अवतार का सामान्य ज़िक्र कर रहे थे। उस वक़्त मुझे याद है कि पिता और पितात्मकता के बारे में किसी ने भी ज़्यादा बातचीत नहीं की थी। उन दिनों जिसे देखो वह सिर्फ़ माँ और मातृत्व की ही बाते करता था। पिता की चर्चा हाशिये पर थी। लेकिन मेरी दुनिया में यह बिल्कुल सच नहीं था। हूम साहब मेरी ज़िन्दगी का सबसे बड़ा हौसला और सबसे बड़ी पनाहगाह थे। कब क्या करना है और परिस्थितियों से कैसे निबटना है, उनको सब पता था। उन्हें पता था कि चीज़ों को हमारे हाथों से लेकर कब अपने क़ाबू में ले लेना है। उनके बग़ैर ज़िन्दगी जीने का ख़याल आते ही मेरे हाथ–पाँव सुन्न पड़ जाते थे। पैसे कैसे कमाये जाते हैं मुझे इस बात की कोई जानकारी नहीं थी। मैं बस इतना जानता था कि पैसे कमाने के लिए आदमी को काम करना पड़ता है लेकिन मैं किस काम को करने के क़ाबिल था? जब कोई मुझसे पूछता था तो मैं कहता था कि मैं डॉक्टर बनना चाहता हूँ लेकिन यह मैं कहता था क्योंकि मेरी उम्र, सामाजिक श्रेणी और शैक्षणिक योग्यता के ज़्यादातर लड़के यही कहते थे कि वे डॉक्टर या इंजीनियर बनना चाहते हैं। दुनिया में जैसे कोई और दूसरा कैरियर नहीं था जो हमें इतना लुभाता था।

हम अपने सपनों में भी सिर्फ़ दो बातें सोचा करते थे–पुल बनाना, या इन्सान की बीमारी को ठीक करना।

लेकिन मेरा असल डर यह नहीं था कि मैं पैसे कमाना नहीं जानता था। मेरा डर यह था कि हूम साहब के बिना ज़िन्दगी का मतलब था अकेले एम के साथ ज़िन्दगी जीना–हूम साहब एम की बीमारी के ख़िलाफ़ हमारे सबसे बड़े रक्षक थे। अगर कभी दरवाज़ा खोलने के बाद एम मुझे भोथरे चाकू से काटी गयी कलाइयों के साथ ख़ून से लथपथ मिली तब मैं अकेला क्या करूँगा? मैं कैसे समझूँगा कि उसके बदन से कितना ख़ून बह चुका है और क्या उसे ख़ून चढ़ाना पड़ेगा? क्या घर पर रख कर उसकी देखरेख रखी जा सकती थी? अगर बदक़िस्मती से वह मर जाती है तो मुझे पुलिस से निबटने के लिए क्या करना होगा? और, अगर रिश्वत देनी पड़ेगी तो किसको देनी पड़ेगी? सबसे पहली बात कि रिश्वत देने के लिए मैं पैसे कहाँ से लाऊँगा? अगर मैंने अपनी सारी सेविंग्स किसी स्कीम में इन्वेस्ट कर दी हो और बदक़िस्मती से वह सब डूब गया तो मैं क्या करूँगा?

उस वक़्त मुझे पहली बार अहसास हुआ कि हिन्दुस्तान में मर्द होना कितना मुश्किल काम है। इसका मतलब यह जानना था कि कोई ऐसा अकेला आदमी क्या–क्या कर सकता, और उसके ख़ुद के साथ क्या–क्या हो सकता है। इन दोनों स्थितियों से एक साथ निबटने का हुनर सीखने से था। एक वह स्थिति थी जो सुव्यवस्थित, सामाजिक और क़ानूनी थी जिसके नतीजे भाग्य, मौक़े और व्यक्ति के श्रम और साहस पर निर्भर थे। दूसरी स्थिति ग़ैरक़ानूनी और नाजायज़ होने के बाद भी निश्चित कामयाब होने की थी। असल चतुराई दोनों स्थितियों के समय और सुविधानुसार चयन करने में थी–कब टेबल से काम की फ़ाइल छाँट कर चपरासी के सुपुर्द करने और किसी ओहदेदार या आर्चबिशप के दूरदराज़ के सगे–सम्बधी की चापलूसी करने का गुण सीखने की थी। मैं नहीं समझता कि मैं कभी भी ज़िन्दगी की इन ज़रूरी शर्तों

को ठीक से सीख सकूँगा, और इसका सीधा मतलब यह है मैं दुनियादारी के हिसाब से ख़ुद को ढाल पाने की स्थिति में कभी सक्षम हो सकूँगा। या, तो मैं दुनियादार हुए बिना मर जाऊँगा या मैं ह्यूम साहब की ज़िन्दगी के बाद ही दुनियादार हो सकूँगा। मैं शायद तभी इस ज़िन्दगी, इस शहर और इस दुनिया को समझ सकूँगा। लेकिन किसी भी इन्सान के भीतर इतनी समझ कहाँ से आती थी? क्या सही वक़्त पर यह समझ ख़ुद–बख़ुद आ जाती है कि कोई उसे बहला–फुसला न सके या उसका नुक़सान न कर सके? क्या सभी लोग इसी तरह से सीखते थे? समाज के अलग–अलग तबकों के लिए ज़रूर अलग–अलग तरीक़ा रहा होगा। मैं बस इतना भर ही जानता था। लेकिन एक पागल औरत के बेटे के लिए कौन–सा तरीक़ा सही था? एक ऐसे बेटे को जिसे खेल के मैदान में अपने सहपाठियों की फ़ब्तियों का शिकार होना पड़ता था? जिसे उन फ़ब्तियों के प्रतिकार में न गुस्सा आता था और जिसे बल्कि उन फ़ब्तियों का बुरा भी लगना बन्द हो गया था फिर वे इन बातों से कैसे निबटते थे? अपने पुरुष होने की अनुभूति से भरी दुनिया में ह्यूम साहब ने इन स्थितियों के मुताबिक़ ख़ुद को कैसे ढाला होगा? मैंने उन्हें हमेशा एक सम्पूर्ण पुरुष के रूप में ही देखा–मौन के घनीभूत क्षणों में भी जब आशा या निराशा से भरा एक भी शब्द हमारे बीच अनुपस्थित होता था। फिर अपने आपको और अपने परिवार को देखते हुए धीरे–धीरे मैंने भी निष्ठुर होना सीखना शुरू कर दिया। ऐसा भी नहीं कि मैं उनको उत्कृष्टता की कोई मिसाल मानता था। एक उत्कृष्ट आदमी देखने में भी सुन्दर होता, उसकी आँखों पर मोटी काँच वाले चश्मे नहीं चढ़े होते होंगे... एक नायकनुमा आदमी शादी के पहले एम की ज़िन्दगी की मुश्किलों पर ध्यान देता होगा...। एक नायकनुमा आदमी के पास सभी मुश्किलों के उपाय रहे होंगे...। और एक नायकनुमा इन्सान अपनी भावनाओं को सही–सही व्यक्त कर पाता होगा।

लेकिन क्या एम कभी भी एक अच्छी माँ रही होगी, या वह शुरू से ही दूसरों से भिन्न रही होगी? अवसाद से ग्रस्त होने के बाद उसकी ज़िन्दगी और सोच धीरे–धीरे कैसे बदल गयी होगी?

इन सारे सवालों ने मुझे इतना थका डाला था कि हूम साहब को अपनी ज़िन्दगी का हीरो मान लेने के सिवाय हमारे पास और कोई रास्ता नहीं बचा था। शायद मैं इस सच को इसलिए भी स्वीकार नहीं कर पा रहा था ऐसा करके मैं साधारण लड़कों की जमात में शामिल नहीं होना चाहता था क्योंकि आख़िरकार वे सभी अपने पिताओं को उनके श्रेय से एक दिन वंचित करके उनसे ख़ुद को बेहतर सिद्ध करना चाहते थे। मेरे लिए हूम साहब से आगे बढ़ पाना नामुमकिन था।

हूम साहब की कहानी में आमतौर पर एक आदर्श और जुझारू भारतीय पिता का प्रतिबिम्ब दिखता है। यह बात मैंने उनसे कभी

नहीं पूछी। मैं इसे तब तक समझ भी नहीं पाता जब तक मैं उनके साथ एक बार गोवा की ट्रिप पर नहीं गया होता। लेकिन हमारे साथ सुज़न और एम क्यों नहीं गयी थीं? इसकी वजह मैं नहीं जानता था। मुझे याद भी नहीं है। हम किसी फ्यूनरल पर भी नहीं गये थे। बस यह एक अकस्मात यात्रा थी और शायद हूम साहब ने ही इसकी योजना बनायी थी।

बहुत–सी बूढ़ी और रिश्तेदार औरतों, जिनमें मैं किसी को भी नहीं पहचानता था, से मिलने–जुलने के बाद हम टहलते हुए गाँव में गये। हालाँकि हूम साहब ने वहाँ लौटने की इच्छा कभी नहीं ज़ाहिर की थी। एम ने ज़रूर बताया था कि उनका वहाँ ना जाना पुरानी जायदाद से जुड़ा था। हूम साहब कुछ काग़ज़ों पर दस्तख़त करके ख़ुद को पुरखों की जायदाद से सिर्फ़ इसीलिए बेदख़ल कर दिया था ताकि परिवार केस–मुक़दमे के झमेले से बच सके। हालाँकि उनको इसका दुख था क्योंकि अब वे एक ऐसे गोवानी थे जिसके नाम पर गोवा में ज़मीन का एक टुकड़ा भी नहीं था।

उस वक़्त उन्होंने अपने दफ़्तर की पतलून पर सिर्फ़ एक बनियान पहनी हुई थी। वह एक विचित्र वेशभूषा थी। तब मेरी उम्र सिर्फ़ चौदह साल थी और मैं उन छुट्टियों में उनके साथ अकेले जाने की गुत्थियाँ समझने की कोशिश करता हुआ उनके साथ–साथ चल रहा था। तक़रीबन आधा फर्लांग चलने के बाद वे दो ईंट के खम्भों पर लोहे की छड़ों के सहारे टिके हुए एक पानी टंकी को देखने लगे।

'जब मिस्टर फर्नांडिस ने यह की टंकी बनायी थी तब यह आधुनिक तकनीक की एक उम्दा मिसाल मानी जाती थी। जब यह बनायी जा रही थी तो मीलों दूर से लोगबाग इसे सिर्फ़ देखने आते थे। अब यह किसी ऐसे दैत्य की तरह दिखता है जिसका गुप्तांग उसकी पैंट से बाहर झूल रहा हो।'

उन्होंने मुझे कुहनी मारते हुए कहा था क्योंकि वे सामान्यतः मेरे सामने ऐसे शब्दों का इस्तेमाल नहीं करते थे। हालाँकि वे ख़ुद भी अपनी बात पर अवाक् थे। फिर वे ख़ामोश हो गये और हम लाल मिट्टी और छोटे पत्थरों के बने उस सूखे हुए रास्ते पर आगे बढ़ गये।

'जब हम छोटे थे तब यह एक हरा–भरा और छायेंदार रास्ता हुआ करता था,' उन्होंने कहा था। 'अब तो लोगों ने सारे पेड़ काट डाले।'

तभी हमें बायीं तरफ़ बना एक चर्च दिखा।

'पुराने गोवा में बासिलिका जाने से पहले मैंने सबसे बड़ी इमारत यही चर्च देखी थी,' उन्होंने कहा। 'शायद यही वजह थी कि मैं पूना से फिर बॉम्बे चला गया।'

'पूना?'

'मैं पूना अपने पेपर्स देने गया था, जिसे अब तुम सब बोर्ड एक्ज़ामिनेशन कहते हो। वह एक अलग ही दुनिया थी। जिधर देखो, उधर बस कार, बस, साइकिल और शोर–शराबा। पहले दिन तो लोगों का हुजूम देखकर मानो मुझे गश आ गया था।

लगता था जैसे लोग एक–दूसरे को कुचलकर आगे बढ़ने की जल्दीबाज़ी में हैं लेकिन फिर अगले ही पल लगता कि सबने अपने–अपने लिए रास्ता बना लिया है। यह कुछ वैसा तजुर्बा था जैसे एक साथ सैकड़ों टीमें फुटबाल खेल रही थीं और गोलपोस्ट पर सैकड़ों गेंदों को रोकने के लिए मैं अकेला खड़ा था। मुझे अपनी तरफ़ आती एक भी गेंद साफ़ नहीं दिख रही थी।'

वे एक पल के लिए ख़ामोश हुए और अपना सिर हल्के से झटक दिया।

'आप पूना क्या करने गये थे?'

'अंग्रेज़ी की परीक्षा के लिए वह सबसे नज़दीकी सेंटर था। लेकिन मैं पुर्तगाली में अपनी पढ़ाई जारी नहीं रखना चाहता था।'

'मालिकों की भाषा!'

'ऐसी कोई ख़ास वजह नहीं थी,' उन्होंने कहा। 'बल्कि यह कहना ज़्यादा ठीक होगा कि अंग्रेज़ी बोलने वालों की नौकरियों में ज़्यादा माँग थी।'

मैं अपनी नासमझी पर चुप हो गया। लेकिन तब मैं सिर्फ़ चौदह साल का था और कोई भी आदमी सिर्फ़ छींक भर से मुझे बेवकूफ़ बना सकता था।

'मैं जिस स्कूल में रुका था उसमें बॉम्बे से आये हुए और भी कई लड़के थे। उन दिनों बॉम्बे के लड़के भी पूना में परीक्षा देने की जुगाड़ में रहते थे। उनको लगता था कि पूना में कम्पीटीशन उतना मुश्किल नहीं था और वे ज़्यादा बेहतर रिजल्ट हासिल कर सकते थे।'

'उन लड़कों में एक मारिओ भी था जो बॉम्बे के धोबी तालाब में रहता था। "तुम्हें यह जगह कोई शहर–सा लगती है?" स्कूल की डोरमेट्री की सीढ़ियाँ चढ़ते हुए उसने मज़ाकिया लहजे में पूछा था। "बॉम्बे आकर देखो कि शहर किसे कहते हैं!"

'मैं बॉम्बे में किसी को नहीं जानता हूँ।' पन्द्रह साल के अगस्टीन ने कहा था।

(अगस्टीन ने चतुराई दिखायी, या वह सचमुच एक भोला–भाला लड़का था? मैंने यह बात नहीं पूछी।)

'अब तुम मुझे तो जानते हो,' मारिओ ने खुलेपन से कहा। 'चलो और देख लो।'

और फ़ौरन ही अगस्टीन ने मारिओ के बुलावे को कुबूल कर लिया। बॉम्बे उसकी कल्पना से बहुत बड़ा और भव्य था और उसकी चुनौतियाँ और मुश्किलें भी बड़ी थीं लेकिन अगस्टीन उनका सबका सामना करने के लिए तैयार था।

'मुझे घर लौटने के लिए जो पैसे दिये गये थे उनसे मैंने बॉम्बे जाने का टिकट ख़रीदा। मैं नहीं जानता था कि मेरे मन में क्या था, या मुझे पैसों की कोई चिन्ता थी या नही...उसकी चिन्ता मुझे पहले भी नहीं रही। मुझे कोई पॉकेट मनी नहीं मिलती थी, इसलिए ख़र्च की कोई चिन्ता भी नहीं थी। मेरे पास जो भी चीज़ें थीं उन्हें मेरे लिए सेकंड हैंड या थर्ड हैंड ख़रीदा गया था। शायद इसलिए भी मुझे यह लगता था कि जीने के लिए पैसों की कोई ज़रूरत नहीं थी।'

उन्हें लेने के लिए मारिओ की माँ आयी थी। हूम साहब ने उसके बारे में ज़्यादा कुछ नहीं बताया था लेकिन एक गोवन कैथोलिक लोअर–मिडिल–क्लास औरत के रूप में मेरे मन में उसका एक खाका बन चुका था। उसने एक सफ़ेद–सी रेयान की शर्ट पहन रखी होगी–एक़दम उजली नहीं क्योंकि उजली शर्ट को झकाझक साफ़ रखना मुश्किल काम था–और इतना वक़्त किसके पास होता है। शर्ट पर लेस की डिज़ाइन बनी थी। कॉलर के नीचे से सीने के पास लटके हुए दो गुलाबी साटन के रिबन होंगे। कमर में बँधी काले रंग की स्कर्ट और पैरों में एक जोड़ी मामूली स्लीपर जिनके कारण उसकी एड़ी की बिवाइयाँ और अँगूठों का गोखरू साफ़–साफ़ दिखता होगा। उसके चेहरे पर चिन्ताओं की कुछ लकीरें होंगी–मारिओ के पेपर्स की चिन्ता, पति की शराब की लत की चिन्ता, मारिओ की शादी की चिन्ता,

घर के बढ़ते ख़र्च और ज़रूरतों की चिन्ता, बाथरूम के नलके से पानी टपकने की चिन्ता, अड़ियल बॉस की चिन्ता जो यह नहीं समझता होगा कि दफ़्तर से घण्टे भर की छुट्टी उसने अपने बेटे को स्टेशन से लाने के लिए ली थी। इन चिन्ताओं ने उनकी दोनों भवों के बीच में एक स्थायी और गहरी लकीर बना दी होगी। इस बात का अहसास मुझे बाद में हुआ कि उसके पहनाते की कल्पना मैंने अपनी सामाजिक हैसियत और समय के हिसाब से की थी। रेयान उस ज़माने में शायद उतना चलन में नहीं रहा हो। मैंने पचास के दशक की बजाये अस्सी के दशक के अनुसार ड्रेस के बारे में अनुमान लगा लिया था।

'उसने एक नज़र मेरे ऊपर डाली,' हूम साहब बताने लगे, और बोली, "ये कौन है?" मारिओ ने कहा, "ये अगस्टीन है, गोवा से आया है।"

'"तुमसे मिलकर ख़ुशी हुई," उसने जवाब दिया और अपने बेटे को लेकर चली गयी।'

'क्या मारिओ ने उसे बताया नहीं कि उसने ही आपको बुलाया था?'

'वह एक बार कुछ कहने के लिए पलटा तो ज़रूर था। शायद उसने "सॉरी" या ऐसा ही कुछ कहा था। लेकिन मुझे नहीं लगता कि उसने अपनी माँ से कभी भी यह बात बतायी हो कि उसने ही मुझे बॉम्बे बुलाया था और अपने साथ रुकने को कहा था।'

'फिर आपने क्या किया?'

गोवा की उस ख़ासी गर्म दोपहर में मेरे बदन में एक ठण्डी झुरझुरी दौड़ गयी थी और मैं एक पल के लिए मानो हूम साहब के उन दिनों में पहुँच गया था। उस समय उनकी उम्र भी कोई मेरे बराबर ही रही होगी। उनकी जगह मैं होता तो मैं सोच भी नहीं पाता कि मुझे क्या करना चाहिए। शायद मैं रोने लगता या मारिओ और उसकी माँ के पीछे–पीछे गिड़गिड़ाता हुआ दौड़ पड़ता।

'मैं थोड़ी देर इसी दुविधा में खड़ा रहा। मेरी समझ में नहीं आ रहा था कि क्या करूँ। मेरे पास पैसे भी बहुत थोड़े बचे थे। अचानक एक कार स्टेशन के सामने आकर रुकी और उसमें से एक औरत बाहर निकली। मुझ पर नज़र पड़ते ही उसने कहा, "सामान निकालो।" मुझे लगा कि उसे शायद मदद की ज़रूरत है इसलिए मैं उसके बैग और सामानों को निकालकर उसके पीछे स्टेशन में दाख़िल हो गया। प्लेटफ़ॉर्म पर मेरे सामान रख देने के बाद उसने मुझे दो पैसे दिये।'

'दो पैसे?'

'उन दिनों के लिए वह एक ठीक–ठाक रकम थी,' हूम साहब ने कहा। 'वह मेरी पहली कमाई थी जिससे सबसे पहले मैंने रेलवे कैंटीन में एक चाय और ऑमलेट ख़रीदा।'

'इसका मतलब आप कुली का काम करने लगे?'

'अगर मैं कुली बन जाता तो क्या होता?' हूम साहब ने मेरी बात काटते हुए पूछा और मैं अचकचा गया और यह तय किया कि बकवास सवाल पूछने की बजाय आगे से मैं चुप रहूँगा। 'लेकिन रेलवे कुली बनना कोई आसान काम नहीं था। ऐसा नहीं था कि मैं किसी का भी सामान ढोकर पैसे कमा सकता था। मुझे बजाप्ता उनके बीच का आदमी होना ज़रूरी था। और उनके बीच का आदमी बनने के लिए किसी कुली को जानना और मराठी बोलना आना ज़रूरी था। मैं कोंकणी, पुर्तगाली और अंग्रेज़ी बोलना जानता था और किसी दूसरे कुली से मेरी जान–पहचान भी नहीं थी। इसलिए मुझे चेतावनी देकर स्टेशन से निकाल बाहर कर दिया गया और मैं दोबारा अपने बैग की तरफ़ लौट गया।'

'माय गॉड!'

ज़ाहिरन उस औरत का सामान उठाने के पहले वे अपना बैग वहीं छोड़ गये थे...।

'मेरा बैग अपनी जगह से नदारद था। लेकिन किसी ने मुझे बताया कि लावारिस समझकर मेरे बैग को स्टेशन मास्टर के हवाले

कर दिया गया था। क़िस्मत ने मेरा साथ दिया। स्टेशन मास्टर भी एक गोवन निकला। उसने मुझे दफ़्तर के बाहर इन्तज़ार करने को कहा और आश्वस्त किया कि अगली सुबह वह मुझे वापसी की बस पर छोड़ आयेगा। वह मुझे मोइरा कूर ले गया। फिर उसने मेरे सोने के लिए किराये का एक बिस्तर भी खोज दिया। शाम को वहाँ सोने वाले मर्द और लड़के लौट आये। मैं उनमें से किसी को नहीं पहचानता था लेकिन वे मुझे साथ में फुटबाल खेलने के लिए क्रॉस मैदान ले गये। उन्होंने ही रात का खाना ख़रीद कर मुझे दिया। सफ़ाई वालों ने मुझे नाश्ता कराया और बदले में मैंने फ़र्श साफ़ करने में उनकी मदद की। वह कोई बुरी बात नहीं थी। मुझे काम करना कभी बुरा नहीं लगा। तक़रीबन पाँच बजे शाम को एक बूढ़ा आदमी डोरमेट्री में आया और उसने पूछा, "पेद्रू कहाँ है?" पेद्रू कहाँ था, किसी को इसकी जानकारी नहीं थी। एक सफ़ाई वाले ने कहा, "आपको तो पेद्रू के बारे में पता है? फिर पीकर कहीं गिरा पड़ा होगा" उस बूढ़े ने पूछा, जबकि वह ख़ुद पीकर टुन्न था। "बहुत बुरी बात है।" फिर उसकी नज़र मुझ पर पड़ गयी। "तुम? तुम्हारा नाम क्या है?" मैंने उसे अपना नाम बताया। "कोई काम मिला तुम्हें?" उसने मुझसे फिर पूछा। मैंने उसे अपने बेकार होने की बात बतायी। इस बार उसने मुझसे पुर्तगाली भाषा में पूछा, "तुम्हें पुर्तगाली बोलनी आती है?" "मैं ठीक–ठाक बोल लेता हूँ," मैंने जवाब दिया। "और अंग्रेज़ी?" उसने दोबारा पूछा। "मैं अच्छी बोल लेता हूँ," मैंने कहा। फिर वह कोंकणी बोलने लगा। मैं कोंकणी भी बोलना जानता था। एक–एक कर वह हिन्दी, मराठी और गुज़राती भी आज़माने लगा लेकिन अब मैंने अपनी बेबसी जता दी। मैं इन भाषाओं का एक भी शब्द बोलना नहीं जानता था। मैंने मन में ही सोचा : "कोई उपाय नहीं है। अब मुझे नौकरी मिलने से रही।" लेकिन आख़िरकार उसने मेरे जवाब को जैसे नज़रअन्दाज़ कर दिया और बोला, "समझ जाओगे, मेरे साथ चलो।"

'इस तरह मैं डॉ. डा गामा रोसा के साथ उनके क्लिनिक पहुँच गया। पहली बार मैं किसी कार पर बैठा था। यह बात जब मैंने उसे बतायी तो वह हँस पड़ा, "अभी ऐसे ढेर सारे तजुबे हैं जो तुम्हें पहली बार होंगे।"

'वह आपको किस काम के लिए अपने साथ ले गया?'

'मैंने तुम्हें नहीं बताया? वह एक डॉक्टर था और उसे एक कम्पाउंडर की ज़रूरत थी।'

'आप एक कम्पाउंडर थे?'

'क्यों नहीं?'

मुझे पता था कि एक कम्पाउंडर को क्या–क्या करना पड़ता था। वह ज़ख्मों की सफ़ाई करता था, सुबह, दोपहर और शाम उनकी मरहम–पट्टी करता था, मरीज़ों के लिए बोतलों में लाल और मिंट की हल्की गन्ध वाले सिरप भरकर उन पर मार्क किये गये सफ़ेद कागज़ की पट्टियाँ चिपकाता था। कम्पाउंडर हमारी ज़िन्दगी के नेपथ्य में हमेशा से उपस्थित रहते रहे थे। मुझे मेरे फैमिली डॉक्टर के क्लिनिक में रहने वाला जॉर्ज अभी भी याद है जो पार्टीशन के पीछे बैठा कागज़ में गोलियों की पुड़िया बनाता और बोतलों में सिरप भरता रहता था। हम उसे सालों से जानते थे लेकिन वह कम बोलने वाला आदमी था। "दिन में तीन बार खाना खाने के बाद" या "फिर तीन दिन के बाद आना" या "बुख़ार उतर जाये तो यह सफ़ेद गोली बन्द कर देना"–उसके मुँह से बमुश्किल यही जुमले निकलते थे।

मेरे पिता में स्थितियों की गम्भीरता को सहज रूप में लेने की क्षमता थी। उनके मन में हमारे फैमिली फ़िजिशियन डॉ. साहा को लेकर एक विनम्र असहमति का भाव था। जब हमारी तबियत ख़राब लगती तो हम हूम साहब के पास जाते थे। वे बड़े आराम से हमें हिदायत देते, 'जाकर आराम करो, और टॉयलेट जाने के सिवा बिस्तर से नहीं उठना।' उनको लगता था कि आराम, सब्ज़ी–फलों की भरपूर खुराक और पीने के लिए गर्म पानी के

इस्तेमाल से ज़्यादातर बीमारियों को ठीक किया जा सकता है। उसके बाद भी अगर उनको ज़रूरत महसूस होती तो वे इलाज के लिए हमें डॉ. साहा के क्लिनिक ले जाते थे, और वहाँ भी बड़ी मुश्किल से डॉ. साहा के मशवरे में दख़लअन्दाज़ी करने से खुद को रोक पाते थे।

दूसरी तरफ़ एम को हमेशा यह तसल्ली देने की ज़रूरत होती थी कि हम सबको कुछ भी नहीं होगा।

'जब सुज़न बहुत छोटी थी,' एम ने एक बार मुझे बताया था, 'तब उसे जुलाब हो गया था। उसे हरे रंग का और थोड़ी–थोड़ी देर पर लगातार दस्त हो रहा था। इसलिए मैंने पूरे फ़र्श को प्लास्टिक शीट से ढँक दिया था और उसकी सभी भींगी नैपीज को फैलाकर रख दिया था ताकि डॉ. साहा उन्हें देख सकें।'

'उन्होंने क्या कहा?' मैंने पूछा। मेरी कल्पना में फ़र्श पर फैली प्लास्टिक शीट दिखने लगी और मेरे नथुने सीली हुई नैपीज की बदबू से भरने लगे।

'क्या कहता?, उसने मुझे अपनी हैरत भरी आँखों से देखते हुए कहा।

इस दुनिया को देखने–समझने का मेरा यह अपना नज़रिया था–मेरी माँ : बिल्कुल नाकाम, और मेरे पिता : उतने ही कामकाज़ी और समर्थ। मैं अपने पिता से उसी अदब से बात करता था जैसे एक इंजीनियर से की जानी चाहिए। दूसरों को अपने पिता के बारे में बताते हुए मैं हूम साहब का परिचय एक इंजीनियर के तौर पर देता था। इसीलिए जब उनके कम्पाउंडर बनने की कहानी सुनकर मैं थोड़ा अचम्भित था। उनके समझाये जाने के बावजूद मुझे उनके कम्पाउंडर होने पर गर्व महसूस करने में दिक़्क़त हो रही थी। हालाँकि मैं चाहता यही था कि उनके सफ़ाई कर्मचारी होने की जानकारी भी मुझे होती तो मैं इस बात पर ग़ौरव का अनुभव कर पाता लेकिन कल्पना में भी यह बात मेरे गले नहीं उतर पा रही थी।

बहरहाल यह सच से परे कल्पना थी और फ़िलहाल मैं इसी बात को हजम करने की कोशिश कर रहा था कि वे कभी एक कम्पाउंडर थे।

'और उस पेद्रू का क्या हुआ?'

'वह कुछ दिनों के बाद एक बार वापस आया था। उसने बहुत पी रखी थी। डॉक्टर ने उसे लौटा दिया। "हम दोनों ही पिए हुए हों, यह नहीं हो सकता है पेद्रू," उसने कहा था।'

'क्या डॉक्टर भी शराबी था?' मैंने पूछा।

'हाँ,' हूम साहब ने कहा। 'वह तक़रीबन हर वक़्त नशे में रहता था। उसके पास कभी–कभार ही कोई मरीज़ आता था लिहाज़ा वह अपना ज़्यादातर वक़्त पीते हुए ही गुज़ारता था। कुछ लोग ज़रूर थे जिन्हें उस पर अभी भी भरोसा था लेकिन बाक़ी मरीज़ उसके मुँह से दस बजे सुबह में आती शराब की तेज़ दुर्गन्ध की वजह से उसके पास आना छोड़ चुके थे। यह एक दुखद बात थी क्योंकि वह एक बेहतरीन डॉक्टर था। वह मरीज़ की शिकायत ध्यान से सुनता था। उसे ठीक से दर्ज करता था और बहुत अच्छे से उसकी केस हिस्ट्री बनाता था। वह मरीज़ों के राज़ किसी से नहीं कहता था। ज़रूरत पड़ने पर कॉल पर भी जाता था। उसने किसी भी मेडिकल रिप्रेजेंटेटिव से कभी कोई तोहफ़ा या कमीशन कुबूल नहीं किया और न उनके कहे मुताबिक़ दवाएँ लिखता था। उसके ड्रावर में हमेशा कुछ किसमिस रखे होते थे जिन्हें वह बच्चों को देता था। हरेक मरीज़ की जाँच करने के बाद वह अपने हाथों को सफ़ाई से धोता था, और कभी भी होमियोपैथी, आयुर्वेद या यूनानी दवाओं का मज़ाक़ नहीं उड़ाता था। "कई बार तो ये दवाएँ अंग्रेज़ी दवाओं से कम नुक़सान करती हैं," वह कहा करता था।'

उनकी बातें मुझे थोड़ी अजीब लग रही थीं। मैंने हमेशा हूम साहब को आदर्श माना था। मैं नहीं चाहता था कि मेरे आदर्श का भी कोई आदर्श हो।

'वह रोज़ाना मुझसे अख़बार और *रीडर्स डाइजेस्ट* के कुछ हिस्से पढ़वाकर सुना करता था। "वे ख़ास तौर पर अमेरिकी बकवास लिखते हैं," वह कहा करता था, "लेकिन इसके बावजूद तुम इन्हें पढ़कर कुछ सीख सकते हो और अपनी भाषा भी सुधार सकते हो।" वह अंग्रेज़ी बहुत ज़रूरी समझता था, ज़िन्दगी के लिए। "यही नयी लैटिन है," उसका कहना था। "इसके लिए अमेरिका का शुक्रगुज़ार होना चाहिए। जितनी भी नयी खोजें हुई हैं वे सब अमेरिका से आयी हैं, इसलिए हर आदमी को अंग्रेज़ी ज़रूर सीखना चाहिए।"'

'एक बात...' मैंने कुछ कहने की कोशिश की।

'एक बात,' उसने कहा। 'अगर तुम चाहते हो कि लोग तुम्हारे साथ बातचीत करें तो उनको कभी मत टोको।'

'कभी नहीं? तब भी नहीं जब मुझे लगे कि कुछ ग़लत है या कहने से रह गया है।'

'ख़ासतौर पर तभी जब तुम्हें यह कि कुछ ग़लत है या कहने से बचा रह गया है।'

'क्यों?'

'उनको अपनी बात ख़त्म करने का वक़्त दो।'

इस तरह मैंने अपने पिता से बड़े होने का पहला पाठ सीखा। मैं तब तक ख़ामोश रहता जब तक वे भवें चढ़ाकर मुझे सवालिया नज़रों से नहीं देखने लगते।

'आप घर क्यों नहीं लौट गये? डॉ. डा गामा रोज़...'

'रोसा।'

'जो भी हो।'

'नहीं, उसका नाम डॉ. डा गामा रोसा था। नामों की अपनी अहमियत होती है। क्या तुम्हारा नाम तुम्हारे लिए अहम नहीं है?"

यह मेरा दूसरा सबक़ था।

'उसने आपको वापिस घर लौट जाने के लिए पैसे दिये होंगे। या, आपने अपनी पहली सैलरी से इतने पैसे ज़रूर बचा लिए होंगे।'

'हाँ, मैं चाहता तो लौट सकता था,' मेरे पिता ने कहा। 'लेकिन मैं नहीं लौटा। क्यों नहीं लौटा? पहले यह मुझसे किसी ने नहीं पूछा। मैंने खुद से भी यह सवाल नहीं किया। यह तुमने अच्छा सवाल किया। बहरहाल मैं नहीं लौटा और यहीं रुक गया।'

वे थोड़ी देर तक सोचते रहे। 'दरअसल मैं भीतर से बहुत शर्मिन्दा था। एक बेवक़ूफ़ की तरह एक लड़के के कहने पर इस अनजान शहर में आ गया था। मेरे सारे पैसे ख़त्म हो चुके थे। और, फिर जो कोई भी इस शहर में आया था वह अमीर बनने के बाद ही वापिस लौटा था। लोग बॉम्बे या अदन या नैरोबी जाते थे और जब वापिस लौटते थे तो उनके पास उन कहानियों का पिटारा होता था कि वहाँ पर उन्होंने क्या–क्या किया या क्या–क्या देखा। लेकिन मैं लोगों को क्या यह कहता कि मैं उस शहर में गया और एक कुली और कम्पाउंडर बनने के बाद वापिस घर लौट आया।'

हूम साहब ने दोबारा चुप्पी ओढ़ ली थी।

मैं ज़िन्दगी के तौर–तरीक़ों और तजुर्बों को एक–एक कर अपने दिमाग़ के खाँचे में जमा रहा था। लिहाज़ा मैं पूरी ख़ामोशी के साथ उनकी बातें सुन रहा था।

'यह भी समझ सकते हो कि मेरे भी कुछ सपने रहे होंगे जिन्होंने मुझे यहाँ रोके रखा। या, मुझे शायद इस शहर से मोहब्बत हो गयी थी। तुम ख़याल में भी नहीं सोच सकते कि गाँव से आये एक लड़के के लिए इस शहर में हज़ार मुश्किलें थीं–बस में पहले चढ़ूँ। या पहले टिकट ख़रीदूँ? मस्जिद में जा सकता हूँ या नहीं? वो आदमी मुफ़्त में पर्ची दे रहा है या उसे ख़रीदने पड़ते हैं? तुम यह भी नहीं जान सकते कि पार्क की बेंच पर बैठा अजनबी तुम्हें देखकर क्यों मुस्कुरा रहा है?'

'क्या इन सब बातों के बावजूद आपके ज़ेहन में लौट जाने का ख़याल बिल्कुल नहीं आया?'

'मन में कोई ज़िद रही होगी या शायद एक झूठा अहंकार। यह शहर खुद में एक चुनौती है लेकिन शहर को आपकी चुनौतियों की कोई फ़िक्र नहीं होती। मेरी घर वापसी गाँव भर के लिए एक मज़ाक बन जाती। अगर मैं यहीं रुककर कड़ी मेहनत के बाद खुद को किसी लायक बना सकूँ इस पर भी शहर गौर नहीं करेगा। इस बात को सिर्फ़ मैं ही समझ सकूँगा। इसीलिए मैं यहीं रह गया।'

'कम–से–कम आपको एक ख़त लिखकर ख़बर कर देनी चाहिए थी,' मैंने कहा। परिवार में सुनी–सुनाई बात के मुताबिक़ मेरे पिता की आत्मा की शान्ति के लिए गाँव के चर्च में प्रार्थना की गयी थी क्योंकि परिवार के लोगों ने उनको मरा हुआ मान लिया था।

'उनको लगा कि मैं पूना में या वहाँ से लौटते हुए कहीं रास्ते में मर–खप गया था।'

'जाते हुए क्यों नहीं?'

'क्योंकि मेरा रिजल्ट डाक से आ गया था और मैं अच्छे नम्बरों से पास भी हुआ था।'

एक ट्रेजेडी का यह कितना सुन्दर अन्त था, मैं सोचने लगा था।

'फिर आप कब लौटे?'

'जब मुझे इन्जीनियरिंग की डिग्री मिल गयी।'

जैसे–जैसे डॉ. रोसा की प्रैक्टिस ख़राब होती गयी वैसे–वैसे वह अपने कम्पाउंडर के भविष्य पर अधिक ध्यान देता गया।

'हम एबीसी के धन्धे में हैं,' डॉ. डा गामा रोसा ने कहा था। 'आया, बटलर, कुक।'

'डॉक्टर्स भी,' उसके कम्पाउंडर ने पूछा था।

'हाँ, ज़्यादातर उनमें पियक्कड़ हैं,' डॉक्टर ने मुस्कुराते हुए कहा था। 'अगर तुम्हें कुछ अलग बनना है तो दस गुना ज़्यादा मेहनत करनी होगी, वर्ना तुम भी हममें से ही एक बन जाओगे। लेकिन बदक़िस्मती यह है कि हम खुद को भी इसी नज़रिये से देखने लगते हैं हमने इसलिए तो जन्म नहीं ही लिया है कि

बस गुज़ारे भर काम करें, मौज–मस्ती करें और एक रोज़ शराब पीते–पीते मर जायें। हमारे फ्यूनरल में कॉफिन के पीछे–पीछे एक बैंड और चार अनाथ बच्चे चलें।'

जब अख़बार पढ़–पढ़ डॉक्टर के सहायक ढंग की अंग्रेज़ी बोलने लगा तो डॉक्टर ने उसे पब्लिक लाइब्रेरी से अंग्रेज़ी की विश्वप्रसिद्ध किताबें लाकर पढ़ने की हिदायत दी, जो धोबी तालाब के एक सिरे पर बनी हुई थी। शुरू–शुरू में तो डॉ. डा गामा रोसा ने किताबें चुनने का काम ख़ुद किया लेकिन बाद में उसने ख़ुद हूम साहब को ही इस काम के लिए भेजना शुरू कर दिया।

'एक दिन की बात है, मैंने एक लड़के के सामने रखी किताब में एक मोटर की झलक देखी। मैं नहीं जानता था कि वह कौन–सी किताब थी लेकिन मेरे भीतर उस डायग्राम के बारे में और अधिक जानने का कौतूहल था। लिहाज़ा मैंने लड़के से उस किताब के बारे में पूछा। जवाब में उसने मुझे किताब का कवर दिखाया। वह किताब *कोट्स मनुएल फॉर इंजीनियर्स* थी। मैं उस लड़के से और भी कुछ पूछना चाहता था लेकिन उसने मुझे बताया कि वह अपनी परीक्षा के लिए पढ़ाई कर रहा था, और इसलिए मैं उसे डिस्टर्ब नहीं करूँ। मैंने किताबों की शेल्फ से ढूँढ़ कर कोट्स की दूसरी किताब निकाली। हालाँकि वह कोट्स की किताब थी लेकिन डॉ. डा गामा रोसा ने मुझे उसे पढ़ने की तरकीब बता दी थी। कई बार किताबों पर चिपके लेबल इतने पुराने हो चुके होते थे कि उन पर लिखा पढ़ पाना मुश्किल होता था। उन किताबों को बाहर ले जाने की इजाज़त नहीं थी। हम उन किताबों के लेबल हटा देते थे और सिर्फ़ नाम के साथ उनको इशू करा लेते थे। मैंने भी यही किया।'

'जब आपने कोट्स को पढ़ना शुरू किया तो डॉक्टर ने क्या कहा?'

'मुझे लगता है, शायद वह इससे ख़ुश नहीं था। मेरे ख़याल से वह मुझे एक डॉक्टर बनाना चाहता था। जब मैं क्लिनिक में रहता था

तो वह हमेशा मुझसे तरह–तरह के सवाल करता रहता था। मरीज़ों का टेम्प्रेचर लेना और उनका ब्लडप्रेशर चेक करना मेरा ही काम था। कभी–कभी तो डॉक्टर डा गामा रोसा मुझसे यह भी पूछ बैठता था कि मरीज़ को कौन–कौन–सी दवाएँ देनी चाहिए।'

हमारे बीमार पड़ने पर हूम साहब का हमारे लिए एक पेशेवर सेवा भाव का कारण भी शायद यही था।

'तो इस तरह आपने विक्टोरिया रेजीना टेक्निकल इंस्टीट्यूट में दाख़िला ले लिया?'

'हाँ, अपनी दूसरी कोशिश में,' हूम साहब ने जवाब दिया। 'और तीन साल के बाद अपनी इंजीनियरिंग की डिग्री के साथ मैं अपने घर वापस गया।'

ज़िन्दगी में अच्छा करने के बाद भी उस गुणी लड़के के साथ घर में बेहतर सलूक नहीं किया गया।

'तुम्हारी दादी अपने वक़्त में एक लम्बी–तगड़ी औरत थीं। वह कोई पाँच फुट दस इंच रही होगी और सर पर जलावन की लकड़ी का गट्ठर उठाये पाँच किलोमीटर दूर के मापुसा बाज़ार तक पैदल चली जाती थी।'

बहरहाल उनके बस से उतरते ही उसके आने की ख़बर गाँव में फैल चुकी थी।

'जब मैं घर पहुँचा तो माँ हाथ में छड़ी लिए मेरा इन्तज़ार कर रही थी,' वे मुस्कुरा रहे थे। 'बाद में मुझे जानकारी मिली कि मेरे लौटने की ख़बर सुनते ही वह फुट–फुट कर रोयी थी, फिर उसने अपने आँसू पोंछ कर तीन मुर्ग़ियों को हलाल किया, अपनी साड़ी बदली और तब मेरी पिटाई के लिए छड़ी खोजी।'

'क्या उन्होंने सचमुच आपकी पिटाई की?'

'नहीं, मुझे घर से निकले हुए छह साल बीत चुके थे। उसे तो पन्द्रह साल का अपना वह बेटा याद था जो चोरी–छिपे गाहे–बगाहे अपने पिता की कमीज़ उनकी इजाज़त के बग़ैर पहन लेता था। उसने मेरे ऊपर दो–एक बार हल्के से छड़ी ज़रूर चलायी लेकिन

गाँव भर से इकट्ठे हो गये लोग यह देखकर हँस रहे थे। उसे तमाशबीनों पर गुस्सा आ गया और उसने दहाड़ते हुए कहा। "काम ना?" मतलब, क्या तुम सबके पास कोई काम नहीं है? फिर वह मुझे पिता से मिलवाने के लिए घर के भीतर ले गयी।'

'वे आपसे मिलने बाहर नहीं आये थे?'

'उन्हें कमर के नीचे लकवा मार गया था। हम नहीं जानते थे कि यह कब हुआ क्योंकि वे हैदराबाद में बावर्ची का काम करते थे। मेरी माँ कहा करती थी कि वे निज़ाम के महल में काम करते थे, लेकिन उन दिनों गोवा में बावर्ची का काम करने वाले सभी लोग यही कहते थे कि वे किसी शाही खानदान में नौकरी करते थे। उनमें से ज़्यादातर लोग बॉम्बे के मध्यमवर्गीय पारसी परिवारों में ख़ानसामा थे।'

'क्या दोनों आपको देखकर ख़ुश थे?'

'शायद हाँ। लेकिन ज़्यादा ख़ुशी उनको तब हुई जब उन्होंने मेरी डिग्री देखी। दोनों के दोनों पढ़ना नहीं जानते थे लिहाज़ा उन्होंने पड़ोस से किसी औरत को डिग्री में क्या लिखा था, यह पढ़ने के लिए बुलाया। वे शायद इस बात की तसल्ली चाहते थे कि मैं कहीं उन्हें पट्टी तो नहीं पढ़ा रहा हूँ। उसके बाद मैंने उन्हें ऐंपरसेंड स्मिथ लिमिटेड की चिट्ठी दिखायी, जिस कम्पनी में मैंने बतौर एक ट्रेनी इंजीनियर नौकरी शुरू की थी।

'डॉ. डा गामा रोसा का क्या हुआ?'

'जब मुझे नौकरी मिल गयी, उसने मुझे कहा, "दोबारा यहाँ लौटकर मत आना।" मैंने उसे कहा कि मैं शनिवार के रोज़ उनसे मिलने आऊँगा। उसने कहा, "हम ज़रूर मिलेंगे।" उस मुलाक़ात के बाद मैंने पक्का फ़ैसला कर लिया कि मैं उससे मिलने ज़रूर जाऊँगा। लेकिन जब पहले शनिवार के दिन मैं पहुँचा तो मैंने क्लिनिक को बन्द पाया। इसलिए लंच ब्रेक में मैं सोमवार को उनसे मिलने दोबारा गया। मुझे देखकर वे बहुत ख़ुश हुए और उन्होंने

मुझे सलाह दी कि मुझे हमेशा दफ़्तर में धुली हुई दो कमीज़ें और एक पतलून हमेशा रखनी चाहिए।'

'क्यों?'

'मेरे ख़याल से उन्हें यह लगता होगा कि आदमी को हर वक़्त तरोताज़ा दिखना चाहिए। और, अगर वह बारिश में भीग भी जाये तो दफ़्तर में कपड़े बदल सके।'

मेरी नज़र में यह एक अजीब–सी सलाह थी। लेकिन यह बात डॉ. रोसा भी जानते होंगे कि एक शराबी की अच्छी सलाह को भी दूसरे लोग अजीब ही समझेंगे।

टहलते हुए हम दोनों चर्च तक जा पहुँचे थे और अब वापिस लौटने का वक़्त हो चुका था। लेकिन ख़यालों में खोए हुए हूम साहब शायद लौटने के मूड में नहीं थे।

'क्या आप उन्हें हर हफ़्ते मिलने जाते थे?'

वे रुक गये और गहरी नज़रों से मुझे देखने लगे।

'अगर कोई आदमी तुम्हारे काम आता है तो तुम उसे कभी नहीं भूल सकते हो। तुम्हें हमेशा उसका शुक्रगुज़ार होना चाहिए। ख़ास कर दूसरे लोगों के बीच और उसमें भी ख़ास कर ऐसे लोगों के बीच जिन्हें वह पसन्द करता हो और जो लोग उसे पसन्द करते हों। तुम्हें हमेशा उनके प्रति क़र्ज़दार होना चाहिए, क्योंकि उन क़र्ज़ों को तुम कभी भी पूरा नहीं चुका सकते हो। इस उपकार को महसूस करने में थोड़ी–सी भी कमी तुम्हें और कमतर बना देती है।'

उसके बाद उन्होंने ज़्यादा कुछ नहीं कहा और अपनी जेब से सिगरेट निकालने लगे। यह उनका सबसे दुर्लभ सुख था जिसका लुत्फ़ वे कभी–कभार ही उठाते थे, हालाँकि उनकी जेब में सिगरेट की एक डिबिया हमेशा रहती थी। यह एक तय सी बात थी कि जब वे सिगरेट पीते थे तो एम के सिवा किसी को उनसे बातचीत करने की इजाज़त नहीं थी।

'महसूस करने में थोड़ी–सी भी कमी तुम्हें और कमतर बना देती है।' एक पति के रूप में क्या उन्होंने ख़ुद को ऐसे ही आज़माया था? एम ने उनसे प्यार किया था और यह बात उनको हमेशा याद रहती थी कि बदले में उनको भी एम को प्यार देना है और उसका साथ निभाना है। हमेशा–तब भी जबकि यह नाकाफ़ी था।

उनके बारे में इस नज़रिये से मैंने पहली बार उसी दिन सोचा था। एम की बीमारी का असर हमारी ज़िन्दगियों पर कुछ ऐसा पड़ा था कि हूम साहब के बारे में कुछ भी सोच पाने की जगह हमारे दिमाग़ में ख़ाली नहीं बची थी। वे हमारी ज़िन्दगी में लगातार, सम्पूर्ण और आवश्यक रूप में उपस्थित थे। हमने उनके अतीत के बारे में अधिक जानने की कोशिश कभी नहीं की, बल्कि हमारे घर के बाहर उनके वर्तमान के प्रति भी कुछ हद तक उदासीन थे।

उन्हें पहली बार यह अब लगा कि उनका सूर्यफूल आधा–अधूरा है? मेरे पास इसका कोई उत्तर नहीं है। जब एम ने पहली बार ख़ुद को राहत देने के लिए अपनी नसें काटी होंगी या एक चलती हुई बस के सामने कूद पड़ी होगी तो हूम साहब उस मुश्किल से अकेले कैसे निबटे होंगे? मैं यह भी नहीं जानता कि जब एम ने बिस्तर पर करवट बदलते हुए उनसे यह बेतुका सवाल पूछा होगा कि क्या उसके मेडेनफॉर्म कच्छे को देखने के बाद मरीन्स के स्टाफ उसे बचा लेंगे, तब उन्होंने क्या जवाब दिया होगा? मैं नहीं जानता।

सच यह नहीं था कि एम के कारण हूम साहब के बारे में हमारी सभी जिज्ञासाएँ समाप्त हो गयी थीं, बल्कि सच यही था कि हूम साहब ही हमारे लिए सब कुछ कर सकते थे, और वे इस बात को बख़ूबी जानते भी थे।

इन तमाम मुश्किलों से वे कैसे निबट पाये होंगे? मैं फ़िलहाल इसका अनुमान ही लगा सकता हूँ। एक दिन मैंने उनसे शिकायत की कि आस–पड़ोस के लड़के एम को लेकर मेरा मज़ाक़ उड़ाते हैं।

उन्होंने सहजता से कहा, 'इसलिए, क्योंकि वे बात को ठीक से नहीं समझते हैं।'

‘उनको समझना चाहिए,’ मैंने कहा। मैं रोना नहीं चाहता था लेकिन मैं ख़ुद को क़ाबू नहीं कर पाया।

‘अगर तुम्हारी माँ को डायबिटीज होता तो वे क्या कहते?’

‘मुझे नहीं मालूम।’

‘यह भी डायबिटीज की तरह ही एक बीमारी है। उसकी सेहत ठीक नहीं रहती है। बस इतनी–सी बात है।’

क्या उन्होंने भी ख़ुद को यही कहक़र समझाया होगा? कि उसकी सेहत ठीक नहीं है? कि वह ठीक हो सकती है? मेरे पास इन सवालों का भी जवाब नहीं है।

6. 'मैं, मैं नहीं रही'

मैं, सुज़न और एम किताबें ख़रीदने की बातें कर रहे थे। सुज़न और मुझे उन अनगिनत शामों का ख़याल आया जब इमेल्डा और अगस्टीन बुकशॉप के चक्कर काटते हुए गुज़ारे थे। हमें यह लगता था वे दोनों वहाँ अपनी पसन्द की किताबें ख़रीदने जाते हैं।

'नहीं,' एम ने कहा। 'मैं किताबें नहीं ख़रीदना चाहती थी।'

'आप अपने आप से ऐसा कह सकते थे क्योंकि किताबें ख़रीदने के लिए आपके पास पैसे नहीं हुआ करते थे।' सुज़न ने कहा।

'अच्छा? तुम्हें ज़्यादा अच्छी तरह से मालूम है। मैं किताबें ख़रीदना नहीं चाहती थी, और अब भी नहीं चाहती हूँ। मुझे नहीं पता कि मैंने कभी ख़रीदना चाहा भी कि नही... मुझे किताबें अच्छी लगती हैं। मुझे पढ़ना बहुत पसन्द है। लेकिन दवाओं ने मुझसे मेरा यह सुख छीन लिया। अब मेरे लिए यह मुश्किल काम है।'

'मन को स्थिर रख पाना?'

'हाँ। लेकिन वह भी हर वक़्त नहीं'। एम ने कहा, 'किताबें पढ़ने के आपको उनके किरदारों के बारे में कुछ फील करने की ज़रूरत होती है, उनके सुखों और दुखों में भाग लेने की ज़रूरत होती है। और मैं यह काम नहीं कर सकती क्योंकि यह करने के लिए थोड़ा पगलाने की भी ज़रूरत पड़ती है।

'पगलाना मतलब?'

उसने एक नज़र मुझे देखा, फिर सुज़न को देखा लेकिन उसकी नज़रों में उसका स्वाभाविक अक्खड़पन नहीं था। बल्कि उन आँखों में एक दुविधा थी।

'काश मुझे पता होता। कई बार मुझे लगता है कि मैं ख़ुद एक ऐसी किताब हूँ जो अच्छी जिल्दसाज़ी नहीं होने के कारण बुरी तरह से बेतरतीब हो गयी है। तुम समझ सकते हो। जब उस किताब को पढ़ने वाला औंधा पलटकर रख दे तो उस पर क्या गुज़रती है यह किताब ही बता सकेगी। मुझे लगता है, मुझे उबकाई आ जायेगी और मैं अपना आपा खो देती हूँ।'

उसने अपना सिर हिलाया था।

'मैं जानती हूँ। पागल लोगों का ख़ुद पर कोई क़ाबू होता है? मैं ख़ुद को नहीं जानती। मुझे बस इतना पता है कि कोई चीज़ तो क़ाबू में रखती है। कुछ ऐसी चीज़ें जो आप नहीं करना चाहते हैं। सभी चीज़ें आपस में इतनी गड्डमड्ड हो जाती हैं, शायद इसी को पागलपन कहते हैं। कोई बात कहने से बचना चाह कर भी हम उसे इसलिए कह बैठते हैं ताकि उसकी जगह कोई दूसरी बात नहीं कह बैठें। इसलिए एक शब्द को आज़ाद करने के वक़्त हम किसी दूसरे शब्द को क़ैदी बना लेते हैं।'

उसने हमें दोबारा देखा।

'चिन्ता मत करो, तुम नहीं समझ सकोगे, मैं ख़ुश हूँ। यह भी मुमकिन है कि कुछ याद करते हुए मेरे ज़ेहन से एक पूरी पीढ़ी ही विस्मृत हो जाये।'

मेरे बदन में यह सुनकर एक झुरझुरी दौड़ गयी लेकिन मैं इस बात को अपने ज़ेहन से झटक देना चाहता था।

'लेकिन किताब की दुकानें मुझे सचमुच अच्छी लगती हैं,' उसने कहा।

मेरी कल्पना में मोइरा से निकलता हुआ वह लड़का अचानक उपस्थित हो गया जिसके सगे माँ–बाप तक़रीबन अनपढ़ थे। उसका बाप सुदूर दक्कन के किसी राजमहल में ख़ानसामा था जिसे उर्दू पढ़नी आती थी। उसकी माँ बमुश्किल उस चिट्ठी के नीचे अपना दस्तख़त कर पाती थी जिसे वह अपने बेटे से लिखवाती थी। उसके पास किताबों के नाम पर कुल जमा वे पुरानी किताबें थीं

जिन्हें वह आधी क़ीमत पर ख़रीदता था और जो उस इंग्लिश मीडियम स्कूल में पढ़ाई जाती थीं जहाँ उसका दाख़िला कराया गया था।

शायद यही वजह थी कि उसे किताबों से बेपनाह प्यार था।

'किताबों की एक सेल लगी है,' दफ़्तर में इमेल्डा की डेस्क से गुज़रता हुआ अगस्टीन कहता जाता।

एम ने एक बार मुझे कहा था, 'वह हमेशा एक तरह की जल्दबाज़ी में दिखता था। ऐसा नहीं था कि वह दौड़ता–भागता ही रहता था लेकिन एक बेसब्री उसकी शख़्सियत से हर वक़्त झलकती रहती थी। फिर भी वह इसलिए जब वह अपनी बात कहने के लिए पल भर के लिए रुकता था तो उसका नतीजा बहुत असरदार होता था।'

मैं कल्पनाओं में गोते लगाने लगा कि उन दिनों ह्यूम साहब कैसे दिखते होंगे। लेकिन मेरे ज़ेहन में उनका कोई सही–सही खाका नहीं बन पाया। क्या एम या हमने उनके भीतर के स्वाभाविक उत्साह को कम कर दिया था?

ऐसे भी जब एम और ह्यूम साहब जवान रहे थे तो शहर में किताबों के गिने–चुने स्टोर रहे होंगे। शायद किताबों के ख़रीदार भी कम थे। जिनको सचमुच किताबों से प्यार था और वे दूर–दूर से किताबों की तलाश में आते थे।

'मैं उन दुकानों में किताबें ख़रीदने नहीं जाती थी। यह एक बुर्जुआ विचार है। मैं वहाँ इसलिए जाती थी कि मुझे वह जगह बहुत व्यवस्थित और शालीन लगती थी। उनके लिए मेरे मन में गहरी इज़्ज़त थी जिन्होंने किताबें लिखने में अपनी ज़िन्दगियाँ गुज़ार दी थीं। वहाँ दिखने वाले दूसरे लोग भी दरअसल शब्दों के पुजारी ही थे जिनकी वजह से किताबों का वजूद बचा हुआ था। वह वाक़ई शानदार जगह होती थी और मुझे बहुत अच्छी लगती थी। ऐसा लगता था जैसे मैं किसी नयी सभ्यता के बीचोबीच खड़ी हूँ।'

सुज़न की आँखें अचरज से फैली हुई थीं। उसने मेरी तरफ़ चमकती हुई नज़रों से देखा था।

लेकिन एम अपने ही ख़यालों में खोई हुई थी। उसने अपनी ड्रेस पर गिरा इडली का टुकड़ा उठाया। मेरे लिए यह अन्दाज़ लगा पाना मुश्किल था कि यह सिर्फ़ उसकी लापरवाही थी या फिर उसके अवसाद के दौरे का शुरुआती संकेत।

'बुकशॉप्स में नयी किताबों की गन्ध मुझे बहुत अच्छी लगती थी। मैं कोई किताब उठा लेती और उसके पन्नों को पलटती रहती। मेरे नथुनों में उनकी ताज़ा गन्ध भर जाती थी। उसके बाद मैं अपने अँगूठे की जीभ से छूती। हालाँकि उसमें कोई स्वाद नहीं होता था लेकिन मुझे ऐसा लगता था जैसे मुझे उन पन्नों के बीच चॉकलेट का कोई रैपर मिल गया हो और फिर मैं चॉकलेट के स्वाद की कल्पना करने लगती थी'।

'क्या तुम किताबों के बीच चॉकलेट के रैपर्स रखा करती थीं?'

'हाँ, [illegible] में। लेकिन किसी साधारण चॉकलेट का नहीं बल्कि किसी ख़ास चॉकलेट का। किसी विदेशी चॉकलेट या कोई ऐसी

122 चॉकलेट जिसे हमारे किसी ख़ास दोस्त ने गिफ्ट में दिया हो।'

'बुकमार्क की तरह?'

'नहीं, बुकमार्क नही...एक यादगारी की तरह। गोया हमें दोबारा कोई चॉकलेट नहीं मिले लेकिन यह याद रहे कि हमने कभी चॉकलेट खायी थी।'

मुझे उसकी बातें अजीब लगीं।

उसने मेरे मन की बात पढ़ ली। ('पागलों के पास एक टेलीपैथी या मन की बात जान लेने की ताक़त और वे तमाम ताक़तें होती हैं जिनके बारे में सुनकर तुम सिहर उठोगे। मुझसे भी डरकर रहा करो,' उसने एक दफा मज़ाक़ में कहा था।)

'हाँ, मैं शुरू से ही थोड़ी खिसकी हुई थी—पक्का रही होऊँगी। है न? दरअसल हम दोनों ही थोड़ा खिसके हुए थे। हम बुकशॉप्स किताबें ख़रीदने नहीं जाते थे। हम इसलिए जाते थे कि उनकी छतें बहुत ऊँची होती थीं जिनमें सुस्त रफ़्तार में घूमते हुए पंखे टँगे होते थे। हम वहाँ सुकूनदेह रौशनी और शेल्फ पर रखी सुन्दर

चीज़ों की वजह से जाते थे। उस ज़माने में हमारे पास इतने सामान नहीं हुआ करते थे।'

उसने एक कटोरे में रखी शीशे की टॉफ़ियों की तरफ़ इशारा करते हुए कहा जिसे हमारे एक रिश्तेदार ने प्राग से ख़रीद कर हमें उपहार में दिया था। 'मुझे शीशे की इन टॉफ़ियों का तुक समझ में नहीं आता। असली टॉफ़ियाँ हमें ज़्यादा ख़ुशी दे सकती हैं फिर इन काँच की टॉफ़ियों का क्या मतलब है?'

'मुझे लगता है यह ख़ूबसूरत दिखती हैं, इसलिए बनायी गयी हैं,' मैंने कहा। 'इनसे लोगों का मनोरंजन भी होता है।'

'हे प्रभु, उस वक़्त ऐसे बेकार के मनोरंजन की चीज़ों की कोई दुकान शायद नहीं थी।'

उसने उनमें से एक टॉफ़ी उठाकर उँगलियों से उससे खेलने लगी।

'जब तुम दोनों में से यहाँ कोई नहीं होता तो मैं मन बहलाने के लिए इन्हीं टॉफ़ियों को देखती रहती हूँ।'

हम हँसने लगे। एम ने टॉफ़ी को उसकी जगह वापस रख दिया।

ये कुछ ऐसे दिन—बल्कि ऐसे पल होते थे जब हमारे लिए पागल, मैनिक, डिप्रेसिव, बाइपोलर वग़ैरह जैसे शब्द अर्थहीन थे।

'काँच के किसी टुकड़े के बारे में एक अच्छी बात यह है कि इसकी क़िस्मत इसे टॉफ़ी बना देती है वर्ना यह बिजली का बल्ब या थर्मामीटर भी बन सकता था,' उसने कहा। 'लेकिन मुझे नहीं लगता कि लोगबाग इन दिनों विंडो शॉपिंग करते हैं।'

'बिल्कुल करते हैं। बल्कि ज़्यादातर यही करते हैं,' सुज़न ने उसे आश्वस्त किया।

'मुझे तो यक़ीन नहीं होता। जब लोग काँच की ही टॉफ़ी ख़रीदते हैं तो फिर विंडो शॉपिंग के लिए भला क्यों जायेंगे? कोई यह कैसे कहेगा, "मौक़ा मिलता तो मैं यह ख़रीदना चाहूँगी"

जबकि हमारे लिए वे सभी चीज़ें उपलब्ध हैं जिन्हें हम ख़रीदना चाहते हैं?'

'फिर भी मुझे लगता है कि हम सब आख़िरकार अपने बजट से बँधे होते हैं।'

'चलो, मान लिया कि मेरे साथ भी यह मज़बूरी है। लेकिन विंडो शॉपिंग किसी ज़माने में एक तरह का सैर–सपाटा हुआ करता था। हम कोई चीज़ ख़रीदने के इरादे से जाते भी नहीं थे। हम सोचते भी नहीं थे कि कोई ख़ास चीज़ हमारी हो भी सकती है। मसलन ताजमहल। हम उसे सिर्फ़ देखने जाते थे और लौटने के बाद उसकी याद को अपने ज़ेहन में लिए लौटते थे। उसकी सुन्दरता का एक छोटा–सा हिस्सा शायद हमारी पलकों में क़ैद हो जाया करता था।'

'और यह काफ़ी था?'

'हाँ, काफ़ी था। आख़िरकार हम उसी दुनिया में लौट आते हैं जिस दुनिया में हमें जीना होता है। मुझे याद है, अपना पहला वेक्यूम क्लीनर देखकर मेरी आँखों से आँसू छलक गये थे।'

'क्यों?'

'मैं यह सोचकर भावुक हो गयी थी कि किसी ने इतने काम की चीज़ कैसे बनायी। मुझे लगा कि यह दुनिया की तमाम औरतों पर एक तरह का अहसान है। लेकिन मैंने कभी नहीं सोचा था कि हम इसे कभी ख़रीद पायेंगे। मैंने तो बल्कि इस बारे में सोचने की भी ज़रूरत नहीं समझी।'

'तो तुम और हूम साहब दुकान में खड़े–खड़े किताबें पढ़ते रहते?' मैंने उसे दोबारा वहीं ले जाने की कोशिश की जहाँ से उसने बात शुरू की थी।

'नही... मुझे नहीं लगता कि इस काम की किसी को इजाज़त थी। न लालवानी की शॉप में, और न ठक्कर की शॉप में। ज़्यादा से ज़्यादा हम किताबों की बैक कवर पढ़ सकते थे और कुछेक पन्नों पर सरसरी नज़र डाल सकते थे। लेकिन मुझे याद है एक

बार मिस्टर लालवानी ने एक आदमी को हिक़ारत से कहा था, "क्या आप किताब की स्पाइन को तोड़ना चाहते हो?" बल्कि मुझे तो यह लगा कि मिस्टर लालवानी उस आदमी की स्पाइन को तोड़ रहे है।'

इमेल्डा और अगस्टिन कब से एक–दूसरे के साथ डेट पर जाने लगे, यह पक्के तौर पर नहीं कहा जा सकता। बस इतना भर ही कहा जा सकता था कि दोनों डेटिंग कर रहे थे। मानो उन दोनों के बीच कोई अनकहा समझौता था जिससे दोनों ही अनजान होते हुए भी एक–दूसरे से मिलजुल रहे थे।

'मिलजुल रहे थे? क्या आज कल तुम सब भी इसी जुमले का इस्तेमाल करते हो? मेरी समझ से परे है यह सब।'

'तुम इसे क्या कहती थीं?'

'डेटिंग, मेरे ख़याल से।'

'क्या यह ठीक है, या फिर क्या कहना ठीक होगा?'

'नहीं, यह लफ़्ज़ सुनने में ज़रा बेतुका लगता है। कुछ साफ़–साफ़ मतलब वाला नही...पर मुझे लगता है कि अगर हूम साहब ने मुझे डेट पर चलने के लिए कहा होता तो शायद मैं मना कर देती।'

'क्यों?'

'मुझे नहीं पता। मैं थोड़ा संकोची स्वभाव की थी, मुझे लगता है। बल्कि हम सभी थे। हम सोचते थे कि अगर हम कुँआरी नहीं रहेंगी तो कोई हमसे शादी नहीं करेगा। हमने कई कहानियाँ सुन रखी थीं कि कैसे लड़कियाँ वहाँ नीबू का रस डाल देती थीं या ख़ून बहता दिख़लाने के लिए ख़ुद को काट लेती थीं। यह सब सुनकर ही मैं घबरा जाती थी और सोचने लगती थी, "इन सब मुसीबतों से बचने के लिए कोई भी ग़लती करने से बचे रहना बेहतर है ताकि बाद में किसी ढोंग की ज़रूरत ही नहीं पड़े।"'

'लेकिन एक डेट पर जाने का मतलब यह थोड़े ही होता है।'

'सही कह रही हो। मुझे भी अब यही लगता है,' उसने कहा। 'लेकिन तब क्या? मैंने अमेरिकी मैगज़ीन्स में पढ़ा था कि वहाँ की

लड़कियाँ अमूमन पहली डेट पर चुम्बन नहीं देती हैं ऐसा करने से लड़का उसे कहीं फूहड़ समझ बैठेगा और उसकी इज़्ज़त करना बन्द कर देगा। दूसरी डेट पर अगर तुम उसे किस नहीं करने देतीं तो मतलब है कि तुम नखरीली हो और उसे चिढ़ा रही हो। मैंने सोचा : "तब क्या होगा जब तुम किसी मर्द से बात करना तो पसन्द करती हो लेकिन उसे किस नहीं करने देना चाहती?"'

'लेकिन तुम्हें कब पता चला?' सुज़न ने जानने की कोशिश की। 'तुमने कब जाना कि हूम साहब ही सही आदमी है?'

'मुझे पता नही... ऐसा कोई पल सचमुच होता भी है क्या?'

अपनी उँगलियाँ चटकाते हुए एम ने कहा। 'हो सकता है, होता हो। मुझे याद करने दो। लेकिन क्या मुझे एक कप चाय पिला सकती हो ताकि मैं अपने दिमाग़ को खँगाल सकूँ?'

सुज़न जब तक चाय लेकर लौटी तब तक बातचीत का मुद्दा बदल चुका था।

कई सालों के बाद मुझे यह जानने में कामयाबी मिली कि इमेल्डा ने कैसे जाना कि अगस्टीन ही वह आदमी था। इसका पता मुझे एक पुरानी चिट्ठी से चला जिसे उसने अपनी एक सहेली को लिखा था और पोस्ट करना भूल गयी थी। लेकिन उसे सहेजकर रखना वह नहीं भूली थी।

...वह तेज़ी से दफ़्तर में दाख़िल हुआ और उसके हाथ में सबके लिए चॉकलेट थीं जिन्हें वह किसी अमीर आदमी की पार्टी से लेकर आया था। मैं यह ख़त बहुत जल्दबाज़ी और एक झोंक में लिख रही हूँ क्योंकि माँ मेरे इर्दगिर्द ही मँडरा रही है। वह शायद फर्नीचर की जगहों में फेरबदल करना चाहती है जबकि मैं अपनी जग़ह को नहीं बदलना चाहती हूँ।

माँ अब मुझे नहाने की याद दिला रही है। दरअसल वह चाहती है कि मैं अपनी जगह से किसी तरह भी हट जाऊँ...

आख़िरकार वह जीत गयी। वह हमेशा जीत जाती है। उसने मुझसे कहा कि मेरे बदन से बदबू आ रही थी। इसलिए मैं आनन–फानन में नहाने चली गयी और जब वापिस लौटी तो सब कुछ ग़ायब हो चुका था। आख़िर में मैं मन–ही–मन हार मानते हुए बाहर निकल गयी। मिसेज़ घोबानी के कैफे में बैठी और तुम्हें यह ख़त लिख रही हूँ और मिसेज़ घोबानी मुझे अपनी कंजी आँखों से घूर रही हैं। वे मुझे अच्छी तरह से जानती हैं और मेरी चाय और मावा केक ख़त्म हो जाने के बाद भी वे मुझे कुर्सी ख़ाली करने के लिए नहीं कहेंगी। दरअसल उनका कैफ़े इतना छोटा है कि अपने गुज़ारे के लिए उन्हें ज़्यादा से ज़्यादा ग्राहक़ों से पैसे कमाने की ज़रूरत है।

हाँ, तो मैं कह रही थी...।

सभी लड़कियों के गले में मिंट का स्वाद घुलने लगा (क्या मैंने इस बात का ज़िक्र किया था कि चॉकलेट में मिंट था? नहीं किया था न?) लेकिन ऑडरे को चॉकलेट नहीं मिल सकी थी क्योंकि उस वक़्त वह शायद सैनिटरी नैपकिन ख़रीदने के लिए बाहर गयी हुई थी। मुझे लगता है, शायद वही रहा होगा। तो, वह अपने लिए कुछ पैड्स लेने बाहर निकली हुई थी जिसकी वजह से उसे उसके हिस्से का चॉकलेट नहीं मिल पाया था। हालाँकि गर्टी ने अपनी तरफ़ से कोई कसर नहीं उठा रखी थी लेकिन जब से ऑडरे ने अपनी शादी तय होने की बात सबसे बतायी थी तब से गर्टी इस बात को हजम नहीं कर पा रही थी। जब ऑडरे ने हमसे पूछा कि दुल्हन की सहेलियों के रूप में हम जो गाउन पहनेंगी वह बैंगनी रंग की होगी या फिर गुलाबी रंग की तब से ही गर्टी जलभुनी बैठी है। इसिलए गर्टी ने उसे छेड़ते हुए पूछा : 'तुम्हें एक भी नहीं मिली, बेचारी?' उसके बाद अगस्टीन मेरी डेस्क पर आया और मुझसे कहा, 'हमें एक प्रॉब्लम है।' मैंने फ़ौरन उसे अपनी चॉकलेट दे दी क्योंकि मुझे परेशानी की वजह पता थी। और यह बात भी मैंने अगस्टीन को नहीं

बतायी कि मुझे मिंट वाली वे चॉकलेटें इसलिए भी नापसन्द थीं क्योंकि उनका स्वाद टूथपेस्ट की तरह था। बहरहाल वह हल्के से मुस्कुराया और ऑडरे को इसका बुरा नहीं लगे, यह सोचकर तेज़ी से उसकी तरफ़ बढ़ गया।

उस शाम वह किसी क्लाइंट से मिलने निकल गया और घर लौटते हुए मैंने मैं सोचने लगी कि सिर्फ़ एक चॉकलेट मिंट के लिए मैंने अपनी वफ़ादारी को दाव पर लगा दिया था। मैं, सिर्फ़ मैं नहीं हूँ। मैं अब एक 'हम' का एक हिस्सा हूँ। हम्म...हम्म...हम्म..., मैं रोना चाहती थी और दौड़ते हुए जल्दी अपने घर पहुँचना चाहती थी ताकि मैं अपनी माँ की गोद में अपना मुँह छिपा सकूँ।

ऐसा नही...

यह अंश यहीं ख़त्म हो चुका था।

उन दोनों के प्रेम की ज़्यादातर कहानियाँ मैंने एम की बकबक के ज़रिये, उसकी कुछ चिट्ठियों से और डायरी के पन्नों से गुज़रते हुए जानी थीं। उसने हमें ख़ुद यह सब दिखाया था। हूम साहब ने अपनी तरफ़ से शायद ही कुछ बताया हो। ऐसा नहीं था कि वे कोई चुप रहने वाले इन्सान थे क्योंकि मोइरा के लोग बतलाते हैं कि सेल्समैन होने के नाते उनको अपने लाभ के लिए मीठा बोलने का हुनर पता था। लेकिन अपने शब्दों को वह अपने प्रेम के लिए जाया नहीं करना चाहते थे। उन्होंने एम को जो ख़त लिखे थे वे खालिस मर्दाना ख़त थे। यह चिट्ठी उसने शादी से पहले लिखी थी जब वह कम्पनी की ख़रीदारी के लिए फ्रांस गया था।

प्रिये,

पेरिस में हूँ और यहाँ की कड़ाके की ठण्ड को मेरा भारतीय शरीर मुश्किल से बर्दाश्त कर पा रहा है। इसके बावजूद एअरपोर्ट पर अपने प्रेमी के इन्तज़ार में वह लड़की मिनी स्कर्ट पहनकर खड़ी थी। मैंने कोशिश की कि उसे न देखूँ लेकिन मेरा दिलोदिमाग़ उसे नज़रअन्दाज़ नहीं कर पाया।

मुझे यहाँ कई सप्लायर्स से मिलना है। असल मुश्किल यह है कि हम यूरोपियनों के साथ सौदा करना चाहते हैं लेकिन भारत सरकार चाहती है कि हग पूर्वी यूरोपियनों के साथ व्यापार करें। यह ब्लॉक पॉलिटिक्स की नीति है। अब मुझे हमारे फ्रांसिसी क्लाइंट्स को यह सलाह देनी होगी कि उन्हें अलग से एक छोटी कम्पनी बनानी होगी जिसका हेड ऑफ़िस प्राग में होना चाहिए। उसके बाद हम प्राग से सौदा कर सकते हैं और बदले में मुख्य कम्पनी फ्रैंक में हमारे चालान बना देंगी। तब तुम कहोगी कि वह करेंसी तो बेकार साबित हो जायेगी। है न? लेकिन कम्युनिस्ट ब्लॉक इन मामलों में ख़ासा दूरदर्शी है, वे डॉलर में भुगतान किया जाना पसन्द करते हैं इसलिए मुझे लगता है कि फ्रैंक से पैसे अदा किये जाने पर सरकार को भी कोई आपत्ति नहीं होगी।

यह भी सम्भव है पेंचीदा मामला होने के कारण वे मेरी पेशकश को ठुकरा दें। लेकिन हम उनसे अगले तीन सालों में 600 मशीनें ख़रीदने का वादा करेंगे। इससे उनकी बिक्री में तीन फ़ीसदी की बढ़ोत्तरी हो सकेगी। इसी वजह से मैं फ्रांको कम्पनी की बजाय कोर्बेऔक्स कम्पनी के साथ सौदा करना चाहता हूँ। फ्रांको को 600 मशीनों की ख़रीद–फरोख़्त से कोई फ़र्क़ नहीं पड़ने वाला और वे यह कहक़र कन्नी काट लेंगे कि व्यापार को व्यापार की तरह किया जाना चाहिए।

यह कहने की कोई ज़रूरत नहीं कि मैं तुम्हें बहुत याद करता हूँ। मेरे ख़याल से पेरिस तुम्हें बहुत अच्छी जगह लगती। यह शहर तुम्हारी तरह कुदरती तौर पर ख़ूबसूरत है।

तुम्हें ढेर सा प्यार,

अगस्टीन।

उस चिट्ठी में हमारे लिए कुछ ख़ास नहीं था। और मैंने या सुज़न ने शायद ही कभी उनसे उनदोनों की मुलाक़ातों और रोमांस के किस्से पूछे थे। उस वक़्त हम जिज्ञासु किशोर उम्र के बच्चे थे,

जब कि हूम साहब की छवि हमारे ज़ेहन में एक ऐसे पत्थर की तरह मज़बूत इन्सान की बन चुकी थी, जिसे देखकर यही लगता था कि उनकी कोई निजी ज़िन्दगी और अतीत नहीं रहा होगा।

दोनों तकरीबन बारह सालों तक एक–दूसरे से मिलते रहे। परिवार के लोग तो बताते हैं कि अगले बारह सालों या बल्कि उसके बाद भी वे आपस में मिलते ही रहते। इमेल्डा ऐंपरसेंड स्मिथ लिमिटेड की नौकरी छोड़कर अमेरिकन कांसुलेट में काम करने लगी थी जहाँ उसे ज़्यादा सैलरी मिलती थी। हर शाम, अगस्टीन उसके दफ़्तर के बाहर खड़ा मिलता और वे टहलते हुए अपनी पसन्दीदा बुकशॉप में पहुँच जाते। कभी–कभार वे साथ–साथ फ़िल्में देखने भी जाते थे। दोनों अपनी ज़िन्दगियों से ख़ुश थे। लेकिन एम की एक गॉडमदर नुमा आंटी भी थी जिसने उसके पूरे कुनबे की नैतिकता का जिम्मा ख़ुद के ऊपर ले रखा था। जब एम अपनी ज़िन्दगी का तीसवाँ साल पूरा करने वाली थी, उसी वक़्त

उसकी टिया मद्रिनाह लूईजा ने उसके और अगस्टीन के बुकशॉप में मिलने का मामला अपने हाथों में ले लिया।

एक दोपहर को रेशम की अच्छी ड्रेस में दो बुज़ुर्ग औरतें ऐंपरसेंड स्मिथ लिमिटेड में आयीं और उन्होंने ए। जी। मेंडेस से कुछ बात करने की इच्छा ज़ाहिर की। थोड़ी देर बाद ही दोनों उसके केबिन में दाख़िल हो गयीं।

'इस तरह किसी निर्धारित समय के बिना आपसे मिलने के लिए माफ़ी चाहूँगी,' उनमें से एक अच्छी पुर्तगाली बोल रही थी। 'लेकिन परिवार के बच्चों की चिन्ता ने हमें यहाँ आने को मज़बूर कर दिया।'

एक पल के लिए अगस्टीन ने उन्हें चौंकते हुए देखा।

'मैं आपकी चिन्ता समझ सकता हूँ,' उसने पुर्तगाली में ही जवाब दिया क्योंकि उसने स्कूल तक पुर्तगाली पढ़ी थी। 'लेकिन बेहतर होगा कि आप पहले अपने बारे में मुझे बतायें क्योंकि मैं आप दोनों को नहीं जानता।'

'हम समझ नहीं पा रहे हैं कि अपने बारे में क्या बतायें,' दोनों में जो ज़्यादा उम्रदराज़ थी उस औरत ने कहा। 'बेहतर होगा कि आप मिस्टर अन्द्रादे जो इसी दफ़्तर में काम करते हैं, उनको बुलाकर हमारे बारे में पूछ लें।'

सामान्य स्थिति होती तो अगस्टीन अपनी पीठ को कुर्सी पर टिकाते हुए एंडी को ज़ोर से आवाज़ लगाता। लेकिन सुनहरे बकल वाला अपना भारी–भरकम लेदर बैग उठाये उन औरतों को अपने सामने देखकर उसे यह मुनासिब नहीं लगा। उसने एक चपरासी को बुलाकर कहा कि अगर मिस्टर अन्द्रादे व्यस्त नहीं हैं तो उसकी केबिन में आकर उससे मिलें।

केबिन में घुसते ही अन्द्रादे ने माजरे को भाँप लिया। उसने एक औपचारिक भाव से उन दोनों को अगस्टीन से मिलवाया गोया वे किसी और वजह से इधर आयी थीं और उनसे टकरा गयीं। उसने अगस्टीन को संकेतों से कहा कि उसे उन औरतों से मिलते हुए खड़ा हो जाना चाहिए, और उतनी ही होशियारी से उन औरतों को भी इशारा कर दिया कि उनके लिए खड़ा होना ज़रूरी नहीं है।

'डोना बर्था..., डोना लूईजा, यह मेरा बहुत अच्छा दोस्त अगस्टीन मेंडेस है। लेडिज़, इस नौजवान आदमी का हमारे सेल्स डिपार्टमेंट में बहुत अच्छा भविष्य है। और अगोस्तिन्हो, ये मेरी माँ की क़रीबी सहेलियाँ हैं। वह इन्हें सालों से जानती है। शायद तुम उनमें से एक की बेटी से परिचित हो जो हमारे साथ सालों तक यहाँ काम कर चुकी है। दूसरी उस लड़की की बुआ हैं।'

अब तक अगस्टीन को पूरा मामला समझ में आने लगा था। अन्द्रादे ने उनसे इजाज़त ली और केबिन से बाहर निकल गया। और, वह नौजवान इंजीनियर उन औरतों के सवालों की बौछार झेलने के लिए अपनी केबिन में अकेला रह गया। उसने उन्हें निराश नहीं करने की पूरी कोशिश की। उसने दोनों को चाय के साथ बिस्किट पेश की। वे उससे बहुत प्रभावित हुईं क्योंकि

बिस्किट ब्रिटेन की थी। केबिन के भीतर तीनों की बहुत देर तक बातचीत होती रही। शायद एंडी ने स्टाफ को यह बताया था कि भीतर ए जी मेंडेस की कोई बहुत ज़रूरी मीटिंग चल रही है, और शायद स्टाफ ने मेंडेस की मदद करना अपनी ड्यूटी समझी थी।

'हूम साहब ने बाद में मुझे कहा कि दोनों औरतों का बर्ताव बहुत विनम्र और शिष्ट था,' एम ने कहा।

'हमारी हैसियत अब वैसी नहीं रही जैसी पहले हुआ करती थी,' बड़ी औरत ने कहा था। 'बर्था को बर्मा में हेर्र हिटलर की वजह से अपना घर छोड़ना पड़ा। उसके साथ बहुत कुछ नहीं आ सकता था।'

'हमारी केमिस्ट शॉप,' बर्था ने अपनी तरफ़ से जोड़ा, 'एंड दिस्स्स्स–थिंग्स।'

'टीक का बगान था,' लूईजा ने कहा। 'उसका मतलब टीक की खेती से है।'

'हाँ, मेरा मतलब भी यही था,' बर्था ने कहा। लूईजा ने उसे अनसुना कर दिया।

'मैं समझ सकता हूँ,' अगस्टीन ने कहा, जबकि वह नहीं समझ रहा था। वह अभी तक अपनी होने वाली सास की बातचीत करने के ढंग को नहीं समझ पाया था।'

'जिसके पास ज़्यादा होता है क्या है वो...?' बर्था ने कहा।

'जिसके पास ज़्यादा होता है, वह और ज़्यादा चाहता है,' लूईजा ने कहा।

अगस्टीन को यह बात जल्दी ही समझ में आ गयी कि उसे एक साथ दो लोगों के साथ सुलटना था। हालाँकि दोनों औरतें के कहे का मतलब बहुत मिलता–जुलता था लेकिन कई बार बर्था और लुईजा एक–दूसरे की बातों को पूरा करती थीं।

लूईजा : 'तुम कहाँ के हो?'

अगस्टीन : 'मोइरा का'।

लूईजा : 'वह एक अच्छा गाँव है'।

बर्था : 'गाँव वो ही तो है ना, क्या कहते!'

अगस्टीन : 'माफ़ कीजिए?'

लूईजा : 'क्रिश्चियन।'

अगस्टीन : 'हाँ, शायद।'

लूईजा : 'क्या तुम अस्तोरा के एफ। एक्स। मेंडेस को जानते हो?'

अगस्टीन : 'नहीं, मुझे नहीं याद।'

बर्था : 'वे हमारे क्या हैं वो थे।'

लूईजा : 'पिता।'

अगस्टीन : 'एडिटर एफ। एक्स। मेंडेस?'

बर्था : 'हाँ।'

अगस्टीन : 'मैंने उनके बारे में सुन रखा है।'

अगस्टीन कोई मसखरी नहीं कर रहा था। वह सचमुच एफ। एक्स। मेंडेस के बारे में जानता था जिसने अपने अख़बार के ज़रिये बहुत असरदार तरीक़े से एक धनी ब्राह्मण के टॉयलेट के ख़िलाफ़ एक मुहिम चला रखी थी। सच यह था कि ब्राह्मण के घर के सामने एक परती ज़मीन थी जिस पर लम्बे समय से किसी ने दावा नहीं किया था। उस पर उस ब्राह्मण की नज़र थी। एक दिन उसे पता चला कि उस ज़मीन को एक नीची जाति के आदमी ने ख़रीद लिया था। उसे इस बात की भी जानकारी हुई कि अपने भाइयों की माली मदद से वह आदमी उस ज़मीन पर एक घर बनाने की सोच रहा था। उसके भाई पूर्वी अफ्रीका में बसे हुए थे और अच्छा–ख़ासा पैसा कमा रहे थे। समाज के लिए यह एक साथ ईर्ष्या और प्रशंसा दोनों की बात थी। वह ब्राह्मण उस इलाक़े का सबसे रसूखदार और अमीर आदमी था और उसके घर के ऐन सामने किसी नीच कुल के आदमी के घर बनाने की योजना से उसके अहंकार को चोट पहुँच रही थी। उन दिनों किसी के घर में आउटहाउस और कमाऊ शौचालय होना भी एक बड़ी बात हुआ करती थी।

एफ। एक्स। मेंडेस ने न सिर्फ़ अपने अख़बार के ज़रिये टॉयलेट के इस मुद्दे पर लम्बी लड़ाई लड़ी बल्कि इस लड़ाई में जीत भी हासिल की। उसने अपने अख़बार को ग़रीबों के हक़ के लिए लड़ने का हथियार बनाया और उनकी छोटी–छोटी परेशानियों को अपने अख़बार में जगहें दीं।

बर्था और लूईजा दोनों ही अगस्टीन के चेहरे को ग़ौर से देखने लगी थीं। एक मशहूर पिता का वारिस होना एक बड़ी ज़िम्मेदारी थी।

अगस्टीन : 'मेरे भाई कहा करते थे के वे बहुत बढ़िया पुर्तगाली लिखते थे।'

बर्था : 'वे पक्के दिस–थिंग थे लेकिन अब वे दिस–थिंग हैं'।

अगस्टीन : 'लेकिन उन्होंने अपने लिए नाम कमाया'।

लूईजा : 'क्या तुम्हें कोंकणी बोलनी आती है?'

अगस्टीन ने कोंकणी में ही जवाब दिया : 'हाँ, मैं कोंकणी जानता हूँ।'

अगस्टीन को पता था कि उससे आगे की बात थोड़ी पेचीदा होने वाली थी। उसके सामने जो औरतें बैठी थीं, उनकी नज़र में कोंकणी खेतिहरों और मज़दूरों की भाषा थी, जबकि अच्छी पुर्तगाली बोलने वाले लोग लिस्बन जाकर ख़ासी दौलत और इज़्ज़त से भरपूर ज़िन्दगी जी सकते थे। कुछ लोगों की नज़रों में पुर्तगाली विदेशी हमलावरों की भाषा थी और कोंकणी का सम्बन्ध गोवा की उपजाऊ लाल मिट्टी से था।

अगस्टीन ने उन औरतों को सवालिया नज़रों से देखा मानो उनके फ़ैसले का इन्तज़ार कर रहा हो। लूईजा ने उसे इस दुविधा से बाहर निकाला : 'यह अच्छी बात है। आज के बहुत से नौजवान अपनी मातृभाषा नहीं बोलते हैं।'

बर्था : 'तुम्हारे माँ–पिता?'

अगस्टीन : 'मेरे पिता अब इस दुनिया में नहीं रहे।'

लूईजा : 'ओह, बड़े दुख की बात है। प्रभु यीशु उन्हें शान्ति दे।'

अगस्टीन : 'अब काफ़ी अरसा गुज़र चुका है।'

लूईजा : 'अपने माँ–बाप की कमी सबको महसूस होती है।'

अगस्टीन : 'सचमुच।'

लूईजा : 'क्या तुम उनकी आत्मा की शान्ति के लिए नियमित प्रार्थनाएँ करते हो?'

अगस्टीन : 'नही...'

(अगस्टीन किसी ऐसे व्यक्तिगत ईश्वर में विश्वास नहीं करता था जिसके सामने वह प्रार्थना कर सके। किसी अन्य व्यक्ति के लिए प्रार्थना करना तो उसे और भी ग़ैरज़रूरी लगता था। एक ऐसे व्यक्ति के लिए प्रार्थना करना उसे बेतुका लगता था जिसे वह जानता तक नहीं था। यह नियमित मास प्रेयर एक कार्ड के ज़रिये हज़ारों की तादाद में दुनिया के अलग–अलग चर्चों में न सिर्फ़ पहुँचती थीं बल्कि उनके विवरणों में भी दर्ज होती थीं। और, पूरी दुनिया में पादरियों की कुल संख्या इतनी नहीं थी कि वे सौ में से एक व्यक्ति के लिए भी मास का आयोजन कर सकें। अगस्टीन की नज़र यह रोमन कैथोलिक चर्च का में सबसे बड़ा सामाजिक पाखण्ड था।)

लूईजा : 'कोई बात नही...तुम्हारी तरफ़ से हम इसका आयोजन करेंगे।'

बर्था : 'आपका क्या है, वो क्या है?'

अगस्टीन : 'माफ़ कीजिए, मैं कुछ समझा नहीं?'

बर्था ने अधीर होते हुए फिर से पूछा : 'आप संडे को कहाँ? क्या है वो?'

अगस्टीन ने बस अन्दाज़न अपने टोले का नाम ले लिया : 'आवर लेडी ऑफ़ विक्ट्रिज।'

बर्था ने सहमति में अपना सिर हिलाया। अगस्टीन ने राहत महसूस की। धीरे–धीरे वह बर्था की मुश्किलें समझने लगा था।

बर्था : 'तुम चर्च जाते हो?'

अगस्टीन : 'जब मुझे आध्यात्मिक सहारे की ज़रूरत महसूस होती है तब मैं जाता हूँ।'

लूईजा ने इन बातों को ज़्यादा तरजीह नहीं दी। वह एक समझदार औरत थी और जानती थी कि धर्म का पाठ एकमुश्त नहीं बल्कि छोटी–छोटी खुराकों में पढ़ाना बेहतर है। इससे ज़्यादा इस नौजवान के हाजमे के लिए मुनासिब नहीं था। उसके ख़ुद के परिवार में इस बात को लेकर बग़ावत हो चुकी थी। उनकी सगी कजिन लेटिसिया एक धार्मिक स्वभाव की औरत थी जो हरेक इतवार को चर्च जाती थी। लेकिन उसने फ्रांसिस के साथ रहने का फ़ैसला करते हुए पाप का रास्ता चुना था। फ्रांसिस उसके साथ चर्च में शादी करने का इच्छुक था लेकिन लेटिसिया ही इसके लिए राजी नहीं हुई। पूरी दुनिया जानती है कि फ्रांसिस ने उसे मनाने की बहुत कोशिश की थी। दुनिया को यह भी पता

था कि दोनों ने एक–दूसरे के साथ कितनी बार सेक्स किया था क्योंकि हर बार वह लेटिसिया को कन्फेशन के लिए लाइन में खड़ी देखती थी। पूरी दुनिया जानती थी कि दोनों की पहली औलाद भी नाजायज़ थी। दुनिया तमाम बातें जानती थी लेकिन यह नहीं समझ पायी कि एक नास्तिक–साम्यवादी–यूनियनवादी फ्रांसिस शादी करना चाहता था लेकिन लेटिसिया जैसी एक कैथोलिक और सम्भ्रान्त लड़की शादी क्यों नहीं करना चाहती थी। और फिर, उनके दो बेटों में एक नाजायज़ और दूसरा जायज़ क्यों थे। लूईजा की बुआ और लेटिसिया की माँ को आश्चर्य होता था कि उनकी छह सन्तानों में लेटिसिया जिसने अपने नर्म–नाज़ुक हाथों से बुढ़ापे में उसकी इतनी सेवा की थी, ऐसी कैसे निकल गयी। उसका एक बेटा पादरी और एक बेटी नन थे, और बाक़ी तीन बच्चे भी संस्कारी और धार्मिक प्रवृत्ति के थे। वह अक्सर कहती कि लेटिसिया से बेहतर तो फ्रांसिस जैसा नास्तिक–साम्यवादी

और यूनियनवादी उसकी कोख से जन्मा होता। इस राज़ को समझना बहुत मुश्किल था। यह ईश्वर का मामला था। यह ईश्वर का मामला इसलिए था कि यह प्यार का मामला था।

बर्था भी इस मामले से बख़ूबी वाक़िफ़ थी लेकिन लेटिसिया की कहानी को वह अपनी ज़िन्दगी का हिस्सा नहीं बनने देना चाहती थी। वह अपनी ज़िन्दगी में कुछ भी आज़माना नहीं चाहती थी, लिहाज़ा उसने ज़ोर दिया :

बर्था : 'कितनी बार?'

अगस्टीन : 'साल में एक बार।'

लूईजा समझ गयी कि अगर वह दख़लअन्दाजी नहीं करेगी तो इस लड़के को गँवा बैठेगी।

लूईजा : 'बहरहाल यह तुम्हारे और तुम्हारे कन्फेसर के बीच का मामला है।'

अगस्टीन : 'नहीं, यह मेरे और ईश्वर के बीच का मामला है।'

घर लौटते हुए लूईजा नाराज़ थी।

'अगर तुम अपनी बेटी की शादी नहीं करना चाहती हो तो तुम्हें मुझे बता देना चाहिए था,' उसने बर्था से पुर्तगाली जुबान में साफ़–साफ़ कहा।

'यह तुमने कैसे समझ लिया?' बर्था ने पूछा।

'क्योंकि तुम उसे धर्म के मुद्दे पर घेरने की कोशिश कर रही थीं। आजकल इतना कुछ कौन पूछता है!'

बर्था ने इस बात पर अपना एतराज़ जताया कि उसे यह जानने का पूरा हक़ है कि जिसके साथ वह अपनी बेटी की शादी कर रही है उसे ईश्वर में आस्था है या नही...

'लेकिन यह भी बताओ कि शादी के वक़्त तुम अपनी बेटी को क्या–क्या देने वाली हो?' लूईजा ने एक निष्ठुर व्यावहारिकता से भरा सवाल पूछा क्योंकि दोनों पक्षों में लेनदेन की कोई बात नहीं हुई थी। दोनों बहनों को उम्मीद थी कि प्रेमविवाह होने के

कारण शायद कोई माँग नहीं रखी जायेगी। भारतीय शादी–विवाह में लेनदेन को एक ज़रूरी रस्म माना जाता था। इसका सम्बन्ध पारिवारिक प्रतिष्ठा से जोड़कर देखा जाता था। यहाँ प्रेम को मज़बूरन एक ख़ामोश तमाशबीन की भूमिका निभानी पड़ती थी। ससुराल में किसी ऐसी लड़की की ख़ास क़द्र नहीं होती थी जो ख़ाली हाथ आयी हो, जो अपनी ज़िन्दगी के तीसवें साल के बहुत क़रीब पहुँच चुकी हो और जिसके बारे में लोगों को आमतौर पर यह पता हो कि पिछले कई सालों से वह एक जवान लड़के को पसन्द करती है।

'यहाँ तुम्हारे सामने एक लड़का है। वह अच्छी जगह से आया है, अच्छी नौकरी करता है और तुम्हारी बेटी से शादी करना चाहता है...'

'तब क्या...'

'हमें इस बड़प्पन के लिए उसकी तारीफ़ ज़रूर करनी चाहिए कि उसने अपनी तरफ़ से ऐसी कोई ख़्वाहिश ज़ाहिर नहीं की थी। वह अच्छा–ख़ासा कमाता है। अन्द्रादे तो कहता है कि उसका भविष्य और भी अच्छा है। और, तुम्हें यह चिन्ता खाये जा रही है कि वह कितनी बार चर्च जाता है? यही काफ़ी है कि अपनी शादी के मौक़े पर वह एक बार और चर्च चला जाये। मेरा यही कहना है। लेकिन मुझे कुछ नहीं कहना है, मैं आख़िर होती क़ौन हूँ? तुम्हें तो सब कुछ ज़्यादा बेहतर समझ में आता है।'

यह सब किसी आज़माये हुए फ़िल्मी नुस्ख़े की तरह था। अगर आप उम्र में बड़े हैं तो कभी भी इस नुस्ख़े को आज़मा कर बाज़ी अपनी तरफ़ पलट सकते हैं। आपकी बुद्धिमानी की उपेक्षा की जा रही है, आपकी राय की अनदेखी की जा रही है और आपको दूसरों की बात मज़बूरन माननी पड़ रही है। आप जानते हैं कि आपकी बातों का किसी और के लिए कोई महत्त्व नही... ऐसे मौक़ों पर यह चाल आपके विरोधियों को चारों खाने चित कर आपको दोबारा खेल में वापिस ला सकती है।

सामने वाला न केवल आपके सामने किसी गुनहगार की तरह माफ़ी माँगने लगेगा बल्कि आपकी सलाह के पीछे–पीछे चलने को भी तैयार हो जायेगा। आपसे किसी बात के लिए गोया खेद प्रकट किया जाये, वैसे ही इस मुद्दे को भविष्य में भी इस्तेमाल करते रहने के लिए फ़ौरन रफा–दफा कर दीजिए। सामने वाले को अलबत्ता उसकी तुच्छता का अहसास अवश्य कराइए। अगर वह तुच्छ नहीं है तो उसे माफ़ी माँगने की ज़रूरत कैसे महसूस हुई?

उन औरतों के चले जाने के बाद अगस्टीन फिर से अपने काम में व्यस्त हो गया। शायद उसने एक बार अपना हाथ टेलीफ़ोन की तरफ़ बढ़ाया लेकिन शायद चोंगा पकड़ने के पहले ही अपना हाथ वापस भी ले लिया। वह अपने काम को लेकर इतना ईमानदार था कि एम की आंटियों की बात दिमाग़ से झटककर अपना मन दफ़्तर में लगाने की कोशिश में लग गया। उसकी इस क़ाबिलियत के लिए दफ़्तर में लोग उसकी तारीफ़ भी किया करते थे।

'तुम्हें यक़ीन नहीं होगा,' एम ने कहा, 'उस शाम हम दोनों मिले और एक साथ कोक फ्लोट का ज़ायका लेने और सिनेमा देखने भी गये लेकिन उसने मुझसे एक शब्द भी नहीं कहा। हालाँकि मुझे उसकी आँखों में एक चुलबुलापन ज़रूर दिखा...'

अगस्टीन की आँखों में झलकती रहस्यपूर्ण शरारत उसे परेशान करती रही। इसका रहस्य उस पर उस शाम थोड़ी देर से खुला।

जब मैं घर पहुँची तो माँ रोती हुई मिली। टिया माद्रिना थोड़ा अचम्भे में थी और डैडी ज़ोर–ज़ोर से अख़बार पढ़ रहे थे। जब मैंने उनको चूमा तो उन्होंने कहा, 'मुबारक हो।' मेरी समझ में कुछ भी नहीं आया। तब टिया माद्रिना ने माजरे को साफ़ करने के इरादे से कहा, 'तुम उस लड़के को अपने पिता की इजाज़त लेने के लिए आने को कह सकती हो।' डैडी उन दो औरतों की मनमानी से कुढ़े हुए थे।

'उसे कहो कि चर्च में तुम्हारा हाथ थामने से पहले कम–से–कम मुझसे पूछ तो ले।'

मुझे एक पल के लिए यक़ीन नहीं हुआ। मेरी इच्छा हुई कि अपनी मुटल्ली माँ और उसकी बहन की पीठ पर दो–चार धौल जमा दूँ।

'आप मेरे साथ ऐसा कैसे कर सकते हैं,' मैंने कहा। (ठीक है, ठीक है। मैं चीख़ रही थी।)

'क्योंकि हम सब तुम्हें बहुत प्यार करते हैं,' टिया माद्रिना ने कहा। 'हम नहीं चाहते कि लोगबाग तिल का ताड़ बनायें।'

'कौन बनायेगा?'

मेरी इस बात का किसी के पास जवाब नहीं था। तभी टिया माद्रिना किसी महारानी की तरह अपनी कुर्सी से कुछ इस अन्दाज़ में उठ खड़ी हुई गोया वह कुर्सी न होकर कोई सिंहासन रहा हो और कहा कि वह अपने घर जा रही है। लेकिन उसका घर जाने का कोई इरादा नहीं था। वह अभी रुकना चाहती थी, बल्कि वह तो चाहती थी कि कोई उसे जाने से रोके।

लेकिन मैं अगर दख़ल देती तो मुझे फटकार लग सकती थी। मैं उन्हें रोक सकती थी लेकिन मैंने भी यह नहीं किया।

'मुझे बुलाने का शुक्रिया,' उसने कहा।

मैंने कहा, 'आने का शुक्रिया।'

उसने ग़लत समझ लिया।

'उससे मिलने के लिए एक दिन सचमुच मेरा शुक्रिया अदा करोगी,' उसने कहा। 'लेकिन मैं तुम्हारी बात का कोई जवाब नहीं दूँगी। मैं इसकी गवाही सिर्फ़ ईश्वर के सामने दूँगी। मेरे कर्मों का असली इन्साफ़ वही करेगा।'

उसके बाद माँ सिसकने लगी और मुझे यह देखकर गुस्सा आ गया। टिया माद्रिना पैरों को पटकती हुई वाक़ई वहाँ से जाने लगी और परेशान होकर डैडी ने अपना अख़बार समेट कर रख दिया, 'इमेल्डा, ईश्वर के लिए उस औरत को वापिस ले आओ, नहीं तो यह नाटक चलता रहेगा।'

आख़िरकार अपने किये पर पछताकर मुझे अपने गुस्से को क़ाबू में करना पड़ा और उसे वापिस मना कर लाना पड़ा।

डैडी मुझे खीज कर देख रहे थे और अगर मैं उनका कहा नहीं मानती तो–

इसके बाद का हिस्सा एम ने दूसरे दिन लिखा था :

गर्टी का कहना है कि अगर तुम अपने आप से यह कहो, 'हरेक दिन का हरेक पल हमें बेहतर से बेहतर बनने का मौक़ा देता है,' तब तुम्हारा दिन वाक़ई बेहतर तरीक़े से ख़त्म होता है। इसलिए सुबह–सुबह मैंने अपने आपसे कहा कि 'मेरी ठुड्डी अनारकली की तरह सुन्दर है। और मेरी अदाएँ मर्ल ओबेरोन की तरह हैं। मैं ख़ुद से बार–बार यही दोहराती रही और जब आख़िर में मैंने खुद को देखा तो मेरी ठुड्डी पहले की ही तरह थी। मैं कभी भी अपने प्यार को बचाने के लिए उस नाचने वाली लड़की की तरह किसी बादशाह के जिस्म के बीस टुकड़े नहीं कर सकती। और, अगर मैं सुबह–सुबह चर्च जाकर कन्फेस भी करूँ कि मैंने अपने माँ–बाप और बुआ के साथ पाप किया है, तब भी मैं मर्ल नहीं बन सकती। लिहाज़ा जब मैंने उसे फ़ोन किया तो मैं थोड़ी अधीर और हताश महसूस कर रही थी।

बहरहाल मैंने कहा, 'मैं बोल रही हूँ।' यह सुनते ही वह बेसाख़्ता हँसने लगा। लेकिन मेरी चुप्पी ने शायद उसे जतला दिया कि मुझे उसका यह बर्ताव बहुत अच्छा नहीं लगा था, लिहाज़ा उसने खुद को ज़ब्त करते हुए कहा कि हम लंच पर मिल रहे हैं। 'मुझे नहीं लगता की लंच के वक़्त मैं अपनी बात तुम्हें बतला सकूँगी,' मैंने एक सर्द सा जवाब दिया। तब उसने मुझे कहा कि हम चाय पीने के बहाने बात कर सकते हैं। जगह और वक़्त का चुनाव मैं करूँगी। मैंने कहा, 'ठीक है, बोम्बेलिज में शाम को साढ़े पाँच बजे,' और मैंने फ़ोन रख दिया।

मेरे पहुँचने के पहले वह वहाँ मौजूद था। उस वक़्त पौने छह बज रहे थे। उसे पता था कि मुझे थोड़ा सुस्ताने के लिए कोई पन्द्रह मिनट चाहिए थे क्योंकि मैं उसकी तरह ऊर्जा से भरी हुई नहीं थी और लम्बा रास्ता तय कर वहाँ पहुँची थी।

बहरहाल वह पहले से ही वहाँ बैठा हुआ था और अख़बार के पन्ने उलट–पलटकर उन्हें पढ़ने की कोशिश कर रहा था।

ऐंपरसेंड स्मिथ लिमिटेड में काम करते हुए मुझे रोज़ असंख्य आँकड़ों से निबटना होता था और मामूली–सी चूक भी बड़े नुक़सान की वजह बन सकती थी। दफ़्तर के बाहर भी मैं चीज़ों को अधिक गहराई से नहीं देखना चाहती थी। मेरी खुद की ज़िन्दगी घरेलू और कामकाज़ी मुश्किलों से भरी हुई थी, लिहाज़ा उसे इत्मिनान से न्यूज़पेपर पढ़ता देखकर मुझे कोफ़्त हुई थी। मैं दुनिया के दिये गये ज़ख़्मों से आहत थी।

उसने एक नज़र मुझे देखा और मेरे चेहरे के भावों को पढ़ने की कोशिश में तपाक से अपनी कुर्सी से उठ खड़ा हुआ और मुझे रेस्टोरेंट से लेकर समन्दर की तरफ़ बढ़ गया। समन्दर के किनारे जाने की क्या वजह रही होगी? क्या सिर्फ़ यह कि समन्दर वहाँ से क़रीब था?

हम दोनों कुछ दूर साथ चलते रहे, फिर उसने मेरा हाथ थाम लिया और हम भीड़ और रेलमपेल के बीचोबीच खड़े हो गये। हमारे चारों तरफ़ एक गडमड–सा नज़ारा था जिसमें कुछ चाय वाले, हिजड़े, हँसते–मुस्कुराते बच्चे, गपशप करती काम वालियाँ, बादलों के बीच उड़ते हुए रंगीन गुब्बारे और किसी धातु की तरह चमकती हुई समन्दर की लहरें एक साथ उपस्थित थीं। तब उसने मुझसे अचानक पूछ लिया, 'क्या तुम शादी के लिए तैयार हो?' मैं समझ नहीं पा रही थी कि क्या जवाब दूँ। फिर उसने ही कहा, 'मैं तैयार हूँ।' मैं समझती थी कि यह बात लड़की को कही जानी चाहिए थी। लिहाज़ा मैंने भी सिर हिलाते हुए अपनी रज़ामन्दी दे दी। उसने मेरी गर्दन पर अपनी हथेली रख दी। मुझे लगा कि शायद वह मुझे इसी भीड़–भाड़ में चूमने वाला है। लेकिन उसने ऐसा कुछ करने की बजाय मेरी गर्दन को थपथपाया गोया कोई मर्द अपने प्यारे घोड़े को दुलार से थपथपा रहा हो।

मैं तो यह भी नहीं जानती थी कि उस वक़्त मैं रो रही थी। इसका अहसास मुझे तब हुआ जब उसने अपना रुमाल मुझे पकड़ाया।

मैं सुबक–सुबककर रो रही थी।

यह देखकर एक पुलिस वाला हमारे क़रीब आ गया और बेचारे हुज़ूरे–आला से मेरे बारे में तहक़ीक़ात करने लगा। हुज़ूरे–आला ने उसे भरोसा दिलाने की कोशिश की कि वह बेगुनाह है। मुझे भी मज़बूरन अपना झुका हुआ माथा सीधा कर उसे बतलाना पड़ा कि हम दोनों शादी करने वाले हैं। लेकिन शायद मेरी ज़ुबान लड़खड़ा गयी, या, शायद उसे समझने में चूक हुई और उसने हमें पहले से शादीशुदा समझ लिया। उसने हमारी हथेलियों को देखा और मैंने देखा कि 'शैतान के बच्चे' की हथेलियाँ वाक़ई बहुत सुन्दर थीं। किसी मेहनती इन्सान की हथेलियों की तरह सख़्त और चौड़ी। अगर न्यूक्लियर बम के हमले में हम अकेले बच जाते तो उन हथेलियों में हमारे लिए एक झोंपड़ी बनाने की कुव्वत थी। लेकिन इत्तेफ़ाकन उन हथेलियों में कोई अँगूठी नहीं थी। मेरी उँगलियों में भी अँगूठी नहीं थी।

ज़रूर मेरे माँ–बाप को पुलिस स्टेशन ले गये होंगे।

मैंने उसके बाद की घटनाओं के बारे में सहज अनुमान लगाया।

अचानक मेरी नज़र डायरी में दर्ज एक और नोट पर पड़ गयी। सिर्फ़ दो लाइनें लिखी हुई थीं।

दो आंटीनुमा बुजुर्ग औरतें अन्द्रादे से शायद मेरे बारे में ही पूछ रही थीं।

यह सबसे हैरतअंगेज़ बात थी!

'क्यों?' मैंने एम से पूछा। 'इसमें हैरतअंगेज़ क्या था?'

'क्योंकि वह ख़ुद भी इमेल्डा कार्मिना एना को चाहने वालों में एक था...।' उसने कनखियों से मुस्कुराते हुए कहा। 'हाँ, मुझे यह बात पता थी। मैं भले यह नहीं जानती थी लेकिन मेरे दीवानों की

फ़ेहरिस्त ख़ासी लम्बी थी। अब मुझे पुरानी तस्वीरों को देखकर हैरत होती है, "अरे, यह ख़ूबसूरत लड़की कौन है?" उस वक़्त मैं ख़ूबसूरत थी लेकिन मुझे इस बात का अहसास नहीं था।'

'अन्दादे आपको पसन्द करता था?' मैंने बातचीत को फिर से पटरी पर लाने की कोशिश में कहा।

उस कहानी की शुरुआत तब हुई थी जब एक दिन ऑडरे ने उसे बताया कि डेविड ने उसे ड्रिंक पर इनवाइट किया था।

'यह डेविड कौन है?' इमेल्डा ने पूछा।

'कोई बूढ़ा खूसट डेविड नहीं बेवकूफ़। वो डेविड,' ऑडरे ने कहा।

'कौन डेविड?'

'वही जो फ़िल्मों में काम करता है।'

'तुम डेविड को नहीं जानती थीं?' मैंने एम से पूछा।

'उन दिनों हम हिन्दी फ़िल्में बहुत कम देखा करते थे। जब *आवारा* और *अनारकली* आयीं तब बेशक हम उन फ़िल्मों को देखने गये थे। और, रिक्शा चलाने वाले की वह फ़िल्म जिसे देखकर हम इतने उदास हो गये थे कि कोई हफ़्ते भर खाना नहीं खाया था। लेकिन हमने इतनी अधिक फ़िल्में नहीं देखी थीं कि डेविड को जान पाते। लेकिन ऑडरे ने बताया कि डेविड उससे मिलना चाहता है। मैंने उसे सलाह दी कि ऐसा है तो उसे जाना चाहिए। लेकिन उसने लड़कियों की तरह ही संकोच के साथ कहा कि अगर मैं भी उसके साथ जाऊँगी तभी वह जाने के बारे में सोचेगी। मैं राजी हो गयी और इस तरह हम दोनों ही उससे मिलने के लिए गये। हम एक छोटे–से शान्त रेस्टोरेंट में मिले जिसकी साजसज्जा किसी यूरोपियन रेस्टोरेंट की तरह थी। मोटे–मोटे कैंडल्स, लाल–सफ़ेद खानों वाली मेज़पोशें, गुलदाउदी के फूल और बादामी साटन के कपड़े में ब्लूज गाती एक लड़की। सिर्फ़ वेटर्स हिन्दुस्तानी थे। उनमें से एक अपनी नाक साफ़ कर रहा था। उसने मुझे उसे देखते हुए देख लिया और ट्रे के पेंदे

में अपनी उँगलियाँ पोंछने लगा। मेरे ख़याल से सभी लड़के दूर देहातों से आये थे और अपने तौर–तरीक़ों के ज़्यादा जानकार नहीं थे। मैंने उनकी तरफ़ से आँखें घुमा लीं और गाने वाली लड़की को देखने लगी। वह अपने गाल को गुलाब के फूल से सहला रही थी। मेरी नज़र में उसका यह अन्दाज़ फूहड़ था लेकिन शायद इसी अदा पर उसे ख़ासी टिप्स मिल रही थी। ज़ाहिर है, मेरे बुरे लगने का कोई मतलब नहीं था। ऑडरे और मैं वहाँ थोड़ी जल्दी पहुँच गये थे, सो हम बैठकर गाने का लुत्फ़ लेने लगे। इन दिनों शायद इसी को माहौल कहा जाता है। मेरे ज़ेहन में रह–रह कर एक ही बात आ रही थी, "यह एक सचमुच का रेस्टोरेंट है, और अगर कोई अभी मेरी तस्वीर उतार ले तो उस तस्वीर को देखकर कोई यह यक़ीन करेगा कि मैं इतने शानदार रेस्टोरेंट में हूँ?" इतने में डेविड आ पहुँचा। एक पुरुष के लिहाज़ से वह थोड़ा नाटे क़द का था लेकिन उसका व्यवहार दोस्ताना था। उसने मुझसे पूछा कि मैं क्या पीना पसन्द करूँगी। मैंने कहा कि मैं सिर्फ़ एक कोकाकोला लेना चाहूँगी। "अच्छा, तो तुम एक कोकाकोला गर्ल हो?' उसने जवाब में कहा। मैं नहीं जानती कि उसके कहने का क्या मतलब था लेकिन जो कुछ भी उसने कहा, उसके कई मायने निकाले जा सकते थे। मैं यही सोच रही थी कि मैं कोई मुसीबत में तो नहीं हूँ कि अचानक ऑडरे उठ खड़ी हुई और बोली, "मैं घर जा रही हूँ।" किसी के कुछ कहने के पहले वह वहाँ से चली गयी। "इसे क्या हुआ?" डेविड ने मुझसे पूछा। उसे शायद बुरा लगा था–मानो किसी बच्चे को साथियों ने खेल के मैदान में अकेला छोड़ दिया हो। मुझे उसे देखकर तरस आ रही थी। वह एक गंजा, नाटा और उदास आदमी था। मुझे वाक़ई बुरा लगा था, इसलिए मैं भी उठ खड़ी हुई, "मैं उसे देखती हूँ।" मैंने तय किया था कि उसे मना कर वापस ले आऊँगी। लेकिन डेविड ने मुझे रोक दिया, "उसे जाने दो। हम दोनों ही बातचीत करते हैं। मुझे अपने बारे में कुछ बताओ, कोकाकोला गर्ल।"

मुझे लगा, शायद ऑडरे की तबीयत बिगड़ गयी थी। मुझे उसकी फ़िक्र हो रही थी। मैं दरवाज़े की तरफ़ देखने लगी और फिर से उठ खड़ी हुई। उसने मुस्कुराते हुए कहा, "तुम अगर अभी तुरन्त चली जाओगी तो यहाँ बैठे लोग यही सोचेंगे कि मैं एक दुष्ट आदमी हूँ।" उसकी बात सुनकर जैसे ही मैं दोबारा बैठी, वैसे ही उसने कहा, "मैं सचमुच एक दुष्ट आदमी हूँ।" पल भर में वह एक उदास लड़के से एक लालची इन्सान में बदला हुआ सा दिखने लगा।

"मैं हाथ–मुँह धोकर आती हूँ," बोल कर मैं फिर से उठ खड़ी हुई। उसने मेरा हाथ पकड़ने की कोशिश की। मैंने तेज़ी से अपनी हथेली पीछे खींच ली और वाशरूम की तरफ़ बढ़ गयी। गाने वाली लड़की वाशरूम में ही थी। अपने चेहरे पर पानी के छींटे डालने के बाद मैंने देखा कि वह मुझे ही देख रही थी। "तुम्हारी आवाज़ बहुत मीठी है," मैंने कहा। "थैंक यू" उसने जवाब में कहा। "वाशरूम से निकलने के बाद तुम सीधे घर चली जाओ।" मैंने उसे बताया कि मैंने अपने लिए कुछ ऑर्डर किया है। मुझे लगा था कि कुछ ऑर्डर कर देने के बाद मैं नहीं जा सकती थी। "तुमने क्या ऑर्डर किया है?" उसने पूछा। "एक कोकाकोला, " मैंने कहा। "जाने दो," उसने कहा। "कोई और उसे पी सकता है। तुम उसके नाम एक पुर्ज़ी लिख दो कि तुम्हारा मन अच्छा नहीं है और तुम घर जा रही हो, और उस पुर्ज़ी को मुझे दे दो। मैंने पुर्ज़ी लिख दी और नीचे अपना नाम भी लिख दिया। च्च..., च्च..., इस पर दस्तख़त नहीं करना चाहिए था बेवकूफ़ लड़की।" उस चूक के बारे में सोचकर मैं आज भी शर्मिन्दा हो जाती हूँ। मैंने उससे पूछा था, "क्या वह तुम्हारी लिखावट नहीं पहचानता है?" उसने मुझे कुछ पल तक देखा फिर बोली, "मैं यहाँ गाती हूँ।" इससे पहले कि मैं और कुछ कह पाती, उसने अपनी बात पूरी की, "और मैं तुम्हारी मदद करना चाहती थी।" मैं रुआँसी हो गयी। "मैं जानती हूँ, "मैंने कहा, "मुझसे ग़लती हो गयी।" जैसे ही मैं बाहर निकली मुझे अन्द्रादे दिख गया। वह मुझे देखते ही मेरी

तरफ़ लपका, "क्या बात है?" लेकिन मेरे भीतर उसकी बात का जवाब देने लायक धीरज नहीं बचा था। मैं बिल्कुल अकेली रहना चाहती थी। जो कुछ भी अभी–अभी हुआ था, वह मेरी बर्दाश्त से बाहर था। ऑडरे ख़ुद डेविड से मिलना चाहती थी और फिर मुझे अकेली छोड़कर वही भाग खड़ी हुई। अन्द्रादे को देखते ही मैंने भागना शुरू कर दिया। फिर अचानक पता नहीं कहाँ से, ऑडरे दोबारा बीच में आकर मुझे देखने लगी। मेरी समझ में कुछ नहीं आ रहा था और मेरी रुलाई छूट गयी। ऑडरे ने मुझसे कुछ नहीं कहा और मैं रोती जा रही थी। बहरहाल उसने अन्द्रादे को मेरे पीछे आने से रोक दिया।'

'लेकिन असल माज़रा क्या था?' मैं ख़ुद संशय की स्थिति में था।

'दूसरे दिन मैंने ऑडरे से पूछा लेकिन उसने मुझे कुछ भी नहीं बताया। फिर बाद में उसने मुझे बताया कि उसने कोंसुलेट में ही काम करने वाले एक अमेरिकी मरीन से शादी करने का फ़ैसला किया है।

ऑडरे ने मुझे उस घटना की कहानी बतलायी, 'तुम्हें शायद यक़ीन नहीं हो लेकिन अन्द्रादे मुझे मन–ही–मन चाहता था। उसने ही ऑडरे को मुझे साथ लेकर डेविड से मिलने के लिए भेजा था। वह जानता था कि डेविड कोई ऐसी–वैसी हरकत करेगा और इस बहाने बीच में आकर वह मुझे उसके चंगुल से बचा लेगा। और फिर, इस अहसान के बदले मैं उससे प्यार करने लगूँगी।'

'अच्छा, तो यह बात है।'

'वुडहाउसियन?'

'ऐसा ही लगता है। ऑडरे ने मुझे यही बताया।'

'और इस पूरी योजना में उसकी क्या भूमिका थी?'

'एंडी को पता था कि मैं डेविड से मिलने अकेली नहीं जाऊँगी, इसलिए उस तक मुझे ले जाने में अन्द्रादे ने ऑडरे की मदद ली।'

'लेकिन वह इस काम के लिए कैसे राजी हो गयी?'

'ओह, हम सब यह जानते थे कि वह एंडी से प्यार करती थी।'

'वह एंडी से प्यार करती थी, इसके बावजूद वह इस खेल का हिस्सा बनी कि तुम्हें एंडी से प्यार हो जाये।'

'दिल के अपने लॉजिक होते हैं। वह किसी की नहीं सुनता...'

'हाँ, सही कहा।'

कुछ दिन बाद ही उसने हमें एंजेल इयर्स को लिखा गया एक ख़त दिखाया। उसमें कुछ बिखरे हुए सूत्रों का ज़िक्र था :

'जब से मेरी आंटी और माँ आपसे मिलकर आये तब से ही मैं लगातार रोये जा रही थी। मैं कोशिश कर रही थी कि मेरी आँखों से आँसू ज़रूर निकलें, भले मेरी सिसकियाँ घुट कर दम तोड़ दें। तुम्हें यह अजीब नहीं लगा? क्या तुम किसी ऐसी औरत से शादी करना चाहोगे जो सिर्फ़ एक आँख से रोती हो?

मैं जानती हूँ कि मैं सचमुच तुमसे शादी करना चाहती हूँ। लेकिन काश ऐसा होता कि हम दोनों दुनिया में शादी करने वाले पहले इन्सान होते। मैं चाहूँ भी तो यह नहीं भूल सकती कि सम्बन्ध और सामाजिक ढाँचे दूसरों की बदइस्तेमाली की वजह से कमज़ोर और खोखले हुए हैं। एक–दूसरे के लिए प्यार और इज़्ज़त के ज़रिये शायद हम लोगों को यह साबित कर पाते कि रिश्तों को किस ख़ूबसूरती के साथ निभाया जाता है।

क्या मैंने तुम्हें कभी यह बतलाया कि मैं तुमसे कितना प्यार करती हूँ?'

'ख़ैर, डार्लिंग, यह बात मैं तुमसे अभी कह रही हूँ', उसने कहा और उसकी आँखें किसी टोंटी की तरह टपकने लगीं।

'जब उसने तुमसे यह सवाल किया तो तुम बहुत रोयी?' सुज़न ने उससे एक दिन पूछ लिया।

'मुझे ख़ुद नहीं पता कि मैं क्यों रो रही थी। शायद जीवन की कोई भी अप्रत्याशित घटना मुझे रुला देती है। एक बार किसी ने मुझसे पूछ लिया कि क्या अपनी कल्पनाओं में मैं 'जून ब्राइड'

बनना चाहती थी। उसकी बात सुनते ही मैं भीतर से भीग गयी। मैं एक मानसून की तरह थी। मेरा मन भीतर–भीतर हमेशा नम रहता था, इसलिए जब मैं रोती थी तब मुझे ख़ुद भी पता नहीं होता था कि मैं रो रही हूँ। एक बार मैं बस में बैठी हुई सोच रही थी कि अगर सगाई में मैं उसे ऐसी अँगूठी पहनाऊँ जिसमें आँखों के रंग के नग जड़े हों तो कितना अच्छा होगा! यह ख़याल आते ही मैं भावुक होकर रोने लगी। मेरी बग़ल की सीट पर एक भली मुसलमान औरत बैठी हुई थी। उसने कुछ देर तक मेरी हथेली अपने हाथों में लिए रखा और बोली, "दुआ कर, *बेटी। दुआ में बड़ी ताक़त है।"* मैंने उसे बताया कि मैं इसलिए रो रही हूँ क्योंकि मेरी शादी होने वाली है। मेरा ख़याल है, उस वक़्त यह बात यहते हुए मैंने सही 'टेन्सेस' का इस्तेमाल किया था, लिहाज़ा उसने मुझसे पूछा, *"नहीं करनी शादी?"* मैंने बताया कि मैं भी शादी करना चाहती हूँ। *"बचपन के लिए रो रही हो,"* उसने मुस्कुराते हुए कहा। शायद वह ठीक कह रही थी; शायद मैं अपने बचपन के लिए रो रही थी। मेरी मासूमियत, या तुम इसे जो चाहे कह लो।'

एम ने आप्रवासन और विस्थापन का दुख झेला था। उसे तब अपना घर छोड़ना पड़ा था जब वह ख़ुद बहुत छोटी थी। भारत आने के बाद और बॉम्बे में बसने से पहले उसने और उसकी माँ ने कलकत्ता में कुछ महीने बहुत तकलीफ़ में काटे थे। वहाँ वे अपने परिवार के मालिक के आने का इन्तज़ार कर रहे थे जो जंगल और नदी–नालों के दुर्गम रास्तों को पार करता हुआ और ख़ूँखार बाघों और मलेरिया जैसी बीमारियों से किसी तरह ख़ुद को बचाता हुआ बर्मा से भारत आ रहा था। आशंकाओं से भरे वे महीने उन दोनों ने एक दुकान के बरामदे में सिर छुपाते हुए गुज़ारे थे जहाँ उनके इस्तेमाल के लिए एक टॉयलेट तक नहीं था। इसके लिए उन्हें रोज़ एक बार अपने किसी रिश्तेदार के घर जाना पड़ता था। जब एम बड़ी हुई तो उसे अपने परिवार को सहारा देने के लिए उसे अपनी पढ़ाई छोड़कर नौकरी करने की ज़रूरत पड़ गयी।

वह पिछले बारह से अधिक सालों से काम कर रही थी। इसके बावजूद शादी का ख़याल उसे बचपन के दिनों से बिछड़ने जैसा महसूस हो रहा था? मेरे गले यह बात नहीं उतर पा रही थी।

दूसरी तरफ़ नानी का कुछ और ही कहना था। उसने कहा कि एम गुस्से में थी। लेकिन एम का गुस्सा कुछेक घण्टों का ही होता था। लिहाज़ा वह जानती थी कि इस ख़बर को सुनकर भी एम ज़्यादा देर तक गुस्से में नहीं रह पायेगी आख़िर कौन लड़की ऐसे शालीन, कमाऊ और अच्छे भविष्य वाले लड़के के साथ शादी नहीं करना चाहेगी? उस पर भी एक ब्राह्मण! हालाँकि नानी ने बताया था कि उसने कभी भी अगस्टीन से उसके ब्राह्मण होने के बारे में नहीं पूछा था, लेकिन यह बात वह पूरे दावे से कहती थी।

उसकी बातों से इस दावे की तस्दीक होती थी–'अच्छा लड़का, ग़रीब घर का।'

'तुम्हें यह बात कैसे पता थी कि वह ग़रीब था?'

जवाब में नानी ने अपने कन्धों को ऊँचा कर दिया और छाती तान दी।

'वह सुडौल देह का लड़का था?'

'नहीं, मेहनतकशों जैसी क़द–काठी का,' उसने कहा। फिर उसने अपनी हथेलियों को पंजों की तरह मोड़ते हुए हमें दिखाया।

'बड़े–बड़े पंजे?' मैंने अन्दाज़तन पूछा।

उसने मेरी बात से सहमत होते हुए अपना सिर हिलाया।

'और उसकी आँखें,' उसने ऐसे कहा जैसे अपने दावे पर मुहर लगा रही हो।

मेरी माँ की आँखें गहरी कत्थई थीं।

मेरे पिता की आँखें नीले रंग की थीं।

मुझे पूरा मामला इतना सुलझा नहीं लग रहा था।

अगर नीली आँखों को कुलीनता का लक्षण मान भी लिया जाये तो वे लोग शायद अपने गाँव–टोले के इज़्ज़तदार लोग रहे होंगे।

भारतीय लोगों की आँखें गहरी भूरी होती हैं—कुछ हद तक काले रंग के आसपास। अतिशयोक्तियों के बावजूद नीली, हरी और भूरी आँखों को सन्देहास्पद माना जाता है। ऐसी आँखों वाले लोगों को मुझे याद है, हमारे बचपन के दिनों में 'बिल्ली जैसी चालाक आँखों वाले' लोग कहा जाता था। कहा तो यह भी जाता था कि ऐसे लोग मन के साफ़ नहीं होते हैं और उन पर कभी भरोसा नहीं करना चाहिए। इस संशय की वजह यह थी कि यूरोपियों की आँखें ऐसी ही होती हैं और अगर किसी भारतीय आदमी की आँखें ऐसी हैं तो उसकी रगों में ज़रूर यूरोपियों के ख़ून की मिलावट है। लेकिन क्या गोवा में इतनी तादाद में गोरी चमड़ी वाले लोग थे? लेकिन नानी को यह सब बतलाने का कोई मतलब नहीं था। यह सब सुनकर वह अजीबोग़रीब आशंकाओं में घिर जाती।

'यह तो अच्छा हुआ कि हम उसके दफ़्तर चली गयीं,' नानी ने बताया। 'वर्ना वे दोनों अभी भी 'क्या है' और तुम दोनों अभी वहीं ना होते।' उसके कहने का मतलब था कि एम और ह्यूम साहब अब तक बुकशॉप्स के ही चक्कर काटते रहते और मेरा और सुज़न का जन्म भी नहीं हुआ होता।

'बकवास,' ह्यूम साहब ने कहा था। हमने बस उसे इतना ही कहा था कि रेशमी फ्रॉक पहनी दो बूढ़ी औरतों ने उसे बड़ी चालाकी से शादी के जाल में फांस लिया था। 'मेरे दिमाग़ में पहले से ही यह बात थी और मैं यह बात उससे पूछने ही वाला था।'

'बाप रे,' जब हमने एम से इस बारे में पूछा तो उसने चौंक कर जवाब दिया। 'मेरी तो समझ में भी नहीं आ रहा कि मुझसे अगर पूछा जाता तो मैं क्या जवाब देती। सबसे आसान जवाब तो वह होता है जो हॉलीवुड की फ़िल्मों में दिखाया जाता है। बहरहाल यह मेरे लिए सिर्फ़ एक सरप्राइज़ ही नहीं था बल्कि एक बड़ी बात थी कि एक आदमी ख़ुद मुझसे शादी करने की सोच रहा था। तुम कभी सोच भी नहीं सकते कि एक लड़की यह

सोचकर कैसा महसूस करती होगी? इसका मतलब 'हाँ' था। अगर तुमको 'ना' कहना हो तो तुमको 'ना' नहीं कहते हुए भी यह बात फ़ौरन बता देनी होती है। तुमको कहना होता है कि तुमने इस बारे में कुछ नहीं सोचा है, या, यह कहना होगा कि यह सुनकर तुम फ़िलहाल अवाक् हो, या फिर यही कहोगे कि मुझे सोचने के लिए कुछ वक़्त मिलेगा?'

'एक ही बात है,' मैंने इशारा किया।

'हाँ, सही कहा लेकिन एक समझदार आदमी ही इस जवाब को समझ सकता है।'

मेरी तरकीब बहुत काम नहीं आयी लेकिन मैंने एम से यह बात नहीं कही।

एम ने मेरे चेहरे का भाव समझ लिया।

'तुम्हें ऐसा नहीं लगता?'

'मेरे ख़याल से हम कभी भी पक्के तौर पर नहीं समझ सकते कि हमारी बातचीत का असल मतलब क्या है।'

'अरे, जाने भी दो होशियार कहीं के। मुझे पता है, मर्द सारी बातें समझते हैं। औरतें तो शर्तिया समझती हैं।'

मैंने कन्धे उचका दिये, 'हम तुम्हारी सगाई के बारे में बात कर रहे थे। तुम उन दोनों के कारनामे से गुस्से में थीं।'

'मैं नहीं समझती उस वक़्त उनकी बातों का विरोध करने से भी कोई फ़र्क़ पड़ने वाला था। बाबा, यह याद करते हुए बहुत दिक़्क़त होती है कि मैं कौन, और क्या थी। जब मैं अपने उस वक़्त की डायरी पढ़ती हूँ तब मुझे लगता है, यह कौन लड़की थी? कितनी दब्बू और डरपोक थी वह! किसी मासूम शहज़ादी की तरह! शायद मैं मन–ही–मन यह सोचकर खुश थी कि किसी ने तो मामले को आगे बढ़ाया। मैं अट्ठाईस की हो चुकी थी लेकिन भीतर से एकदम ठण्डी और उत्साहहीन थी। मैं सेक्स के बारे में ज़्यादा नहीं सोचती थी।'

'हे भगवान, फिर हम क्या बात करने लगे।'

'नहीं, मैं सच कह रही हूँ। यह बहुत तकलीफ़देह और अटपटा लगता था। ऑड्रे ने मुझे अपनी सुहाग रात के बारे में सब कुछ खुल कर बताया था। इसलिए मुझे कभी–कभी ख़ुद को चूमा जाना अच्छा लगता था। मुझे पसन्द था कि कोई मेरा हाथ अपने हाथ में लिए मरीन ड्राइव पर टहल रहा है, मुझे इससे ज़्यादा पाने की कोई हसरत थी। या सचमुच कोई हसरत थी? मेरा मतलब है, मैं उससे शादी करना तो चाहती थी लेकिन उस वक़्त नही... उसके बाद वही बच्चों की चिन्ता। ज़ाहिर–सी बात थी कि शादी होती तो बच्चे तो पैदा होने ही थे। इस तरह की बहुत सारी चिन्ताएँ।'

'दुविधा,' मैंने समझदारी दिखाते हुए कहा।

'दुविधा? मुझे यह पसन्द है। मैं दुविधाग्रस्त थी। बल्कि मैं अभी भी दुविधाग्रस्त हूँ। मेरे दिमाग़ में 'हाँ–ना–हाँ–ना' की एक नीली बत्ती हर वक़्त भक–भुक करती रहती है। बहरहाल किस पक्ष की जीत हुई होगी? क्या मेरे मन के कोने से सवाल उठा होगा, "तुम मेरे लिए माँ और टिया मद्रीना दोनों में से किसी को चुन सकती हो" या मेरे ज़ेहन में यह बात आयी होगी, "तुम भाड़ में जाओ वर्ना मैं भागकर किसी कान्वेंट में चली जाऊँगी?" मुझे कुछ नहीं पता'।

'तुम्हारी बात सुनकर वे सकते में आ गये होंगे?'

'बिल्कुल सही कहा। वे जानते थे कि मैं एक नन बनना चाहती थी। मैं शायद बहुत अकेली महसूस करती थी और मैं कमरे में अकेली नहीं सोती थी। नहीं, शायद मैं झूठ कह रही हूँ। मैं डरी हुई थी। लेकिन मदर कैथरीन ने मुझे बताया था कि ननों को दड़बेनुमा कमरे में अकेला रहना पड़ता है। मुझे लगता है कि वे उन्हें लेस्बियन बन जाने के डर से अलग–अलग रखते थे। उसने मुझे यह भी कहा था कि यीशु हमारी एक–एक करतूत पर नज़र रखता है। मुझे उसकी बातों पर विश्वास नहीं था। ऐसे भी मैं उस आदमी को लेकर कोई जोख़िम नहीं उठा रही थी।

मेरा मतलब है, "क्या सचमुच वह ऐसा कर सकता है? अगर वह ऐसा करता भी हो तो क्या मैं पूरी ज़िन्दगी उससे डरते हुए अपनी रात काटूँगी? वह इतनी लालसा नहीं रखता होगा। वर्ना यह कैसी शर्त है—मैं सब कुछ उसकी मर्ज़ी पर छोड़ दूँ, सब उसके हवाले कर दूँ?" यह क्या किसी प्रार्थना का कोई श्लोक है जिसे मैं बुद–बुदाऊँ?... जो एक औरत के लिए यह ज़रूरी है? मैंने एक बार यह प्रार्थना की थी लेकिन उसने मेरे बायें कान को बहरा कर दिया। मैंने सोचा, "मैं तुम्हारी मर्ज़ी मानने से इनकार करती हूँ और अपना कुछ भी तुम्हें नहीं सौंपूँगी।''

उसने अपने लिए बीड़ी तलाशते हुए ख़ुद को और बहने से रोकने की कोशिश की।

अगली बार जब वह हूम साहब से अपनी मुलाक़ातों और सगाई के बारे में हमें बता रही थी तो मैंने उसकी कई तफ़सीलों में फ़र्क़ देखा। वह अपनी ही पहली बात को काट रही थी लेकिन

उन विरोधाभासों के बावजूद मुख्य कहानी में कोई तब्दीली नहीं आयी थी। वह हर ज़िक्र में यह ज़रूर कहती थी कि वह अपनी 'मौजूदा ज़िन्दगी में जो थी,' वह होने की बजाये एक नन होना चाहती थी।

'तो क्या तुम शादी नहीं करना चाहती थीं?' मैंने पूछा।

'शादी कौन करना चाहता है?' एम ने नाटकीय अन्दाज़ में जवाब दिया। 'सिर्फ़ वे लोग ही शादी करना चाहते हैं जिनको बच्चे चाहिए होते हैं।'

'तुम्हें बच्चे नहीं चाहिए थे?' मुझे ठीक–ठीक याद नहीं कि यह बात किसने पूछी थी। मैंने या सुज़न ने, या फिर एक साथ दोनों ने।

'बिल्कुल नही... मैंने देखा है बच्चे पैदा होने के बाद क्या दुर्गति होती है। वे एक अच्छी–भली औरत को एक तमाशा बना डालते हैं। मैं एक तमाशा बनना नहीं चाहती थी। मैं ख़ुद को भीतर से बिल्कुल बदल डालने के लिए तैयार नहीं थी। मैं अपनी ख़ुद की

दुनिया को एक ऐसी दुनिया में बदलते नहीं देखना चाहती थी जिसकी धुरी में खुद मैं नहीं रहूँ। तुम्हें इन बदलावों के बारे में सतर्क रहना होता है। लाओ त्सू मर्दों के साथ ऐसा कुछ भी नहीं होता। वे सिर्फ़ खेत में बिचड़े छींट देते हैं और आराम से अपनी जेब से सिगार निकालकर पीने लगते हैं, जबकि औरतें अपने 'वैज' के रास्ते एक बड़ा–सा फ़ीटबॉल अपने पेट में डलवाकर घूमती रहती हैं। फिर वे पूरी ज़िन्दगी वह बनी रहने को मजबूर हो जाती हैं जिसकी परिभाषा वे खुद भी नहीं जानती हैं। दूसरों के लिए तमाशा!'

अचानक उसकी समझ में यह बात आयी कि वह किनसे बात कर रही है।

'बेशक यह सब जब होता है, उस वक़्त तुम्हें उनका अफ़सोस नहीं होता है। ठीक है?'

उसके होठों पर एक तल्ख मुस्कुराहट तैर गयी, 'तुम दोनों तो मेरी ज़िन्दगी के दो मुनाफ़े हो। है न? इस बात को हमेशा याद रखना।'

फिर उसने गहरी साँस ली और कहा, 'लेकिन इसके एवज़ में क्या क़ीमत चुकानी पड़ी! अपनी पूरी ज़िन्दगी।'

हमने उसके बाद ज़्यादा कुछ नहीं कहा। हमें इसकी इजाज़त भी नहीं थी। हमें जो कुछ भी हासिल हो पाया था, हमें उसी से सन्तुष्ट रहना था। हमने अपने आपको आश्वस्त करने की कोशिश की कि ईमानदारी सबसे बड़ी नेमत है और देर–सबेर हमें इसका बेहतर नतीजा ज़रूर मिलेगा और आख़िरकार हम सब खुश होंगे, कि हम जानते थे कि एम क्या सोचती थी।

या, कि हम खुद को यही सब कहते हुए दिलासा देते थे...।

7. 'गोबर कहीं की'

हम यह कभी नहीं जान सके कि एम के मन का मौसम कब अचानक बदल जायेगा। हम हमेशा उस व्यक्ति के प्रति अधिक संवेदनशील होते हैं जिन्हें हम प्यार करते हैं। वह भी शायद इस बात को बख़ूबी समझता है और हमारे प्रति विनम्र बने रहने की भरसक कोशिश करता है। लेकिन एम के मामले में यह समझ पाना मुश्किल था कि किस वक़्त वह काँच का बना समझकर नफ़ासत के साथ पेश आयेगी और किस समय अपने आक्रामक रूखेपन से हमारे दिल को चूर–चूर कर देगी। कभी–कभी हमें लगता कि उसका यह बरताव उसकी मानसिक परेशानी की वजह से था। कभी–कभी हमें उसकी हरकतें, उसके व्यवहार का ही एक हिस्सा लगती थीं। 'इसकी वजह वह नहीं बल्कि उसकी मेंटल प्रॉब्लम है,' एक बार एम की किसी बात पर मुझे रोते हुए देखकर सुज़न ने कहा था। उसकी ज़ुबान की तल्खी को नज़रअन्दाज करने का हमारे पास यही एक तरीक़ा था। लेकिन इसकी आड़ में दरअसल हम एक इन्सान के तौर पर भी उसे नज़रअन्दाज करते थे। वह जो कुछ भी कहती हम उसकी वजह उसके पागलपन को समझते थे। हम उसके कहे को इतनी ग़ैर–संजीदगी से लेते थे उसकी बात से न तो हम अपमानित महसूस करते और न ही आहत होते थे। हम उसकी सही बात को भी गम्भीरता से नहीं लेते थे। दरअसल उसकी बात को ख़ारिज करने के बहाने हम खुद का बचाव भी करते थे।

लेकिन ऐसे भी मौक़े आते थे जब सारे बचाव नाकाम हो जाते थे।

वह दफ़्तर में गुज़रा एक बुरा दिन था। मैं अपनी पहली नौकरी से घर लौटा था। उस वक़्त मैं कोई बीस का था। अपनी स्टोरी के लिए मुझे किसी भी फील्ड की एक 'ए'–लिस्ट सेलेब्रिटी के स्टेटमेंट की ज़रूरत थी लेकिन जब मैंने तय कार्यक्रम के मुताबिक़ उनसे सम्पर्क करने की कोशिश की तो वक़्त पर कोई भी नहीं मिला। पहला शहर से बाहर था और कोई भी यह बताने को तैयार नहीं था कि उससे कैसे कांटेक्ट किया जा सकता था। दूसरा अपने घर पर नहीं था और दफ़्तर में फ़ोन करने पर पता चला कि वह अपनी कुर्सी पर नहीं है। तीसरे की सेक्रेटरी ने शायद फ़ोन का चोगा स्थायी तौर पर उठाकर रख दिया था। सब–एडिटर्स, डिज़ाइनर्स और एडिटर मेरे इन्तज़ार में बैठे हुए थे और मैं फ़ोन पर फ़ोन मिलाये जा रहा था ताकि उन्हें यह न लगे कि मैं अपने काम में लापरवाही बरत रहा हूँ। बमुश्किल मुझे एक 'बी'–लिस्ट सेलेब्रिटी से कांटेक्ट करने का एक मौक़ा मिल पाया था जो किसी राजनेता, सीईओ या फ़िल्म स्टार के कोट के बिना कोई अहमियत नहीं रखता था। और, बदक़िस्मती से ऐसी एक भी सेलेब्रिटी से मेरा कांटेक्ट नहीं हो पाया था।

घर लौटने के बाद मुझे यह सब भूल जाना चाहिए था लेकिन मैं जानता था नाकामी आदमी का पीछा दूर तक करती है। कामयाबी को अलबत्ता लोग जल्दी भूल जाते हैं। नाकामी एक ऐसी स्थिति है कि लोग जिससे हमदर्दी दिखाते हैं उसे याद भी रखते हैं।

लेकिन एम के साथ यह बात नहीं थी।

उसे शायद धुन्ध के पार भी स्थिति का आभास हो गया था।

'ऑफ़िस में आज शायद दिन अच्छा नहीं गुज़रा? तुम्हारे चेहरे से ही दिख रहा है। अगर बिशप मेरी बग़ल में बैठा होता तो मैं उससे कहती कि एक आदमी सिस्टम के हाथों परेशान है। लेकिन यहाँ कोई बिशप नहीं है और परेशान आदमी मेरा ख़ुद का बेटा है। आओ मेरे गले मिलो।'

मैंने एम को गले से लगा लिया। उसके बदन से बीड़ी के धुएँ, बालों के तेल और आयोडेक्स की मिली–जुली गन्ध आ रही थी।

'तुम्हें कहीं दर्द है?'

'पेन पेन गो अवे, कम अगेन सम अदर डे, लिटल जॉनी वांट्स टू प्ले विद हिमसेल्फ़।'

मैं इस बेतुके नर्सरी राइम पर एम से उलझना नहीं चाहता था। उस वक़्त मुझे थोड़ी–सी हमदर्दी के साथ एक कप चाय की दरकार थी।

'मैंने तुमसे कोई सवाल किया था?'

'नहीं, तुमने सवाल नहीं किया। तुमने एक स्टेटमेंट दिया था।'

'ठीक है, मैं अपना कहा वापस लेता हूँ। तुम्हें कहीं दर्द है?'

उसने नाटकीय अन्दाज़ से अपनी कलाई माथे पर रखते हुए कहा, 'तुम मेरे दुख का अन्दाज़ भी नहीं लगा सकते हो। नहीं, कोई दर्द नही... मैंने बस थोड़ी–सी आयोडेक्स खा ली है।'

मैं हक्का–बक्का रह गया। वह शायद मज़ाक़ कर रही थी।

'अपना मुँह खोल कर दिखाओ।'

'हा! हा! हा!' उसने फिर से मज़ाक़ उड़ाते हुए कहा। लेकिन जैसे ही उसका मुँह खुला, मैंने उसके कण्ठ में काले रंग की कोई चिपचिपी–सी चीज़ देखी। मैंने ऊँगली डाल कर उसे बाहर निकाला और सूँघ कर देखा। वह आयोडेक्स था।

'तुमने यह क्या किया?'

ऐसा कई दफा हुआ था कि घर लौटने पर मैंने अपनी माँ की जगह उसकी देह की गठरी को देखा था। उस गठरी में मेरी माँ का बस एक अंश भर मुझे दीखता था। वह वक़्त भी ऐसा ही था। वह बस मेरी माँ की तरह दिखती थी लेकिन मेरी माँ नहीं थी। वह अपने पागलपन की गिरफ़्त में थी लेकिन वह चालाक दिखने की नाकाम कोशिशें कर रही थी। वह सामान्य भाव से बैठी बीड़ी फूँक रही थी गोया वह कमोबेश ठीक–ठाक हो। इसका मतलब जो कुछ रहा हो लेकिन यह तय था कि वह ठीक नहीं थी।

वह पाइका की शिकार थी और कोई भी ऐसी चीज़ खा सकती थी जो खाने की चीज़ नहीं थी। मैं उसकी मदद करना चाहता था। मैं उसे और उसकी ख़राब हालत को समझना चाहता था क्योंकि मैं उसका बेटा था और उससे प्यार करता था—एक बेबस और लगातार क्षत–विक्षत होता प्यार। मैं उसके लिए सचमुच कुछ करना चाहता था लेकिन मैं ज़ोर से चीख़ने के सिवा और कुछ करने की स्थिति में नहीं था।

'तुम यह सब क्या बकवास कर रही हो? तुम सीधे मुँह कोई बात क्यों नहीं करतीं, गोबर कहीं की?'

एम ने अपनी आँखें फैलायीं और मेरी आँखों में घूरते हुए देखा।

'तुम गुस्से में हो? ओह्हो, मेरा छोटा–सा लाड़ला बच्चा गुस्से में है! मुझे डर लग रहा है।'

वह इस मसखरी के पीछे ख़ुद को छुपाने की कोशिश कर रही थी क्योंकि उसकी नक़ली बोली में एक लड़खड़ाहट थी। मैं जानता था कि यह उसकी विमारी का एक लक्षण था, इसलिए मैंने ख़ुद को संयत रखने की कोशिश की।

'आज दफ़्तर में मेरा दिन बहुत बुरा गुज़रा...'

'ओह्ह, दफ़्तर में तुम्हारा दिन बुरा गुज़रा! और, किस वजह से बुरा गुज़रा? बस तीन हज़ार रुपयों के लिए। तीन हज़ार रुपयों में तुम कहीं दूर भी नहीं जा सकते। और तो और तीन हज़ार रुपये में तुम अकेले अपना गुज़ारा भी नहीं कर सकते।'

मुझे याद नहीं कि मैंने कभी ख़ुद को इतना अपमानित और आहत महसूस किया था।

'बकवास मत करो,' मैं आँसुओं के साथ लड़खड़ाती अपनी ही आवाज़ सुनने में नाकाम था। 'चुप रहो, बदजात चुड़ैल कहीं की।'

'चाय पियोगे?' उसने अचानक पूछ लिया।

'तुम पगला गयी हो लगता है?' मैं सीधे–सीधे अपने बचाव में खड़ा हो चुका था।

'शी,' उसने कहा और अचानक उस नोटबुक को उठा लिया जिसमें वह लोगों को चिट्ठियाँ लिखा करती थी–वे चिट्ठियाँ जो तब तक नहीं पोस्ट की जाती थीं जब तक सुज़न उन्हें पढ़कर तय नहीं कर लेती थी कि उसमें कोई ऐसी बात नहीं लिखी हुई थी जिससे उसे पाने वाले को कोई तकलीफ़ नहीं होती।

'वे सब कुछ सुन रहे हैं।'

'कौन?'

उसने अपनी आँखों को निराशा के साथ चारों तरफ़ घुमाया।

'कौन?' मैंने दोबारा पूछा। 'कौन सुन रहा है?'

उसके चेहरे के भाव बता रहे थे कि मेरा सवाल ग़लत था और ख़तरनाक भी। अगर 'वो सुन लेते तो न जाने क्या कर बैठते।' फिर भी उसने जवाब देने की कोशिश की।

'इसकी शुरुआत तभी हो गयी थी जब तुम बहुत छोटे थे। तुमने मुझे पंखे की तरफ़ दिखाते हुए कहा था कि वे सुन रहे थे। तुमने सबसे पहले यह ज़ाना जबकि मैं उस पंखे को रोज़ देखती थी।'

'क्या वे अभी भी सुन रहे हैं?'

उसने फिर से चारों तरफ़ देखा गोया उसे अपने बेटे की बेवकूफ़ी बर्दाश्त नहीं हो रही थी, फिर अपनी ही नाटकीयता से आजिज़ आकर वह चिल्लाती हुई बोली, 'तुम जाओ, और जो मर्ज़ी में आये वह करो। लेकिन एक बात जान लो कि तुमने अगर मेरे परिवार में किसी का बाल भी बाँका किया तो तुम्हें पछताना पड़ेगा।'

उसने मुस्कुराते हुए मुझसे दोबारा पूछा, 'क्या यह बदजात चुड़ैल तुम्हारे लिए चाय बना सकती है? तुम थके हुए दिख रहे हो।'

अगली सुबह मैंने देखा, मेरे तकिये से एक पुर्ज़ा दबा हुआ था।

'मुझे तुम सबको यहाँ से बाहर निकालना है। वे अगर हमें ढूँढ़ते हुए यहाँ आयें तो हम उन्हें नहीं मिल सकें। मुझे तुम्हारी हिफ़ाजत करनी है। इसके लिए तुम्हें यह जगह छोड़नी होगी। इसीलिए मैंने वह बात कही जो मैंने पहले भी कही थी। अगर उनको यह महसूस

होता है कि मैं तुमसे नफ़रत करती हूँ तो शायद वे तुम्हें बख़्श दें। जाओ, यहाँ से भाग जाओ। बाक़ी मैं उससे सुलट लूँगी। हम दोनों एक साथ आग में जल कर खाक हो जायेंगे। हम यह सब कर गुज़र सकते हैं। हमने अपने हिस्से का जीवन भी जी लिया और प्यार भी कर लिया। लेकिन तुमने अभी यह सब नहीं किया है। मैं चाहती हूँ कि तुम ज़िन्दा रहो और प्यार करो, लेकिन तब वे तुम्हें ढूँढ़ लेंगे। और सुज़न? वे सुज़न को छू भी नहीं पायेंगे। वह भीतर से पवित्र है। वह यहाँ रुक सकती है। लेकिन तुम्हें तो जाना ही होगा। जल्दी से जल्दी'।

पुर्ज़े के नीचे दस्तख़त की जगह लिखा था 'गोबर कहीं की।'

मैं समझ नहीं पा रहा था कि मैं उस पुर्ज़े का क्या करूँ? एम अभी सो रही थी और इस कारण उस सुबह घर में पूरी शान्ति थी। मैं काम पर निकल गया और इसका ख़याल रखने की बहुत कोशिश की कि अनसुलझे मुद्दों को नज़रअन्दाज़ करूँ। शाम को जब मैं लौटा तो एम घर पर नहीं थी। उसे फिर से अस्पताल में दाख़िल कर दिया गया था, लेकिन इस बार यह इच्छा उसने खुद ज़ाहिर की थी। अस्पताल में उसके पास सुज़न थी। हूम साहब अस्पताल के झमेलों से शायद थक चुके थे और उन्हें झपकी आ गयी थी। जब हम दोनों डिनर करने बैठे तो मैंने हूम साहब से पूछा कि क्या मैं अलग रह सकता हूँ। वे आराम से खाते हुए मेरी बात पर सोचने लगे। फिर उन्होंने ग़ौर से मुझे देखा।

'सुनने में तो यह अच्छा विचार है,' उन्होंने कहा। 'लेकिन क्या तुम इसका ख़र्च उठा सकते हो?'

'नही...' मैंने जवाब दिया।

उनके चेहरे पर एक छोटी लेकिन विद्रूप हँसी तैर गयी। फिर उन्होंने कहा, 'फिर यह सवाल भी नहीं उठना चाहिए था। है कि नहीं?'

'लेकिन आप मेरी बात के ख़िलाफ़ नहीं हैं?'

उन्होंने थोड़ी देर तक अपना चम्मच रख दिया और मुझे लगातार देखते रहे। उन्होंने कहा, 'तुम्हारा हमेशा यहाँ स्वागत है। यह घर तुम्हारा भी उतना ही है जितना किसी और का है। इसके बाद भी अगर तुम यहाँ से जाना चाहते हो तो तब जाओ जब तुम इसके क़ाबिल बन जाओ, तब नहीं जब सिर्फ़ तुम्हारा मन करे।'

एक मशविरे के तौर पर यह बात ग़ौरतलब थी : 'जब तुम क़ाबिल हो जाओ तब, तब नहीं जब तुम्हारा मन करे।'

जब मैं एम से मिलने अस्पताल पहुँचा तो उसकी आँखें मुझे किसी एक्वेरियम की तरह लगीं जिनमें एक साथ बहुत सारी ज़िन्दा और कृत्रिम चीज़ें तैर रही थीं। उसने अभी–अभी बग़ल की बेड वाली औरत की साफ़–सफ़ाई की थी जो अपने निवालों को लगातार मुँह से उगल दे रही थी। इसके बावजूद वह पूरी तरह से अपने आप में नहीं थी।

'पता है, मेरे कानों में किसी गीत के शब्द सुनाई पड़ते हैं लेकिन उनके साथ जो संगीत बजता है वह किसी दूसरे गाने का होता है...। जैसे कुछ बच्चे एक साथ खेल रहे हो...जैसे बच्चे स्वर्ग में साथ–साथ दाख़िल हो रहे हों। स्वर्ग में तो बहुत सारी चॉकलेट्स होती होंगी? ईश्वर चॉकलेट ही खाते होंगे और चॉकलेट ही पाखाना करते होंगे। मेरे लिए स्वर्ग का खाना और माँ के लिए सिर्फ़ पाखाना। उस बेचारी को सिर्फ़ अपने खोये हुए सोने की फ़िक्र है कि कब वह उसे दोबारा मिल जाये। तुम मेरे कहने का मतलब समझ रहे हो ना?'

वह अपनी बेक़ाबू भाषा की लहरों पर सवार थी और ऊट–पटाँग बोले जा रही थी।

'हाँ, मैं समझ रहा हूँ।'

'नहीं, तुम नहीं समझ रहे हो। मेरी बातों को समझने के लिए तुम्हें मुझ तक पहुँचना होगा और मैं वहाँ रहती हूँ जहाँ पागल लोग रहते हैं। मैं नहीं चाहती कि तुम पागल बनो।

मुझे तो इसलिए पागल होना पड़ा ताकि मैं तुम सबको पागल बनने से रोक सकूँ। तुम्हें वह कुछ भी नहीं करना है जो मेरी तरह कोई बदजात चुड़ैल करती है।'

'मेरे कहने का यह मतलब नहीं था।'

'क्या?'

मैंने उसकी तरफ़ ध्यान से देखा। वह भरसक कोशिश कर रही थी कि वह क्या सोच रही थी, उसे उससे मुझे छुपा सके। मुझे फ़ौरन यह बात समझ में आ गयी कि उसने मेरी बात से ख़ुद को अपमानित महसूस किया था और उसे गिरह में बाँध लिया था। लेकिन वह मुझे इसका सबूत नहीं देना चाहती थी ताकि मैं उससे माफ़ी माँगने से बच सकूँ। इसके बाद भी मैंने कोशिशें कीं।

'मुझे अफ़सोस है कि मेरे मुँह से तुम्हारे लिए ऐसी बात निकल गयी।'

'सॉरी, सॉरी, किस द लारी।।, स्कूल जाने वाला एक लड़का सड़क पर जाता हुआ चिल्ला रहा था। "टोनी ग्रेग, लम्बू–टा!" एक और लड़का था जो मुझे तितलियों की कविताएँ सुनाता था। उस वक़्त मैं आम के एक पेड़ के नीचे बैठी तुम्हारा इन्तज़ार करती रहती थी।'

उसकी बातों का कोई सिरा पकड़ पाना मुश्किल था। मैं उसके बिस्तर की बग़ल से कुर्सी हटाकर खिड़की के क़रीब बैठ गया। मैं तब तक एम के साथ रहा जब तक वह थक नहीं गयी। और फिर हूम साहब अस्पताल पहुँच गये और मैं घर लौट गया।

अपने कैशौर्य के आख़िरी कुछ सालों में अपनी समस्याओं के समाधान के लिए मैंने अनेक दार्शनिक और पौराणिक पुस्तकों को पढ़ने का प्रयास किया लेकिन उनमें से किसी को पूरी आस्था के साथ नहीं पढ़ पाया। सबसे पहले मैंने प्लेटो का संक्षिप्त संस्करण पढ़ने की कोशिश की जिसमें इसके पचपन में से अड़तालीस संवादों का उल्लेख था। उस किताब ने मुझे न सिर्फ़ बेतरह उबा

डाला बल्कि मेरे भीतर एक खिजलाहट भी पैदा कर दी क्योंकि सत्य और सौन्दर्य के रिश्ते से मुझे कुछ लेना–देना नहीं था। मुझे कुल मिलाकर यह संसार झूठ लगा।

उसके बाद मैंने कमला सुब्रमण्यम के द्वारा अनूदित *महाभारत* को पढ़ना शुरू किया। इसके अध्ययन के पीछे भी कोई प्रत्यक्ष वजह नहीं थी लेकिन वह ग्रन्थ सच में अद्भुत और विलक्षण था। उसे पढ़ते हुए मैं शुरू में बहुत निराश हुआ क्योंकि पूरा ग्रन्थ विचित्र नामों वाले किरदारों और उनके सम्बन्धों के ज़िक्र से भरा हुआ था। मैंने एक सादे पन्ने पर पांडवों, उनके पूर्वजों, उनकी पत्नियों, उनके बच्चों और अन्य रिश्तेदारों के नाम लिख कर उन्हें याद रखने की कोशिश की लेकिन मुझे कामयाबी नहीं मिली। आख़िरकार मैंने हार मान ली। और, जब मैंने हार मानी, *महाभारत* जीत गया। मेरे दिमाग़ में पूरी किताब खुलने लगी और मैं उसके असर की तेज़ लहर में बह गया। जब मैंने *भगवद्गीता* पढ़ना शुरू किया मुझे यह महसूस हुआ जैसे कृष्ण मुझे ही उपदेश दे रहे हों। वे मुझसे कह रहे थे कि अगर मैं एक शिष्य हूँ तो मुझे एक शिष्य ही बना रहना चाहिए। मुझे अपनी माँ की सेवा और देखभाल नहीं करनी चाहिए क्योंकि मेरी पढ़ाई ही मेरा धर्म, मेरा कर्तव्य है।

मुझे जीवन के भिन्न–भिन्न पड़ावों पर अपने पूर्व निश्चित किये गये अपने कर्तव्यों को पूरा करना चाहिए...क्योंकि अन्ततः मैं एक शिष्य हूँ और मुझे अपने धर्म का निर्वहन करना है। एक सुबह मैंने स्वयं को घण्टों हिन्दू आस्था के एक विलक्षण वैराग्य में डूबा हुआ महसूस किया। उस अवस्था से मुक्त होने के बाद मैंने पूरे कमरे पर एक नज़र डाली। एम को ऊष्मा पसन्द थी इसलिए गर्मियों का मौसम उसके लिए अनुकूल था। उसका उन्माद, जोश और अनिद्रा अपनी पराकाष्ठा पर थे। वह लगातार बक–बक करती रहती, अपने लिए चाय माँगती रहती या किसी और से बनाने को कहती और हम पर बेवजह चीख़ती–चिल्लाती रहती। अगर हम उससे चुप और शान्त रहने को कहते तो वह चिल्लाकर कहती,

"जीवन के रहते सन्नाटा क्यों महसूस करना है? मौत के बाद तो आख़िरकार सबको चिरशान्ति मिलने ही वाली है।"

अलबत्ता हूम साहब जब शाम को दफ़्तर से घर लौटते तो वह बेशक थोड़ा कम बोलने की कोशिश करती। लेकिन जैसे ही वे हमारे लिए खाना बनाने किचन में चले जाते, एम फिर से शुरू हो जाती।

अप्रैल अमूमन हमारे लिए सबसे सुकून का महीना हुआ करता था क्योंकि एम हमारी पढ़ाई को बहुत महत्त्व देती थी। जब हम अपनी पढ़ाई कर रहे होते थे और एम के पुकारने पर जवाब में कहते, 'मैं पढ़ाई कर रहा हूँ,' तब एम बीड़ी जलाती हुई कहती, 'ठीक है, तब मैं अपने भी मुँह में ताला लगा लेती हूँ।' फिर वह ख़ुद भी अपनी नोटबुक में कुछ लिखने बैठ जाती या अपने लिए दोबारा चाय बनाने चली जाती। ख़ुद को क़ाबू में रखे रहने का शायद उसका यही तरीक़ा था। हालाँकि चाय बनाने का उसका तरीक़ा किसी ज़ेन सन्यासी की तरह हरगिज़ नहीं था और चाय को छानकर कप में उड़ेलते हुए उसकी ज़ुबान पर किसी ब्रॉडवे या वाडविल की धुन तैरती रहती। चाय में चीनी मिलाते हुए अमूमन उसका सिर किसी ऐसी धुन पर झूमता रहता जिसका कोई तालमेल उसके होठों से निकलने वाली धुन के साथ नहीं होता था।

जून के महीने तक कमोबेश यही हालात रहते थे। एक महीने के लिए मेरी और सुज़न की पढ़ाई से छुट्टी रहती थी; और इस छुट्टी के मद्देनज़र एम धीरे–धीरे बेक़ाबू होती जाती थी। महीने के ख़त्म होते–होते वह अपने साथ–साथ हमें भी पूरी तरह से थका चुकी होती थी। और एम अपने अवसाद में दोबारा धीरे–धीरे उतरती जा रही थी। आँधी के पहले के इस सन्नाटे ने मुझे जो संकेत दिया था, उससे मेरे वैराग्य का मोहभंग होने लगा था।

एम ने एक बीड़ी जला ली थी लेकिन वह अपना माथा झुकाये फ़र्श को एकटक घूर रही थी–गोया ज़मीन में कोई राज़ दफ़्न हो।

थोड़ी देर बाद ही उसने अपने सिर को कुछ अन्दाज़ में झटका गोया कोई कुत्ता मक्खी भगाने की कोशिश कर रहा हो। फिर वह अँगड़ाई लेती हुई उठ खड़ी हुई, 'एक प्याली चाय और पी जाये।'

'अगर दिक़्क़त न हो तो मुझे भी पिलाना,' मैंने कहा।

'काश, तुम चाय बनाते और मैं आराम से बैठ पाती। लेकिन मैं जानती हूँ कि तुम ऐसा नहीं करोगे।'

वह उठकर चुपचाप किचन की तरफ़ बढ़ गयी। रात के सन्नाटे में बर्तनों की उदास खटर-पटर और उसके घिसटते क़दमों की धीमी आवाज़ से मैं समझ चुका था कि रात के साथ-साथ वह भी एक अँधेरे में डूबती जा रही है, और एक गाढ़ा कालापन उसके मन के भीतर टपकने लगा है।

कुछ देर तक मैंने कर्म के सिद्धान्त की आड़ में अपना बचाव करने की कोशिश की लेकिन धीरे-धीरे वह आड़ झीनी पड़ने लगी। आप अपने प्रेम और आसक्ति से निरपेक्ष होकर केवल अपने

कर्तव्यों के प्रति ज़िम्मेदार कैसे हो सकते हैं? नहीं, यह किसी तरह से सम्भव नहीं है।

जब मैं एम के पागलपन से बचना चाहता था तो ख़ुद को पढ़ाई में डुबो लेता था। मैं उबकर किसी आर्ट गैलरी भाग जाता जहाँ मैं जॉन रस्किन या क्लेमेंट ग्रीनबर्ग की कृतियों पर कमेंट्स लिख कर नीचे दस्तख़त कर सकता था। कई बार मैं किसी फ़िल्म फेस्टिवल में एक के बाद एक लगातार दो फ़िल्में देखने लगता। मैं अपनी पूरी दोपहर शहर की अलग-अलग तीन लाइब्रेरी से किताबें लाने-पहुँचाने में गुज़ार सकता था। मतलब यह था कि मेरे जैसे जवान होते लड़के के पास ऐसी सरदर्द माँ से बचने के लिए पचासों बहाने थे।

वह एक आम दिन था और मैं कॉलेज से लौटा था। उसने मुझे पुचकारते हुए पूछा, 'हाय सेक्सी, आज कोई काम बना कि नहीं?'

'कैसा काम?'

'सेक्स करने का मौक़ा मिला क्या?'

'एम!'

'अच्छा, नहीं मिला। वे सच में बेवकूफ़ लड़कियाँ हैं।'

'मुँह बन्द रखो।'

'समझो तो एक तरह से अच्छा ही हुआ। जब सुज़न पैदा हुई थी तब ग्रिसेल्डा मुझे मिलने आयी थी। तुम्हें ग्रिसेल्डा तो याद नहीं होगी? वह अमेरिकन कांसुलेट में मेरे साथ ही थी...। उसकी छातियाँ शानदार थीं। पक्के तौर पर तो नहीं कह सकती लेकिन वह चालीस के आसपास की रही होगी। मुझे यह सब नहीं सोचना चाहिए, तुम यही सोच रहे हो न? मेरा मतलब है, मैं मन से थोड़ी लेस्बियन रही होऊँगी? लेकिन मैंने कभी उसकी छातियों को कभी छूकर नहीं देखा। तुम्हें पता है, जब मैंने पहली बार तुम्हारा *डेबोनेयर* देखा था...।'

'क्या बकवास है?'

'ओह चिन्ता मत करो, मैंने तुरत उसे वापिस उसी जगह रख दिया था। और कोई जगह नहीं मिली तुम्हें? टॉयलेट की टंकी के पीछे! अगर तुम्हारे पास तुम्हारा ख़ुद का कमरा होता तो तुम उसे अपने बिस्तर के गद्दे के नीचे रख सकते थे। बेचारे कहीं के, पता नहीं तुम अपना मन बहलाने के लिए कुछ भी कहाँ करते होगे?'

'एम!'

'ख़ैर जो भी हो, बीच के पन्नों पर मैंने लड़कियों की तस्वीरें देखीं। मैं सोची, "दिखने में अच्छी हैं" पर मैं उन्हें सहलाना नहीं चाहती थी।'

'एम!'

उसकी बातों का जवाब दे पाना मेरे लिए मुश्किल था। मैं बस बीच–बीच में 'एम... एम...' कहक़र उसे टोकने की कोशिश करता रहता, लेकिन वह मेरी इस असहजता के मज़े ले रही थी।

'हे प्रभु, बातचीत करने से मुझे चाय नहीं मिलने वाली। मैं एक प्याली तुम्हारे लिए भी बनाती हूँ जिससे हमें नशा तो नहीं आयेगा लेकिन हम तरोताज़ा ज़रूर हो जायेंगे। और, साथ में एक–एक बिस्किट खाकर इस बात का जश्न भी मनाएँगें।'

अचानक फ़ोन ज़ोर से घनघनाया।

'क्या तुम *वाडाचिरेबन्दी* देखने आओगे? हमारे पास दो एक्स्ट्रा टिकटें हैं।'

मैं तैयार हो गया।

मैंने फ़ौरन अपनी चाय ख़त्म की, जल्दी से नहाने के लिए बाथरूम में घुस गया और अभिनय, शब्द और कविता पाठ की एक नयी दुनिया में दाख़िल हो गया। मैं ज़िन्दगी में कुछ भी नया करने और देखने के मौक़े गँवाना नहीं चाहता था। घर से बाहर रहने का यह एक कारगर तरीक़ा था। मुझे इससे कोई फ़र्क़ नहीं पड़ता था कि मैं वायदा का *मैन ऑफ़ मार्बल* देख रहा हूँ, एक नये कलाकार की भरतनाट्यम प्रस्तुति देख रहा हूँ या फिर गुज़राती में कोई एक्सपेरिमेंटल प्ले देख रहा हूँ। इनमें से कुछ ऐसे क्षण होते थे जब मुझे इसका अहसास होता था कि कला क्या कर सकती है।

महेश एलकुंचवार का *वाडाचिरेबन्दी* देखना एक ऐसा ही तजुर्बा था। यह ऊँची जाति के तीन भाइयों की एक साधारण–सी कहानी पर आधारित थी। एक भाई शहर में रहता था, दूसरा खेती करता था और तीसरे का नाम चन्दू था। चन्दू इस कहानी में कहाँ फिट बैठता था? चन्दू एक जवान लड़का था जो घर में रह कर परिवार की अभिभावक तुल्य बुढ़िया की देखभाल करता था जो दमे की रोगी थी और हमेशा ख़ुद को कोसती हुई खाँसती रहती थी। चन्दू का अपना कोई निजी जीवन नहीं था। क्या ठहरे रहना और प्रतीक्षा करना ही मेरे जीवन का कर्म था? क्या एम की बड़बड़ाहट को अनसुना करने का उपक्रम करते हुए पूरा जीवन गुज़ार देना ही मेरा कर्म था, और क्या मानवीय करुणा के कारण मुझे उसके बिस्तर की बग़ल में बैठकर अपना शेष जीवन इसलिए गुज़ार देना होगा क्योंकि वह मेरी माँ थी और मुझे उसके ठीक हो जाने की उम्मीद करनी चाहिए थी।

'तुम उस तक अपनी बात नहीं पहुँचा सकते,' उसका इलाज करने वाले साइकट्रिस्ट डॉ. मर्फटिया ने एक बार मुझे बताया था।

वे एम का हाथ नरमी से पकड़े हुए उसे एहतियात के साथ ले जा रहे थे। मुझे उस वक़्त भी उम्मीद थी। 'उसे कोई तकलीफ़ तो नहीं होगी?' मैंने हूम साहब से पूछा था। उन्होंने जवाब में कहा था, शायद नहीं क्योंकि जब कभी उसे वार्ड 33 में ले जाया जाता है तब वह कभी भी इस पर एतराज़ नहीं करती है। शायद उसे इस बात की तसल्ली थी कि वहाँ उसकी अच्छी देखभाल होगी और वह ठीक हो जायेगी।' इसी भरोसे के साथ वह एक बार फिर से अस्पताल में दाख़िल हो गयी थी। बिना कोई ना–नुकुर किये हुए। उसने पलटकर मुझे देखा, 'जाओ ख़ुश रहो।'

मैं आज भी यह समझ नहीं पाया कि उसे जब भीतर ले जाया जा रहा था तो उसने वाक़ई यह बात कही थी या फिर मुझे सिर्फ़ भ्रम हुआ था?

अफ़सोस की बात यह थी कि जिन तीन आदमी को वह अपने पीछे छोड़कर जाती थी, उनमें से किसी को घर वापस लौटकर ख़ुश रहने का हुनर पता नहीं था। यह एक छोटी और संशय से भरी आज़ादी थी और हमें नहीं पता था कि हम उस आज़ादी का क्या करेंगे। और जब एम लौटकर दोबारा घर आती थी तो कुछ दिनों के लिए हमें भ्रम रहता कि हमारे घर के हालात पहले से बेहतर हो जायेंगे। हमारा परिवार किताबों में बताये गये एक ख़ुशहाल परिवार की तरह रहने लगेगा–माँ, बाप, भाई, बहन। प्यार के रस में सराबोर चार मेंडेसों की ख़ुशनुमा दुनिया। लेकिन हम उस घर में उसकी नामौजूदगी में बमुश्किल रह पाते थे। मेरे लिए घर निसिम ईजेकील के अनुसार, ऐसी जगह थी जहाँ घर के लोग अपनी मर्यादा के साथ इकट्ठे रह सकें। अमूमन लोगबाग अपने घरों में लौट आना चाहते थे जबकि मैं अपने घर से हमेशा दूर भागने के मौक़े तलाशता रहता था।

लेकिन हमारा घर ऐसा नहीं था। उसके बाथरूम की दीवारों पर ख़ून के धब्बे थे। उन दीवारों को फिर से पेंट करने लिए जब उन्हें खुरचा जाता था तो उन पर पेन्सिल से लिखे धुँधले पड़ चुके

आत्महत्या के नोट दिखलाई पड़ते थे। उन नोट्स को देखकर हम और सुज़न इस नतीजे पर पहुँचे थे कि यह कम–से–कम उसकी ख़ुदकुशी की तीसरी कोशिश थी।

हमारा घर संशयों से भरा थाः 'दस्तक देने पर दरवाज़ा कौन खोलेगा? एम क्या उन्माद या अवसाद की हालत में मिलेगी? या गुस्से में किसी ऐसे दुश्मन को गालियाँ दे रही होगी जिसे हम या वह खुद भी नहीं जानतीं? और या फिर उँगलियों में बीड़ी फँसाये वह ज़ोर–ज़ोर से हँस रही होगी?

एक दिन स्कूल के अहाते में आम के एक बड़े से पेड़ के नीचे इकट्ठे कुछ लड़कों ने जब एक पागल औरत का बेटा कहकर मेरा मज़ाक़ उड़ाया तब अचानक मैंने तय किया कि मैं घर जाना चाहता हूँ। फिर उसी वक़्त मेरे ज़ेहन में यह भी ख़याल आया 'कि मैं घर नहीं जाना चाहता हूँ'। मुझे याद है, मैं सोच रहा था, 'अगर मैं इसी तरह छोटी–छोटी बात पर विचलित हो जाऊँगा तो

एक दिन मैं भी पागल हो जाऊँगा।' उस दिन के बाद ही जैसे मैंने तय कर लिया कि मैं घर के बारे में अब ज़्यादा नहीं सोचूँगा।

लगातार बाहर और भीतर करते रहने से मेरा मन एक अजीब सा खिंचाव महसूस करने लगा था। एक पत्रकार के तौर पर काम करते हुए मुझे घर लौटते हुए अक्सर बहुत रात हो जाती थी। मैं तब तक अपनी जगह नहीं छोड़ सकता था जब तक अगली सुबह का अख़बार डिस्पैच नहीं हो जाता था। इसका मतलब था कि साढ़े दस से पहले मेरी घर वापसी मुश्किल थी। सुज़न एक कॉलेज में इंग्लिश लिटरेचर की लेक्चरर हो गयी थी और दोपहर तक घर पहुँच जाती थी। उसके घर पहुँचते ही मैं उसे कॉल करता था, 'सब ठीक–ठाक तो है?' मेरे पूछने का यह मतलब था, 'वह अच्छी तो है?' उसका जवाब आम तौर पर यही होता, 'वैसी ही है।' यह जवाब जितना सच होता उतना ही झूठ भी होता था। एम के भीतर का मौसम हर दूसरे पल बदल सकता था। उन्माद की दिमाग़ी हालत में वह एक पल के लिए ख़ुश और हँसती

हुई दिखती थी लेकिन अगले ही पल आक्रामक और कुटिल हो सकती थी। इस मनःस्थिति में बार–बार दोहराव होता रहता था। इसके उलट अपने अवसाद की स्थिति में वह अपेक्षाकृत शान्त और अपने भीतर के अँधेरे में भटकती रहती थी। सुज़न मेरी बनिस्बत ज़्यादा धीरज वाली थी। वह एम की तमाम हरकतों को बिना किसी शिकायत के बर्दाश्त करती थी और उसे ऐसा करते देखना मेरे लिए कहीं अधिक असहनीय था। काश उसने अगर एम की इस हालत से उकताकर कराहना सीख लिया होता तो मैं अधिक दिमाग़ी सुकून के साथ दफ़्तर में वक़्त गुज़ारने का हुनर सीख गया होता।

मेरे लिए काम में डूबे रहना एक बड़ी नेमत थी। मैं अपने साथ अपना काम भी घर लेकर चला आता ताकि एम के पागलपन से एक बचाव की तरह उसका इस्तेमाल कर सकूँ। बतौर एक कल्चरल जर्नलिस्ट, मैं यह दावा करने की स्थिति में था कि नया नाटक हो या पुरानी फ़िल्म, स्क्रिप्ट सेशन या फिर कोई प्रयोगात्मक कविता–पाठ, सब पर स्टोरी करना मेरी ही ज़िम्मेदारी और इसलिए मेरे लिए उन सभी कार्यक्रमों में हाज़िर होना ज़रूरी है।

'फिर से बाहर?' एम पूछती।

'हाँ, फिर से बाहर,' मैं जवाब देता। और, इन तमाम चीज़ों के साथ रहते हुए और उनसे गुज़रते हुए मैं खुद को यही दिलासा देता रहता कि मैं एम को समझने की कोशिश कर रहा हूँ। मैं लगातार यही सोचता और पता करने की कोशिश करता रहता कि आख़िर मेरी माँ के ही साथ ऐसा क्यों हुआ–मीठी आवाज़ में गाने वाली एक सुन्दर औरत के साथ ऐसा क्यों हुआ। और यह भी–कि मेरे पिता के साथ भी ऐसा क्यों हुआ। उनका भविष्य कितना सुन्दर था जिसे उन्होंने हमारी ज़िन्दगियों को पटरी पर रखने के लिए हमेशा के लिए कुर्बान कर दिया। एम के साथ ऐसा क्यों हुआ...। हम सबके साथ ऐसा क्यों हुआ।

8. 'कॉन्ट्रैक्ट'

उन दोनों की सगाई बड़े सामान्य तरीके से हुई। सब कुछ ठीक से हो गया होता लेकिन सगाई की अँगूठी देखते ही इमेल्डा बुरी तरह से बिफर गयी थी। यह वैसी बिल्कुल नहीं थी जैसी उसने अपने मंगेतर को पहनाने की सोच रखी थी। यह मुद्दा सालों–साल उन दोनों के बीच के झगड़े की वजह बना रहा। हमने एम और नानी को इस बात पर कई बार उलझते हुए देखा था।

एम : 'मैं उसकी आँखों के रंग से मैच करता एक नीला नगीना चाहती थी। और तुम बदले में नीलम का एक छोटा–सा टुकड़ा ले आयीं!'

नानी : 'हम उससे ज़्यादा ख़र्च करने की हालत में नहीं थे।'

एम : 'तुम्हें नीलम ख़रीदने के लिए किसने कहा था?'

नानी : 'तुमने ही तो कहा था नीले पत्थर के लिए?'

एम : 'हाँ, कहा था। लेकिन दुनिया में एक ही नीला पत्थर होता है?'

नानी : 'तुमने ख़ुद ही नहीं कहा था कि कोई क़ीमती पत्थर होना चाहिए?'

एम : 'यही तो मैं कह रही हूँ।'

नानी : 'फिर वही तो मैंने किया।'

जिस बात को बीते सालों गुज़र चुके हों, उस बात पर यूँ बहस करते देख मैं हैरत में पड़ जाता था। एम और नानी ऐसी न जाने कितनी ही बातों पर उलझती रहती थीं।

अपने अतीत की किसी अप्रिय घटना को याद कर वे अपने वर्तमान को कड़वा बनाने की कला में माहिर थीं। उन दोनों के बीच सिर्फ़ उन्हीं बातों पर बहस होती थी जो कब की गुज़र चुकी होती थीं। इस बात की पक्की उम्मीद थी कि आज से कोई दस साल बाद वे आज के वाक़ये को लेकर एक–दूसरे से उलझेंगी।

'यह एक बग़ैर सिर–पैर की बहस है,' अख़बार के पीछे झांकती हुई आँखों से इतवार की। खुशनुमा सुबह हूम साहब ने कहा था। नानी अपने मतलबी बच्चों को कोसती हुई अभी–अभी गयी थी और हम सब बीड़ी की गन्ध के बीच बैठे नेस्कैफ़े की चुस्कियाँ लेते हुए दुर्लभ पारिवारिक पलों का सुख ले रहे थे।

'मुझे वह अँगूठी पसन्द थी।'

'तुमने उसे ग़लत तरफ़ से पहन रखा था, उसका नगीना पीछे की तरफ़ मुड़ा हुआ था,' एम ने कहा।

'मैंने यह नहीं कहा कि वह एक सुन्दर अँगूठी थी। मैंने कहा कि मुझे वह अँगूठी पसन्द थी।' 173

'एक ख़राब अँगूठी तुम्हें कैसे पसन्द आ सकती है?'

उन्होंने अख़बार को एक तरफ़ रखते हुए एम को ग़ौर से देखा।

'क्योंकि मुझे वह अँगूठी तुमने पहनायी थी।'

एम को यह सुनकर शायद अच्छा लगा लेकिन उसने अपनी ख़ुशी ज़ाहिर नहीं होने दी। हूम साहब ने अख़बार फिर से अपनी आँखों के सामने फैला लिया।

'क्या सगाई के बाद भी आप दोनों बुकशॉप्स के चक्कर लगाया करते थे?' मैंने पूछा।

'हमारे पास वक़्त कहाँ था?' हूम साहब ने बताया।

'तुम शादी कभी करना', एम ने कहा। 'अगर तुम किसी लड़की के साथ प्यार करते हो तो उसके साथ ऐसा कभी मत करना। एक बार तुम्हारे मुँह से बस 'हाँ' निकलने की देरी है, उसके बाद से ही तुम समाज और अपने घरवालों की निगरानी के अदृश्य घेरे में क़ैद हो जाओगे। यह दायरा यहाँ से लेकर वहाँ तक,

बल्कि हर जगह तुम्हें घेरे रखेगा। इसके बाहर निकल पाना तुम्हारे लिए असम्भव है। तुम्हारे एक–एक पल पर, एक–एक हरकत पर दूसरों की नज़र और दख़लअन्दाजी रहती है। तुम्हारी ख़ुद की मसःफियत अचानक बहुत बढ़ जाती है। तुम्हारी शामों पर ज़रूरी कामों का क़ब्ज़ा हो जाता है। तुम्हें अपनी पसन्द के गोटे ख़रीदने होते हैं। तुम ख़रीद भी लेती हो लेकिन कोई औरत तुम्हारी माँ को भड़का देती है कि अमुक दुकान में इससे सुन्दर गोटे मिलते हैं। तुम्हारी माँ उसके बहक़ावे में आ जाती है और कहती है कि यह तुम्हारी शादी का मामला है। अगर दूसरी दुकान में इसी क़ीमत पर इससे बेहतर गोटे मिल सकते हैं तो ख़रीदे जा चुके गोटों को वापिस करके उस दुकान में जाना चाहिए। तुम इनकार करती हो कि दुकानदार इसे अब वापिस नहीं लेगा। लेकिन माँ कुछ मामलों में बहुत अड़ियल है लिहाज़ा हमें नये गोटों की तलाश में जाना पड़ता है। हम डोडो के यहाँ जाते है...।'

'ये डोडो कौन है?' सुज़न ने पूछा।

'हे ईश्वर, क्या दुनिया वाक़ई इतनी तेज़ी से बदल गयी है? क्या वह क्लेयर रोड के डोडो को भूल गयी?'

'मान लो दुनिया नहीं ही बदली हो। लेकिन मैं तो बस यह समझना चाह रही हूँ कि तुम क्या कह रही हो।'

'तुम भी अड़ियल हो, बातों को उसके शब्द के मुताबिक़ ही समझते हो। जबकि मैं मेटाफर्स में बात कर रही हूँ।'

'मेटाफर्स पर खाक डालो। यह बताओ, डोडो कौन थी?'

सेंट ऐन में होने वाली ज़्यादातर शादियों के कपड़े डोडो ही बनाया करती थी। दोनों की सगाई की बात तय होने के पहले ही उसे इसकी भनक मिल गयी थी।

'एंजल इयर्स के मेरे हाथ माँगने के दो दिन बाद ही वह मेरे घर साटन, गोटों के नमूनों और डिज़ाइन बुक लिए आ धमकी। साथ ही बुके की तस्वीरें और ईश्वर जाने और क्या–क्या था।'

'एक दबंग औरत!'

'वह अपने इकलौते बेटे क्रिस्टोफ़र के साथ अकेली रहती थी और अपने गुज़ारे के लिए ख़ुद कमाती थी। हमारे परिवार ने उसके इकलौते बेटे को भी छीन लिया था।'

'हाँ, उस नर्स सारा–मे की करतूत थी यह।'

'तुम्हें वह कहानी पता है?' एम ने सुज़न को हैरत भरी नज़र से देखा।

'किसे नहीं पता है?'

'सारा–मे एक होशियार लड़की थी। उसने अपने लिए एक अच्छा और दब्बू लड़का खोज लिया और उसके साथ लम्बे समय तक घूमती रही थी'।

'लेकिन उस कहानी का अन्त बुरा हुआ था, ना? वह शायद उसके पैसे लेकर एक दिन कनाडा चम्पत हो गया। सही बात है?'

'सही, लेकिन वह अपनी माँ के साथ भटक–भटककर उन लोगों को कार्ड्स बाँटने से बच गयी जिसे वह जानती तक नहीं थी।'

'क्या हूम साहब ने भी यही किया था?'

अख़बार के खड़खड़ाने की आवाज़ आयी।

'नहीं,' उन्होंने छोटा–सा जवाब दिया।

सुज़न ने अख़बार के पन्नों को हौले से थपथपाया। हूम साहब ने संकेत को समझा और सफ़ाई दी : 'मैंने सोच लिया था कि जिनको आना होगा वे आयेंगे और जिनको नहीं आना होगा वे नहीं आयेंगे। सो इसकी चिन्ता क्यों की जाये?'

'क्या आपने अपने दोस्तों को भी नहीं बताया था?'

वे कार्ड छपने से पहले से ही जानते। बस उनको दूसरी डिटेल्स की ज़रूरत थी जो कार्ड्स पर दे दी गयी थी और उनको बजाप्ता पोस्ट कर दिया गया था।'

मुझे यह तरीक़ा सच में पसन्द आया। 'यह सबसे बेहतर उपाय है। तुमने भी यही काम क्यों नहीं किया?' मैंने एम से पूछा।

'मैं हुजूरे–आला की तरह स्मार्ट और तेज़तर्रार नहीं थी। मुझे तो पता भी नहीं था कि ऐसा भी कुछ किया जा सकता था क्योंकि मैं तो यह भी नहीं जानती थी कि उसने क्या किया था। ये बातें तो मुझे हनीमून के वक़्त पता चली।'

एम बोलते–बोलते अचानक रुक गयी। मुझे और सुज़न को फ़िक्र हुई कि 'हनीमून' के ज़िक्र से उस पर बुरा असर पड़ सकता था, और हमें शायद इस बात का भी डर था कि इस क्रम में कोई ऐसी बात न निकल जाये जो हम सुनने से बचना चाहते थे। हम तब भी ऐसी बातों के ज़िक्र से बचते थे जब हूम साहब घर पर नहीं होते थे, या एम की दिमाग़ी हालत कमोबेश सामान्य रहा करती थी और किसी भी बात की पर्दादारी की कोई ज़रूरत भी नहीं थी।

एम ने कहना शुरू किया, 'मैंने उसे पहले से कह रखा था कि पहली ही रात को मैं यह सब नहीं करूँगी। मुझे बेचारी ऑडरे की पहली रात का वाक़या पता था। उसने मुझे बताया था, उसकी चीख़ से सब जाग गये थे। फिर होटल के स्टाफ ने मामले को किसी तरह सम्भाला था। जब उसने मुझे यह सब बताया था तो मैं ख़ुद ही शर्म और दर्द से मरी जा रही थी। लेकिन ऑडरे के चेहरे पर एक गर्वीली चमक दिखाई दे रही थी गोया यह उसके लिए कोई ख़ुशख़बर थी।

मैं और सुज़न उसकी बातों से असहज महसूस कर रहे थे। हूम साहब अपनी जगह पर ख़ामोश बैठे थे। शुक्र है, उसके बाद एम भी चुप हो गयी। सुज़न टेबल की सफ़ाई करने उठ खड़ी हुई। किचन की तरफ़ रुख़ करने से पहले उसने रेडियो चालू कर दिया।

एक दिन लिफ़ाफ़े में रखी हुई दो चिट्ठियाँ मेरे हाथ लग गयीं जिस पर 'कॉन्ट्रैक्ट' लिखा हुआ था।

प्यारे एंजल इयर्स,

मुझे पता है हमने एक–दूसरे के प्रति वफ़ादारी की कसमें खाई हैं। सम्भव है कि यह सब पढ़कर तुम्हें थोड़ी चोट पहुँचे

लेकिन इससे पहले कि बहुत देर हो जाये, मुझे तुम्हें यह बात बतला देनी चाहिए ताकि तुम्हें यह महसूस न हो कि तुम्हारे साथ धोखेबाज़ी हुई है।

बहरहाल बिना किसी लागलपेट के मैं अपनी बात कहना चाहती हूँ।

(उसने फीकी चाय की दो घूँटों के बीच लम्बा वक़्त लिया। ताकि तुम जान सको कि तुम्हें यह सब लिखना कितना मुश्किल है।)

मुझे नहीं लगता कि मैं सेक्स को जानने–समझने में बहुत दिलचस्पी लेती हूँ। मैं तुमको दिल की गहराइयों से प्यार करती हूँ और मुझे तुम्हारा आगोश में भरना और मुझे चूमना बहुत पसन्द है। सच कहूँ तो मुझे किसी के होठों को मुँह में लेना बड़ा घिनौना काम लगता था और हर बार जब मैं ऐसा करती थी तो अपनी पलकें मूँद कर सेंट ऐन से प्रार्थना करती थी। इससे सचमुच मुझे बहुत मदद मिली और अब तो मुझे इसकी आदत पड़ चुकी है। बल्कि शायद अब मुझे चूमने में मज़ा आने लगा है। मेरे ख़याल से यही मुहब्बत का जादू है।

मेहरबानी करके इस ख़त को पूरी संजीदगी के साथ पढ़ना क्योंकि मैं अन्दाज़ लगा सकती हूँ कि इसे पढ़ते हुए तुम शर्तिया मुस्कुरा रहे होंगे। इसका मतलब यह कतई नहीं कि मैं भी मुस्कुरा रही हूँ। तुम बस यह समझ लो कि हम दोनों एक–दूसरे को आमने–सामने बैठे देख रहे हैं और मैं मुस्कुराने से इन्कार कर रही हूँ। (मैं दुनिया की सबसे ढोंगी लड़की हूँ)।

तो, मैं यह पूछ रही हूँ : अगर मैं सेक्स करने से इनकार कर दूँ तब क्या होगा? तुम यह मेरे साथ दिन में कितनी बार करोगे? तुम्हारी बात को नहीं मानना तो मेरा अधिकार होगा? मैंने इस बारे में फादर फाब्रेगाद से भी बात की थी लेकिन उन्होंने कहा कि यह मामला धीरे–धीरे खुद सुलझ जायेगा। हालाँकि यह बात मुझे देर तक कचोटती रही कि औरतों के अधिकारों से जुड़े ऐसे सांसारिक सवाल मुझे एक धार्मिक आदमी से नहीं पूछने चाहिए थे।

फिर मैंने सोचा कि अगर मैं ये सवाल आपसे नहीं पूछती तो फिर किससे पूछती, क्योंकि यह आख़िरकार आपकी ज़िन्दगी से जुड़ा हुआ है।

अगर तुमने मुझसे कभी इस ख़त का ज़िक्र किया या मेरी बातों का पूरा और साफ़–साफ़ जवाब नहीं दिया तो मैं तुमसे आगे कभी बात नहीं करूँगी।

मेरे दिमाग़ और मन में जो सवाल उठे हैं उन्हीं को यहाँ एक साथ रखने की कोशिश की है।

इमेल्डा।

लेकिन उस चिट्ठी का जो जवाब उसे मिला वह उस आदमी की ख़ासियतों की तरफ़ इशारा करने के लिए काफ़ी था जो बाद में उसकी ज़िन्दगी में हूम साहब बन कर आया था। उसने सीधे मुद्दे पर आते हुए साफ़–साफ़ लिखा था।

प्रिय इमेल्डा,

जैसी कि तुम्हारी ख़्वाहिश है, मैंने आपके ख़त और आपके सवाल को बड़ी गम्भीरता से लिया है।

मैंने खुद भी इस मुद्दे को कभी हल्के में नहीं लिया। मैं तो बस अपनी क़िस्मत आज़माना चाहता हूँ।

तुम्हारा शरीर तुम्हारा खुद का है–तुम इसे मुझे दो, या फिर नहीं दो। अगर तुम्हारा फ़ैसला 'ना' में है तो मैं इस फ़ैसले का सम्मान करूँगा। लेकिन मैं तुम्हें यह बता देना ठीक समझता हूँ कि तुम्हारे इस फ़ैसले को अपने पक्ष में बदलने के लिए मैं कड़ी मेहनत करूँगा।

लेकिन संकेतों से मेरा हौसला बढ़ता है।

तो आगे चलें ?

प्यार,

अगस्टीन।

मैंने एम को वे चिट्ठियाँ दिखायीं। उसने उन दोनों चिट्ठियों को पढ़ा और फिर सुबकने लगी। लेकिन मैंने देखा, उसकी एक

ही आँख से आँसू निकल रहे थे। ('वियतनाम युद्ध के बाद मैंने दोनों आँखों से रोना बन्द कर दिया था।')

'मैंने पहली बार यह बात जानी,' उसने थोड़ा रुककर कहा, 'कि एक दूसरा भी उपाय है। और उसके बाद ही मैं ने ख़ुद को पवित्र मानना शुरू कर दिया और सेक्स को लेकर मेरे मन का संशय भी थोड़ा दूर हुआ। हमें यह बताया गया था कि सेक्स नरक का दरवाज़ा है और इसके रास्ते पर चलकर हम अपना सब कुछ गँवा देंगे। हमें सिखाया गया था कि मर्द ख़तरनाक होते हैं। उनको समझना बेहद मुश्किल है। वे आक्रामक होते हैं। अकेले पाकर वे हमारे साथ क्या–क्या कर सकते हैं, यह कोई नहीं जानता। अगर उसने पी रखी हो तो उस पर हरगिज़ विश्वास नहीं करना चाहिए। हर लड़की को किसी भी स्थिति के लिए तैयार रहना चाहिए। लेकिन जैसे ही हमारी शादी होती है वैसे ही वही लोग कहते हैं : दरवाज़ा बन्द कर लो और उसकी बीवी के तौर पर वह सब कुछ करो जो वह कहता है।'

'तुम्हारा मतलब सेक्स करने से है।'

'यह मामले का सिर्फ़ एक पहलू है। उन दिनों अगर मुझे वह एक–दो चाँटे रसीद भी कर देता तो भी कोई फ़र्क़ नहीं पड़ने वाला था। लोग कहते हैं कि उस ज़माने में यह एक आम घरेलू घटना थी। शायद मर्दों को अपनी ताक़त का भरोसा नहीं था इसलिए वे दूसरों के जबड़े तोड़ कर अपनी ताक़त और इज़्ज़त साबित करना चाहते थे। एक मर्द इससे ज़्यादा और कर भी क्या सकता है...'

उसने अपनी बात रोक दी और मेरे चेहरे के भावों को पढ़ने की कोशिश करने लगी।

'नहीं, मैं उसकी बात नहीं कर रही हूँ। उसने ऐसी ज़्यादती कभी नहीं की, हालाँकि ईश्वर ही जानता है कि मैंने उसे ढेरों मौक़े दिये। तुम्हें उस काले पतलून की याद है?'

9. 'क्या तुम कोई बेवकूफ़ी नहीं करोगे?'

'काला पतलून?'

'तुम्हें याद होना चाहिए। तुम तो वहाँ थे।'

'मैं कहाँ था?'

'नहीं, शायद तब तुम बहुत छोटे रहे हो। यह वह समय था जब कभी–कभार वे लोग पंखे के ज़रिये सन्देश भेजते रहते थे।'

आम तौर पर वे सामान्य सन्देशे होते थे जिनका घरेलू रिश्तों पर कोई बुरा असर नहीं पड़ता था। पंखे में जो कुछ भी था–और हमें मालूम न था कि वो एक था या एक से ज़्यादा–कभी कहता था कि सुबह तीन बजे उठकर एक जैम–सैंडविच खा लेना सेहत के लिए अच्छा है, या फिर टाँगे जाने के कुछ दिनों के बाद ही घर के पर्दों की धुलाई कर दी जानी चाहिए। लेकिन इस बार जो सन्देश आया था वह बिल्कुल साफ़ था : 'अपने बेटे को लेकर घर छोड़ दो।'

और एम ने वही किया।

माँ–बेटे सड़क पर चहलक़दमियाँ कर रहे थे। मोड़ पर पहुँच कर एम यह सोचते हुए एक पल के लिए ठिठक गयी कि उसे किस तरफ़ मुड़ना था। लेकिन वह जानती थी कि उसे बिना रुके ही किसी एक तरफ़ मुड़ना था क्योंकि उसके भले से दिखते पड़ोसियों की आँखें उसी पर टिकी थीं। उन्हें एम की हालत का पता था और वे हमेशा इसका ख़याल रखते थे कि वह कहीं ख़ुद को नुक़सान नहीं पहुँचा बैठे। इसलिए बाहर निकलने से

पहले एम तय कर लेती थी कि उसे कहीं रुकना नहीं है। रास्ते ख़ुद–ब्ख़ुद उसे अपनी तरफ़ खींच लेते थे। ग़लत दिशा में मुड़ते ही उसे आभास होने लगता था कि उसने ग़लत रास्ता चुन लिया है। उसका बेटा जल्दी ही थकान महसूस करने लगा क्योंकि उसे कुछ ख़रीद देने का वायदा नहीं किया गया था। कोई खाना–पीना नहीं, कोई फ़िल्म नहीं, कोई सर्कस नहीं, कोई क्रीम–केक नहीं, किसी प्यारी आंटी के घर जाने की बात नहीं–इस कड़ी धूप में लगातार और बेवजह चलते रहने के बाद भी उसे कुछ हासिल होने की उम्मीद नहीं थी।

उस पर वह नंगे पाँव था।

'इस बात का इशारा मुझे उस काले पतलून ने किया था।'

माँ–बेटे के क़रीब से गुज़रता हुआ काला पतलून अचानक रुक गया और पूछ बैठा।

'उसके जूते कहाँ हैं?'

'जूते?' एम ने हैरानी से पूछा।

'इस लड़के के जूते? उसके तलुवों में छाले पड़ जायेंगे।'

एम ने उसके पाँवों की तरफ़ देखा। लड़के को नंगे पाँव रहने की आदत पड़ी हुई थी। उसकी माँ ने कभी उसके नंगे पाँवों पर ध्यान देने की ज़रूरत ही नहीं समझी और वह बिना जूतों के भाग–दौड़ करता रहता था। लेकिन आज बेहद कड़ी धूप थी और उसके तलुवों के नीचे ज़मीन तप रही थी। लड़का बार–बार अपने दोनों पैरों को बारी–बारी से उठाते हुए सड़क की गर्मी से बचने की नाकाम कोशिश कर रहा था।

'मैं इसे अपनी गोद में ले लेता हूँ,' काले पतलून ने लड़के को उठाते हुए कहा। लड़का इस बात के लिए तैयार नहीं था।

'मैंने तुम्हें उसकी गोद से ले लिया हालाँकि अब तुम इतने बड़े हो चुके थे कि किसी के लिए तुम्हें गोद में उठाकर चलना आसान नहीं था। लेकिन मेरे आसपास से मिली–जुली आवाज़ें आ रही थीं। चीख़ती हुई आवाज़ें–लेकिन मैं उन आवाज़ों को समझ

नहीं पा रही थी। मैं एक संशय की स्थिति में थी और मुझे याद भी नहीं कि हम दोनों कब एक रेस्टोरेंट में पहुँच गये थे। काला पतलून सामने बैठा चाय पी रहा था और तुम ठुनक–ठुनक कर रो रहे थे। मैं समझ नहीं पा रही थी कि क्या करूँ। मैं घर वापिस लौटना चाहती थी लेकिन मैंने कुछ ऑर्डर किया था। मुझे याद नहीं कि मैंने क्या ऑर्डर किया था। मेरे पास तो पैसे भी नहीं थे। इसी बीच तुम्हारे लिए एक आइसक्रीम आ गयी लेकिन तुमने उसे खाने से मना कर दिया था। तब मेरी समझ में आया कि उसमें ज़हर मिला था और वे लोग तुम्हारे लिए वहाँ आये थे।'

वह अब पूरी तरह भ्रम की स्थिति में थी। आवाज़ें अब उतनी ऊँची नहीं थीं लेकिन वे लोग उस औरत से उन आवाज़ों को ग़ौर से नहीं सुनने की क़ीमत चुकाने पर आमादा थे। अब वे साफ़–साफ़ बात कर रहे थे लेकिन उनकी भाषा संकेतों से भरी हुई थी। 'क़िस्मत एक ऐसा समन्दर है जिसका कोई किनारा नहीं होता,' उन्होंने कहा। 'प्रेम और मृत्यु ही आदमी को दुखों से मुक्त कर सकता है,' उन्होंने दोबारा कहा। 'तुमने अपना रिंग फिंगर सैंडविच में कैसे खाया?' उन्होंने पूछा। वे टुकड़ों में कुछ गीत या फ़िल्मी गाने गा रहे थे। वह जानती थी कि वे हिन्दी फ़िल्मों के गाने गा रहे थे क्योंकि उसे उन गानों की धुनें याद थीं। लेकिन उसे उनके बोल याद नहीं थे। एम को यही लगता था कि अगर उसे गाने याद रहते तो दुनिया में सबकी मदद ज़रूर करती।

'हाँ, मुझे हिन्दी आती है, और 'मैं तुम्हें एक घण्टे में हिन्दी सिखा सकता हूँ,' उस आदमी ने कहा।

'लेकिन मैं कल इस शहर को छोड़कर जा रहा हूँ,' उस आदमी ने कहा।

'जब तक मैं तुम्हें हिन्दी सिखाऊँगा तब तक यह लड़का वहीं खेल सकता है,' उस आदमी ने कहा।

'मेरा कमरा यहीं पास में है,' उस आदमी ने कहा।

वह उसके साथ नहीं जाना चाहती थी। उसके भीतर से आवाज़ें शान्त हो गयी थीं लेकिन वे लोग किसी कोने से उसे देख रहे थे। बहरहाल उन्होंने पहले ऐसा कोई काम नहीं किया था इसलिए वे अगली सुबह अख़बारों की सुर्ख़ियाँ भी नहीं बनना चाहते थे। उनके दिमाग़ में यह बात पूरी तरह से स्पष्ट थी कि अपने संशयों के कारण उसे कुछ भी ठीक से याद नहीं आ पायेगा लेकिन उनके लिए सबसे बड़ी मुश्किल यह थी कि वह खुद आज उनकी नीयत के बारे में सशंकित थी। वह बस इतना भर ही कहने की स्थिति में थी कि काला पतलून उसके साथ सेक्स करना चाहता था। साथ–साथ चलते हुए वह औरत की देह को जहाँ मन चाहे वहाँ छू रहा था।

'क्या मुझे यही करना है?' उसने ऊँची आवाज़ में उन सबसे पूछा। 'क्या मुझे यही क़ीमत अदा करनी होगी?'

उसके सवाल का कोई जवाब नहीं मिलता। बस एक खुसफुसाहट सुनाई दी थी। खुसफुसाहट भी नहीं बल्कि एक सरसराहट गोया साटन के किसी पुराने रुमाल को अरसे बाद बक्से से निकाला गया हो।

काले पतलून ने उसे और तेज़ चलने के लिए कहा मानो उसे उसकी घबराहट और भ्रम का अन्दाज़ा हो चुका था।

उसने मन–ही–मन जैसे अपने पति से बुदबुदाते हुए कहा, 'मुझे माफ़ कर देना।' वह उसके बारे में ही सोच रही थी और उसकी पलकों से आँसुओं की गर्म बूँदें ढलक आयीं। वह रो रही थी। अपनी दोनों आँखों से। उसके बेटे ने उसे रोते हुए देख लिया। वह ज़ोर से चिल्ला पड़ा–इतनी ज़ोर–ज़ोर से कि रोते–रोते उसने उलटी कर दी। यह किसी बच्चे के रोने की मामूली आवाज़ नहीं थी बल्कि इस आवाज़ में एक निराशा और बेबसी की गूँज सुनाई पड़ रही थी। उसने उस बच्चे को समझाते हुए चुप कराने की कोशिश की लेकिन तभी वहाँ लोगों की भीड़ इकट्ठी हो गयी। लड़के ने अपनी माँ के साथ हाथापाई शुरू कर दी थी।

उसे मानो हिस्टीरिया का दौरा पड़ गया था और वह अपनी माँ को चोट पहुँचाने की कोशिश कर रहा था। उस आदमी ने बीच–बचाव की कोशिश की। इस बीच लड़का और ज़ोर–ज़ोर से चीखने लगा था।

इस शहर की हर एक ख़ामोश नुककड़ पर एक भीड़ छुपी होती है।

वह भीड़ तभी प्रकट होती थी जब शहर के रोज़मर्रे में कोई चीज़ बाधा पैदा करने की कोशिश करती है। यह भीड़ जितनी तेज़ी से इकट्ठी होती है, उतनी ही तेज़ी से ग़ायब भी हो जाती है।

बहरहाल भीड़ ने आनन–फानन में पूरा मामला अपने क़ब्जे में ले लिया। उसे यह अपहरण का मामला लगा। लोगों को अन्देशा था कि औरत ने उस लड़के को अगवा कर लिया था। औरत खाते–पीते घर की दिख रही थी जबकि बच्चे के पाँव नंगे थे। ज़रूर वह अपने घर के पास खेल रहा होगा और मौक़े का फ़ायदा उठाकर औरत ने उसे किसी खाने की चीज़ में बेहोशी की दवा मिलाकर लड़के को वहाँ से लेकर निकल भागी होगी। लड़के को उलटी भी शायद उसी दवा की वजह से हुई थी। वहाँ लोग दोनों को नहीं पहचानते थे–न औरत को और न ही उस लड़के को। लिहाज़ा एक औरत आगे आ कर उसके बाल खींचने लगी। दूसरी ने उसके मुँह पर एक ज़ोरदार तमाचा मारा। लड़का उस औरत पर टूट पड़ा जो उसके बचाव में आगे आयी थी क्योंकि अपनी माँ के साथ यह सब होता देखकर उसे बहुत तकलीफ़ हुई थी। लोगों ने सोचा कि बच्चा बदहवास हो गया है और उस औरत से अपनी हिफ़ाजत चाहता है, इसलिए एक औरत ने उसे अपनी गोद में खींच लिया। वह ज़ोर–ज़ोर से रोने लगा। उसे पक्का विश्वास हो चुका था कि उसे उसकी माँ से अलग कर दिया जायेगा। भीड़ का फ़ायदा उठाकर काला पतलून वहाँ से खिसक चुका था।

'तब मेरी उम्र क्या रही होगी?'

'मुझे ठीक–ठीक याद नहीं लेकिन यही शायद दो या तीन साल की।'

वे लोग उस औरत को साथ लेकर पुलिस स्टेशन चले आये।

'तुमने उनको सारी बात नहीं बतायी?'

'मैंने उनको उन धुँधली आवाज़ों के बारे में बताना चाहा था।'

'तुमने यह बात क्यों नहीं बतायी कि मैं तुम्हारा बेटा था?'

'मेरे दिमाग़ में यह बात आयी ही नही...'

पुलिस स्टेशन में एम ने इंस्पेक्टर–इंचार्ज को फ़ोन करने के लिए एक नम्बर दिया। तक़रीबन एक घण्टे या उसके कुछ देर बाद ही हूम साहब पुलिस स्टेशन पहुँच गये।

'वे तो बेतहाशा गुस्से में होंगे।'

'हाँ, शायद। लेकिन उसने पुलिसवालों को एक शब्द भी नहीं कहा।'

मुझे हूम साहब की चुप्पी का कारण पता था। कहीं धूल में पड़ी एक फ़ाइल वह वजह थी जिसमें पालथी मार कर बैठे एक बस कण्डक्टर का ज़िक्र था। पुलिस और हूम साहब के बीच कुछ पैसों की लेन देन हुई थी और बदले में उनको भरोसा दिलाया गया था कि फ़ाइल से सारे मामले निपटा दिये जायेंगे। लेकिन ऐसा हुआ था कि नहीं, इसकी पुख़्ता जानकारी हूम साहब को भी नहीं थी। ख़ुदकुशी एक गुनाह था। एक ऐसा गुनाह जिसकी सज़ा सिर्फ़ नाकाम होने की सूरत में ही दी जा सकती थी। भारतीय दण्ड संहिता की धारा 309 साफ़–साफ़ बताती है : 'जो कोई भी आत्महत्या करने की कोशिश करता है और इस अपराध को करने में असफल होता है, उसे दण्ड के रूप में एक साल तक की साधारण क़ैद (अथवा जुर्माना, अथवा दोनों ही) हो सकती है।'

आप ख़ुद से तंग आकर ख़ुद को मार सकते हैं लेकिन क़ानून को आपकी तकलीफ़ों से कोई लेना–देना नहीं है। यह एक मध्ययुगीन क़ानून है, विदेशियों द्वारा उन लोगों के लिए बनाया गया क़ानून जिन पर वे राज करते थे। लेकिन यह उतना भी

बकवास क़ानून नहीं है जितना कि यह दिखता है। आख़िर कोई सरकार के लिए मुसीबत की वजह क्यों बने? भला कोई जेल में रहकर आमरण अनशन क्यों करे? महात्मा गाँधी जैसे सरफिरों से तब कैसे निबटा जायेगा?

लेकिन फिर उन जैन मुनियों के बारे में क्या सोचा जाये जो अन्न–जल त्याग देते हैं? विनोबा भावे ने भी तो शान्तिपूर्वक अपने प्राणों को त्यागने के लिए यही रास्ता चुना था? दरअसल क़ानून अपने स्वार्थ और सुविधाओं के अनुसार अपने फ़ैसले लेता है।

एम के मामले में भी पुलिस ने यही किया था। बेशक इस उपकार की क़ीमत हूम साहब को अपने ख़ून–पसीने की गाढ़ी कमाई से चुकानी पड़ी थी।

लेकिन इस दफा पुलिस चाहती तो अपना नज़रिया फिर से बदल सकती थी। बहरहाल हम चुपचाप घर लौट आये थे।

कुछ दिनों के बाद ही हमारे घर टेलीफ़ोन लग गया। उन दिनों यह एक बड़ी बात मानी जाती थी। तब टेलीफ़ोन लाइन मिलना कोई हँसी–ठट्ठा नहीं था। उसके लिए किसी मन्त्री के स्तर की सिफ़ारिश की ज़रूरत होती थी। आपके परिवार में किसी को दिल की बीमारी होने जैसी ठोस वजह के बावजूद गिने–चुने लोगों के यहाँ ही टेलीफ़ोन के कनेक्शन होते थे और उनकी लाइनें अक्सर ख़राब रहा करती थी। टेलीफ़ोन की शव–यात्रा के बहाने आये दिन जनता नाटकीय ढंग से सड़कों पर विरोध जुलूस निकालती रहती थी।

'उसने मुझसे वायदा लिया कि आइन्दा मुझे वे अनजानी और अस्पष्ट–सी आवाज़ें अगर कभी सुनाई पड़ीं तो मैं उसे फ़ौरन कॉल करूँगी,' एम ने कहा।

एम के इसी वायदे पर पूरा परिवार इस भरोसे दिन काट रहा था। हम उसके लिए एक स्थायी नर्स रखने का ख़र्च उठा पाने में लाचार थे। और हमने अगर कभी ऐसा करने की दो–एक

कोशिशें भी कीं तो उसके नतीजे अधिक ख़तरनाक निकले। जिस दिन एम ने अपनी कलाइयाँ काटी थीं उस दिन घर पर एक नर्स मौजूद थी। वह नर्स उस वक़्त सोयीं हुई थी जबकि उसे हर क़ीमत पर जागे रहना था। हलाँकि हम एम के वायदे पर ऐतबार करने की कोशिश करते थे।

'तुम कोई बेवकूफ़ी का काम तो नहीं करोगी?' दफ़्तर के लिए निकलने से पहले हूम साहब रोज़ सुबह उससे पूछते।

'नहीं,' वह जवाब देती। कई बार जब वह 'नहीं' कहती तो उसकी आवाज़ दुर्बलता और निराशा में डूबी हुई सुनाई पड़ती।

वह एक पल के लिए उसे अपने गले से लगा लेता। उस वक़्त उसके माथे के शिकन ढीले पड़ जाते। लेकिन उसके घर से निकलते ही वह दुबारा काँपने लगती और अपने हाथ–पाँवों को सिकोड़ती हुई एक और डेप्सोनिल की गोली, या मौत, या बीड़ी माँगने लगती। वह बार–बार अपनी मौत की प्रार्थनाएँ भी करती रहती। अपने अवसाद के अँधेरे दिनों में बीड़ी पीना भी उसे अधिक नहीं सुहाता था। वह कुछ गहरे कश खींचती मानो उसे किसी ख़ास चीज़ की तलब हो लेकिन जल्दी ही वह उकता जाती थी और निराशा में घिरने लगती थी। उसका यह मज़ा कुछ शुरुआती कश के बाद ग़ायब होने लगता और वह बीड़ी के अधजले टुकड़ों को ज़मीन पर फेंक देती थी। कई बार तो इस लापरवाही की वजह से उसके कपड़े भी जल गये थे जबकि फ़र्श पर बिखरे टुकड़े ख़ुद–ब–ख़ुद बुझ जाया करते थे। बीड़ी के बारे में एक अच्छी बात यह है कि उसके टुकड़े को बुझने में ज़्यादा वक़्त नहीं लगता।

उन बीड़ियों के सहारे और एक अदद 'नहीं' से वचनबद्ध होने के कारण वह उसके लौट आने का इन्तज़ार करती रहती। जब वह वापस लौटता, वह फ़ौरन उसे क़ैद से आज़ाद कर देने की गुहार लगाती।

'मुझे मार डालो।'

'मुझे जेल हो सकती है,' वह सब्र के साथ जवाब देता था। 'क्या तुम यही चाहती हो?'

'नहीं,' वह कहती, लेकिन उसके जवाब में एक अविश्वास भरा लहजा साफ़ महसूस होता था। वह कमोबेश किसी भी बात से बेपरवाह दिखती थी। मुझे याद है, एक बार जब हूम साहब ने दूसरी तरकीब आज़माने की कोशिश की थी तो हमें कितनी तकलीफ़ महसूस हुई थी।

'मुझे जेल हो सकती है,' उसने कहा था। 'तब बच्चों को कौन सम्भालेगा?'

'मुझे नहीं मालूम,' उसने जवाब में कहा था और यह जोड़ने की ज़रूरत नहीं समझी, 'मुझे इसकी परवाह नहीं है।' मैं और सुज़न दोनों इस बात को समझते थे कि उसके कहने का आशय दरअसल यही था। मुआफ़ कर देना इसलिए आसान था कि हम उसकी पीड़ा को अच्छी तरह समझते थे। लेकिन मुआफ़ करना

इसलिए भी मुश्किल था कि उसकी पीड़ा ने उसके और हमारे दरमियान एक दीवार खड़ी कर दी थी।

लेकिन हूम साहब कैसे भूल पाते और कैसे मुआफ़ कर पाते? आख़िर उन्होंने कैसे अपने आपको ज़ब्त किये रखा होगा?

10. 'भाग चले'

एम और हूम साहब ने जब अपनी शादीशुदा ज़िन्दगी की शुरुआत की थी, उस वक़्त भारत की आज़ादी के कुछेक साल ही हुए थे और सरकारी ख़ज़ाने की हालत बहुत अच्छी नहीं थी। कर्मचारियों को कम तनख़्वाह मिलती थी और आमदनी की तुलना में महँगाई बेतहाशा थी। मध्यम वर्ग पर अपनी ज़रूरतों से कटौती कर बचत करने की मजबूरियाँ थोप दी गयी थीं। आम आदमी के ऊपर टैक्स का भारी बोझ था और विदेशी मुद्राओं के बन्दोबस्त और विनियम के नियम इतने सख़्त थे कि विदेश जाने का ख़याल उसके सपनों में भी नहीं आ सकता था।

इन तमाम मुश्किलों के बावजूद जहाँ तक मैं जान पाया था, दोनों राजी–ख़ुशी से थे। हालाँकि मुझे इतनी मुश्किलों में उनकी ख़ुशी पर हैरत होती थी क्योंकि इतने कम पैसों और सुविधाओं के बीच मुझे उनका जीवन आग के ऊपर तनी रस्सी पर सधे हुए क़दमों से चलना जैसा लगता था। बढ़ते हुए क़र्ज़ के बोझ के तले घर का बन्दोबस्त कभी भी चरमरा सकता था लेकिन उस ज़माने में ली गयीं उनकी ब्लैक और व्हाइट तस्वीरों में इसकी चिन्ता की झलक कहीं नहीं दिखती थी। उन सुन्दर तस्वीरों में ज़्यादातर ऑफ़िस की पार्टियों, दोस्तों के साथ पिकनिकों और चर्च में हुई शादियों जैसे मौक़ों पर ली गयी थीं। अलबत्ता उनमें एम की रेशमी साड़ी में मुस्कुराती हुई और हूम साहब की अपने दफ़्तर में बैठकर काम करते कुछ सामान्य तस्वीरें भी थीं।

उन अजीबोग़रीब तस्वीरों को खींचने का ख़याल आख़िर किसके ज़ेहन में आया होगा? उस ज़माने में एक आम आदमी की जेब में कैमरे जैसी क़ीमती चीज़ होना नामुमकिन–सी बात थी। फ़िल्मों के रोल्स भी बड़ी मुश्किल से काले बाज़ारों में मिलते थे। ज़ाहिरन उन तस्वीरों को सिर्फ़ खिंचवाना ही नहीं बल्कि उनको संजोकर रखना भी एक शगल था। दफ़्तर में बैठकर काम करने सरीखी तस्वीरें आम लोगों के अलबम में नहीं पायी जाती थीं। शायद वह तस्वीर इसका सबूत थी कि खेती–मज़दूरी करने वाले परिवार में नौकरी पाने वाले हूम साहब पहले आदमी थे जिसे देखकर उनके पुरखों के गाँव के लोग फ़ख्र महसूस कर सकें।

वे तस्वीरें ख़ुद में कोई कहानी बयान करती थीं। इमेल्डा और अगस्टीन साठवें दशक के उस मध्यमवर्ग का हिस्सा थे जो अन्य भारतीय युवाओं की तरह आधुनिक कपड़े पहनते थे, बड़ी कम्पनियों के दफ़्तरों में अच्छे पदों पर काम करते थे और उनका उठना–बैठना समाज के इज़्ज़तदार लोगों के साथ था। उन्होंने अपनी निजी ज़िम्मेदारियाँ भी पूरी कीं। उन्होंने डाकघर में अपना बचत खाता और आवर्ती जमा खाता खोले, अपने इलाज के लिए पैसे बचाये, यूनिट ट्रस्ट के यूनिट्स ख़रीदे और बच्चे पैदा किये।

शादी के दो वर्षों के भीतर ही सुज़न पैदा हो गयी थी। मुझे उनके इस फ़ैसले पर हैरत भी हुई।

'इसमें हैरानी की कौन–सी बात है? उस वक़्त मैं पागल नहीं हुई थी,' एम ने कहा।

'मैं यह नहीं कह रहा। मेरा मतलब ख़र्चे से था।'

'इसका सरोकार ख़र्च से नहीं था। ऐसा सामान्य तौर पर माना जाता था कि शादीशुदा लोगों को बच्चे होने ही चाहिए। लोगों को लगता था कि बच्चे होने में देरी का मतलब है कि दम्पत्ति को कोई परेशानी है और अलग–अलग लोग अलग–अलग तरह की सलाह देने लगते। कुछ लोग तो बच्चा

गोद लेने का भी मशविरा देने लगते थे। अलबत्ता हमने कार नहीं ख़रीदी क्योंकि हम उसका ख़र्च उठाने में सक्षम नहीं थे।'

एम को अपने गर्भवती होने का अधिक गुमान नहीं था।

'लेकिन जब मैंने अपनी एक गुलाबी रंग की सुन्दर सी कमीज़ पहनी तब मुझे अपनी ज़िन्दगी में एक बच्चे के आने का ख़याल पहली बार आया था। मुझे लगा कि उसके जन्म के बाद मुझे शायद अपना काम छोड़ देना पड़ेगा। लेकिन एक सिगरेट पी लेने के बाद मैं थोड़ी सहज हो गयी।'

'मतलब, प्रेग्नेंट होने के बाद भी सिगरेट पीती थीं?'

'तुम्हें कोई नुक़सान नहीं हुआ? या सुज़न को? मुझे नहीं लगता। तुम दोनों अच्छे–ख़ासे मोटे–ताज़े पैदा हुए थे लेकिन तुम समझ नहीं सकते कि जब तुम लोग बाहर निकल रहे थे उस वक़्त मेरी योनि इतनी शिथिल हो गयी कि दोबारा अपने पुराने रूप में कभी नहीं लौट सकी।'

'एम!'

'मैं कुछ भी ग़लत नहीं कह रही हूँ। स्वाभाविक तरीक़े से बच्चे पैदा होने से ये परेशानियाँ होती ही हैं। सेंट एलिज़ाबेथ का पूरा वार्ड उन दिनों औरतों की कराहों और चीख़ों से भरा रहता था। बग़ल की बेड पर पड़ी औरत हर दस मिनट पर कराहती हुई कहती, "सिस्टर मुझे एक और मिलटाउन दे दो।"'

'क्या उनको नींद की भी गोलियाँ दी जाती थीं?'

'अरे नही... वे कमीनी नर्सें समझती थीं कि दर्द झेलना हमारे कर्मों की सज़ा है। मुझे याद है कि इतवार को एक पादरी आता और हम सबकों ज़ेनेसिस का हिस्सा पढ़कर सुनाता था। वही आदम–हव्वा और एक सेब की कहानी। हमसे उम्मीद की जाती थी कि हमें दुख झेलने के लिए तैयार रहना चाहिए। प्रसव की प्रक्रिया जितनी पीड़ादायक होगी, हौव्वा के पापों का प्रायश्चित्त उतना अधिक होगा। और, आदम हर बार बच निकलता था। मर्दों को इसकी छूट तो मिल ही जाती है। बहरहाल मेरी कहानी

वहीं से ख़त्म होनी शुरू हो गयी,' एम ने कहा। 'मेरे पास बताने लायक कुछ ख़ास बचा भी नहीं था, और मैं धीरे–धीरे एक माँ में बदलती गयी।'

माँ के लफ़्ज़ में ज़हर भरा हुआ था। ऐसा नहीं था कि शादी के बाद बच्चे जनने वाली वह दुनिया की पहली या इकलौती औरत थी लेकिन उसकी समझ में शायद यह बात नहीं आ रही थी कि बच्चे पैदा करने के बाद वह क्या करेगी।

'मेरी समझ से भी यह कोई बड़ी बात नहीं थी। मैं नहीं जानती हूँ कि हुजूरे–आला को भी पिता बनने के बाद ऐसा ही कुछ महसूस हुआ होगा। वे बेहद ख़ुश थे, और जब दूसरा आया...'

वह दूसरा मैं ही था।

'... इस बार तो उसकी ख़ुशी सातवें आसमान पर थी। मैंने ही उसे उतार दिया। मैंने उससे कहा भी, "मुझे ख़ुद से अलग कर दो।"'

मुझे अच्छे से याद है, यह बात वह कई बार कह चुकी थी।

नीचे सड़क पर की एक गहरी भूरी इमारत में एक बैंक हुआ करता था जिसमें एम और हूम साहब के नाम का एक साझा खाता था जिसकी चेकबुक को हूम साहब गोदरेज की अलमारी में रखा करते थे। अलमारी का दरवाज़ा खोलने और लगाने वक़्त उससे एक अजीब और तीखी आवाज़ निकलती थी। इसलिए एम कहती थी कि कोई चोर उसे खोलने की कोशिश करेगा तो सबकी नींद खुल जायेगी। उस चेकबुक को हूम साहब ख़ुद ही रखते और ज़रूरत पड़ने पर वही खाते से पैसों की निकासी करते थे। हालाँकि हमें कभी यह नहीं बताया गया था कि 'ज़रूरत' का अर्थ क्या था लेकिन उस ज़रूरत का सम्बन्ध हूम साहब से ही था।

कम–से–कम मेरे और सुज़न के लिए तो ज़रूर, हमारे लिए वह एक पवित्र धन था जो इस दुनिया में हमारे अकेलेपन के सहारे के साथ–साथ अकेले होने का अहसास भी कराती थी। हमारे दिमाग़ में जन्म लेने वाला सम्भवतः यह सबसे बड़ा दुःस्वप्न था कि अगर

सिर्फ़ अकेले हमारे ऊपर आन पड़ी तो हम अपनी दुश्वारियों से कैसे निबटेंगे। हम कब एम को दवाएँ देंगे? कब यह समझेंगे कि उसे अस्पताल में एडमिट कराने की ज़रूरत है? उसकी ज़िन्दगी को अपने दिलासों के सहारे आगे कैसे बढ़ायेंगे? मेडिकल बिल का भुगतान कैसे करेंगे? और उसकी लगातार चीख़–पुकार से निबटते हुए अपनी रोज़ी–रोटी का इन्तज़ाम कैसे करेंगे?

और एक दिन सच सामने आ गया।

अक्सर ह्यूम साहब मुझे और सुज़न को शान्ति से बिठाकर पैसों की निकासी और निवेश की लेन–देन की दुनिया के बारे में समझाते रहते थे। वे हमें स्टॉक मार्केट, इंटरिम डिविडेंट, प्रोविडेंट फण्ड और फिक्स्ड डिपॉजिट की मिसाल के ज़रिये इन बातों को समझाते थे। वे हमसे बैंक लोन और एक नयी कम्पनी की शुरुआत के लिए बैंक से क़र्ज़ लेने सम्बन्धी कागज़ात भी भरवाते थे। यह शायद उनका हमें यह बतलाने का एक तरीक़ा था कि उनके नहीं रहने के बाद हम इस दुनिया में किस तरह ख़ुद को बचाये रखेंगे। और यह सब बतलाने के बाद में सबसे आख़िर में वे हमें बैंक अकाउंट के बारे में बतलाते थे कि उसका उल्लेख कहाँ और कैसे करना होता है। वे हमें बुनियादी पूँजी और नियमित और ज़रूरी ख़र्चों के बारे में विस्तार से बतलाते थे। ये जानकारियाँ वे हमें ख़ासतौर पर 'इमेल्डा' के हवालों के साथ देते थे जिसके पीछे उनकी सालाना आमदनी का तक़रीबन चालीस फ़ीसदी पैसा ख़र्च होता था।

'चालीस फ़ीसदी!'

'कई बार तो यह ख़र्च इस सीमा को भी पार कर गया है,' उन्होंने कहा। मुझे लगा कि वे उस साल की बात कर रहे थे जब एम ने ख़ुदकुशी की कोशिश की थी। 'लेकिन अमूमन इतने पैसों में उसका इलाज हो जाता था–थोड़ा ही ऊपर–नीचे होता था।'

और आख़िर में हम नीचे सड़क के उस बैंक में पहुँच जाते थे।

'वे पैसे यहीं सुरक्षित पड़े रहते हैं,' वे कहते थे। 'ताकि इमरजेंसी में हमारे काम आ सकें।'

ऐसे मौक़ों पर एम कोई–न–कोई ताने ज़रूर देती, 'जैसे मेरी मौत के बाद के खर्चों के लिए।'

लेकिन इस बार वह ख़ामोश रही।

फिर थोड़ी देर बाद ही उसने चुटकी ली, 'बहरहाल उस अकाउंट में अब कुछ भी नहीं बचा है।'

उसके मुँह से यह सुनते ही थोड़ी देर तक सभी लोग ख़ामोश हो गये।

'क्या?' उन्होंने बिना चिल्लाये या चकित हुए पूछा।

'मैंने सारे पैसे निकाल लिए।'

'कब?'

'मुझे याद नही...'

वे उठकर सीधे बेडरूम चले गये। दस मिनट के बाद ही वे कपड़े बदल कर निकले और किसी से एक भी शब्द कहे बिना बाहर चले गये।

'ओह शिट,' एम ने कहा।

'यह तुमने क्या किया?'

'मैं तुम्हारी बात का जवाब देना ज़रूरी नहीं समझती,' उसने कहा।

वह ठीक ही तो कह रही थी। वे हमारे पैसे नहीं थे। लेकिन दूसरे तरीक़े से सोचें तो वे हमारे ही पैसे थे जिन्हें हमारे भविष्य की मुश्किलों के लिए बचाया गया था। लेकिन यह बात उसे समझा पाना एक कठिन काम था।

'मैं जा रही हूँ।'

'मुझे लगता है, तुम्हें यह काम नहीं करना चाहिए,' सुज़न ने कहा था।

'मुझे लगता है मुझे करना चाहिए। मान लो वह मेरी जान ले ले तब?' उसने थोड़ी नाटकीयता के साथ कहा। मैंने उसके चेहरे

पर चिन्ता की साफ़–साफ़ लकीरें देखीं। लेकिन उसे अपने मारे जाने का भय नहीं था, बल्कि शायद वह यह सोचकर चिन्तित थी कि उसने कोई बहुत ग़लत काम किया है।

'बेकार की बातें मत करो,' सुज़न ने कहा। 'मैं चाय बनाकर लाती हूँ।'

'मैं तुम्हें बहुत प्यार करती हूँ,' एम ने कहा। 'लेकिन मुझे नहीं लगता कि यह कोई चाय पीने का वक़्त है। मुझे लगता है यह भाग जाने का वक़्त है।

'भागकर कहाँ जाओगी?' मैंने पूछा।

'अपनी माँ के पास,' उसने जवाब दिया।

'सारे पैसे तुमने उसी के हवाले कर दिये हैं?'

'मैं अपने ही बच्चों के साथ इस बहस में नहीं उलझना चाहती हूँ।' उसने सर्द–सा जवाब दिया, 'मेरी बीड़ी कहाँ है?'

सुज़न ने उसकी बीड़ियों के बंडल की तरफ़ उसे इशारा किया। एम की बीड़ी अक्सर उसके हाउसकोट की जेब में होती थी। उसने एक बीड़ी सुलगाते हुए मुँह से लगा लिया और थोड़ा गुस्सा होने का उपक्रम करने लगी मानो सारा कसूर उसी का था।

आख़िरकार थोड़ी देर के बाद उसने अपनी चुप्पी तोड़ी : 'क्या मुझे यहीं रहना चाहिए या भाग जाना चाहिए?'

'भागकर तुम कहाँ जाओगी?' सुज़न ने ठण्डे दिमाग़ से पूछा।

'अपनी माँ के पास,' एम ने जवाब दिया।

'बच्चों सी बेवकूफ़ बातें मत करो। इसको भागना नहीं कहते हैं।'

हम आशंकित होकर प्रतीक्षा करते रहे लेकिन आख़िर–आख़िर तक उसने ऐसा कुछ भी नहीं किया। हूम साहब घर लौट आये और उन्होंने हमसे कुछ भी नहीं कहा। वह लगातार रोती हुई उनसे माफ़ी माँगती रही।

'माफ़ी माँगने जैसी कोई बात नहीं है,' वह बार–बार यही कहते थे और हर बार उनकी आवाज़ बहुत सामान्य होकर भी

थोड़ी डरावनी महसूस होती थी। थोड़ी देर बाद जब एम ने भी एक तरह का दबाव महसूस किया तो वह अपनी ही कही बात से पलट गयी और यह कहने लगी कि मेरे खाते में जमा पैसे उसके भी थे क्योंकि वह जॉइंट अकाउंट था।

'यह तुम्हारा नज़रिया है,' उन्होंने जवाब दिया।

बहरहाल समय धीरे–धीरे आगे बढ़ रहा था। मुझे याद है, मैं पढ़ने में मन लगाने की जितनी कोशिशें करता उतना नाकाम होता जा रहा था। सुज़न क्रॉसवर्ड में खुद को व्यस्त रखने की कोशिश कर रही थी। हूम साहब भी अपने रोज़ के कामों में ऐसे मुब्तिला हो गये जैसे कुछ हुआ ही नहीं था। जब आप किसी बेहद छोटे–से घर में अपनी ज़िन्दगियाँ गुज़ारते हैं तो घर में रहने वाले सभी लोगों की ज़िन्दगी एक–दूसरे से टकराती रहती है। हमारी अपनी कोई निजता नहीं होती है। जो कुछ भी जिसके साथ हो रहा है उसे छुपाने का कोई रास्ता नहीं होता। सुज़न या हम दोनों में से कोई भी अपने आपको पूरी दुनिया से काट कर अपने कमरे में नहीं रह सकते थे क्योंकि हम दोनों ही के पास अलग–अलग कमरा नहीं था। हम सबका जीवन एक लिविंग रूम और इकलौते बेडरूम तक सीमित था। हमारे घर में अलग से एक किचन था और एक टॉयलेट और बाथरूम भी था जो एक–दूसरे से अलग थे। यह एक बड़ी सुविधा थी और हम चारों इन्ही चारदीवारों के बीच की इन सुविधाओं के क़ैदी थे। हमें उसी घर की सरगोशियों के बीच रहना था, एक–दूसरे से प्यार करना था और एक–दूसरे से अपनी बातें भी छुपानी थीं।

'मैं तुम्हें हरगिज़ नहीं बताऊँगी कि मैंने उन पैसों का क्या किया,' एम ने अड़ियल अन्दाज़ में कहा।

'मुझे याद भी नहीं है कि मैंने तुमसे इस बारे में कुछ पूछा भी है,' उन्होंने कहा।

'इतने निष्ठुर मत बनो,' वह बोली।

'आय एम सॉरी,' उन्होंने कहा।

'नो, आय एम सॉरी,' बदले में एम ने कहा। वह सच में दुखी थी लेकिन उसकी बात सुनकर ह्यूम साहब भड़क पड़े।

'यू आर सॉरी?... यू आर सॉरी?।। बस इतना भर कहने से सब कुछ ठीक हो जायेगा? तुमने मेरा विश्वास तोड़ा है और तुम कहती हो कि तुम्हें इसका अफ़सोस है?'

'कैसा विश्वास?'

'वह विश्वास जो मैंने तुम पर एक माँ के रूप में किया था। वह विश्वास जो मैंने तुम पर एक बीवी के रूप में किया था। वह विश्वास जिसकी वजह से मुझे यह ग़लतफ़हमी हुई थी कि तुम इस परिवार के लिए थोड़ी–बहुत ज़िम्मेदारी महसूस करती हो।'

'हाँ, मैं मानती हूँ कि मैंने यह किया है। लेकिन तुमने मेरी बात क्यों नहीं सुनी कि मुझे यहाँ से कहीं दूर भेज दो?'

हमें महसूस हुआ कि हम कोई पुरानी और घिसी–पिटी बहस सुन रहे थे लेकिन इससे पहले हमने ऐसी बहसों में इतनी आक्रामकता कभी नहीं देखी थी। क्या वे आपस में तब झगड़ते थे जब हम नींद में होते थे? लेकिन मुझे कभी यह महसूस नहीं हुआ। एम की बीमारी की वजह से मेरी और सुज़न की नींद बहुत कच्ची हो गयी थी। अगर वह बिस्तर से उठकर तेज़ क़दमों से चलने भी लगती थी तो हमारी नींद टूट जाती थी। वह कुछ बुदबुदाती थी तो हम जाग जाते थे। देर रात की ख़ामोशी में या सुबह–सुबह की निःस्तब्धता में उसके एकान्त–प्रलाप से हम हमारी नींद उचट जाती थी और हम खिजला उठते थे।

'तुम क्यों जग गये?' वह कुटिलता से पूछती। 'तुम्हें नींद की ज़रूरत है, चुपचाप सो जाओ,' मैं या सुज़न कहते। 'मुझे चाय पीनी है।' वह जाग जाती और हम आपस में बातें करने लगते। कभी–कभार जब हम बहुत थके होते थे तब वह हमें दोबारा सो जाने को कहती और खुद भी सो जाने का नाटक करती।

इम्तिहान के दिनों में यह ज़िम्मेदारी हूम साहब ख़ुद ही अपने ऊपर ले लेते थे। पैसों के बारे में शायद उन्होंने एम को तभी बताया था?

अब हूम साहब उसे उस तरीक़े से देख रहे थे जैसा हमने उन्हें पहले कभी नहीं देखा था। उन आँखों में कोई दयाभाव, या अपने छोटे भाई–बहनों को एक ज़िम्मेदार भाई की तरह देखने वाली दृष्टि, या एक प्रेमी की तरह कोई सच्ची अपेक्षाहीनता नहीं बल्कि एक सच्चे दोस्त का खण्डित विश्वास था जो धोखा खाए जाने के बाद ख़ुद को बहुत आहत महसूस कर रहा हो।

'तुमने यह किया?' उसने शान्ति से पूछा।

'मैं ऐसा कैसे नहीं करती? उसने जवाब में कहा, हालाँकि उसके जवाब में एक अनिश्चितता थी।

'अगर गिरकर मेरी मौत हो जाये और तुम्हें पैसों की ज़रूरत पड़े तो तुम क्या करतीं?'

'मैं गुनवन्ती बेन से पैसे माँगती।'

थोड़ी देर के लिए एक सन्नाटा पसर गया, एक सर्द सन्नाटा।

'सच में तुम यह करतीं? तुम किसी बाहर के आदमी के सामने अपने हाथ फैलाती?'

'हाथ फैलाने जैसी क्या बात थी? मैं तो क़र्ज़ के रूप में माँगती।'

'क़र्ज़? क्या अभी तक हमारे परिवार ने किसी से कोई क़र्ज़ लिया है? क़र्ज़ का इतिहास अजीबोग़रीब होता है। बाद की पीढ़ी के लोग इसे भीख के रूप में ही याद करेंगे।'

'भीख?'

'तुम्हें क्या लगता है कि जब तुम एक बार किसी से क़र्ज़ लेती हो और उसे चुकाने के लिए किसी दूसरे से क़र्ज़ लेती हो तो लोगबाग उसे क्या नाम देंगे? तुम्हें क्या लगता है कि कोई तुम्हें क़र्ज़ देकर अपने खाते में दर्ज नहीं करता है? इसको भीख ही कहते है।'

'गुनवन्ती बेन ऐसी नही...।'

'मैं गुनवन्ती बेन की बात नहीं कर रहा हूँ। मैं तुम्हारी बात कर रहा हूँ। मेरे कहने का मतलब है कि तुम अनजाने में अपने बच्चों को भिखारी बनाने का काम कर रही हो। मैं यह कह रहा हूँ कि तुम पर इतना भी भरोसा नहीं किया जा सकता है कि तुम किसी बैंक अकाउंट के साथ छेड़छाड़ नहीं करोगी।'

'मुझे पैसों की सख़्त ज़रूरत थी।'

'तुम्हें पैसों की ज़रूरत थी?'

फिर उन्होंने बातचीत को बीच में रोक दिया और ठिठककर हम दोनों पर एक नज़र डाली गोया उन बातों का कोई महत्त्व ही नहीं हो।

'मुझे पक्का यक़ीन है तुम्हें पैसों की सख़्त ज़रूरत थी,' वे बोले लेकिन उनका चेहरा भावशून्य था।

'ऐसी बात मत करो।'

'आय एम सॉरी,' उन्होंने कहा। शायद वे बात को ख़त्म करना चाहते थे।

'तुम मेरी बात की अनदेखी कर रहे हो।'

'सचमुच आपको ऐसा लग रहा है क्या?' उसका लहजा मिठास से भरा था।

ऐसा कुछ–कुछ महसूस हो रहा था। 'और चूँकि तुम मुझे नहीं बता सकतीं कि तुम्हें पैसों की ज़रूरत क्यों थी, तब तुम क्या कह रही हो?'

'मुझे ख़ुद पता नहीं है। यह अलग बात है। मुझे लगता है यह एक इज़्ज़त की बात है।'

'सचमुच?' बच्चों के पैसों में हेर–फेर करना तुम्हें इज़्ज़त की बात लगती है?'

'हे ईश्वर...'

एम ने गुर्राते हुए कहा। 'ऐसा नहीं है कि बच्चे भूखे मर रहे हों।'

इसके बाद हूम साहब के चुप रहने की रही सही गुंजाइश भी ख़त्म हो चुकी थी। अन्त में एम ने अपनी तरफ़ से ही बात खत्म करना मुनासिब समझा। वह घर से अपनी माँ के घर की तरफ़ निकल गयी।

हम दोनों साँस रोके पूरा तमाशा देखते रहे। थोड़ी देर बाद ही हूम साहब भी एम के पीछे–पीछे ही निकल गये।

एक घण्टे बाद ही दोनों वापस लौट आये। शायद उन दोनों के बीच पैसे के मामले को लेकर सुलह हो गयी थी।

मैं इस बात से सचमुच हैरान था कि इमेल्डा के माँ–बाप उसकी शादी को लेकर इतने लापरवाह क्यों थे। लेकिन उनके पास इसकी ठोस आर्थिक वजहें थीं। वह अपने परिवार की अकेली कमाने वाली सदस्य थी। उनके लिए पैसा हमेशा एक बड़ी समस्या थी। हालाँकि एम को अच्छी तनख़्वाह मिलती थी लेकिन इससे उनकी मुसीबतें ख़त्म नहीं हुई थीं।

'मैंने उनसे एक दिन पूछ ही लिया कि आख़िर सारा पैसा जाता कहाँ है?'

मुझे अपने साथ क्या–क्या लेकर जाना था। मैं समझ सकती थी कि दहेज एक बुरा रिवाज़ है लेकिन मैं ख़ाली हाथ अपनी ससुराल जाती तो क्या यह ठीक लगता? दस–बारह साल की नौकरी के बाद निश्चित तौर पर मेरे पास कुछ पैसे जमा होने चाहिए लेकिन सच यही था कि हमारे पास एक पाई भी नहीं बची थी। हम सभी सदमे में थे। माँ की आँखों से आँसू बहने लगे थे और पिता जी दीवार की तरफ़ मुँह किये चुपचाप लेटे हुए थे।'

तक़रीबन पाँच बजे मानो कोई चमत्कार हुआ या फिर शायद उसे बुलाया गया था। टिया मेद्रीनाह हमारे घर पर पहुँची और उन्होंने हमें बताया कि अगस्टीन यानी हूम साहब कोई बुरा आदमी नहीं था और उसने अपनी तरफ़ से कोई माँग नहीं रखी थी। लिहाज़ा हम सबको उसका शुक्रगुज़ार होना चाहिए।

यह ख़ुशख़बरी सुनते ही डैडी उठकर बैठ गये। माँ ने फ़ौरन टिया माद्रिनाह के लिए चाय बनाने को कहा और टिया माद्रिनाह ने अपने गले से सोने की चेन उतारकर मेरे गले में डाल दी।

'आख़िर तुम मेरी गॉड–डॉटर हो। इस नाते भी इस चेन पर तुम्हारा हक़ बनता है।' उसने भावुक होते हुए कहा। 'अगर तुम सोने की चेन नहीं पहनोगी तो मुझे भी इसे पहनने का कोई अधिकार नहीं है।'

हालाँकि वह चाहकर भी अपने चेहरे पर अफ़सोस के भावों को छुपा नहीं पायी। मुझे भी एक शरारत सूझी कि मैं उसके तोहफ़े को पूरी संजीदगी के साथ कुबूल कर लूँ। लेकिन इस फ़ैसले से एक साथ कई ज़िन्दगियों पर असर पड़ने वाला था लिहाज़ा मैंने चेन को अपने गले से उतारकर वापस उसी के गले में डालते हुए कहा कि उसने मेरे लिए ऐसा सोचा, यही मेरे लिए सबसे बड़ा उपहार है। यह मामला जब सुलट गया तो मुझे लगा कि मुझे चर्च जाना चाहिए। मैंने सिर्फ़ कनफ़ेस नहीं करना चाहती थी बल्कि थोड़ी देर के लिए शायद अकेली भी रहना चाहती थी।

वह दादर जाने वाली बस पर चढ़ गयी और अपने मंगेतर से मिलने चली गयी। उसने एम को अपने कमरे में दाख़िल होने से मना कर दिया।

'उसका कहना था कि यह मेरी इज़्ज़त के ख़िलाफ़ था।'

'वो आपका मंगेतर था।'

'तो क्या हुआ?'

बहरहाल उसके बाद एम और हूम साहब एक ईरानी रेस्तराँ में चले गये और अपने लिए गर्मागर्म दूध वाली चाय का ऑर्डर दिया।

'मेरे पास तुम्हें देने के लिए दहेज नहीं है।' उसने चाय की घूँट भरते हुए कहा था।

'मुझे कोई फ़र्क़ नहीं पड़ता है।'

'और तुम्हारा परिवार?'

'उसे भी नही...'

'तुम यह बात पक्के तौर पर कैसे कह सकते हो?'

'क्योंकि मैं उनको बता दूँगा कि तुम अपना दहेज हरेक महीने अपनी तनख़्वाह के तौर पर लाओगी।'

यह बात सच थी। उन दिनों इमेल्डा अमेरिकन कांसुलेट में नौकरी करती थी और अगस्टीन से अधिक पैसे कमाती थी। अगस्टीन की तनख़्वाह का सीधा सम्बन्ध भारी मशीनों की बिक्री से था और उसकी कम्पनी उन दिनों मन्दी के दौर से गुज़र रही थी। उसकी कम्पनी बड़े पैमाने पर कच्चे मालों की आपूर्ति पर निर्भर थी–और फ़िलहाल एम उससे ज़्यादा कमा रही थी।

इस बात का अनुमान वह भी नहीं लगा सकता था कि उसकी इस बात पर इमेल्डा भीतर–भीतर थोड़ी ख़ुश और थोड़ी डरी हुई थी। वह नौकरी इसीलिए करती थी क्योंकि काम करना उसकी ज़रूरत थी। उसके पास इसके सिवा कोई दूसरा रास्ता नहीं था। उसका परिवार उसकी आमदनी पर चल रहा था और अगर वह पैसे नहीं कमाती तो घर के लोगों की ज़िन्दगी बहुत मुश्किल हो जाती। उसकी समझ में यह भी आ रहा था कि शादी के बाद वह क्या कर सकती थी। अपनी डायरी में उसने इस बात का ज़िक्र भी किया था :

हूम साहब ने मुझसे कहा था यह मेरी मर्ज़ी थी कि मैं पूरी ज़िन्दगी नौकरी करूँ या नही... मैं भी यही समझती हूँ, हालाँकि मेरी नज़र में इसमें कोई बुराई भी नहीं है। काग़ज़ों में कुछ दर्ज करते रहने और उसकी कार्बन कॉपी बनाने में आख़िर बुराई ही क्या है? हालाँकि मैं विलियम टर्टल टर्नर को उसके बेतुके रिमार्क्स करने के कारण कभी माफ़ नहीं करूँगी। 'वह अपनी मेज़ को कभी साफ़ नहीं रखती थी।' गोया मेज़ न हो बल्कि

सूअर के रहने की कोई जगह हो। विलियम टर्टल टर्नर ऐसी ही बेहूदी बातें करता था।

इसके बाद उसने और कुछ नहीं लिखा था...

लेकिन इस बात का सम्बन्ध उसके कामों से नहीं बल्कि उसकी तनख़्वाह से था। एम को लगता था कि तनख़्वाह उसकी माँ के हाथों में जायेगी जबकि अगस्टीन को यह लगता था कि उसकी कमाई घर के काम में ख़र्च होगी। डायरी में दर्ज आँकड़ों में इसका साफ़ ज़िक्र मिलता है :

मेरी तनख़्वाह एक तरह से मेरा दहेज थी और मुझे यह स्वीकार करने में कोई परेशानी भी नहीं थी। बल्कि मेरा तो यह मानना है कि दहेज का लेन–देन होना ही नहीं चाहिए। अगर लोग पूछते हैं कि लड़का क्या कर रहा है, कैसा कमा रहा है' कैसा कमायेगा, तो कोई इसे ग़लत नहीं समझता है। और, अगर लड़की को दहेज नहीं देनी चाहिए, तो ये सवाल लड़कों से क्यों? मैंने माँ से सीधा पूछ लिया, 'अगर मैं शादी करूँगी तो यह घर कैसे चलेगा?, उसने मुझे दिलासा दिया, 'देख लेंगे।'

लेकिन उसका यह कोई ठोस जवाब नहीं था। मेरी दिली इच्छा थी कि जो कुछ भी उसने कहा था उसका कोई ठोस नतीजा निकल पाता। लेकिन ऐसा कोई नतीजा नहीं निकल पाया और मैं एक ऐसी अनिश्चितता के साथ जीने को मजबूर थी जिसका कोई उपाय मेरे पास नहीं था।

जब तक इमेल्डा की शादी हो नहीं गयी तब तक वह पैसों की तंगी से जूझती रही। लेकिन साथ ही वह ख़र्च की चिन्ता से कमोबेश मुक्त रही। उसकी नज़र में यह किसी और की ज़िम्मेदारी थी। उसका काम नौकरी करना और अपनी सैलरी की एक–एक पाई अपनी माँ के हाथ में रख देना था। अगस्टीन की नज़र में इमेल्डा की यह बात समझ से परे थी।

'क्या तुम्हें कभी यह नहीं लगा कि तुम्हें अपनी खातिर भी खुछ पैसे रखने चाहिए?'

'नहीं,' इमेल्डा ने बड़े सहज भाव से जवाब दिया था।

'एक पल के लिए भी नहीं?'

'नहीं।' उसने थोड़े रूखेपन के साथ जवाब दिया।

'आख़िर ऐसी भी तो कुछ ज़रूरी चीज़ें होंगी जिन्हें ख़रीदने तुम्हें की दरकार होगी?'

'हाँ,' इमेल्डा ने कहा। 'लेकिन अपनी ज़रूरत की सभी चीज़ें मुझे वैसे भी मिल जाती थीं। और, ज़ाहिरन मुझे अपने लिए कोई कश्ती तो ख़रीदनी नहीं थी तो उस सैलरी का मैं क्या करती!'

'इसलिए खजूर?'

'हाँ। मुझे खजूर खाना अच्छा लगता था।'

'इसलिए घर लौटते हुए तुम अपने लिए खजूर ख़रीद लिया करती थीं?'

'हाँ, मुझे टहलते हुए घर जाना अच्छा लगता था।'

'तुम तो किसी सेंट की तरह बात कर रही हो,' अगस्टीन ने अचम्भित होते हुए कहा।

'सेंट्स को क्या कश्तियों की ज़रूरत होती है? शायद सेंट क्रिस्टोफर को ज़रूरत पड़ती हो। या शायद सेंट जॉन को भी जंगली शहद और टिड्डे की दावत उड़ाने जाने के लिए नावों की ज़रूरत पड़ी हो।'

'तुम्हारी बातें सुनकर लगता है कि तुमने बड़ी संजीदगी और ज़िम्मेदारी के साथ इस काम को अंजाम दिया है।'

'शायद,' उसने जवाब दिया। 'मुझे पैसों की कोई ख़ास समझ नहीं थी।'

'तुम्हारा मतलब आर्थिक मामलों की अच्छी समझ से है?'

'घर को कैसे चलाया जाता है, मैं यह नहीं जानती हूँ। मुझे तो घर का बजट बनाना भी नहीं आता। मैं तो यह भी नहीं जानती कि किसी को पाँच किलो चावल और एक किलो दाल

ख़रीदना है या फिर पाँच किलो दाल और एक किलो आलू ख़रीदना है। मैं नहीं जानती की मछली की वाज़िब क़ीमत क्या है। मैं नहीं जानती कि मेहत को हम ज्यादा पैसे चुकाते हैं या कम, या हम उसे क्रिसमस के मौक़े पर कितनी टिप देते हैं। मुझे नहीं पता कि मुझे ज़्यादा सैलरी मिलती है या कम। पैसों के बारे में समझने के लिए तुम्हें कई दूसरी चीज़ों की समझ भी रखनी होती है।'

'और सिर्फ़ इसीलिए तुमने उनकी उपेक्षा की?'

'मैं शर्लाक होम्स की तरह हूँ। जो चीज़ें मेरे काम की नहीं होतीं उन पर बिल्कुल ध्यान नहीं देती हूँ।'

'तब भी नहीं अगर यह बात तुम्हारे समझदार बनने के रास्ते में रुकावट पैदा कर रही हो?'

'तुम्हें क्या मैं समझदार नहीं लगती?'

'कोई भी आदमी समझदार तब तक नहीं माना जा सकता जब तक कि वह अपने पैसों का हिसाब–किताब रखना नहीं सीख पाया हो?'

'शायद तुम अपने नज़रिये से ठीक समझ रहे हो,' इमेल्डा ने अपनी भावना प्रकट की। 'लेकिन मुझे लगता है कि मेरी ज़िन्दगी का बहाव भी बिल्कुल वैसा ही है जैसे पानी बहता हो।'

अगस्टीन ने अपना सिर हिलाया, 'मुझे तुम्हें कभी भी वह वाट्स की किताब नहीं देनी चाहिए थी।'

'वह किताब तो ज़ेन के बारे में नहीं थी,' इमेल्डा ने कहा। मैं बिल्कुल सच कह रही हूँ, मैंने वह किताब पढ़ी तक नहीं है। ऐसे भी ज़ेन मेरी समझ में नहीं आता। ऐसा लगता है कि अगर तुम किसी बात का उत्तर नहीं जानते हो या उसे ठीक से नहीं समझ पा रहे हो तब भी तुमने कोई ज्ञान हासिल कर लिया हो।'

'लेकिन यहाँ हम ज़ेन के बारे में क्यों बात कर रहे हैं? मैं तो तुम्हारी बात पूछ रहा था।'

'सम्भव है कि हम यह बात नहीं कर रहे हों लेकिन यह मुद्दा इतना दिलचस्प है कि मैं ख़ुद को भटकने से रोक नहीं सकी।'

'हम पैसों के बारे में तुम्हारी परेशानी की बातें कर रहे थे।'

'नहीं, हम मेरे पैसों के बारे में तुम्हारी परेशानी की बातें कर रहे थे।'

'और फिर तुमने कहा था कि तुम पानी की तरह बहती हो।'

'हाँ, मैं पानी की तरह हूँ। मैं ख़ुद को और पैसे को पानी की तरह बहता हुआ देखना पसन्द करती हूँ।'

लेकिन अगस्टीन सही कह रहा था। अक्सर दोनों के बीच में पैसों को लेकर ऐसी छोटी–मोटी नोंकझोंक चलती रहती थीं और इसका ख़ात्मा इमेल्डा की तुनुकमिज़ाजी से होता था। इमेल्डा भी इन बातों का ब्यौरा तक़रीबन वैसे ही देती थी। इसकी एक वजह यह भी थी कि जब कभी भी उसकी माँ घर के बजट को ठीक से चला नहीं पाती थी तो यह बात इमेल्डा को बहुत नागवार गुज़रती थी :

एक बार फिर से मुझे 'काम चलाना' पड़ा। वजह मैं भी ठीक–ठीक नहीं जानती। माँ कहती थी, अभी–अभी मैंने तुम्हें नवम्बर में नयी ड्रेस ख़रीद कर दी है। नवम्बर में मेरी सालगिरह पड़ती है और मैं इसे ज़िन्दगी में कभी बदल नहीं सकती। दिसम्बर में एक्समस आ जायेगा और मैं उसे भी कभी नहीं बदल सकती थी। (जबकि होली रोमन कैथोलिक चर्च या ग्रेगोरियन कैलेंडर, या दोनों में ही कोई क्रान्तिकारी संशोधन नहीं होता, तब तक ईश्वर की तरफ़ से इसकी मनाही थी। हालाँकि इस काम को आसान किया जा सकता था बशर्ते हरेक महीने में तीस दिन निर्धारित कर दिये जाते और साल के आख़िरी बचे पाँच दिनों को बिना तारीख़ अथवा नाम के छुट्टी का दिन घोषित कर दिया जाता। काश, मुझे यह गणित आता। तब मुझे पता चलता कि इस जोड़–घटाव के बाद भी मैं एक सेजेटेरियन बनी रह सकती थी।

या फिर तारों से साथ मिलकर इस गणना में व्यस्त रहती कि सूरज फ़िलहाल कहाँ है?')

लेकिन जब मैंने माँ को बताया कि मैंने एक्समस के लिए अपने लिए एक साटन की सुन्दर–सी ड्रेस पसन्द की है माँ ने साफ़ मना कर दिया। मुझे नयी ड्रेस के बिना ही क्रिसमस मनाना था और नये कपड़ों के बिना कैसा क्रिसमस। आख़िर वह मेरे पैसों का करती क्या है?

मैंने कई बार मन–ही–मन यह सवाल उससे पूछना चाहा लेकिन माँ के रुतबे की वजह से मैं ऐसा कभी कर नहीं सकी। हुज़ूरे–आला का कहना था कि मुझे अच्छी ख़ासी तनख़्वाह मिलती है और हम ठाठ से अपनी ज़िन्दगी गुज़ार सकते थे। लेकिन हुज़ूरे–आला को शायद पता नहीं था कि मुझे अपनी घिसी–पिटी अंडरवियर छुपा कर रखनी पड़ती थी और एक ही कपड़े की बदौलत महीनों गुज़ारने पड़ते थे। लेकिन मुझे हमेशा लगता था कि अगर मैं कोई ऐसा सवाल उससे करूँगी तो उसका शायद यही जवाब होगा, 'मैं उन पैसों को तुम सब पर ख़र्च करती हूँ। तुम कुछ और पैसे क्यों नहीं कमाती हो?' मैं यह कैसे कर सकती थी? अमेरिकन कांसुलेट ज़ेनरल में काम करने वाली किसी भी लड़की को दूसरी नौकरी करने की ज़रूरत नहीं पड़ती। ऐंपरसेंड स्मिथ लिमिटेड का मामला दूसरा था। बेचारी लीडी को कुछ मारवाड़ी बच्चों को अंग्रेज़ी और शायद इतिहास का ट्यूशन पढ़ाना पड़ता था। गर्टी को ख़ुद के सिले कपड़े पहनने पड़ते थे। हालाँकि वह उन्हें बड़े अहंकार के साथ पहनती थी गोया कोई उससे यह न पूछ बैठे कि इतने अच्छे कपड़े तुमने कहाँ सिलवाये हैं। एक बार मैंने भी उसे फूलों की डिज़ाइन वाले कपड़े सिलने को दिये थे लेकिन ख़ूबसूरत बटनों के बावजूद उसने उन कपड़ों से ऐसी पोशाक बनायी जिसे पहनने की हिम्मत मैं कभी नहीं जुटा पायी। मैंने उसे झूठ कह दिया कि मैं इतनी मोटी हो गयी हूँ कि वह ड्रेस

मुझे सख़्त हो रही थी। सच तो यह था कि अगर मैं मोटी हो भी जाती तो उस ड्रेस को पहनने की बजाय अपने तलुओं में नाल ठुकवा लेना बेहतर समझती।

इमेल्डा द्वारा बहुत एतराज़ किये जाने के बावजूद अगस्टीन ने अपनी पहली सैलरी इमेल्डा के हाथों में ही रखी। उसने भी हालाँकि यही सोचा था कि अपनी पहली तनख़्वाह वह अगस्टीन के हवाले कर देगी।

हमें याद है, हूम साहब ने हमें बताया था, 'जब मैंने पहली सैलरी इमेल्डा को दी, वो इतनी चौंक गयी थी गोया किसी ने उसकी गोद में साँप छोड़ दिया हो।'

'इतने पैसे!' इमेल्डा ने कहा था। 'मेरा तो मन हो रहा है कि इन सबको अभी का अभी ख़र्च कर डालूँ।'

हालाँकि उसने ऐसा नहीं किया। और सालोंसाल वह जो कुछ भी कमाती रही उसे पहले अपनी माँ के हवाले और बाद में अगस्टीन के हवाले सौंपती रही। जब उसने अगस्टीन को पैसे देने शुरू किये तो जाने–अनजाने वह उन पैसों से कुछ पैसे चुराने लगी थी। यह सिलसिला तब तक चला जब तक उस पर दौरे पड़ने शुरू हो गये और उसने काम पर जाना बन्द कर दिया।

'उसने ही मुझसे मेरी नौकरी छुड़वाई,' वह कभी–कभी गुस्सा कर कहती। 'वर्ना मैं अभी तक काम करती रहती।'

'बकवास मत करो,' मैं या सुज़न कहते। हूम साहब कुछ भी नहीं कहते। जिस बात को हम बाद में जान पाये थे, उसे वे पहले से ही जानते थे : अमेरिकन कांसुलेट ज़नरल ने ख़ुद इच्छा ज़ाहिर की थी कि इमेल्डा को इस्तीफ़ा दे देना चाहिए था क्योंकि वह राजनयिक रिपोर्टों पर अपनी इच्छानुसार और बेसिर–पैर कमेंट्स लिखने लगी थी। वह समीक्षाओं पर अपना पर्सनल ओपिनियन भी देने लगी थी। जब मैं कोई आठ–दस

सालों का रहा होऊँगा तो मज़ाक़ में मैं उसे 'पर्सनल ओपिनियन' के मुहावरे से ही सम्बोधित करता था।

हूम साहब के इकलौते वेतन के बावजूद हमारी ज़िन्दगियों में कोई कमी या परेशानी नहीं थी। हमारे विचार से हूम साहब बनने से पहले ही हूम साहब ने हम सबके जीवन की उपयुक्त प्लानिंग कर दी थी। लेकिन इमेल्डा की बीमारी के कारण उनकी सारी योजनाएँ उलट पुलट हो गयी थीं। हम सब अच्छा खाना खाते थे और हमारे पास वे तमाम किताबें थीं जिन्हें हम पढ़ना चाहते थे। लेकिन इसके सिवा हमारे पास कुछ भी नहीं था। कोई नौकर–चाकर नही... कोई रेफ्रिज़रेटर नही... टेलीविज़न तो उस ज़माने में मिडिल–क्लास की एक लक्ज़री थी।

कभी–कभी हम घर में एक फ्रिज़ की माँग करते थे, ख़ासकर तब जब हम किसी ऐसे दोस्त से मिलकर आते थे जिसके घर एक फ्रिज होता था। फ्रिज़ होने से ठण्डी चीज़ें कितनी सहूलियत से सर्व की जा सकती थीं। उसके अलग–अलग खाँचों में कितनी चीज़ें एक साथ रखीं जा सकती थीं। सब कुछ अलग–अलग डिब्बों में और लम्बे समय तक सुरक्षित रखने के इरादे से।

'हमें फ्रिज़ क्यों चाहिए?' हूम साहब पलटकर पूछते। 'हमारे पड़ोस में ही शहर का सबसे अच्छा बाज़ार है। वहाँ से हम ताज़ा चीज़ें ख़रीद सकते हैं।'

लेकिन जब हम खाने और खाने की चीज़ों की बातें कर रहे होते तब उस मीठी फुग्या को कभी नहीं भूलते।

एक बार एम लगातार तीन दिनों तक सोयी नहीं थी। बीच–बीच में उसने हल्की–सी झपकी ली थी लेकिन फिर वह दुबारा जाग जाती थी और उसके लगातार बीड़ी पीने की वजह से पूरा फ़र्श बीड़ी के टुकड़ों से भर गया था। हमारा फ़्लैट उसके ऊलजुलूल कारनामों और बेसिर–पैर की बातों से बेतरह अव्यवस्थित हो गया था। एक दोपहर जब हम खाने बैठे तो उसने अचानक ऐलान किया :

'मैं सोना चाहती हूँ,' उसने कहा और हम सबने राहत की साँस महसूस की। लगातार जगी होने के कारण वह बेतरह थकी हुई दिख रही थी। वह लगातार सोलह घण्टों तक सोयी रही और हर चार–पाँच घण्टे बाद हम उसके होंठों को पानी से तर करते रहे थे।

फिर वह जब जागी तो एकदम तरोताज़ा थी और ऊर्जा से भरपूर थी। हमारे साथ उसने भी खाना चबाना शुरू कर दिया।

'हम्म,' उसने कहा, 'यह बहुत मीठी फुग्या है।'

हम सब अपनी–अपनी जगह ठिठक गये। हम सब हल्की मीठी ब्रेड बॉल्स की फुग्या सोरपोटेल के साथ खा रहे थे। जब एम सोने गयी तो उसके मुँह में एक फुग्या था।

'कोई हैरत की बात नहीं है कि यह मीठी है,' हूम साहब ने कहा था। 'पिछले सोलह घण्टों से तुम्हारे मुँह में पड़ी रही और तुम्हारी लार ने उसे मीठा कर दिया।

शायद उस पर किसी जादुई सितारे का असर था। अपनी ज़िन्दगी का एक बड़ा हिस्सा उसने बीड़ी पीते हुए बिताया था और, उसके मुँह से एक ख़ुश्क खाँसी निकलती रहती थी।

एक दिन मामला ज़रा संगीन हो गया। उसने बग़ल से गुज़रती हुई सुज़न से फ़ूलगोभी के बारे में पूछा। मेरे कॉलेज से घर लौटने पर सुज़न ने मुझे यह बात मुझे बतलायी।

'तुम्हें पता है, मैं भी नहीं जानती थी कि वह क्या कह रही थी। मुझे लगा कि वह अपने शरीर के किसी ख़ास हिस्से की बात कर रही है लेकिन फिर कुछ सोचकर मैं रुक गयी। मैंने पूछा, "फूलगोभी क्या?" उसने कहा, "जो मेरी जीभ पर उग रहा है।" मैंने चौंकते हुए कहा, "उसे मुझे दिखाओ," और उसने मुझे अपनी जीभ दिख़लायी।'

हम दोनों उसके मुँह के भीतर झाँकने गये। उसकी जीभ पर गहरी दरार जैसी कोई चीज़ थी, और उस दरार के बीचो–बीच एक सफ़ेद–सा फोड़ा था। किसी फूलगोभी के आकार का।

हम चिन्ता में पड़ गये।

'क्या हमें उन्हें अभी ख़बर करनी चाहिए?' मैंने पूछा।

'मेरे ख़याल से नहीं,' सुज़न ने कहा। 'यह कहीं कोई गम्भीर बात तो नहीं है।'

मैंने भी ठण्डे दिमाग़ से सोचा।

'हाँ, मेरा भी यही ख़याल है।'

'हमें थोड़ा इन्तज़ार करना चाहिए।'

'तुम दोनों उसे कुछ नहीं कहोगे,' एम ने कहा।

'तुम पागल हो क्या?'

'मैं तुम दोनों से एक सौदा करना चाहती हूँ। मेरी सालगिरह का इन्तज़ार करो। अगर तब तक भी यह ग़ायब नहीं होता तब तुम बेशक उसे बता देना।'

उनके जन्मदिन में अभी दो हफ़्ते की देर थी।

'जन्मदिन तक यह हो सकता है?'

'तब तक यह ग़ायब हो जायेगा।'

'तुम पागल हो या क्या हो?' मैंने पूछा।

'तुम पागल हो कि क्या हो?' सुज़न ने पलटकर मुझसे पूछा।

लेकिन एम का जवाब अजीबोग़रीब था : 'मैं पाँचवें संशोधन की सौगन्ध खाती हूँ।'

'भारतीय संविधान का पाँचवाँ संशोधन केन्द्र और राज्यों के सम्बन्धों को निर्धारित करता है।' मैंने कहा।

'मुझे इस पाखण्डी–अक्खड़ लड़के से बचाओ,' एम ने कहा।

सुज़न कहने लगी, 'बकवास बन्द करो, उसे शायद कैंस...'

'नाम न लो,' एम चीख़ पड़ी। हम नहीं जानते थे कि यह सामान्य अन्धविश्वास था या बीमारी का ख़ास लक्षण।

'ठीक है, तुम्हारी जीभ पर एक फूलगोभी उग आयी है।'

'हाँ, एक सुन्दर–सा। मुझे फूलगोभी पसन्द हैं। मैं अपनी जीभ के बीच में एक केकड़ा उगता हुआ नहीं देखना चाहती हूँ।'

'अगर तुम केकड़ा नहीं देखना चाहतीं तो तुम्हें बीड़ी छोड़ देनी होगी।'

'मैं कुछ भी नहीं छोड़ने वाली, पहले बता देती हूँ।'

उसके बाद बहस की कोई गुंजाइश नहीं बचती थी।

'क्या मैं इसे दुबारा देख सकता हूँ?' मैंने पूछा।

'बिल्कुल,' उसने कहा और अपनी जीभ को अधिक–से–अधिक बाहर की तरफ़ निकाल लिया।

'ओह! यह सचमुच...'

'ऐसा मत कहो।'

'ठीक है, लेकिन तुम्हें यह बात हूम साहब को बतानी होगी।'

'तुम मुँह बन्द रखोगे। मैंने पहले कह दिया है। मेरी सालगिरह तक यह नहीं रहेगा। अगर रहेगा तो तुम मेरी जान ले लेना।'

'हम सब तुम्हें बचाना चाहते हैं,' सुज़न ने कहा।

उस बात पर सोचते हुए अब मुझे लगता है कि हमें कैंसर के किसी डॉक्टर से एम को दिखलाना चाहिए था। लेकिन हमने ऐसा नहीं किया क्योंकि हमें एम को किसी–न–किसी मेडिकल इमरजेंसी में देखने की आदत–सी पड़ चुकी थी।

और फिर ठीक उसकी सालगिरह के दिन उसकी जीभ की दुबारा जाँच की। कोई गोभी का फूल नहीं था वहाँ।

'क्या हुआ?' मैंने पूछा।

'मुझे मालूम नहीं,' उसने कहा। लेकिन मैंने मरियम से कहा था कि इस तरह मेरा गुज़र नहीं हो सकता लिहाज़ा उसने मुझसे उसे वापस ले लिया।'

मुझे नहीं पता कि यह चमत्कार कैसे हुआ था।

'क्या हुआ?' सुज़न ने भी पूछा। लेकिन उसका लहजा थोड़ी हैरत से भरा हुआ था।

'फूलगोभी अपनी जड़ों से उखड़ गया और मैं उसे निगल गयी,' एम ने कहा।

'छीः... छीः...,' सुज़न ने ऊपरी तौर पर कहा था लेकिन भीतर ही भीतर वह बहुत ख़ुश थी।

'क्या अब हम उन्हें बता सकतें?'

'क्या बता सकते हो?'

'तुम्हारे फूलगोभी के बारे में।'

'कौन–सा फूलगोभी?' उसने अचरज से कहा। तब तक हूम साहब कमरे में नाश्ते के ट्रे में बेकन, टोस्ट और अंडे लेकर दाख़िल हो चुके थे, यह हमारा पसन्दीदा नाश्ता था। उन्होंने भी शायद हमारी बात सुन ली थी

'कौन–सा फूल गोभी?' उन्होंने दोहराया। उनको ज़रूरी बातों की भनक लग जाया करती थी। मैंने उनको पूरा माज़रा बताया। उन्होंने हम दोनों को ग़ौर से देखा, फिर उनकी नज़रें एम पर टिक गयीं। हम सब असहज महसूस कर रहे थे। हमने चुपचाप अपना नाश्ता पूरा किया। आख़िरकार एम ने ही चुप्पी तोड़ी।

'वह ग़ायब हो चुका है,' उसने कहा।

उन्होंने कुछ भी नहीं कहा।

'इसने हमसे वायदा लिया था,' मैंने कहा।

उन्होंने कुछ भी नहीं कहा। नाश्ता पूरा करने के बाद उन्होंने एक फ़ोन कॉल किया। उनको एम को लेकर डॉक्टर को दिखाने के लिए जाना था। सब कुछ तय हो गया तब उन्होंने हमसे मुखातिब होते हुए कहाः 'कभी–कभी मुझे हैरत होती है कि क्या वाक़ई शिक्षा हासिल करने से तुम दोनों में कोई बदलाव आया है!'

और वो अपने काम पर चले गये।

एम ने हमारा दिल बहलाने की कोशिश की।

'मुझे कुछ भी नहीं हुआ है।'

'यहाँ तुम्हारी बात नहीं हो रही है,' सुज़न ने कहा।

'हमें उनसे यह बात छुपानी ही नहीं चाहिए थी,' मैंने कहा।

'नहीं, हम दोनों को उसे ख़ुद डॉक्टर के पास ले जाना चाहिए था।'

‘तुम और किसकी फ़ौज?’ एम ने थोड़ा उग्र होते हुए कहा। यह उसके द्वारा कहे गये उसके प्रिय जुमलों में एक था। अमेरिकन कांसुलेट ज़नरल में नियुक्त मरिन्स इस जुमले का धड़ल्ले से प्रयोग करते थे।

लेकिन यह चमत्कार जारी रहा। एम की पूरी जाँच हुई, उसे चिकोटी काटी गयी, एक नोक़दार चीज़ से कुरेदकर देखा गया, स्कैन किया गया और ‘किसी मलयाली नर्स’ की तरह उसे चेताया गया। लेकिन उसे कोई बीमारी नहीं निकली।

‘मेरे फेफड़े में बलगम की थैलियाँ हैं’। आवाज़ में एक घरघराहट है। वह सेरेंगेती के किसी शेर की तरह दहाड़ती है, ‘लेकिन मेरे बदन में कोई केंकड़ा नहीं है। मेरी धड़कनें नार्मल नहीं हैं। मैं अपनी देह को वैज्ञानिकों को खोज के लिए दान में दे देना चाहती हूँ, ताकि मेरे मरने के बाद वे शोध कर सकें कि मैं किन कारणों से सनक गयी। जल्दी से मुझे

मेरी बीड़ियाँ दे दो।’

‘तो यह फूलगोभी क्या था?’

‘तुम मूर्खों ने अपनी आँखों के सामने यह चमत्कार नहीं देखा?’

‘नही...’

‘ओह, तुम सब नास्तिक लोग हो। तुमको तो नरक के जंगलों में बत्तख बनाकर भेज देना चाहिए जहाँ मैं चाह कर भी तुम्हारे लिए प्रार्थनाएँ नहीं कर सकूँ।’

‘मुझे याद नहीं है कि बाइबिल के किसी संस्करण में मैंने इस सज़ा के बारे में पढ़ा है,’ मैंने कहा।

‘यह मेरे ख़ुद का नज़रिया है,’ एम ने हँसते हुए कहा। ‘मैं अपने वायदे पर इतराकर आगे बढ़ जाऊँगी जबकि तुम दोनों बत्तखों की तरह वहाँ हचक–हचक कर चलना।’

‘अपनी कड़वी ज़ुबान को बन्द रखो,’ मैं गुर्राया।

‘एम,’ सुज़न ने भी उसे टोका।

'मैंने मरियम से कहा...।' उसकी आवाज़ अब थकने लगी थी। 'ठीक है, मैंने उससे कहा कि मेरे जीवन के पाँच साल कम कर दे और बदले में मुझे खाने, पीने और स्मोकिंग करने की इजाज़त दे दे। तुमने ही मुझे ये चीज़ें दी हैं।'...वह अपने ललाट को उंगलियों से बजा रही थी, 'और मैंने उसकी इजाज़त को बड़ी मर्यादा के साथ स्वीकार किया।'

'मर्यादा के साथ?'

'तुमको उसी मर्यादा के साथ जीना है जैसे मैंने अपना जीवन जिया है। पीना भी तुम्हें उसी मर्यादा के साथ है। इसलिए मैंने कहा कि मेरे जीवन के पाँच साल कम कर दो। ज़ाहिरन किसी ने तो मेरी बात सुनी होगी। लेडी इन ब्लू, आय लव यू। ऐसे भी मैं ईश्वर की मर्ज़ी से अपनी ज़िन्दगी नहीं गुज़ारना चाहती हूँ। ईश्वर भी एक मर्द है और वह एक मर्द के दिलोदिमाग़ से ही सोचेगा। मेरे जीवन में उनकी इससे अधिक उपस्थिति सम्भव नहीं है। मैंने समर्पण में कुछ नहीं सौपा, कुछ भी नहीं सौंपा। मैं एक औरत की करुणा के साथ ही अपनी तमाम मुश्किलों से मुक़ाबला करूँगीं।'

11. 'इलेक्ट्रो-कनवल्सिव थेरेपी'

एक कॉलेज ट्रिप के क्रम में मैंने ठाणे मेंटल हॉस्पिटल में जब मरीज़ों की हालत देखी थी तब मुझे इस बात का अहसास हुआ कि भारत में मानसिक रोगियों के उपचार की कितनी ख़राब व्यवस्था है। मनोविज्ञान में रुचि रखने वाले थर्ड ईयर के कोई तीस लड़के एक जूनियर लेक्चरर अर्पणा शेट्टी की अगुवाई में वहाँ गये थे। डॉ. अर्पणा ने अभी अपनी मास्टर्स डिग्री पूरी की ही थी और उम्र में अभी इतनी युवा थी कि उसे देखकर उसकी तरफ़ आकृष्ट हो जाना स्वाभाविक था। वहाँ हमारा परिचय सुनील नाम के एक खाते–पीते और सुविधासम्पन्न परिवार के युवा लड़के से कराया गया। वह अपने नशे की लत से उबरने का इलाज करा रहा था–कम–से–कम अस्पताल में हमें यही बताया गया था। वह बड़े आराम से धड़ल्ले के साथ अंग्रेज़ी बोलता था गोया अंग्रेज़ी ही उसकी मूल भाषा थी।

'आपको यहाँ जो कुछ चाहिए वे सभी चीज़ें मिल जायेंगी,' सुनील ने शान्त भाव से हमें बताया, 'वैसे ही जैसे भारत के तमाम दूसरे हिस्सों में मिलती हैं।'

'मैं तुम्हारी बात समझ नहीं पायी,' अर्पणा ने कहा।

'अपना दिलो–दिमाग़ खुला रखिए, मिस शेट्टी,' सुनील ने कहा। 'यह एक ग़रीब मुल्क है जिसके समाज की ऊपरी तह पर कुछ मुट्ठी भर खाते–पीते घर बसते हैं। एक ग़रीब मुल्क अपने लोगों

को उनके हक़ से कम पैसे देता है। लिहाज़ा उन ग़रीब लोगों के ईमान को ख़रीदना बहुत आसान होता है।'

'सुनील...' ठीक हमारे पीछे से एक आवाज़ आयी। वह एक पुरुष था जो दिखने में किसी अफ़सर की तरह लगता था। अर्पणा शेट्टी ने उसे अपना परिचय दिया। जब तक वह अफ़सर अर्पणा के परिचय से सन्तुष्ट नहीं हो गया और बदले में उसे अपना परिचय देने लगा, तब तक सुनील हम सबसे बातचीत करता रहा। सुनील की देह–भाषा बहुत शिथिल थी और आँखें मानो किसी उन्माद और रहस्य में डूबी हुई थीं।

'मैं यह कहना चाह रहा था कि जब एक ग़रीब आदमी को उसकी हैसियत के मुक़ाबले मामूली आमदनी होती है तो उसे ग़ैरवाज़िब पैसे देकर मनमाना काम करने के लिए उकसाना बड़ा आसान हो जाता है। 'ऐसी स्थिति में उसकी ज़रूरतों को नाजायज़ पैसों का खाद–पानी देकर दूसरे लोग अपने मुनाफ़े की हरी–भरी फ़सल उगाने में ख़ासा कामयाब होते हैं', सुनील ने कहा।

'सुनील, यह सब क्या बकवास है?' उस अफ़सर के साथ आये एक मनोवैज्ञानिक सोशल वर्कर मिस्टर शिन्दे ने उसे टोकने की कोशिश की। सुनील उसे देखकर हल्के से मुस्कुराया।

'मैं अब जाता हूँ।' सुनील ने कहा। 'मुझे कुछ लिफ़ाफ़े बनाने हैं ताकि दुनिया को यह ख़ुशफ़हमी बनी रहे कि मैं भी एक काम करने वाला आदमी हूँ और ख़ुद कुछ काम की क़ाबिलियत रखता हूँ।'

जब वह जाने के लिए मुड़ा तो उसका ध्यान रखने वाले कर्मचारियों ने इस बात का ख़ास ख़्याल रखा कि चलते हुए उसके पाँव सही रास्ते पर ही पड़ें। लिहाज़ा उन्होंने उसे हौले से सहारा दे रखा था।

'उसे गिरफ़्तार करके यहाँ भेजा गया है,' शिन्दे ने बताया। 'कोर्ट ने उसे अपनी सज़ा काटने के लिए यहीं भेजा है। उसका कोई क्रिमिनल रिकॉर्ड नहीं है, इसीलिए उसके माँ–बाप ने उसके लिए यही जगह चुनी। वह दो महीने बाद अपने घर लौट जायेगा।'

इतने में बग़ल से मरीज़ों का एक जत्था गुज़रा। अपने गन्दे भूरे–काले कपड़ों और खूँटियों जैसे बालों में वे सभी एक जैसे ही दिख रहे थे।

'ये सब कहाँ जा रहे है?' अर्पणा ने शिन्दे से पूछा।

'इलेक्ट्रो–कनवल्सिव थेरेपी के लिए,' शिन्दे ने जवाब दिया। 'ईसीटी–'शॉक ट्रीटमेंट।'

मनोरोग की चरम अवस्था में हमने इस उपचार के बारे में सुन रखा था। जेम्स कॉलेमन जिन्होंने मनोविज्ञान की बुनियादी किताब लिखी थी, ने भी इस बात का उल्लेख किया था कि यह तकनीक अब अनुपयोगी हो गया था और रूस के मानसिक अस्पताल में इसके दुष्प्रभावों को झेलने वाले लोग अभी भी बड़ी संख्या में मौजूद थे। उसकी शायद यही मान्यता थी कि अपने लक्ष्यों को पूरा करने के लिए सोशलिस्ट किसी भी हद तक जा सकते थे।

'क्या छात्र ईसीटी ट्रीटमेंट की तकनीक देख सकते हैं?' अर्पणा ने पूछा। शिन्दे ने सहमति में अपना सिर ऐसे हिलाया जैसे उसके लिए यह सामान्य बात थी। उसने ऐसी सहजता के साथ इस बात की इजाज़त दे दी मानो कोई उसके घर में आया मेहमान उसके टॉयलेट के इस्तेमाल के लिए उससे पूछ रहा हो। उस पल मुझे पहली बार यह महसूस हुआ कि भारत में पागल, कोई मानसिक रोगी नहीं हैं। वे बस पागल हैं। उनकी कोई दूसरी पहचान नहीं है। वहाँ भी सबके सब सिर्फ़ पागल थे। उनके सिर इसलिए मुँडवा दिये गये थे ताकि अस्पताल उनके सिर में जुओं के झंझट से मुक्ति पा सके। उनके पास चीकट कपड़े इसलिए थे कि उनके घर के लोगों ने उनको भटकता हुआ छोड़ दिया था और वे अपनी ज़िन्दगियों से इसलिए बाहर हो गये थे कि वे अपने परिवारों को खो चुके थे। वे अब पूरी तरह से आज़ाद थे लेकिन उनकी आज़ादी अजीबोग़रीब थी। वे बिल्कुल अकेले थे। स्पर्श के नाम पर उनके पास आगे खड़े आदमी का कन्धा और पीछे खड़े आदमी की उँगलियाँ थीं।

लिहाज़ा यह हैरत की बात नहीं थी कि शिन्दे ने उनकी इजाज़त लेने की ज़रूरत नहीं समझी। उनसे कोई भी इजाज़त नहीं लेता था। उनसे इजाज़त लेने की ज़रूरत भी नहीं थी। उनकी आँखों को देखकर नहीं जाना जा सकता था कि उनमें क्या भाव थे और वे उन आँखों से किन्हें तलाश रहे थे। उनकी क़तारों को देखकर कुछ भी हासिल कर पाना मुश्किल था। एक बूढ़ी औरत हर किसी को खा जाने वाली नज़रों से घूर रही थी। एक–दूसरे आदमी के चेहरे पर इतनी वितृष्णा थी कि उसका बस चलता तो दुनिया की तमाम औरतों के कपड़े फाड़ डालता। और, एक नौजवान लड़का भी था जो मेरी तरफ़ देखकर बहुत प्यार से मुस्कुरा रहा था मानो मैं उसके लिए ख़ुशियों की कोई चाबी हूँ।

मैं उसकी चाबी था।

मुझे साथ जोड़कर वह मानसिक रोगी ठीक हो सकता था। उस नौजवान की तकलीफ़ें धीरे–धीरे कम हो रही थीं। वह अपनी गिरफ़्त से बाहर निकल रहा था। तभी मैंने इस पर ग़ौर किया कि उसके होठों पर जो हँसी आयी थी, वह ठीक उसी तरह ग़ायब भी हो गयी। मानो वह कोई आदमी नहीं होकर मशीन हो। कुछ पल के बाद ऐसा लगा जैसे वह इस बात को पूरी तरह से भूल चुका था कि वह किसे देखकर मुस्कुरा रहा था। डिस्पेंसरी की दरवाज़े तक आती–आती कतार टूट चुकी थी। एक वार्ड–बॉय ताक़त का इस्तेमाल करके उन्हें फिर से क़तार में लगाने की कोशिश में भिड़ा हुआ था। पहला आदमी जो कि अधेड़ उम्र का था, एक टेबल पर लेट गया। उसकी बग़ल में एक कप रख दिया गया। आजू–बाजू खड़े दो मरीज़ों ने उसके हाथ और पाँव को बाँध दिया। उसके बाद टेबल पर लेटे मरीज़ के बदन में बिजली दौरा दी गयी। उसकी देह में एक अकडन हुई। उसके बाद वह शिथिल पड़ गया। उसकी गर्दन एक तरफ़ लटक गयी और उसके मुँह से झाग निकलने लगा। बिजली का स्विच दुबारा दबा दिया गया और आदमी पूरी तरह से पस्त हो गया। आजू–बाजू खड़े दोनों मरीज़ों ने उसके हाथ–पाँव के बन्धन ढीले कर दिये,

उसको सहारा देकर उठाया और उसे कमरे के कोने में बिठा दिया। उसके शरीर के सभी अंग सुन्न पड़ गये थे मानो उनमें कोई हड्डी नहीं बची हो। वह फ़र्श पर निष्क्रिय पड़ा बर्फ़ की तरह जम रहा था। उसके दोनों घुटनों के दरमियान उसका माथा टिका हुआ था और उसकी लार की बूँदें उसकी छाती पर टपक रही थीं।

'मोटे तौर पर यह एक कामयाब ट्रीटमेंट कहा जा सकता है', अर्पणा ने बचाव के रास्ते को आज़माते हुए कहा। शिन्दे कब का कमरे से जा चुका था।

'यह कामयाबी का मतलब क्या होता है?' रवि ने पूछा। वह तीखे नाक–नक़्श और रेशमी बालों वाला एक लड़का था जो हमारी ही यूनिवर्सिटी में पढ़ता था। वह तेज़ दिमाग़ का था। उसके भीतर एक तरह की कौंध थी लेकिन वह किसी मुद्दे पर बहुत देर तक एकाग्र नहीं रह पाता था। उससे मिलने के बाद आसानी से इस नतीजे पर पहुँचा जा सकता था कि वह विज्ञापन के कारोबार में ख़ासा नाम कमा सकता था।

मैं चाहता तो उन दोनों को यह बतला सकता था कि कामयाबी का क्या मतलब होता है और ईसीटी कैसे काम करता है, लेकिन ख़ामोश रहना बेहतर समझा।

अर्पणा ने मुझे बताया कि वह एक ऐसे डॉक्टर को जानती थी जिसने चौदह साल की एक लड़की को ईसीटी दिया था क्योंकि वह अपना बिस्तर गीला करती थी, और चौबीस साल की एक लड़की को भी यह उपचार दिया था क्योंकि उसने की। याददाश्त कमज़ोर पड़ रही थी।

'क्या ईसीटी से वे ठीक हो गयीं?' रवि ने पूछा था।

'इससे उनको मदद मिली थी।'

'किस हद तक?'

'इससे वे नॉर्मल हो गयीं,' अर्पणा ने कुछ इस लहजे में बताया मानो इन बातों से वह थोड़ी असहज महसूस कर रही थी।

'इसका मतलब मनोरोग के उपचार का बस यही उद्देश्य हो कि मरीज़ों को एक जैसी दवाएँ देकर उनको जानवर जैसी नस्ल

में तब्दील कर दिया जाये, भले ही उनकी बीमारियाँ भिन्न–भिन्न हों और उनके कारण भी भिन्न–भिन्न हों।'

'मैंने ऐसा कुछ तो नहीं कहा।'

'सही कहा। लेकिन नॉर्मल शब्द की उत्पत्ति "नॉर्म" से हुई है और "नॉर्म"...'

'...इसके कई अर्थ हो सकते हैं,' अर्पणा ने विजेता के अन्दाज़ में यह बात कही।

'लेकिन इन सभी अर्थों की सीमाएँ 'नॉर्मल' शब्द द्वारा ही तो निर्धारित होती हैं न?' रवि ने पूछा।

'हाँ।'

'यह सीमाएँ कौन बनाता है?'

रवि और अर्पणा अपनी–अपनी बातों पर अभी भी बहस में उलझे हुए थे। वह अपना बौद्धिक बर्चस्व स्थापित करने पर तुला हुआ था। वह हमें अपनी बहस करने की क्षमता से प्रभावित करना चाहता था। उसकी बहस का ज़्यादातर हिस्सा आर। डी। लैंग के सामान्यीकरण की परिभाषा, मध्य–वर्ग की नैतिकता, मार्क्सवादी विश्लेषण और अलग–अलग पुस्तकों में पढ़े गये विविध अंशों पर आधारित था।

लेकिन मेरे ज़ेहन में एक सवाल रह गया। जब हम मानव मस्तिष्क के विकारों से जूझते हैं तो आख़िरकार उसका उपचार क्या है? यह नॉर्मल होना कैसी मानसिक स्थिति है? मैंने एम को उस वक़्त देखा था जब वह एक उन्मत्त पागल के रूप में स्टेवेल क्लिनिक में एडमिट हुई थी। उसका चेहरा गुस्से से तमतमा रहा था, होठों से झाग के बुलबुले निकल रहे थे, उनके उलझे हुए बाल हवा में लहरा रहे थे, उसकी आवाज़ बेतरह कर्कश हो गयी थी और दरकती हुई किसी चीज़ की तरह निकलती थी। पूरे परिवार को उसकी चिन्ता थी।

एम खुद स्टेवेल क्लिनिक नहीं गयी थी। वहाँ उसे हमने भेजा था। मैंने और सुज़न ने।

जब Li_2CO_3 ने काम करना बन्द कर दिया था तो एम इस नतीजे पर पहुँची कि उसके ख़िलाफ़ कोई साज़िश रची जा रही है। जल्दी ही उसे इसका अहसास भी हो गया कि यह साज़िश दरअसल उसके पूरे परिवार के ख़िलाफ़ रची जा रही है। बृहद्मुम्बई महानगरपालिका या शहर के म्युनिसिपल कार्पोरेशन ने हमारे घर के बाहर की सड़क पर ख़ुदाई का काम शुरू करने का फ़ैसला किया था। वे खोदे गये गड्ढे एम को क़ब्रों की याद दिलाते थे और एम को इस बात का पक्का भरोसा हो चुका था कि 'वे लोग' अपनी चाल में कामयाब हो रहे हैं। अब उन लोगों को ख़ुश रखने के सिवा कोई चारा नहीं था। उन्होंने एक दिन अपने लिए रिश्वत की माँग की लिहाज़ा एम ने बालकनी पर से घर के सामान नीचे फेंकने शुरू कर दिये। घड़ी से चोट खाने के बाद एक सोये हुए कर्मचारी का माथा फुट गया, कुछ सामान हमारी तरफ़ दोबारा फेंक दिये गये। नींद से जागे हुए पड़ोसियों ने हमें गालियों से अलग नवाज़ा। जो लोग हमें माहिम की ख़ुदी हुई सड़कों पर दफ़नाने आये थे, उन्होंने हमसे हमारी अलार्म घड़ी, बहुत सारे कपड़े और रुमाल, कटोरी, चम्मच, ग्लास, टॉफ़ीज, ऐशट्रे, हमारी कई किताबें और हूम साहब की कलाई घड़ी की माँग की। सुबह तीन बजे के क़रीब माज़रा बेहद गम्भीर हो चुका था।

जब कुछ पड़ोसियों ने हमारे घर पर धावा बोल दिया तब मेरी नींद खुली। मेरी समझ में नहीं आ रहा था कि वे अपनी नींद में ख़लल पड़ने से खफ़ा थे या इस तमाशे से हमें आगाह करने को इकट्ठा हुए थे। उनकी ज़िन्दगी में पिछले दो सालों से सब कुछ सामान्य रूप से चल रहा था, और अब अचानक यह सब बर्दाश्त करना उनके लिए मुश्किल था। उनको देखकर मैं चीख़–चीख़ कर रोने लगा। मैं भीतर ही भीतर बहुत शर्मिन्दा था। लिहाज़ा मैंने ज़ोर से चिल्लाते हुए कहा कि मैं घर को छोड़कर जा रहा हूँ। मैं इसी हालत में और ऐसे लोगों के साथ रहने को कतई राजी नहीं था। मैंने चीख़ते हुए कहा कि मैं ख़ुद को ख़त्म

कर डालूँगा क्योंकि मैं अपनी ज़िन्दगी से थक चुका था। अगर हूम साहब शहर में होते तो शायद माज़रा दूसरा था। लेकिन वे घर में नहीं थे। उन्हें अपने जीवन का एक सुनहरा अवसर मिला था। वे भारत सरकार की प्रतिनियुक्ति पर ब्राजील गये थे और अच्छी–ख़ासी कमाई करके लौटने वाले थे।

'यह मौक़ा मुझे सिर्फ़ पुर्तगाली जानने की वजह से हासिल हुआ था,' अपनी प्रतिनियुक्ति पर जाने से पहले उन्होंने कहा था।

मुझे महसूस हुआ था कि मेरा दिल डूब रहा है। उनके जाने के बाद पूरे घर का भार अकेले मेरे ऊपर पड़ने वाला था।

'नानी को मैंने कह दिया है, वे यहीं रहेगी,' उन्होंने अपनी बात जारी रखी थी। लेकिन मेरे दिमाग़ में बार–बार यही बात घूम रही थी कि नानी के आने की ज़रूरत क्यों थी?

मेरी बातों से खुद नानी भी सहमत थीं, इसके बावजूद वह हमारे घर आकर रहने को राजी हो गयीं। हमारे घर उनके करने लायक कोई बहुत ज़्यादा और ज़रूरी काम नहीं था। वह एम के साथ घण्टों बैठी इधर–उधर की बातें करती रहती थीं। एम अक्सर प्रार्थनाएँ करती रहती या फिर अपने 'निजी निष्कर्षों' से जुड़ी बकवास करती रहती जिसे नानी अन्यमनस्कता या असहमति के साथ सुनती रहतीं। उस दरमियान ख़ूब चाय बनती थी। लेकिन हमारे लिए लंच का इन्तज़ार बहुत बेचैनी से भरा होता था क्योंकि नानी हम चारों के लिए राजी–खुशी से ज़ायकेदार खाना पकाती थीं। लेकिन जिस रोज़ एम ने यह हंगामा खड़ा किया था, संयोग से नानी नोविना के लिए सेंट माइकल चर्च गयी हुई थीं। वह अपनी बेटी की सेहत के लिए पूरे दिन में नौ बार चर्च जाया करती थीं। वापिस लौटने पर सामने का नज़ारा देखकर वह रोना–धोना मचाने लगीं और उस पूरे वाकये के लिए ख़ुद को ज़िम्मेदार बताने लगी। हम सब निरुपाय महसूस कर रहे थे। मेरी रुलाई फुट पड़ी और मैं फिर से चिल्लाने लगा था। सुज़न ने मुझे किसी तरह चुप कराया। एम ने तुनकते हुए कहा था, 'ओह्ह! तुम लोग यह सब बन्द करो। मैं फिर से अस्पताल चली जाती हूँ।'

वह बुरी तरह थकी हुई थी और अपने बिस्तर पर चली गयी।

आख़िरकार हम राजी हो गये, मैं और सुज़न। हमें लगा, शायद एम को सच में मदद की ज़रूरत थी। लेकिन हम पक्के तौर पर यह नहीं कह सकते थे कि उसको मदद चाहिए थी कि नहीं? या हमें ही थोड़ी शन्ति और ख़ामोशी की दरकार थी? कुल मिलाकर एम को भी सर जे।जे। अस्पताल का वार्ड नम्बर 33 घर की तरह ही लगता था। यह अस्पताल वैसा ही था जैसा आम तौर पर सरकारी अस्पताल होते हैं। स्किज़ोफ्रेनिया, एनोरेक्सिया और अवसाद के मरीज़ों को एक ही वार्ड में शराबियों और नशेड़ियों के साथ रखा जाता था। लेकिन एम को इससे कोई ख़ास फ़र्क़ नहीं पड़ता था और वह बड़े आराम से ख़ुद को नये माहौल में ढाल लेने का हुनर जानती थी। वह सभी मरीज़ों की चहेती बन जाती थी। घर में बात–बात पर आसमान सिर पर उठा लेने और अधजली बीड़ियों के टुकड़ों से पूरा घर तहस–नहस औरत की बजाय वह वार्ड में नर्सों की छोटी–मोटी सहायिका में बदल जाती थी। वह न सिर्फ़ मरीज़ों को खाना खिलाने में मदद करती थी बल्कि उनकी उगली हुई दवाओं की साफ़–सफ़ाई भी करती थी। वह वार्ड–ब्वॉयज के साथ भी बड़े प्यार से पेश आती थी और कोशिश करती थी कि सबके साथ टूटी–फुटी ही सही लेकिन हिन्दी में बातचीत करे। सम्भव था कि यह ईसीटी से बचने का कोई नाटक रहा हो लेकिन यह कारगर साबित होता था। अपने आपको मार डालने और गहरे अवसाद में डूबे हुए होने के बावजूद वह वार्ड नम्बर 33 में ही दाख़िल किये जाने की ख़्वाहिश प्रकट करती थी। अस्पताल के जीवन से शायद उसे राहत महसूस होती थी या वह ख़ुद भी वही जीवन जीना चाहती थी। यहाँ वह किसी भी फ़ैसले से मुक्त थी और किसी से उसे कोई उम्मीद भी नहीं थी। उसे बस एक मैले–कुचैले बिस्तर पर पड़े जीवित रहना था जहाँ वह दूसरे दौरे का इन्तज़ार करती रहती थी। जब कभी वह घर में भी पड़ी होती थी उसकी जुबान से यही बात निकलती थी, 'मुझे एक आश्रम में डाल दो।'

उसकी इस कराह का हमारे पास कोई जवाब नहीं था क्योंकि शहर में मानसिक रोगियों के लिए कोई आश्रम नहीं बना था। हाँ, अगर मरीज़ को ईसीटी की ज़रूरत महसूस होती थी तो उसके लिए एक पागलख़ाना ज़रूर था।

बहरहाल इस बार वार्ड नम्बर 33 में कोई जगह ख़ाली नहीं थी। फ़र्श पर भी बिस्तर डाल कर किसी को दाख़िल नहीं किया जा सकता था, हालाँकि फिर भी एक बिस्तर डालने की गुंजाइश हमेशा रहती थी। बस उसके लिए एक ही वजह दिखाने की ज़रूरत थी कि साथ में आये मरीज़ की ख़ुदकुशी करने के आसार हैं। लेकिन वार्ड–ब्वॉय की तरफ़ बीड़ी के मुट्ठे बढ़ाती हुई एम पूरी तरह ठीक दिख रही थी। वह वार्ड–सिस्टर्स से हँसती–मुस्कुराती हुई मिल रही थी मानो वह उनकी पुरानी सहेलियाँ थीं और एक बूढ़ी औरत को थपथपाकर कह रही थी कि अगर ईश्वर पर 'भरोसा' रखा जाये तो एक दिन सब कुछ ठीक हो जाता है। मैं और सुज़न उसकी बीमारी समझ नहीं पा रहे थे। यह उसकी बीमारी ही थी जिसकी वजह से उसका कुछ भी कहा समझ पाना मुश्किल हो रहा था। लेकिन अगर पिछली रात ही उसपर पागलपन का दौरा पड़ा था तो अब वह बिल्कुल ठीक–ठीक बर्ताव कैसे कर रही थी? अगर पिछली रात उसे अपने पूरे परिवार को रोड की मरम्मत के लिए खोदी गयी खाइयों में दफ़नाएँ जाने की इतनी चिन्ता थी तो अभी वह नाटे क़द की एक शर्मीली मलयाली नर्स को क्यों दिलासा दे रही थी कि उसके पास पति चुनने के अधिक विकल्प होते हैं और वह चाहे तो अपने लिए कम क़द का लड़का भी चुन सकती है।

क्या उसके ज़ेहन में कोई खेल चल रहा था? क्या उसने मन–ही–मन यह तय कर लिया था कि अगर वह किसी तरह अस्पताल पहुँच जाये तो वह पूरी तरह सुरक्षित हो जायेगी? या, फिर उसका पागलपन गुज़र चुका था?

जवाब बस एक था : ऊपर की कोई भी बात सही हो सकती थी।

सिर्फ़ एक सवाल था जिसका कोई जवाब मेरे पास नहीं था—कि यह सवाल मेरे ज़ेहन में बार—बार क्यों उठता है। क्या वह जो कुछ भी कर रही थी, वह सिर्फ़ एक पाखण्ड था? उसकी अनेक हरकतों से हमारे भीतर यह बात घर कर गयी थी। उसने अकेले हम सबको एक पहेली सुलझाने के लिए छोड़ दिया था।

लेकिन ऐसा सोचना महज़ एक फ़ितूर था। यह बहुत हल्के अन्दाज़ में बच निकलने का एक तरीक़ा भी था। हम सबके जीवन में अक्सर ऐसे लम्हे आते हैं जब हम स्थितियों को सामान्य मानवीय भावनाओं के आधार पर देखते हैं और उनका सरलीकरण करते हैं। एम पागल नहीं थी। वह एक ढोंगी थी। दूसरे सभी ढोंगियों की तरह वह अपने रोज़मर्रे की ज़िम्मेदारियों से भागना चाहती थी। दूसरे सभी ढोंगियों की तरह वह बिना हाथ—पाँव हिलाये सब कुछ हासिल कर लेना चाहती थी। वह हम सबको बरगला रही थी और हम उसके हाथों बेवक़ूफ़ बन रहे थे।

जब वह अवसाद में रहती थी तो मैं उसके बारे में इस तरह की बातें नहीं सोचता था क्योंकि उसका अवसाद मुझे ढोंग की अवस्था नहीं लगता था।

फ़िलहाल जबकि पिछली रात की शर्मिन्दगी और हंगामा मेरे ज़ेहन में ताज़ा था, सो मैं दावे के साथ यह कह सकता था कि हाँ, वह ढोंग कर रही थी। मेरे पास यह मानने का कोई कारण भी नहीं था कि वह ढोंग नहीं कर रही थी। इस बात ने मुझे उसके प्रति एक मानवीय हमदर्दी से बचाये रखा था। दुर्भाग्य से इसको लेकर मेरे मन में पूरी आश्वस्ति नहीं थी और चाह कर भी मैं इस भावना को बहुत देर तक जीवित नहीं रख पाया। मैं कैसे आश्वस्त होता क्योंकि मैंने कभी भी एम के भीतर आलस नहीं देखा था। वह हर वक़्त चाय बनाने, घर की साफ़—सफ़ाई करने या किसी प्ले—स्क्रिप्ट को टाइप करते हुए व्यस्त देखता था ताकि बाद में उसकी फ़ोटोकॉपी निकाली जा सके। वह उस हर काम के लिए तैयार मिलती थी जो उसे करने को कहा जाता था।

और इस बात से भला उसे क्या फ़ायदा हो सकता था अगर वह पागलपन के दौरे का ढोंग करती भी तो? जब वह वार्ड नम्बर 33 का ज़िक्र अपने दूसरे घर के तौर पर करती भी थी तो, बेशक वह उसका दूसरा घर था।

'लेकिन यहाँ तो एक भी बेड ख़ाली नहीं है,' मैट्रन ने कहा।

उसने बनावटी गुस्से में मैट्रन गलगलीकर से पूछा था। 'तुमने तो मुझे बताया था कि पूरी तैयारी हो चुकी है? और मैं तुम्हारी सबसे अच्छी मरीज़ हूँ?'

'...अरे, हम तुम्हारा कोई बन्दोबस्त ज़रूर करेंगे।'

उसके बाद मैट्रन गलगलीकर उसकी नाक के ठीक सामने अपनी दो मोटी उँगलियों को तानती हुई कहती... 'लेकिन मैं तुम्हें कहाँ पर रखूँ? अपने कूल्हों पर?'

'मस्त कूल्हे हैं,' एम कहती। उसके बाद वह अपनी गाड़ी में बैठ गयी, लेकिन जाने से पहले उसने हमें स्टेवेल क्लिनिक जाने की इजाज़त दे दी। हम एम को लेकर जब जाने लगते तो रास्ते में उसे कई बार दोबारा दौरे पड़ने लगते और वह कैब ड्राइवर के साथ गाली–गलौज पर उतारू हो जाती। किराया देते वक़्त वह अपने कपड़ों को उतारने पर आमादा हो जाती। वह फटी हुई आवाज़ में गाने लगती और ख़ुद को मारने लगती। वह तभी थोड़ी शान्त होती जब सुज़न रुआँसी हो जाती थी।

स्टेवेल क्लिनिक डॉक्टर अल्बर्टो डिसूजा का था जो शहर के सबसे जाने–माने और पुराने सायकीट्रिस्ट माने जाते थे। अगर अल्फ्रेड हिचकॉक भारत में पैदा हुए होते तो बिना शक वे अल्बर्टो डिसूजा की तरह ही दिखाई देते। वह नाटे क़द का, मोटा और गंजा था। उसका जबड़ा लटका हुआ और चेहरा थोड़ा सूजा हुआ था। उसका चेहरा इतना थुलथुला कि उसके भावों को पढ़ पाना बहुत मुश्किल था।

मुम्बई की उमस भरी गर्मी के बावजूद वह हमेशा थ्री–पीस सूट पहने रहता था। स्टेविल क्लिनिक में बेड मिलना कोई

मुश्किल काम नहीं था। वह एक महँगा अस्पताल इसके बावजूद वहाँ मरीज़ों की आमदरफ़्त बहुत थी और अस्पताल की कमाई भी अच्छी–ख़ासी थी।

एक सप्ताह के बाद ही एम वापिस लौट आयी थी। वह इतनी तरोताज़ा दिख रही थी मानो लौंड्री से धुलकर लौटी हो। हम सब उसे इसलिए पहचान गये क्योंकि वह वैसी ही दिखती थी जैसी अपनी प्रौढ़ावस्था में दिखा करती थी : साफ़–सुथरे, कड़क और फूलों की डिज़ाइन वाले कपड़ों में एक अधेड़, सलीकेदार रोमन कैथोलिक औरत जो अपने पति यानी हूम साहब की बाँह से हल्के से टिक कर खड़ी है।

मगर हम जानते थे कि सब कुछ अपनी जगह दुरुस्त नहीं था। यह बात उसके तौर–तरीक़ों से ही ज़ाहिर थी। जब उसकी आँखें हमारी आँखों से टकराती थीं तब ही हम यह बात जान जाते थे। उसकी आँखें भावशून्य थीं। लेकिन हमें लगता था कि भले वह कुछ कह पाने में असमर्थ थी लेकिन उसका ज़ेहन पुरानी यादों से लबालब भरा हुआ था। लेकिन सच यह था कि ऐसा सोचने की कोई दूसरी वजह नहीं थी। और, उसी वक़्त हमने यह महसूस किया कि प्रेम का सम्बन्ध स्मृतियों से होता है और कोई–न–कोई ऐसी बात हमारे दरमियान ज़रूर थी जो हम सबकी सामूहिक स्मृतियों के बीच में बाधक बनी हुई थी।

'तुम्हारे बाल इस तरह से किसने बाँध दिये हैं?' एम के अधपके बालों से हेयर बैंड को खींचकर निकालते हुए सुज़न ने पूछा। कार की खुली खिड़कियों से आती गर्म हवा उसके लहराते बालों के साथ अठखेलियाँ करने लगी। एम ने किसी बच्चे की तरह अपना सिर झटकते हुए अपने बालों को एक बार लहराकर खुद को सहज करने की एक कोशिश की।

सुज़न उसे देखकर मानो एक तरह से बिल्कुल जम सी गयी।

मैंने उस तरफ़ देखने की कोशिश की जिधर सुज़न देख रही थी। एम के ललाट पर एकदम ऊपर की तरफ़ एक दाग़ का निशान था–

एक सुर्ख़ लाल दाग़ गोया वहाँ किसी ने उसे जला दिया हो। यह दाग़ उसकी देह में करण्ट दौड़ाने के कारण पड़ा था।

हम दोनों ही अपनी–अपनी तरफ़ की खिड़कियों से बाहर देखने की कोशिश कर रहे थे। सुज़न बेआवाज़ रोये जा रही थी : मैं भी रोना चाहता था लेकिन मैंने ख़ुद को किसी तरह से ज़ब्त किये रखा। हूम साहब यूँ ही एम से इधर–उधर की बात करने लगे। उनकी आवाज़ मानो टूट–टूट कर हम तक पहुँच रही थी।

घर पहुँचकर सुज़न ने हम सबके लिए चाय बनायी और हम चारों अपनी–अपनी जगह पर बैठकर चाय पीने लगे : एम और सुज़न टेबल पर बैठ गये, हूम साहब किचन काउंटर के सहारे टिक गये जबकि मैं वहीं फ़र्श पर बैठ गया। वे लम्हे मुझे आज भी याद आते हैं क्योंकि ऐसा वक़्त हम चारों की ज़िन्दगी में गिनी–चुनी दफा ही आया था कि हम बिल्कुल सही वक़्त पर चाय पी रहे थे। उस वक़्त एम पूरी तरह से एक शिष्ट रोमन कैथोलिक औरत के अन्दाज़ में बैठी हुई थी–उसके दोनों घुटने एक–दूसरे से सटे हुए थे, कुहनियाँ टेबल से थोड़ी ऊपर थीं और उसका सर बग़ल में बैठे आदमी से बात करते हुए बड़ी नज़ाकत से झुका हुआ था। इस अन्दाज़ में वह ख़ुद अपना ही मिनियेचर दिख रही थी जो छोटी–छोटी घूँटों में अपनी चाय ख़त्म कर रही थी। कप ख़ाली होने के बाद उसने बड़े कामचलाऊ अन्दाज़ में हमारा शुक्रिया अदा किया और कप को टेबल पर रखने के बाद दीवारों को घूरने लगी।

इस चुप्पी में हम सभी असहज महसूस कर रहे थे। हमें इस चुप्पी की आदत नहीं थी और न इस चुप्पी को तोड़ने की आदत थी। सुज़न ने तश्तरी में रखे चिवड़े का एक चम्मच उठाया और उन्हें चबाने लगी।

'चिवड़े का स्वाद अच्छा है,' उसने कहा।

'यह कहाँ से लाये हो?' एम ने पूछा।

'बृजवासी,' सुज़न ने बतलाया। उसके लहजे में एक हैरत थी मानो यह जतलाना चाहती थी कि इन मामलों में और कहाँ जाया जा सकता है!

'क्या यह कहीं आसपास ही है?' जैसे ही एम ने यह सवाल दाग़ा वैसे ही मानो किसी ने किचन में हैंडग्रेनेड फेंक दिया हो। बृजवासी पास की ही एक दुकान थी। बच्चे–बच्चे को यह बात पता थी क्योंकि काँच की बोतलों के स्टेप्स से सजी एक दुकान थी और जहाँ अलग–अलग तरह के मेवे से लेकर मिठाइयाँ बिकती थीं। यह दुकान ऐन सड़क पर थी और आस–पड़ोस के कुछ गिने–चुने पैसे वाले लोग ही वहाँ अपने बच्चों को साथ लेकर जाते थे। सबसे निचली खटाल की मिठाई सबसे सस्ती होती थीं और ऊपरी खटालों की मिठाइयाँ क्रमशः महँगी होती जाती थी। मुझे आज भी वहाँ से ख़रीदी गयी पचहत्तर पैसे की मिठाई का जायका याद है...

एम को भी याद होना चाहिए था।

मेरी नज़र में वह अकेली बालिग़ औरत थी जिसके भीतर मैंने मिठाइयों के लिए बच्चों की सी लालच देखी थी। मुझे उन माँओं को देखकर सचमुच हैरत होती थी जो अपने प्लेट की मिठाइयाँ अपने बच्चों के साथ शेयर करती थीं। लेकिन मैं या सुज़न दोनों में से कोई भी एम से इस कुर्बानी की उम्मीद नहीं करते थे। हमारे साथ–साथ उसके भी क़दम बृजवासी से होकर गुज़रते हुए धीमे हो जाया करते थे। मिठाइयों के प्रति उसका जुनून कुछ ऐसा ही था जैसा बचपन में अमूमन हमारा हुआ करता था।

...और आज वह उसी दुकानपूरी तरह से भूल चुकी थी! आसपास की दुनिया को इससे फ़र्क़ नहीं पड़ा। वह तो अपनी रफ़्तार से चली जा रही थी और उसके दस्तूर भी बाक़ायदा अपने मुताबिक़ जारी थे। हमें सड़कों पर बसों के दौड़ने की आवाज़ पहले की तरह सुनाई पड़ रही थी और हमें बग़ल के फ़्लैट से बजाप्ता गुनवन्ती बेन के आजवाइन सेंकने की महक भी आ रही थी

जिसका इस्तेमाल आमतौर पर वह अपने पकाये खाने में डालने के लिए किया करती थी।

आख़िरकार हूम साहब ने चुप्पी तोड़ी।

'वह मिठाइयों की एक दुकान है,' उन्होंने कहा।

आख़िरकार यह जवाब एम के सवाल के बदले दिया गया था।

'लेकिन यह मिठाई तो नहीं है!' एम ने चिउड़ा की तरफ़ इशारा करते हुए कहा।

सुज़न के साथ–साथ मैं भी हँस पड़ा। मुझे ठीक–ठीक याद नहीं कि क्या हम सचमुच ख़ुश थे या ख़ुश दिखने का दिखावा कर रहे थे। अलबत्ता यह मुझे अच्छी तरह से याद है कि हम बेतरह डर गये थे।

'तुम बच्चों को पढ़ाई–लिखाई नहीं करनी है क्या?' हूम साहब ने हमसे कहा और हम तेज़ी से किचन से बाहर निकल गये। मैं अपनी गणित की किताब पर झुक गया और सुज़न ने अडोर्नो को पढ़ना शुरू कर दिया था। कुल जमा यही हमारी ज़िन्दगियों का रोज़नामचा था।

जब मैं बच्चा था तो मुझे बताया गया था कि मेरी माँ की तन्त्रिकाओं में कोई परेशानी थी। बाद में, मुझे बताया गया था कि दरअसल उसे नर्वस ब्रेकडाउन हुआ था। उसके बाद जब उसकी बीमारी की डायग्नोसिस हुई तो उसे स्किज़ोफ्रेनिक बताया गया और उसी बीमारी के मुताबिक़ उसका इलाज भी शुरू हुआ। और सबसे आख़िर में यह निश्चित हुआ कि एम एक मैनिक डिप्रेसिव है। लेकिन ये सब के सब शब्द सिर्फ़ हमारे लिए थे, एम के पास तो ख़ुद के लिए एक ही शब्द था : वह एक पागल थी।

पागल एक सामान्य और रोज़मर्रे में इस्तेमाल किया जाने वाला शब्द है–ऐसा एक बहुअर्थी शब्द है जो गानों तक में इस्तेमाल होता है। एक पुराने हिन्दी गाने में भी यह इस्तेमाल हुआ है–*एम.ए.डी. मैड माने पागल*। मतलब यह हुआ कि इस शब्द को आप अपनी

मर्ज़ी से कुछ भी बना सकते हैं : मसलन पागल प्रेमी, पागल कुत्ता, दिल तो पागल है...कुछ भी। लेकिन बात तब बिल्कुल जुदा होती है जब हमारे पास एक पागल माँ हो। तब वक़्त–बेवक़्त दुनिया हमें इस बात का आगाह करती रहती है। हम हमेशा एक तनी हुई रस्सी पर चलते रहते हैं और लोगों की नज़रें हमारे ही ऊपर टिकी होती हैं। जब दुनिया इस बात की याद दिलाती है कि हम एक पागल माँ की औलादें हैं तब लगता है कि यह दुनिया भीतर से कितनी तंगदिल और निष्ठुर है। इन स्थितियों से निबटने के लिए दुर्भाग्यवश हमारे पास कोई ज़ेनेटिक तरीक़ा नहीं होता है। हम कई बार इतने असंवेदनशील और ग़ैरज़िम्मेदार हो जाते हैं कि हम अपने बुजुर्गों को पागलखाने तक में छोड़ आते हैं।

मुम्बई के उत्तर में ठाणे बसा है। वहाँ एक पागलख़ाना है जहाँ जाने का मौक़ा एक बार मुझे मिला था। उस दौरे ने मेरे ज़ेहन में कई सवाल पैदा कर दिये थे जिनके जवाब मुझे ढूँढ़ने थे। वहाँ मुझे एक बूढ़ी एंग्लो–इंडियन औरत मिली थी जिसने अपनी कमज़ोर आवाज़ में अपनी आपबीती सुनाते हुए मुझसे मिन्नत की थी, 'बेटा, उन्हें जाकर कहना, मुझे यहाँ से ले जायें। ये लोग तो मेरे घरवालों को बतायेंगे नहीं लेकिन अब मैं पूरी तरह से ठीक हो चुकी हूँ, देखो', उसने अपने काग़ज़ात मुझे दिखलाते हुए कहा था। उन काग़ज़ात पर साफ़–साफ़ लिखा था, 'फिट फॉर डिस्चार्ज।'

पहले तो मुझे लगा कि यह बात उसने ख़ुद लिखी थी या वे शायद फर्ज़ी काग़ज़ात रहे होंगे, लेकिन जब मैंने वार्डन से इस बारे में पूछताछ की तो उसने भी इस बात की तस्दीक की कि वे असली काग़ज़ात थे। वह सचमुच अब घर वापिस लौटने लायक ठीक हो चुकी थी।

'फिर आप उसे उसके घर क्यों नहीं भेज देते?' मैंने उनसे पूछा। 'कहिए तो मैं उसे पहुँचा दूँ।'

'कैसा घर?' वार्डन ने मुझसे पूछा था।

'आपके पास कहीं–न–कहीं तो उसका पता पक्का दर्ज होगा।'

'कहाँ? उसके केस के काग़ज़ों पर? ध्यान से देखिए, नहीं है।'

मैंने काग़ज़ात दोबारा देखे। उन पर उसके घर का पता साफ़ साफ़ लिखा हुआ था।

'घर महज़ एक पता नहीं होता,' वार्डन ने कहा था। 'घर का मतलब परिवार होता है।'

'फिर उसका परिवार कहाँ है?'

'चला गया।'

'चला गया?' मुझे थोड़ी हैरत तो हुई लेकिन उतनी भी नही... भारत में परिवार के परिवारों का सफ़ाया हो जाना कोई बड़ी बात नहीं होती। 'कोई भी नहीं बचा?'

'अरे, सब के सब ज़िन्दा हैं। बस वे यहाँ से कहीं और चले गये। पूरा परिवार ही। हमने खुद उसकी टैक्सी का भाड़ा चुकाया था लेकिन उस पते पर अब कोई और परिवार आकर रहने लगा था। उस औरत का परिवार वहाँ नहीं मिला, न ही उनका नया पता ही। उनके एक पड़ोसी ने बताया कि वे रात के अँधेरे में चोरों की तरह निकल भागे थे।'

'शायद वे क़र्ज़ तले दबे हों?'

'हो सकता है।' लेकिन वार्डन के जवाब में कोई आश्वस्ति नहीं सुनाई पड़ रही थी। 'यह भी तो हो सकता है कि नहीं चाहते थे कि वह औरत लौटकर उनके परिवार पर बोझ बने। यह एक अस्पताल है लेकिन इसका इस्तेमाल एक कबाड़खाने की तरह भी होता है। एक ऐसा कबाड़खाना जिसमें ज़िन्दा आदमियों को 'डंप' किया जाता हो।'

उस रोज़ ठाणे से लौटते हुए मैं बेहद उदास था। मैं मन–ही–मन डरा हुआ भी था।

आदमी को अपने भीतर की प्रवृत्तियों से लड़ना होता है, उन्होंने एक बार मुझे समझाया था। सम्भावित पागलपन से बचने के लिए मैंने इस नीति को एक सुरक्षात्मक उपाय के तौर पर आज़माने की बात सोची ताकि कारण को उसकी उत्पत्ति

के साथ ही दबाया जा सके। ठाणे से लौटने के बाद मैंने इन बिन्दुओं को बाक़ायदा एक काग़ज़ पर लिखकर रख लिया था :

1. *मैं भी एक दिन पागल होकर ठाणे के मानसिक रोग अस्पताल में लाया जा सकता हूँ। यह सोचकर ही मैं उदास हो गया।*
2. *यह औरत भी तो यहाँ ठीक ऐसी ही आयी होगी।*
3. *एम भी मानसिक रोग अस्पताल में भर्ती कराई जा सकती है। हूम साहब को कुछ हो जाता है तो मैं और सुज़न एम को यहीं लाकर छोड़ सकते हैं। अपनी माँ को पागलखाने में छोड़ जाने के ख़याल से मेरे रोंगटे खड़े हो गये थे। जब एम को यहाँ छोड़ने के ख़याल से मैं इतना डरता हूँ तो मैं यहाँ खुद कैसे रहूँगा।*
4. *और, सुज़न? अगर सुज़न के साथ कुछ होता है तो क्या होगा? जब मैं उसकी तरफ़ देखता हूँ, इत्तेफ़ाकन वह पूरी तरह से ठीक मालूम लगती है। लेकिन अगर वह ठीक नहीं तो क्या होगा? एम भी अपने माँ–बाप को कभी बिल्कुल ठीक ही लगी होगी। बहरहाल अगर सुज़न के साथ यह सब हुआ तो क्या मैं सब कुछ अकेले सम्भाल पाऊँगा।*

हालाँकि मेरे सोचे गये उपाय बचकाने थे। यह भी तो सम्भव था कि दुश्मन मेरे दिमाग़ पर क़ाबू जमाये हुए हों और अगर ऐसी बात थी तो ये उपाय बवंडर में उड़ते किसी मामूली तिनके की तरह थे। अपने हरेक निवाले और एक–एक साँस की तरह मेरे ये दुश्मन मेरे दिलोदिमाग़ में पलते–बढ़ते जा रहे थे। मैं एक–एक कर इस अवसाद की सीढ़ियाँ उतरता जा रहा था और ऐसा शायद मेरे भीतर अनायास उत्पन्न हो आयी निराशा की वजह से था। आख़िरकार मेरे ज़ेहन में काउंसलिंग कराने का ख़याल आया और बारी–बारी से उन तमाम काउंसिलरों के चेहरे मेरे सामने आने लगे जिन्हें मैं जानता था। वे सब इतने उदार दिल

के और दयालु थे गोया किसी और ही दुनिया से आये हों। वे दूसरी दुनिया के प्राणी थे भी, एक ऐसी दुनिया जो बिल्कुल हमारे विपरीत सिरों पर थी और पूरी तरह से एक नॉर्मल दुनिया थी। मैं निजी तौर पर आर्थिक रूप से इतना मज़बूत नहीं था कि ख़ुद अपने ही इलाज का ख़र्च उठा सकता था, इसके बावजूद मैंने एक बार काउंसिलंग कराने की बात सोची। यह ख़याल अपने आप में अवसाद से भर देने वाला था। मेरे पास अपने बचाव की कोई और तरकीब नहीं थी : न कोई दवा, न मानसिक स्वास्थ्य के लिए कोई विटामिन्स और न सुबह के वक़्त की जाने वाली कोई मासिक साधना या ध्यान ही।

जिस रोज़ मेरी उम्र पूरी इक्कीस साल की हो गयी, उस रात मैं अपने अख़बार में दफ़्तर में बहुत देर तक रुका रहा। मैं बाक़ी लोगों के जाने का इन्तज़ार कर रहा था ताकि एक निजी फ़ोन कॉल कर सकूँ। देर रात मैंने डॉ. माइकल को फ़ोन किया जो एम का साइकेट्रिस्ट था। जब एम पहली बार उनसे मिली थी तो बड़ी सादगी से उसने पूछा था; 'बिजली की झटके नहीं लगेंगे?'

'झटके?' उन्होंने आश्चर्य से पूछा था। 'आजकल बिजली के झटके कौन देता है?'

'मेरे बच्चे,' एम ने कहा था।

'मेरे भी बच्चे यही करते हैं,' उन्होंने एम को तसल्ली देने की गरज़ से कहा था।

एम हँसने लगी थी।

उसके बाद उसने मुझे देखा था और बनावटी डर से अपना चेहरा ढँक लिया, मसलन भूल से उसकी ज़बान से कोई ग़लत बात निकल गयी थी।

'ओह, डियर,' उसने डॉ. माइकल से कहा था। 'मुझे लगता है कोई मेरी बात से उखड़ा हुआ महसूस कर रहा है।'

'कौन?' डॉ. माइकल ने पूछा था। 'यह?'

'हाँ,' एम ने जवाब में कहा था। 'लेकिन ये बेचारे इसका मतलब नहीं जानते थे। कभी जानेंगे भी नही... ये आपको इतने प्यार से मार रहे हैं, ये बेचारे तो यह भी नहीं जानते हैं। रोज़–रोज़ बिजली का झटका। दस दिनों तक लगातार। जब मैं घर लौटी थी तो तक़रीबन बेजान हो चुकी थी। लेकिन उसमें भी ये बेचारे भला क्या कर सकते थे?'

हरेक बार जब वह 'ये बेचारे' शब्द कहती तो उनमें से अलग–अलग तरह की प्रतिध्वनियाँ निकलती थीं और उनमें से एक भी आवाज़ सकारात्मकता के लहजे में नहीं कही गयी थी। हर बार मैं और सुज़न यह जानते थे कि यह जुमला हम दोनों के लिए ही कहा गया था, इसके बावजूद हम ख़ुद को यह झूठा भरोसा देने की कोशिश करते थे कि ये शब्द हमारे लिए नहीं कहे गये थे।

'आप अभी कैसी हैं?' डॉ. माइकल ने एम से उससे पूछा था।

'आपको मैं कैसी दिख रही हूँ?' उसने अपनी भौंहें टेढ़ी करते हुए पलटकर पूछा था। वह पूरी तरह से अपने उन्माद की गिरफ़्त में थी। वह एक तरफ़ लड़ने पर आमादा थी, और दूसरी तरफ़ दोस्ती के लिए भी तैयार थी, वह किसी भी चीज़ के लिए तैयार थी। वह बाहर से बहादुर दिख रही थी जबकि भीतर से बेहिसाब डरी हुई थी। (हालाँकि हम नहीं जानते थे कि अपने डर के साथ वह कैसा महसूस करती थी, और उस डर की क्या गहराई थी।) क्या डॉ. माइकल इन सारी बातों का अनुमान लगा पाने में सक्षम थे? या फिर वे फूलदार सूती फ्रॉक पहने पाँवों के गन्दे नाख़ूनों वाली एक सामान्य रोमन कैथोलिक औरत को देख रहे थे? उन्होंने आख़िरकार क्या देखा–समझा था? मैं एम को डॉ. माइकल ही नहीं बल्कि पूरी दुनिया की निगाहों से बचाकर रखना चाहता था। हालाँकि मैं इसमें नाकाम रहा था और मेरे भीतर इस बात का गुस्सा भी था। मैं यह तमाम बात डॉक्टर के साथ बाँटना चाहता था : लेकिन मैं इस बात की भी कल्पना नहीं कर पा रहा था।

'मैं समझ सकता हूँ कि आप खुल कर नहीं बता पायेंगी,' डॉ. माइकल ने यह भाँपते हुए कहा कि एम से उनकी यह पहली मुलाक़ात थी।

'मैं सौ फ़ीसदी ठीक हूँ डॉक्टर।'

'फिर आप बिजली के झटके के बारे में क्यों पूछ रही हैं? क्या अभी भी आपके मन में कोई सन्देह है?'

'डॉक्टर, आप तो बहुत चालाक हैं,' एम ने कहा। 'लेकिन फिर भी मैं यह जानना चाहती हूँ कि आप किसकी तरफ़ हैं? मैं ठीक–ठीक नहीं समझ पा रही हूँ।'

'आपकी तरफ़।'

'सच्ची? मुझे लगता है, आप सभी मरीज़ों से यही कहते हैं?'

डॉक्टर अब तक समझ गये थी एम भीतर कि तेज़तर्रार है।

'यह बात मैं सिर्फ़ उसी मरीज़ को बताता हूँ जो मुझसे ऐसा सवाल करता है।'

'यह सवाल सबको करना चाहिए।'

'क्यों. नहीं, लेकिन कुछ मरीज़ों का मामला इतना पेचीदा होता है कि वे ऐसी बात पूछ नहीं पाते।'

'अगर आप मेरी तरफ़ नहीं हैं तो फिर आप मेरे सायकेट्रिस्ट कैसे हो सकते हैं?'

'फ़िक्र न करें, मैं पक्का आपकी तरफ़ ही हूँ।'

'यह सुनकर बहुत ख़ुशी हुई, माइकल। अपनी बात याद रखना, दोस्त।'

एम ने अपना हाथ आगे बढ़ा दिया जिसे डॉक्टर ने अपनी हथेली में कुछ पल रखने के बाद छोड़ दिया। उसके बाद एम को अपने सायकेट्रिस्ट पर पूरा भरोसा हो गया था। इस भरोसे को हासिल करने के क्रम में हालाँकि कई बार हम सबको एम के हाथों बहुत चोट भी खानी पड़ी थी। इस दरमियान डॉ. माइकल ने उसे सिर्फ़ एक बार के लिए अस्पताल भेजा था लेकिन उसे बिजली के झटके देने की कोई ज़रूरत नहीं पड़ी थी।

एम ने उसे यह भी बताया कि उसने अपने छब्बीस बच्चों को त्याग दिया था, और कनफेशन से उसके मन का बोझ हल्का नहीं हो रहा था।

डॉ. माइकल ने उससे कहा था कि ये अब पुराने विचार हो चुके हैं। यह अपराध–बोध सालोंसाल उसे सालता रहा था, आख़िरकार डॉ. माइकल के द्वारा पुराना तौर–तरीक़ा घोषित कर दिये जाने के बाद उसके ज़ेहन से यह बोझ थोड़ा हल्का हुआ था। मैं ख़ुद यही बात उसे सालों से समझाता रहा था। सुज़न ने तो सीधे–सीधे पितृसत्ता से इस मज़बूरी को जोड़ते हुए स्त्री–देह पर प्रजनन के लिए पुरुष–बर्चस्व की परिपाटी को इसका कारण बताया था। हूम साहब ने दो टूक लहजे में कह दिया था कि यह उनके और एम के बीच का मामला है और किसी और को इस बारे में जानने का कोई अधिकार नहीं हैं। जहाँ तक एम की बात थी तो अजीबोग़रीब तरीक़े से हम सबकी बातों से एक साथ सहमत थी। वह मुस्कुराकर हमारी बात सुनती हुई अपना सिर हिलाती थी लेकिन हम अच्छी तरह से जानते थे कि वह विनम्र होने की नाकाम कोशिश करती थी, वर्ना उसके भीतर यह बात लगातार चलती रहती थी। डॉ. माइकल ने महज़ एक शब्द के इस्तेमाल से इस सालोंसाल पुरानी समस्या का निदान निकाल दिया था। उन्होंने सिर्फ़ इतना भर कहा था कि यह पुराने तौर–तरीक़े की सोच थी।

अब तक मैं इतना बड़ा और समझदार हो चुका था कि इस नये दोस्ताना ताल्लुकात से ईर्ष्या महसूस करने लगा था। उसकी नज़र में मैं हमेशा से एक भरोसे का आदमी था। वह अपनी दवाइयाँ तक सिर्फ़ मेरे हाथों से खाती थी। बहुत कम मौक़ों पर जब मैं घर में नहीं होता था तब यह ज़िम्मेदारी सुज़न की होती थी। लेकिन तब वह उस पर बहुत सख़्त निगरानी रखती थी। अब उन भरोसेमन्द लोगों में डॉ. माइकल का नाम भी जुड़ गया था।

'डॉ. माइकल ने कहा है...' अब एम के कुछ पसन्दीदा जुमलों में शामिल हो चुके थे। ऐसा भी होता था कई बार एम कोई काम

करने से यह कहकर मनाकर देती थी कि डॉ. माइकल अगर कहेंगे तभी वह इस काम को करेगी।

इसलिए बहुत निष्कलुष और मामूली जलन के बावजूद कई वजहों से मैं ख़ुद भी डॉ. माइकल की बहुत इज़्ज़त करने लगा था। हूम साहब की तरह वे भी किसी ठोस पदार्थ से बने हुए प्रतीत होते थे। वे बेहद दृढ़निश्चयी थे। शायद यही वजह थी कि मैंने अपने लिए भी उनसे मिलने का वक़्त लिया था।

'तुम कब उनको अपने साथ लेकर आना चाहते हो?' उन्होंने पूछा था।

'मैं उसके लिए नहीं बल्कि ख़ुद अपने लिए आपसे मिलना चाहता हूँ,' मैंने कहा था।

एक चुप्पी। उसके बाद।

'क्या कोई ज़रूरी बात है?' थोड़ी देर तक सोचने के बाद उन्होंने पूछा।

मैंने उनको तसल्ली दी कि ऐसी कोई बात नहीं है।

हफ़्ते भर बाद पोली क्लिनिक में उससे मैं मिला। उन्होंने सवालिया नज़रों से मेरी तरफ़ देखा।

'ख़ैर, बताओ, अब तुम्हारी क्या समस्या है?'

मैं नहीं जानता था कि अपनी बात कहाँ से शुरू करूँ, लिहाज़ा मैंने बिना किसी लाग–लपेट के अपनी बात कहनी शुरू कर दी।

'मैं बस यह जानना चाहता हूँ कि क्या मैं पागल हो जाऊँगा?'

उन्होंने बहुत देर तक मेरी बात को समझने की कोशिश की। लेकिन आख़िरकार वे चुप ही रहे।

'ओके,' मैंने कहा। 'मैं जानता हूँ कि आपकोई भविष्यवक़्ता नहीं हैं। मैं सिर्फ़ यह जानना चाहता हूँ कि इस बात की कितनी सम्भावना है।'

'इन्तज़ार करो, और देखते रहो', डॉ. माइकल ने कहा। 'बेशक इस तरह के बाइपोलर डिसऑर्डर्स के पीछे ज़ेनेटिक कारण होते हैं लेकिन यह बात शर्तिया तौर पर कोई नहीं कह सकता कि तुम इसके शिकार बनोगे ही।'

'तो कोई डोमिनेंट जींस या रिसेसिव जींस का चक्कर तो नहीं है?'

'नही... फ़िलहाल हम सिर्फ़ ट्रिगर्स, स्ट्रेस, संवेदना और प्यार की कमी, काम में नाकामी जैसे मुद्दों पर ही बातें कर सकते हैं। हमने देखा है कि कई बार भयानक लक्षणों के बावजूद कोई दुष्परिणाम सामने नहीं आता है। हालाँकि फिर भी एक बात है...'

मैंने अपनी आँखों और ठोड़ी के सहारे कुछ कौतुक के भाव प्रकट किये।

'तीस साल पूरे होने के बाद तुम तक़रीबन सेफ़ हो जाओगे। अगर इस उम्र तक तुम्हारे साथ कुछ नहीं होता है तो फिर इसका डर नहीं के बराबर रह जाता है। वरना आँकड़ों की मानें तो यह डर थोड़ा–बहुत रहता है।'

'आँकड़ों की मानें' जैसे शब्द मेरे लिए नाकाफ़ी थे। मैं पूरी तरह से निश्चिन्त होना चाहता था, या फिर बीमारी की ठीक–ठीक और ठोस जानकारी चाहता था। ऐसे भी जब हम बच्चे रहते तो तरह–तरह की दुविधाओं से घिरे रहते हैं। इसलिए बड़े होने के बाद हमें जानकारों से सलाह--मशविरा ज़रूर करना चाहिए। मैंने भी वही किया था। लेकिन जो आदमी इसका जानकार था उसके पास भी मेरी उत्सुकता का फ़िलहाल सही समाधान नहीं था।

प्रतीक्षा कीजिए, आप क़तार में हो सकते हैं।

12. 'हॉटफ्लश किसे अच्छा लगता है?'

डॉ. माइकल हमारे जीवन में तभी आये थे जब एम स्टेविल क्लिनिक से लौटी थी। वह दोबारा स्टेविल क्लिनिक कभी नहीं गयी। हम उन पर जितना निर्भर थे जितना किसी दूसरे सायकेट्रिस्ट पर कभी नहीं रहे। वे एम पर ख़ास तवज्जो देते थे, या सम्भव है कि ऐसा वे अपने सभी मरीज़ों के साथ करते थे। 'मैं आपके एक फ़ोन कॉल पर हाज़िर हूँ,' उनका कहना था और अपनी इस बात पर वे कायम भी रहे। पहले एम की दवाओं की खुराक कई–कई हफ़्तों तक एक ही रहती थी, अब इन्हें उसकी ज़रूरतों के मुताबिक़ रोज़ ऊपर–नीचे किया जाने लगा था।

पता नहीं, इससे सचमुच कोई फ़र्क़ पड़ा था? लेकिन हमारे पूरे परिवार को इस बात का भरोसा था कि एम के इलाज में उन्होंने कोई कसर नहीं उठा रखी थी। लेकिन मानसिक दवाएँ लक्षणों के हिसाब से दी जाती थीं। मानसिक उन्माद को शान्त करने के और इंडोरफिन्स के स्तर को बढ़ाने के मक़सद से। लेकिन भीतर ही भीतर चीज़ें बदस्तूर चलती रहती हैं--बिना किसी तब्दीली के। भीतर ही भीतर कोई चीज़ होती है जो दिमाग़ी रसायनों को बेध कर उस तक पहुँच पाने से रोकती है। मैं इस बात को लेकर हमेशा जागरूक रहता था, हालाँकि मेरे पास इस सवाल का कोई सन्तोषप्रद उत्तर भी नहीं था–'मम्मी कैसी है?' लिहाज़ा मैं एक राज़ भरी मुस्कुराहट के ज़रिये इसका जवाब देने की भरसक कोशिश करता। मेरी यह ईजाद कुछ हद तक कारगर भी रही क्योंकि इस

मुस्कुराहट के माध्यम से मैं सवाल करने वाले को उस घनीभूत पीड़ा की छाया के भीतर ला पाने में कामयाब हो जाता था जिसे मैंने सुनियोजित तरीक़े से अपने इर्द–गिर्द रच रखा था।

बाहर से दिखने में वह बिल्कुल ठीक–ठाक थी। हमें उसकी कोई शारीरिक चिन्ता नहीं थी। 'मैं एक टट्टू की तरह मज़बूत हूँ और उससे दोगुना अड़ियल भी।' जब कोई उससे उसका हाल–समाचार पूछता तो उसके पास यही जवाब होता था। उसका पसन्दीदा खाना भजिया और कोई सॉफ्ट ड्रिंक्स हुआ करता था जिसके ज़ायक़े उसे बेहद पसन्द थे। लेकिन इन दोनों से भी ज़्यादा किसी चीज़ का स्वाद उसे पसन्द था तो वह चीज़ बीड़ी थी।

बहरहाल दो दफा तो उसकी सेहत को लेकर हम सचमुच बुरी तरह डर गये थे। पहली दफा तब जब उसके मुँह में फूलगोभी जैसा कुछ उग आया था और दूसरी दफा तब जब उसके कोई तीन साल बाद उसके गर्भाशय में एक गाँठ बन गयी थी।

अपनी ज़िन्दगी के पचास साल पूरे करने के बाद एम अचानक बहुत मोटी दिखने लगी। हम सबने यही सोचा कि इस मोटापे का लेना–देना उसके मेटाबोलिज़्म से है। वह शक्कर भी बहुत खाती थी। एक प्याली चाय में कोई छह चम्मच। बातों–बातों में एक मुट्ठी शक्कर फाँक जाना उसके लिए एक साधारण बात थी। वह जब–तब शक्कर का डिब्बा खोलती हुई दिख जाती थी। बृजवासी की जलेबियाँ और चॉकलेट्स वह किसी भी मात्रा में खा सकती थी। मीठा खाने की उसकी इस प्रवृत्ति में अजीबोग़रीब इजाफ़ा तब और हो जाता था जब उस पर अवसाद के दौरे पड़ते थे। कई बार तो ज़्यादा खपत से बचने के लिए हम शक्कर का डिब्बा उससे छुपाकर रखते थे। लेकिन अमूमन उसकी इस आदत को हम मज़ाक़ में लेते थे। और तो और, एम को भी यह बात पता थी और इसका बुरा नहीं मानती थी।

एक दिन अचानक वह नर्स सारा–मे से मिलने चली गयी। वह हमारी दूरदराज़ की रिश्तेदार थीं इसलिए उनसे कभी–कभार

मिलने की औपचारिकता का निर्वाह हमें करना पड़ता था। सारा–मे ने अपने जीवन का सब कुछ खो दिया था क्योंकि उसका नौजवान ब्वॉय उसके सारे पैसे लेकर। कनाड़ा भाग गया एम उससे साल में दो बार बान्द्रा के ओल्ड एज होम में मिलने के लिए जाती थी ताकि इस दुनिया में वह ख़ुद को अकेली नहीं समझे।

लेकिन सारा–में से मिलकर जब एम वापिस लौटी तो वह बहुत चिन्तित और चिड़चिड़ी दिखायी पड़ रही थी।

'मुझे अस्पताल जाना है,' उसने मुझसे और सुज़न से कहा।

उसकी बात सुनकर हम दोनों ही अचम्भित थे।

'क्यों, ऐसी क्या बात हो गयी? तुम दोबारा फिर कुछ करने तो नहीं जा रही हो?'

'नहीं, नहीं, मैं बिल्कुल ठीक हूँ। लेकिन सारा–मे का कहना है कि यह शायद कोई ग्रोथ है।'

सारा–मे एक आकर्षक महिला होने के साथ–साथ एक प्रशिक्षित नर्स भी थी बशर्ते उसने शराब नहीं पी रखी हो। वह तीड़वाँ बच्चों में एक थी। उन तीनों के सिर एक–दूसरे से जुड़े हुए थे। तीनों बच्चों में से सबसे दुर्भाग्यपूर्ण जीवन सारा–मे का गुज़रा था। बचपन में ही उसे अपना एक कान ओलिविया–मे को दे देना पड़ा था क्योंकि सिर से जुड़े होने के वजह से ऑपरेशन के बाद कान किसी एक के हिस्से ही आने वाली थी। लिहाज़ा यह कुर्बानी सारा–मे के ही हिस्से आयी।

बहरहाल एम को जब एक गायनेकोलोजिस्ट को दिखाया गया उसने कुछ टैस्ट कराने के बाद उसकी सर्जरी कराने की सलाह दी।

'जे। जे। हॉस्पिटल में,' एम ने कहा।

उस शाम हूम साहब एम को लेकर एक लॉन्ग ड्राइव पर निकले थे। अक्सर जब उन्हें कोई गम्भीर बात करनी होती थी तो दोनों देर रात गये शहर के रास्तों पर भटकने निकल जाते थे। कभी–कभार एम को बाहर इसलिए भी लेकर चले जाते थे ताकि मुझे और सुज़न को थोड़ी देर के लिए ही सही, उससे निजात मिल सके।

घण्टों बाद जब दोनों वापस लौटे तो मैं और सुज़न दोनों ही जगे हुए थे।

'एक कप चाय हो जाती तो मज़ा आ जाता,' एम ने कहा।

'क्या फैसला हुआ?'

'वह जे। जे। अस्पताल जायेगी,' हूम साहब ने हमें बताया।

एम ने किचन में चाय का पानी चढ़ा दिया था।

'कब?' सुज़न ने जानना चाहा।

'कल,' एम ने जवाब दिया और गाना गाने लगी। 'इट्स नाउ और नेवर, कम होल्ड मी टाइट...'

हूम साहब अपनी जगह से उठे और एम को अपनी बाँहों में ले लिया। हम सब चुपचाप अपनी–अपनी चाय पी रहे थे।

'अगर मैं मर जाऊँ तो मेरे अंगों को दान कर देना।'

'यह क्या बकवास कर रही हो?'

'मेरे शरीर का जो हिस्सा किसी के काम आये तो उसे दे देना। मुझे अच्छा लगेगा कि मेरे मरने के बाद मेरी आँखें किसी को दुनिया को देखने के काम आयेंगी, या, अगर मेरे दिल के ज़रिये कोई किसी से मोहब्बत करेगा।'

अगली सुबह दोनों अस्पताल जा चुके थे और जागने पर हमने देखा कि नानी हमारे लिए बेकन और अंडे की भुर्जी तैयार कर रही थी।

'आ जाओ,' नानी ने हमें आवाज़ लगायी।

हम अपनी–अपनी जगह पर जाकर बैठ गये थे।

'यह 'ये' है... और वह 'वो' है।' नानी ने अपने लहजे में कहा।

नानी के साथ प्रार्थना करने में हमें बहुत मज़ा आता था। उसके पास अपनी अलग ही भाषा थी जिससे हम परिचित नहीं थे और उनके शब्दों को सुनकर हमारी हँसी निकल जाती थी।

इस समय भी हम बस प्रार्थना कर रहे थे। अपनी एम की जान के लिए। हम इसलिए प्रार्थना नहीं कर रहे थे कि वह दिमाग़ी तौर पर पूरी तरह से ठीक हो जाये। हम इतने दिनों में जान चुके थे कि सिर्फ़ प्रार्थना से यह चमत्कार सम्भव भी नहीं था।

आज हम एम की देह के लिए प्रार्थना कर रहे थे और पहली बार हमें उसकी सेहत के लिए प्रार्थना करने की ज़रूरत पड़ी थी (मुझे याद है, एम के बारे में बातें करते हुए दो हफ़्ते पहले ही सुज़न ने उसे 'ताक़तवर घोड़ा' कहा था)।

आज रह–रहकर हमारे ज़ेहन में वह बात गूँज रही थी और हम उस सम्बोधन की आज आश्वस्ति चाहते थे। यह कमोबेश एक अन्धविश्वास था। हम इसलिए भी प्रार्थना कर रहे थे कि प्रार्थना करने के सिवा हमारे पास कोई विकल्प नहीं था। हमें एम की जान के लिए टोटके आज़माने से भी गुरेज नहीं था।

बहरहाल एम पूरी तरह ठीक हो गयी। उसके गर्भाशय की गाँठ बेशक सख़्त नहीं थी लेकिन वह आकार में बड़ी थी। दोबारा वह गाँठ नहीं बनने पाये, इसके लिए उसके गर्भाशय को ही निकाल दिया गया था।

'अब से मुझे हिजड़ा कहकर बुलाना,' उसने हँसते हुए कहा। पूरे तीन हफ़्ते के बाद उसने बंडल से निकालकर एक बीड़ी सुलगा ली थी।

'तुम्हें तुम्हारा गर्भाशय निकाल दिया जाना सचमुच इतना बुरा लगा?" सुज़न ने पूछा था।

'अभी मैं नहीं बता सकती लेकिन मैं इस तजुर्बे को तुमसे ज़रूर बाटूँगी,' एम ने अपनी अनिश्चितताओं और निराशा के घनीभूत क्षणों में यह बात कही थी। 'लेकिन इन लोगों ने मुझे बताया है कि मेरी माहवारी हमेशा के लिए रुक गयी है और फ़िलहाल मेरे लिए यही बड़ी राहत की बात है! अगर हॉट फ्लश या भावनात्मक उतार–चढ़ाव दोबारा शुरू हो जाये तो यह एक दीगर मामला है। आख़िर हॉट फ्लश किसे अच्छा लगता है? भावनात्मक उतार–चढ़ाव भी किसे पसन्द है? यह मिल्स एंड बून जैसी कोई बात लगती है, और अब मेरी उम्र भी ऐसी कहाँ रही! और हाँ, अब हम बिना डरे हुए आराम से सेक्स कर सकते हैं।'

उसने बड़े आराम से और बिना किसी शर्म के यह बात कही थी। इसके बाद एम ने अपने गर्भाशय के बारे में दोबारा कुछ नहीं कहा। मुझे भी ग़लतफ़हमी होने लगी थी कि अब वह पहले से ज़्यादा शान्त हो जायेगी।

जब मैं बड़ा हो रहा तो किसी ने हमसे पीएमएस के बारे में या ऐसी कोई बात नहीं की थी। हम सबकी नज़र में विज्ञान से इसका कोई लेना–देना नहीं था। बल्कि यह एक पुरानी मान्यता थी कि माहवारी के दिनों में हमारे गर्भाशय के भीतर ही हिस्टीरिया छुपा होता है। इसीलिए अमूमन औरतों को ही हिस्टीरिया के दौरे पड़ते हैं। और, यह बात जानने के बावजूद कि इस द्वन्द्व में आख़िरकार विज्ञान की जीत होती है, एम ने अपना एम बना रहना जारी रखा। उसने अपने आपको ख़त्मकर डालने की कोशिशें भी उसी तरह जारी रखीं। इसलिए मई की उस सुबह जब उस बूढ़े आदमी ने हमारा दरवाज़ा खटखटाया तब हम हमेशा की तरह डर गये थे।

सुज़न ने उस लगातार पड़ती दस्तक पर दरवाज़ा खोला था।

'तुम्हारी माँ,' उस बूढ़े आदमी ने मुख्तसर लहजे में कहा था।

सुज़न की आँखें डर से फैल गयीं। उसने मुझे जगाया और मैंने हूम साहब को, और हम लगभग दौड़ते हुए नीचे सड़क की तरफ़ लपके। एम बीच सड़क पर चित पसरी हुई थी और उसकी बाँह के आसपास बोतल का दूध फैला हुआ था। दूध की बोतल उसकी बाँह के नीचे अजीबोग़रीब तरीक़े से दबी हुई थी।

इससे पहले कि हम उसे टाँगकर घर लाते, उसने मुस्कुराते हुए कहा, 'यह मेरी वजह से नहीं हुआ। पता नहीं कौन था।'

मेरे और हूम साहब के द्वारा उसे घर लेकर आने के बाद डॉ. साहा को फ़ोन कर बुलाया गया।

'ब्रोकन।' डॉ. साहा ने कहा था।

'फ्रेक्चर?' हूम साहब ने पूछा था।

'यस, ब्रोकन,' डॉ. साहा ने दोबारा कहा था। एम की बाँह की हड्डी टूट गयी थी और उनमें पिन डालकर उसकी सर्जरी करने की ज़रूरत थी। एम की बाँह में एक बड़ा चीरा लगाया जाना था।

'वह मुझ पर बड़ी बेमुरव्वती से झपट पड़ा था,' उसने हमें बाद में बताया था। 'मैं हमेशा दाएँ–बाएँ देखकर चलती हूँ। फिर भी पता नहीं वह कहाँ से आ गया–'वह अचानक ठिठक गयी। 'दूध की बोतल?'

उस ज़माने में दूध की बोतल एक क़ीमती चीज़ मानी जाती थी। राशन की दुकानों में लोगों को दूध तभी मिल पाता था जब पुरानी बोतल को दुकानदार को वापस कर दिया जाता था।

'उसकी फ़िक्र मत करो। वह बच गयी,' सुज़न ने कहा था।

'झूठी, वह भला कैसे बची होगी?' एम ने कहा था। 'बोतल तो हवा में लहराते हुए दूर जा गिरी थी। मेरे लिए इतना मीठा झूठ बोलने की क्या ज़रूरत है?'

हम सबको उसके कहे का मतलब समझ आ रहा था। वह बोतल उसकी स्मृतियों में सालोंसाल बनी रहने वाली थी। इस बीच अगर वह अवसाद में चली जाती तो बोतल का टूटना उसे बेहद परेशान करता रहता जो अनेक तरीक़ों से हमारे सामने प्रकट होता रहता। मसलन हम क्या खायेंगे और हमारे लिए कौन खाना बनायेगा। उसका मन एक स्पंज की तरह थी। जिसने अपने भीतर तरह–तरह की चिन्ताएँ सोख रखी थीं।

लेकिन जैसे–जैसे उसकी उम्र बढ़ती जा रही थी। वैसे–वैसे उसकी आवाज़ धीमी और उसका प्रलाप कम होता जा रहा था।

'यही बुढ़ापा है,' डॉ. माइकल ने कहा था। 'जो ऊँचा है वह नीचा होने लगेगा और जो नीचा है उस पर कोई ख़ास फ़र्क़ नहीं पड़ेगा।'

हालाँकि बदक़िस्मती से ऐसा दिन कभी नहीं आया लेकिन हमने यह उम्मीद कभी नहीं छोड़ी कि एक रोज़ एम पूरी तरह से ठीक हो जायेगी। हमारी उम्मीद बेबुनियाद थी भी नहीं क्योंकि पूरे तीन सालों तक उसने ख़ुद को मार डालने की एक भी कोशिश नहीं की थी। फिर, एक दिन अचानक मौत आ धमकी और उसने एम को हमसे छीन लिया।

13. 'आख़िरी बड़ा रहस्य'

उस रात मैं अपने एक दोस्त के घर रुका हुआ था कि अचानक हूम साहब का फ़ोन आया था। मैं अपने दोस्त के साथ फ़िल्म देखने गया हुआ था। सिनेमा हॉल से निकलने के बाद हमने बढ़िया खाना खाया। एम अपने दौरेपन की हालत से गुज़र रही थी लेकिन हूम साहब और सुज़न दोनों उसकी देखभाल के लिए मौजूद थे। इसीलिए मुझे घर के बाहर रात गुज़ारने की इज़ाजत मिल गयी थी। उस रात मैं बिल्कुल भी नहीं सोया; मुझे किसी दूसरे के घर नींद भी नहीं आती थी। मेरे लिए यह एक नया तजुर्बा था और मैं इसके एक–एक पल का मज़ा लेना चाहता था। अपनी यह ख़्वाहिश मैंने एक बार सुज़न से भी साझा की थी और बदले में उसने भी मेरा हौसला बढ़ाया था, 'किसी दूसरी जगह मुझे फ़ौरन नींद आ जाती है क्योंकि मैं एम की चिन्ता से पूरी तरह मुक्त रहती हूँ।'

जब उस पराये घर में रात गये अचानक फ़ोन की घण्टी बजी तो पता नहीं, मुझे ऐसा क्यों लगा कि फ़ोन मेरे लिए ही आया था।

'वह नहीं रही,' हूम साहब की आवाज़ थी जो तक़रीबन भावशून्य थी–किसी ख़ुश्क छिलके की तरह जिसके भीतर कभी अनाज के ताज़ा दाने हुआ करते थे।

'क्या वह...?'

लेकिन मुझे हिम्मत नहीं हुई कि मैं उनसे पूछ सकूँ कि क्या उसने ख़ुदकुशी कर ली थी।

'नहीं,' हूम साहब ने मेरा सवाल सुने बिना ही उसका जवाब दे दिया था।

मुझे इतनी रात गये अपने मेज़बान को परेशान करना मुनासिब नहीं लगा। मैं चुपचाप उसके घर से निकल पड़ा, और जब मैं बिल्डिंग से बाहर निकला तब भी मैंने ठण्डी–ताज़ा हवा के झोंकों को अपने चेहरे पर महसूस किया। मेरी टैक्सी शहर के उपनगरीय इलाक़ों के सन्नाटे को चीरती हुई, तेज़ी से सड़क से गुज़र रही थी। रास्ते में भीड़भाड़ नहीं के बराबर थी। ये फ़ुटपाथों पर लाशों की तरह इक्के–दुक्के लोग सोये हुए थे। मैंने सोचा भी नहीं था और देखते–देखते माहिम आ गया। क्या इसके पीछे कोई राज़ छुपा था? इसका क्या मतलब था? एम के लिए मृत्यु क्या थी?

'आख़िरी बड़ा रहस्य,' यह बात उसके मुँह से अक्सर निकलती रहती थी।

'लेकिन मुझे इसका कोई डर भी नहीं है।' वह दोबारा कहती, 'मैं तो मौत को आने की चुनौती देती हूँ।'

और, आख़िरकार ऐसी स्थिति आ ही गयी।

फ़्लैट का दरवाज़ा पूरा खुला हुआ था और भीतर से रोशनी छनकर बाहर आ रही थी। यह बात बड़े आराम से कोई भी समझ सकता था कि भीतर किसी की मौत हुई है। भीतर से लोगों की खुसफुसाहट साफ़–साफ़ सुनाई पड़ रही थी। मैं चुपचाप सीधा बेडरूम में घुस गया जहाँ एम की देह बिस्तर पर पड़ी हुई थी। उसकी देह की ठीक बग़ल में सुज़न बैठी हुई थी। स्थिर और चुपचाप। एम हमेशा बोलती रहती थी या बेवजह चलती–फिरती रहती थी। उसे इस तरह बेजान पड़ा देखना सचमुच ख़राब लग रहा था।

क्राइम नॉवेल्स पढ़ने के बाद मैं मौत के बाद शरीर में आने वाले बदलावों के बारे में थोड़ा–बहुत जानने लगा था–मसलन कैसे बदन की मांसपेशियाँ अकड़ने लगती हैं, शरीर कैसे शिथिल पड़ जाता है और कोशिकाओं के नष्ट होने से शरीर के आन्तरिक हारमोनों के रिसाव में कैसी तब्दीली आती है।

हूम साहब ने जैसे ही मुझे देखा, उन्होंने एक पल के लिए मुझे सीने से लगा लिया। हालाँकि मेरे जीवन में ऐसे गिने–चुने अवसर ही आये थे। लेकिन इससे पहले एम की मौत भी कहाँ हुई थी और न ही हमारी ज़िन्दगी में कभी मुसीबत का ऐसा पहाड़ ही टूटा था! हमारी ज़िन्दगी की धुरी हमेशा से अपनी जगह कायम रही थी। क्या मृत्यु ने उस धुरी को अपनी जगह से डगमगा दिया था?

'क्या हुआ था?'

'दिल का दौरा पड़ा था,' उन्होंने कहा। मैं मन में सोचने लगा। दिल का दौरा? यह तो अमूमन दूसरे लोगों को पड़ता है। मेरी माँ की मौत दिल का दौरा पड़ने से नहीं हुई होगी।

सुज़न ने शायद मेरे मन के भावों को पढ़ लिया था।

'ये सच है। जब वे जगे तो उन्होंने एम को अपनी बग़ल में औंधे मुँह सोया हुआ पाया।'

मैं उसकी बग़ल में बैठ गया। मैं एक बार उसके गले लगना चाहता था लेकिन मैं ऐसा नहीं कर सका।

'नामुमकिन,' मैंने कहा।

'बिना किसी शोर–शराबे और रिरियाहट के।'

शोर–शराबा भी हुआ होगा और वह रिरियाई भी होगी। लेकिन ये घटनाएँ एक मौन में घटित हुई होंगी, जब वह गहरी नींद में डूबी रही होगी।

दुनिया धीरे–धीरे अपनी रफ़्तार में लौट गयी–उसकी पहचान के लोग, उन लोगों की आवाज़ें, उनके चेहरों की परिचित भंगिमाएँ और उनके चलन और तौर–तरीक़े। लेकिन हम उन लोगों में शरीक नहीं थे। हम उनसे मिलने भले ही चले जाते थे लेकिन वे हमसे मिलने शायद ही आते थे। एम जब ज़िन्दा थी तो लोगबाग उसे बहुत पसन्द नहीं करते थे, और दूसरों की मौजूदगी में वह भी बहुत सहज महसूस नहीं करती थी। बातचीत में एक मामूली से वाकये की क़ीमत भी हमें कई दिनों तक चुकानी पड़ती थी।

मेहमान किस जगह पर बैठा, उसने किससे क्या बात की और उसकी किस बात का क्या मतलब था, इससे जुड़े हुए अनगिनत डर, आशंकाएँ और कल्पनाएँ हफ़्तों उसके दिमाग़ में मँडराती रहती थीं। इसलिए हमारे घर मेहमानों का स्वागत गर्मजोशी के साथ नहीं होता था। सच तो यह है कि हमारे घर आने–जाने वालों की तादाद नहीं के बराबर थी। हमारी जान–पहचान के लोग एम की वजह से हमारे यहाँ नहीं आते थे। लेकिन अब सभी आने वालों की राह खुल चुकी थी।

बल्कि हमें ही उनका इन्तज़ार नहीं रहता था। हमें तो मेहमाननवाज़ी का हुनर भी पता नहीं था।

मैं यह मानने को कतई तैयार नहीं था मै...।

'क्या तुमने नहा लिया है?' सुज़न ने इतने में पूछ लिया।

मैं अभी तक नहीं नहाया था।

'तुम्हें नहा लेना चाहिए,' सुज़न ने मुझसे कहा। उसके लहजे में बड़ी बहन की चिन्ता और झल्लाहट की झलक साफ़ दिखलायी पड़ रही थी।

मैं बाथरूम में चला गया। पानी के नीचे भीगते हुए मेरी आँखों से आँसू बहने लगे और मैं बेतहाशा रोने लगा। जब मैंने अपने आप पर क़ाबू पा लिया तो मैंने अपनी शक्ल को दोबारा धोया और थोड़ी देर तक बाथरूम में ही रुका रहा। थोड़ी–थोड़ी देर के अन्तराल पर मेरे गले से हिचकी फुटती रही। हालाँकि पल भर के लिए भी मुझे यह नहीं लगा कि इस हिचकी का सम्बन्ध मेरे दुख से था। मुझे वे बिल्कुल स्वाभाविक और अनायास महसूस हो रही थीं–जैसे हवा में मौजूद अदृश्य मार्श गैस हो, या जैसे आदमी की साँसें चल रही हो...।

अब क्या होगा?

अब हम क्या होंगे?

क्या ज़िन्दगी एम के बिना भी वैसी ही रहेगी?

इन सवालों से पहले बहुत सारे छोटे–छोटे दूसरे सवाल भी उठ रहे थे। क्या मुझे पादरी को अब बुला लेना चाहिए? ('हमने उन्हें इत्तिला कर दी है।') क्या हमारे पास एम को पहनाने के सुन्दर कपड़े थे? (कपड़े चुनने का काम सुज़न का था।) डेथ सर्टिफ़िकेट पर किसने दस्तख़त किया था? (डॉ. साहा ने यह काम किया था।) और, एम के लिए ताबूत किस तरह का बनाया जायेगा?

घर के भीतर ढेर सारे जवान लोग मौजूद थे। उनमें से एक कहीं से बर्फ़ लेकर आया था–एक बड़ी–सी सिल्ली।

'मैं इस सिल्ली को कहाँ रखूँ?' उसने मुझसे कुछ अन्दाज़ में पूछा था गोया कोई शिकारी अपने ज़ख़्मी शिकार को पकड़ कर लौटा हो।

'यह उसका बेटा है,' दूसरे आदमी ने उसके कान में फुसफुसाते हुए बताया था। मैं उन दोनों में से किसी को नहीं पहचानता था लेकिन अपने हाव–भाव से वे यह जतलाने की पूरी कोशिश कर रहे थे कि हमारा शुभचिन्तक होने के नाते उन्हें यहाँ हाज़िर रहने का पूरा हक़ हासिल था।

'ओह, सॉरी?' उसने कहा।

ज़ाहिरन ऐसा सवाल मृतक के बेटे से किया जाना मुनासिब नहीं था। वे बर्फ की सिल्ली को लेकर किचन में चले गये और उनके बड़े–बड़े टुकड़े तोड़ने में लग गये। इतने में औरतों का एक झुण्ड आया और वे सब मुझे बारी–बारी से गले लगते हुए ढाढस बँधाने लगीं। जल्दी ही भीड़ को चीरती हुई नानी आती दिखायी पड़ी। उनकी आँखें आँसुओं से तरबतर थीं। पहले ही से मौजूद औरतें उनकी तरफ़ घूमकर उन्हें ढाढस बँधाने की कोशिश करने लगीं।

'गुलाबी रंग वाली ड्रेस' नानी ने कहा। 'उसे बहुत क्या है वो ना...'

सुज़न उस ड्रेस को तलाशने लगी जिसमें एम ने ख़ुद को दफ़नाने की इच्छा प्रकट की थी। मैं हूम साहब की बग़ल में फ़र्श पर बैठ गया।

'मैंने सोचा था कि पहले मैं मरूँगा,' उन्होंने मायूसी भरे लहजे में कहा।

'मैंने भी यही सोचा था,' मैंने कहा। हालाँकि मैंने कोई अच्छी बात नहीं कही थी लेकिन उन्हें इससे कोई तकलीफ़ नहीं हुई। मैं भी नहीं जानता था कि मैंने ऐसा क्यों कहा। इसकी वजह शायद यह भी थी कि आमतौर पर गोवा के रोमन कैथोलिक परिवारों में पहले पुरुषों की ही मृत्यु होती थी। बहरहाल हूम साहब ने मेरी कही हुई बात पर शायद ध्यान नहीं दिया। मेरे आसपास का माहौल उन ताज़ा लिली के फूलों से महक़ने लगा था जिनके छल्ले एम के निर्जीव बदन पर रखे जा रहे थे। उन फूलों को भेजने वाला आदमी कौन था? एम को तो लिली की गन्ध रत्ती भर भी नहीं सुहाती थी।

'मैं अन्तिम संस्कार करने वालों की व्यवस्था करने जा रहा हूँ,' मैंने कहा।

'ठीक है जाओ, बशर्ते तुम्हारा मन पूरी तरह से शान्त हो,' उन्होंने जवाब दिया।

मेरा मन शान्त नहीं था, लेकिन मुझे एम की कही हुई बात याद थी। वह चाहती थी कि उसे बेहद साधारण तरीक़े से दफ़नाया जाये। वह मौत के बाद अपनी देह का इस्तेमाल करने के लिए दान में देना चाहती थी। मैं इस बारे में बातचीत करने के लिए सुज़न के पास पास गया।

'वह अपनी आँखें दान करना चाहती थी।'

'वे लोग आकर चले भी गये,' उसने बताया।

क्या वे उसकी आँखों को ले गये? ज़रूर ले गये होंगे। आख़िरकार वह यही तो चाहती थी। मुझे अचानक उसकी आँखें देखने की इच्छा हुई लेकिन मैं जानता था कि अब यह

सम्भव नहीं था। अब वे आँखें हमारी स्मृतियों का एक हिस्सा बन चुकी थी।

मुझे कई लोगों ने यह बात कही थी कि मेरी आँखें बिल्कुल गेरी माँ की तरह थीं।

मेरी आँखों से आँसू फिर से गिरने लगे लेकिन मैंने किसी तरह अपनी हिचकियों पर क़ाबू कर लिया। आप अगर सिसक नहीं रहे हों तो लोगों के बीच भी रो सकते हैं। आँसू पारदर्शी होते हैं। अगर आप तेज़ क़दमों से चल रहे हों और धूप बहुत तीखी हो तो आपके आँसुओं पर कोई भी ग़ौर नहीं करता है। सिसकियाँ इस मौन में रुकावट पैदा करती हैं। वे लोगों की चेतना में गहरे रूप से जा घुसती हैं। लिहाज़ा लोग यह सवाल पूछना अपनी ज़िम्मेदारी समझते हैं कि आपको क्या हुआ है। मृत–संस्कार करने वाले के यहाँ पहुँचने के क्रम में मैं रास्ते रोता रहा था।

ताबूत बेचने वाले के स्टोर में सिर्फ़ एक ही तैयार ताबूत और तीन अलबम थे जिनमें अलग–अलग तरह के ताबूतों के डिज़ाइन बने हुए थे। उनमें कुछ सफ़ेद ताबूत थे जो ननों, पादरियों और कुँवारे लोगों के लिए थे। ऐसा मुझे स्टोर के कर्मचारी ने बतलाया। लेकिन ज़्यादातर ताबूत लकड़ी के भूरे रंग के बने हुए थे। अलग–अलग क़ीमतों और डिज़ाइनों के ताबूतों से सभी अलबम भरे हुए थे। कर्मचारी उनके बारे में हमें विस्तार से बताने लगा। '...असली रेशम के बने हुए लेस के तकिये वाले, या आप चाहें तो साटन के तकिये का ताबूत भी ले सकते हैं जिनके किनारों पर हाथ से नक़्क़ाशी की गयी है। ...पीतल या चाँदी के काम किये वाले ताबूत भी मिल सकते हैं ...पहले आप यह तय कर लें कि आपको सामान्य ताबूत चाहिए या सागवान का बना हुआ। लेकिन क्या आप लोगों की कोई स्थायी क़ब्र है?'

'मुझे ठीक–ठीक जानकारी नहीं है लेकिन मेरे ख़याल से शायद नहीं है।'

'यह ठीक बात नहीं है। आपको यह बात पता होनी चाहिए।'

मैंने घर पर फ़ोन किया। हमारे पास सच में कोई स्थायी क़ब्र नहीं थी।

'कोई बात नही... कई बार ऐसी परेशानियाँ भी होती हैं। क्या आपने बुकिंग कर दी है?'

मुझे तो यह भी नहीं पता था कि बुकिंग के लिए क्या करना होता है।

'आप पहले इस बारे में पादरी से बात कर लें। आप कहेंगे तो यह काम हम भी कर सकते हैं। लेकिन आपने क्या सोचा है?'

एक बार जब मृत–संस्कार करने वाले ने यह अनुमान लगा लिया कि धीरे–धीरे आगे ले जाने वाले सागवान के बने रेशमी किनारों वाले ताबूत में मेरी कोई दिलचस्पी नहीं है तब उसके भीतर का उत्साह भी ठण्डा पड़ गया और वह मेरी बातों पर कम ध्यान देने लगा था। उसने बस मुझे यह बता दिया कि मुझे क्या करना है और बाक़ी बातें मेरे ऊपर छोड़ दीं।

घर पर परिवार की औरतों ने एम की देह को नहलाने का काम ख़त्म कर लिया था। उन्होंने उसे कपड़े भी पहना दिये थे और उसके पैरों में चमकती हुई गुलाबी जूतियाँ डाल दी थीं।

अब तक पादरी भी पहुँच चुका था। उसे पहले चाय दी गयी उसके बाद वह अपने मनके की माला निकालकर उसे फेरने लगा। उसने एम की आत्मा की शान्ति के लिए प्रार्थना की। फिर मेरे क़रीब आकर मुझसे पूछा कि क्या मैं कुछ कहना चाहता हूँ। मेरी समझ में नहीं आया कि मैं क्या कहूँ। मैंने मन में कुछ बातें ज़रूर सोच रखी थीं लेकिन मुझे विश्वास नहीं था कि मैं उन्हें कह भी सकूँगा।

एम को दफ़नाने के रिवाज़ में किसी तरह की कसर रह गयी तो इस बात की ग्लानि जीवन भर मेरा पीछा नहीं छोड़ेगी। शायद लोगों के लिए एम की मृत्यु सिर्फ़ एक व्यावहारिक सामाजिक दायित्व थी लेकिन उनको पता नहीं था कि हमारी ज़िन्दगी में

एम की कितनी अहमियत थी। बहरहाल क़ब्रिस्तान में एम को दफ़न करने के बाद हम घर वापिस लौट गये।

सुज़न इतनी थक चुकी थी कि उसे एक छोटी–सी नींद की सख़्त ज़रूरत थी। क़ब्रिस्तान से लौटने के बाद, लोग घर आये। मौत के बाद की क्षणिक शुरुआती बेचैनी और चुप्पी के बाद जीवन अपने पुराने ढर्रे पर लौटने लगा था। लोगबाग आपस में बातचीत करने में मशगूल होने लगे थे, हल्के–फुल्के हँसी–मज़ाक़ का दौर शुरू हो चुका था और मौजूद लोगों में ज़्यादातर अपना खाना–पीना निबटाकर उस पर अपनी टीका–टिप्पणियों में मुब्तिला थे। अधिकतर टिप्पणियाँ खाने के औसत होने को लेकर की जा रही थीं। इस बीच पता नहीं हूम साहब कब उठकर बेडरूम चले गये थे। थोड़ी देर बाद ही मैं भी उनके पास पहुँच गया। वे बिस्तर के किनारे चुपचाप बैठे हुए थे। मैंने उनका कोट उतारने में उनकी मदद की। वे एक

फीकी हँसी हँसे और लेट गये।

'मैं बिल्कुल ठीक हूँ,' उन्होंने कहा। 'तुम जाओ।'

उनकी आवाज़ में एक अजीब गाढ़ापन था। मैंने उनको उनके दुख के साथ अकेला छोड़ दिया और बेडरूम से निकल गया। सुज़न घर आये हुए लोगों की ज़रूरतों का ध्यान रखती हुई इधर–उधर घूम रही थी। उसकी चाल–ढाल में एक नया आत्मविश्वास झलक रहा था मानो वह लोगों को जतला रही थी कि बतौर अकेली औरत घर की बागडोर अब उसके हाथ में है। वह हाथ में ट्रे लिए लोगों को सैंडविच और चाय परोस रही थी। अलग–अलग कपों में अलग–अलग तरह की चाय–बिना शक्कर वाली, बिना दूध वाली, कम दूध वाली कड़क और सामान्य दूध वाली चाय। ट्रे की चाय अमूमन उनके लिए थी जो लोग शराब नहीं लेते थे।

नानी विधवाओं से घिरी हुई बैठी थी जो उन्हें कुछ–कुछ ईर्ष्या–भाव से देख रही थीं। औरतें ज़्यादा कुछ नहीं कह रही थीं,

बस बीच–बीच में ठण्डी साँसें लेते हुए उन जुमलों का प्रयोग कर रही थीं जो आम तौर पर ऐसे मौक़ों पर बोले जाते हैं।

'बेचारी की आत्मा को आख़िरकार मुक्ति मिल गयी।'

'ईश्वर की मर्ज़ी के सामने किसकी चलती है?'

'वह जैसी भी रही हो, लेकिन दिल की बहुत साफ़ थी।'

सिगरेट के धुएँ से कमरा भरने लगा था। और धीरे–धीरे मृत्यु और मृत्यु का बोध वहाँ से अनुपस्थित होता जा रहा था और कमरे में फैला कोलाहल अब शोक से उत्सव में परिवर्तित होने लगा था।

यह सब देखकर एक पल के लिए मेरा मन एक वितृष्णा से भर गया। मुझे मनुष्य की प्रजाति से घृणा होने लगी और मैंने सोचा कि वहाँ मौजूद लोगों को यह याद दिलाऊँ कि एक दिन वे सब भी मर जायेंगे। मुझे महसूस हुआ कि या तो मैं भी उस दृश्य का एक हिस्सा बन जाऊँ या फिर वहाँ से भाग निकलूँ। बहरहाल मेरे पास वहीं रहने के सिवा कोई विकल्प नहीं था लेकिन मैंने चुप रहना ही मुनासिब समझा। औरतों ने मेरे गालों को चूमा और मर्दों ने मुझसे हाथ मिलाया। पूरा कमरा टैलकम पाउडर, लिक्विड फ़ाउंडेशन, लिपस्टिक और कई दूसरी चीज़ों की मिली जुली और अजीबोग़रीब गन्ध से भर गया था। जब लोगों को यह बात समझ में आ गयी कि व्हिस्की आख़िरी बार परोसी जा चुकी है और अब कोई चीज़ सर्व नहीं की जाने वाली है तब कमरे में मौजूद लोग झपकियाँ लेने लगे।

आख़िरकार सारे लोग चले गये और हम तीनों घर में अकेले रह गये। पूरा घर अब एक झीनी और हल्की जगह में तब्दील हो चुका था। इसी फ़्लैट में एक वक़्त गुज़रा था जब जीने की कोशिश में हमारी साँसें घुटती थीं। वह ऐसा वक़्त था जब मैं इन ख़यालों में भी खोया रहता था कि एक ऐसा भी समय आयेगा जब मैं चार सौ बीस वर्ग फ़ीट की जायदाद का अकेला वारिस बनूँगा। इस बात को सोचते हुए मेरे मन में कई तरह

की योजनाएँ बनने लगती थीं। सबसे पहले सुज़न की शादी हो जायेगी। फिर एक दिन हूम साहब की भी मौत हो जायेगी। लेकिन इस विचार के दिमाग़ में आते ही मेरी रगों में एक ख़ौफ़ दौड़ जाता था। मैं इस भयानक कल्पना से सिहर उठता था और अपने लिए एक नफ़रत से भर उठता था। अपने सपनों को पूरा करने के लिए मैं इस हद तक सोचने लगूँ, क्या मैं वाक़ई इतना गिरा हुआ आदमी हूँ? फिर घर में कुल जमा दो ही लोग बचेंगे—बस मैं और एम।

फिर एक दिन एम भी मर जायेगी और मैं बिल्कुल अकेला हो जाऊँगा। तब दुनिया कितनी अलग लगेगी! यह 'अलग होना' कैसा अलग होगा, मैं तो यह भी नहीं जानता था लेकिन यह मेरी नज़र में एक तय बात थी क्योंकि मुझे अपने ही घर में पर्याप्त आज़ादी हासिल हो जाती और तब मैं वह सब कर सकता था जो करना चाहता था। एक बी–एच–के घर की भीड़ में मुझे अपने लिए ही कुछ पल चुराने की ज़रूरत पड़ती थी।

लोगों के जाने के बाद फ़्लैट के भीतर की दुनिया बड़ी दिखनी चाहिए थी लेकिन लोगों को विदा करने के बाद जब हम फ़्लैट में फिर से दाख़िल हुए तो भीतर की दुनिया हमें कहीं छोटी और निरर्थक लगने लगी। एक पल के लिए मेरे पिता ने, मैंने और सुज़न ने एक–दूसरे को देखा।

हम किसी तरह से ज़िन्दा बच गये लोगों की तरह थे। एक डूबते हुए जहाज़ में ज़िन्दा बचे रह गये लोग।

'चाय?' मैंने सबसे पूछा।

उन्होंने चुपचाप अपनी गर्दन हिला दी और सुज़न के पीछे–पीछे मैं भी किचन में दाख़िल हो गया। उसने चार प्यालियाँ रखीं। मैंने उनमें से एक को हटा दिया। वह चुपचाप रो रही थी। वह जब कभी भी रोती थी, तो बेआवाज़ रोती थी। और, वह एकान्त में रोती थी, लिहाज़ा मैं किचन से बाहर निकल गया।

जब मैं हॉल में वापस लौटा तो वहाँ रखी आरामकुर्सी पर बैठे हूम साहब भी रो रहे थे। उनको देखते ही मेरे मुँह से निकल पड़ा, 'हे ईश्वर'! फिर मुझे लगा कि सुज़न सब कुछ सम्भाल लेगी। लेकिन न तो ईश्वर ने और न ही सुज़न ने कुछ सम्भाला। उनके पास सिर्फ़ मैं मौजूद था। अब सारी ज़िम्मेदारी मेरे ऊपर थी। सो मैंने घुटनों के बल बैठते हुए उनसे लिपटने की कोशिश की। उन्होंने भी अपनी रुलायी पर क़ाबू पाने की कोशिश की लेकिन वे नाकाम रहे। हम दोनों थोड़ी देर उसी हालत में बैठे रहे। मेरे ज़ेहन में बारी–बारी से यही बातें आ रही थीं। 'जो भी हो, आख़िर वह मेरी माँ थी' और 'सोफे पर बैठना ज़्यादा आरामदेह होता' और 'चाय अभी तक क्यों नहीं आयी?' जैसी उसकी बातें और सवाल घर की हवा में दिन भर तैरा करते थे। आख़िरकार चाय आ गयी और कप हमारे सामने रख दिये गये। मैंने याद करने की कोशिश की कि मुझे चाय पसन्द थी या नही... मैंने बस चाय पी ली। हम सबने एक तरह से यही किया। एम भी शायद यही करती थी।

हूम साहब ने अपनी प्याली को ग़ौर से देखते हुए कहा, 'मुझे लगता है, हम सबको किसी तीखी चीज़ की ज़रूरत है।'

मैं बिल्कुल मज़ाक़ के मूड में नहीं था लेकिन चूँकि हमने घर में कभी शराब नहीं रखी, तो मैंने पूछ लिया।

'कॉफ़ी?'

'नहीं,' उन्होंने कहा। 'मुझे एक ड्रिंक चाहिए। हमारे लिए एक ओल्ड मंक की बोतल लेकर आओ।'

वे अपनी जेब में हाथ घुसाकर पैसे निकालने लगे मानो वे यह भूल गये थे कि अब मैं ख़ुद भी कमाने लगा हूँ और सब के लिए रम की एक बोतल ख़रीद सकता हूँ। उन्होंने अपनी जेब से रिबन में सफ़ाई से लपेटकर रखे हुए कुछ काग़ज़ात और रुपये निकाले फिर उस बंडल से दो नोट खींचकर थोड़ी दुविधा के साथ पूछा, 'इतने पैसे काफ़ी होंगे? तुम्हें क्या लगता है?'

मैंने मुस्कुराने की कोशिश की, 'हो जाना चाहिए'। मैंने कहा।

शहर अपनी रफ़्तार में दौड़ रहा था। बाहर सब्ज़ी बेचते लड़कों मुझसे सहजन ख़रीदने की गुज़ारिश कर रहे थे, फुटपाथ पर लड़कियाँ स्टापू खेल रही थीं, बिहारी धोबी इस्तरी किये हुए कपड़ों की गठरियाँ कन्धे पर उठाये अपने ग्राहकों के घरों की तरफ़ जा रहा था और साइकिल सवारों के पीछे आती हुई बसें हॉर्न बजाते हुए मानो उन्हें रास्ते पर चलने की ताकीद कर रही थीं। मुझे यह सब अजीब लगा। हमारी दुनिया इतनी बदल चुकी थी और बाहर सब कुछ बिल्कुल वैसा ही था जैसे कुछ हुआ ही नहीं था?

जब मैं वापस लौटा तो हूम साहब नमकीन पानी में मूँगफलियाँ उबाल रहे थे।

'यह रम के साथ खाने के लिए है।' उन्होंने कहा। सुज़न सशंकित आँखों से सब देख रही थी।

लौटते हुए मैंने नीचे सड़क के एक चायनीज ठेले को गार्लिक चिकन ड्राई का ऑर्डर कर दिया था। थोड़ी देर में जब वह लड़का आया और मैंने उसको देने के लिए पैसे निकाले तो वह थोड़ा चौंक पड़ा।

'अंकल को बोलना, आज फ्री।'

वह अगले ही पल जा चुका था। तो यही वह शहर था। भारत का सबसे बड़ा शहर, लेकिन यहाँ भी लोग दूसरों की ज़िन्दगियों में क्या हो रहा है, उसे सुनते थे और उसका जवाब भी देते थे। कई बार यही काफ़ी था जब मैंने पार्सल को काउंटर पर रखा तो सुज़न ख़ासा नाराज़ हुई।

'पहले से ही खाने को घर में इतनी चीज़ें पड़ी हैं।'

उसी वक़्त मुझे भी इस बात का ख़याल आया था। कैसरोल, हॉट पॉट और बर्तनों में ढँकी हुई बेशुमार चीज़ें। हूम साहब की नज़रें भी उन चीज़ों पर पड़ीं। फिर उन्होंने उन तमाम प्लास्टिक के सफ़ेद डिब्बों को ढूँढ़ कर इकट्ठा किया जिनका इस्तेमाल

आमतौर पर रेस्टोरेंट में बचे हुए खाने को जमा करने के लिए किया जाता था।

'इन्हें आप क्या करने वाले हैं?' सुज़न थोड़ी अचम्भित थी क्योंकि वे डिब्बे उसे बहुत पसन्द थे।

हूम साहब ने बड़ी सहजता के साथ जवाब दिया, 'यह बहुत अधिक खाना है। मैं इसे ज़रुरतमन्दों में बाँट कर आता हूँ।'

लिहाज़ा हम तीनों ने खाने के बँटवारे का काम करने का फ़ैसला किया : हर एक डिब्बे में कुछ कार्बोहाइड्रेट, कुछ गोश्त, कुछ सब्जियाँ। इसी बहाने हम थोड़ा व्यस्त हो गये। मैंने कार्बोहाइड्रेट, सुज़न ने गोश्त और हूम साहब ने सब्जियाँ बाँटने का जिम्मा ले लिया। हम तीनों ने मिलकर तक़रीबन बीस फूड पैकेट तैयार कर लिए।

'आप दोनों जाकर इन्हें बाँट आइए,' सुज़न ने कहा। 'तब तक मैं सफ़ाई का काम निबटा लेती हूँ।'

मुम्बई अन्तर्विरोधों से घिरा हुआ शहर है और इसी अन्तर्विरोध
से बचने के लिए ही हमने खानों के अलग–अलग पैकेट तैयार किये थे।

मुझे याद है, जब एक बूढ़ी औरत ने हमसे शाकाहारी खाने की माँग की थी तब हूम साहब ने बहुत विनम्रता के साथ उसे बताया था कि हमारे पास निरामिष खानों का विकल्प नहीं था।

'बेगर्स कैन नॉट बी चूजर्स,' मैंने कहा था।

'क्या किसी भिखारी ने यह कहावत बनायी थी?' हूम साहब ने पूछा था।

'शायद नही...'

'तब यह मानना चाहिए कि विकल्प हमेशा मौजूद रहते हैं। भिखारियों के पास भी। हो सकता हो उसे नॉन–वेज खाने से किसी तरह की एलर्जी हो, इसलिए उसने शाकाहारी खाना माँगा हो।'

'एक और भिखारी की तलाश!' मैंने कहा।

हूम साहब मुस्कुराने लगे।

घर पर हमारे सामने रम के साथ–साथ मूँगफलियाँ और गार्लिक चिकन ड्राई रखी हुई थी। उनमें से ऐसी कोई भी चीज़ नहीं थी जिससे हमारी भूख शान्त हो सकती थी।

'छोटे–छोटे पेग से शुरू करते हैं?' ड्रिंक्स की शुरुआत करने के लिए मैंने बैठते हुए कहा। सुज़न ने अपने गिलास को कोला से भर लिया था और उसमें होमियोपैथिक दवा की एक बूँद के बराबर रम मिला लिया था। मैंने हूम साहब के लिए एक छोटा–सा पेग बनाया जिसे वे एक बड़ी घूँट भरने के बाद ठहर–ठहर कर पीने लगे।

'मुझे अब इसका स्वाद बहुत तीखा लगने लगा है,' उन्होंने टेबल पर रखे गिलास को एक हिक़ारत भरी नज़र से देखा और एक लम्बी साँस भरी।

मैं अपनी जगह से उठ खड़ा हुआ और तीनों के लिए चाय बनाने किचन की तरफ़ बढ़ गया।

आभार

सबसे पहले मैं अपनी बहन एंड्रिया का शुक्रगुज़ार हूँ जिसने इस उपन्यास की पाण्डुलिपि पढ़ी और कुछेक फेरबदल के सुझाव दिये।

मैं उन सभी दोस्तों का भी आभारी हूँ जिन्होंने इस उपन्यास को पूरा लिखने के क्रम में भिन्न–भिन्न चरणों में इसे पढ़ा। चूँकि इस उपन्यास की लेखन–यात्रा तक़रीबन पच्चीस सालों तक जारी रही इसलिए इसे पढ़ने के आभार के अधिकारी मेरे कई दोस्त भी हैं।

अमिताव घोष और किरण देसाई, यक़ीनन जब मैं मशहूर और अमीर हो जाऊँगा तो आप दोनों को आपकी पसन्द के रेस्टोरेंट में डिनर कराने ले जाऊँगा। यह मेरा आपसे पक्का वायदा है।

मैं रश्मिरेखा पालखीवाला का भी कृतज्ञ हूँ जिन्होंने जैसा कि आपको पता है, मुझे लेखन को बतौर करियर अपनाने के लिए प्रेरित किया। साथ ही मैं अरुन्धती सुब्रमण्यम, आशिमा नारायण, राचेल और माइकल डवेयर, नरेश फर्नांडिस, रंजित होस्कोटे, राहुल श्रीवास्तव, कारमेल बर्कसन, आदिल जुस्सवाला और शान्ता गोखले का भी शुक्रगुज़ार हूँ। दोस्तों के मामले में मैं सचमुच ख़ुशक़िस्मत रहा हूँ।

और, आख़िर में मैं रवि सिंह का हार्दिक आभारी हूँ जिन्होंने उन पच्चीस सालों में से तक़रीबन बीस साल बड़े धीरज के साथ इस उपन्यास के पूरा होने का इन्तज़ार किया और कभी

यह नहीं कहा कि मुझे इतनी देर क्यों हो रही है, या मैं जल्दी इसे पूरा लिखकर डालूँ क्योंकि दुनिया बहुत तेज़ी से बदल रही है। उन्होंने अनेक मौक़ों पर मुस्कुराते हुए बस यही कहा, 'ठीक है।' उन्होंने उपन्यास को पूरा करने का दबाव कभी नहीं डाला और न कभी शिष्टता और विनम्रता के साथ प्रतीक्षा करना ही छोड़ा।

❑❑

प्रशस्तियाँ

एम और हूम साहब एक शानदार किताब है। इसे पढ़ना किसी छोटे बच्चे की मासूम नज़रों से इस दुनिया के दुखों और सनक से भरे कारनामों को देखने जैसा है। यह किताब प्रेम, पीड़ा और बालसुलभ हास–परिहास का एक अनोखा आख्यान है। निश्चित रूप से यह भारत में हाल–फ़िलहाल के सालों में आयी बेहतरीन किताबों में एक है।'

–सलमान रुश्दी

'यह उपन्यास मुम्बई में रहने वाले उस लड़के के बारे में है जिसकी माँ मानसिक रूप से बीमार है। यह कहानी एक साहसिक शैली में लिखी गयी है और इसकी भाषा भी बहुत सम्मोहक है, फिर भी इससे आत्मदया और आत्ममुग्धता की कोई बू नहीं आती। इसे पढ़ते हुए हम एक अथाह पीड़ा से होकर गुज़रते हैं। इसके बावजूद यह किताब आत्म–पीड़ा का प्रदर्शन मात्र नहीं है। इसका अधिकांश हिस्सा मज़ेदार और चुलबुली घटनाओं से भरा है। इसके पन्नों से गुज़रते हुए हम एक सनक भरी दुनिया का साक्षात्कार कर सकते हैं। *एम और हूम साहब* एक गहरा असर डालने वाली किताब है, और मुझे याद नहीं कि विगत वर्षों में मैंने कोई ऐसा उपन्यास पढ़ा है जो इतना मर्मस्पर्शी है।'

–अमिताभ घोष, *www.amitavghosh.com/blog*

'इस उपन्यास को पढ़ते हुए मैंने मुम्बई में बसे एक गोआनी परिवार, एक दम्पति के कोमल और प्यार भरे विवाह और उनकी बहुरंगी दुनिया को अत्यन्त गहराई के साथ अनुभव किया। जैसे–जैसे मैं इस कहानी में दाख़िल होता गया वैसे–वैसे उनकी यह दुनिया भी मेरे भीतर प्रवेश करती गयी, और जब मैंने इसे पढ़ना ख़त्म किया तो मेरे भीतर की चीज़ें हिल चुकी थीं। मैं वैसा नहीं रह गया था जैसा मैं इस कहानी को पढ़ने से पहले था। आक्रोश इस कहानी की आत्मा है, और इसके पन्नों से झाँकती उदासी और भावनाओं का आवेग बिल्कुल निष्कलुष है। हास–परिहास और सनक से भरी हरकतें इसकी पठनीयता को एक गति देती हैं। किताब में ऐसे अनगिनत वाक़ये हैं जिन्हें पढ़ कर हँसते–हँसते हमारे पेट में बल पड़ जाते हैं। यह एक विलक्षण और बेहतरीन किताब है जो आमतौर पर भारत में प्रकाशित होने वाली किताबों से पूरी तरह अलहदा है।'

–किरण देसाई

एम और हूम साहब उपन्यास के तौर पर एक अद्वितीय उपलब्धि है। यह पढ़ने में रोचक होने के साथ–साथ एक ख़ुशी और उदासी के अनोखे संसार से आपका परिचय कराती है। अपने शिल्प के सौन्दर्य के कारण यह आपकी स्मृति में रच–बस जाती है और एक मानसिक व्याधि और उसके अवान्तर दुष्परिणामों से जूझते–निबटते परिवार की सजीव तस्वीर प्रस्तुत करती है। निश्चित रूप से पिंटो एक विलक्षण कहानीकार हैं।'

–नवेद अंजुम, *द एशियन एज*

'जेरी पिंटो हमें एक तरफ़ एम के अँधेरे अवसाद और दूसरी तरफ़ अपनी सन्तुलित और नियन्त्रित लेखन की जगमगाती दुनिया में बारी–बारी से सैर कराते हैं। कभी तो एम अपने बच्चों के साथ हँसती–बोलती मिलती है और कभी वही एम ख़ुदकुशी करने के

इरादे से अपने आप को ही जख़्मी कर लेती है और ख़ून में नहाई हुई अपने बाथरूम से बाहर निकलती है। डॉम मोरेस ने मुझे बताया था कि एक बार उन्होंने अंग्रेज़ी के कवि स्टीफेन स्पेंडर से कोई सलाह माँगी तब उनका जवाब था, "जाओ दुःख झेलो और गाओ।" इस किताब को पढ़ते हुए आदमी और कुछ नहीं, बल्कि उस दुःख को अनुभव कर सकता है। यह किताब पिंटो की आशा, उसकी रचनात्मक मिठास और उसके गीतों की गुनगुनाहट से भी हमारा परिचय कराती है।'

—**अनवर अली ख़ान,** *इंडिया टुडे*

'जब मैंने *एम और हूम साहब* को पढ़कर ख़त्म किया तब मैं जेरी को मुबारकबाद देना और उसे सलाम करना चाहता था। यह उपन्यास पागलपन का एक तिलस्मी संसार रचने के साथ–साथ बॉम्बे शहर की बेतरतीब दिखती दुनिया का एक सूक्ष्म चित्र प्रस्तुत करता है।'

—**एस. आनन्द**, *द इंडियन एक्सप्रेस*

'पिंटो के गद्य की त्वरा समय और मनोभावों को, विनोद और निराशा को बहुत सलीके से अभिव्यक्त करती है... पिंटो के सभी किरदार बिल्कुल जीवन्त और वास्तविक प्रतीत होते हैं। *एम और हूम साहब* को पढ़ते हुए आप उन किरदारों को अपने बहुत क़रीब खुसुर–फुसुर करते हुए महसूस कर सकते हैं। आपको लगता है कि माहिम की वह औरत जिसका नाम एम है वह बिल्कुल आपके सामने बैठी अपनी ऊँची आवाज़ में बातें कर रही है। यह बेशक एक पठनीय किताब है।'

—**दीपांजना पाल**, *डीएनए*

'अत्यन्त विलक्षण और तीक्ष्ण! यह एक मज़ेदार और ईमानदार उपन्यास है जो उन कोमल विश्लेषणों और व्यावहारिक निर्ममताओं

के साथ समाप्त होता है जिनसे हमारे परिवारों को अमूमन गुज़रना पड़ता है।'

—**अंजली जोसफ**, *तहलका*

'एक शानदार और सशक्त रूप में लिखा एक आत्मकथात्मक उपन्यास! भीतर से बहुत विह्वल कर देने वाला इस उपन्यास का कथ्य जिसे पिंटो ने एक मेलोड्रामा और कोरा भावुक बनने से बहुत मेहनत से बचा लिया है। बल्कि इसके विपरीत यह उपन्यास उन तथ्यात्मक बारीकियों को सफलता के साथ प्रकट किया है गोया सहकारी भण्डार में ख़रीदारी का कोई रोज़नामचा हो...एम और हूम साहब मुम्बई के बारे में एक अद्‌भुत आसक्त करने वाली किताब है। यह मानसिक व्याधियों पर लिखी गयी एक लोमहर्षक और दिल को दहला देने वाली किताब है जो एक परिवार के दुःख–सुख और भावनात्मक बिखराव को बयान करती है। पिंटो ने इसे अपनी शैली प्रदान की है और एक रोमांचक पाठकीय तजुर्बे में बदल डाला है।'

—**शबनम मिनवाला**, *आउटलुक*

'इस उपन्यास की सबसे बड़ी उपलब्धि यह है कि यह जीवन की बेहद जटिल बारीकियों को भी निहायत सरलता के साथ प्रस्तुत करने में सक्षम है। चरित्रों को चतुराई के साथ गढ़ा गया है और स्थितियों को अत्यन्त जीवन्तता के साथ दिखाया गया है। किसी भी निराधार निष्कर्ष तक पहुँचने की बेजा व्यग्रता नहीं दिखती और न ही कोई दिलासा देने का जतन दिखता है। यह उपन्यास आपको एक ऐसे एकाकीपन में छोड़ देता है जैसा अक्सर सच्ची प्रेम कहानियों में दिखाई पड़ता है। एक भटकाव, एक संभ्रम की अवस्था, एक नाख़त्म होने वाला सिरा, कुछ गुत्थियाँ और कुछ उम्मीदें इस कहानी का हासिल हैं।'

'गहरी रचनात्मक तल्लीनता, सूक्ष्म पठनीयता और बारीक़ स्पष्टता और गत्यात्मकता के साथ लिखी गयी यह किसी भी लेखक की भव्य और अविस्मरणीय पहली किताब है।'

—**अरुन्धती सुब्रमण्यम**, *द हिन्दू*

'आँसुओं और ठहाकों के पार भी पिंटो मानसिक रूप से बीमार औरत के साथ जीने वाले चरित्रों के साथ अद्भुत रूप से सहज दिखते हैं...उनकी कहानी एक साथ कठोर और कोमल—दोनों है।'

—**सुधा जी तिलक**, *बिज़नेस स्टैंडर्ड*

'जेरी पिंटो ने अपने अद्भुत कथानक में मानसिक बीमारी के मौलिक और कुछ हद तक कठोर तस्वीर को चित्रित किया है। उनकी भाषा बहुत सहज है जिसमें कोई भी अतिरेकता नहीं है। पिंटो ने इमेल्डा के चरित्र की बेपरवाहियों को सुन्दर तरीक़े से प्रस्तुत किया है। चरित्र की बुनावट में एक कौशल है। पूरे उपन्यास में इमेल्डा का मज़ेदार और मज़ाक़िया और विरोधाभासी पहलू भी उभरकर स्पष्ट रूप से प्रकट हुआ है। बॉम्बे के साढ़े चार सौ वर्गफ़ुट के फ़्लैट में रहने वाले एक परिवार का इससे बेहतर और भावपूर्ण चित्रण नहीं हो सकता है।'

—**तुलसी बद्रीनाथ**, *द न्यू इंडियन एक्सप्रेस*

'जेम्स जोएस और अरुन्धती रॉय के बाद किसी ने भी इस सरफिरी दुनिया में एक बच्चे और उसकी माँ के भटकाव को इतनी सूक्ष्मता के साथ नहीं उकेरा है। सिल्विया प्लाथ और मार्क हैडन के बाद किसी ने भी मानव मन की पेचीदगियों को इतनी सूक्ष्मता के साथ विश्लेषित नहीं किया है...अवसाद पर लिखी गयी *एम और हूम साहब* एक चमत्कृत कर देने वाली किताब है।'

—**माधवी मेनन**, *डक्कन क्रोनिकल*

माहिम, बॉम्बे के एक 'वन–बेडरूम–हॉल–किचन' में रहने वाली इमेल्डा–जो अपने बच्चों की ख़ातिर एम है–पूरे परिवार को अपने नाज–नखरों से अपने इशारों पर नचाती रहती है। उसकी अकाट्य कल्पनाएँ, उसका मौन प्रेम और कभी–कभी उसकी निष्ठुर निष्कपटता–सभी उसके व्यवहार में शामिल हैं। इन्हीं विशिष्टताओं के कारण उसका पति जिसके लिए वह कभी 'बटरकप' हुआ करती थी,उसका बेटा और उसकी बेटी उसके उन्माद और आत्मघाती प्रवृत्तियों से निबटने का हुनर सीखने में कामयाब होते हैं।
मानसिक बीमारियों का एक मार्मिक वृत्तान्त और कभी–कभार उसकी गहन उदासी के परिहास का उल्लेख करता जेरी पिंटो की यह पहली औपन्यासिक कृति प्रेम और पारिवारिक सम्बन्धों की एक हृदयस्पर्शी कहानी है।
'विलक्षण बुनावट, प्रवाहपूर्ण लेखन और विश्वसनीय चरित्रों की एक असाधारण उपलब्धि।'

270

–**यूनिस डी'सूजा,** *पुणे मिरर*

'संवेदनशील, जीवन्त गद्य और पिंटो मार्का विद्रूपपूर्ण हास्य से सम्पन्न एक शानदार शुरुआत। विगत वर्षों में लिखा गया यह निश्चित रूप से सर्वश्रेष्ठ भारतीय उपन्यास है।'

–**प्रयाग अकबर,** *द संडे गार्डियन*